Le Musée perdu

Du même auteur
au cherche midi

Le Troisième Secret, traduit de l'anglais (États-Unis) par Jean-Luc Piningre.

L'Héritage des Templiers, traduit de l'anglais (États-Unis) par Françoise Smith.

L'Énigme Alexandrie, traduit de l'anglais (États-Unis) par Françoise Smith.

La Conspiration du temple, traduit de l'anglais (États-Unis) par Françoise Smith.

La Prophétie Charlemagne, traduit de l'anglais (États-Unis) par Diniz Galhos.

Steve Berry

Le Musée perdu

Traduit de l'anglais (États-Unis)
par Gilles Morris-Dumoulin

ÉDITIONS DE NOYELLES

Direction éditoriale : Arnaud Hofmarcher
Coordination éditoriale : Roland Brénin

Titre original : *The Amber Room*
Éditeur original : Ballantine Books

23, rue du Cherche-Midi, 75006 Paris.

Pour mon père
qui a allumé le feu il y a longtemps

et pour ma mère
qui m'a appris à entretenir la flamme

Quels que puissent être les motifs qui poussent à saccager un pays, nous devrions toujours épargner les édifices qui font honneur à la société humaine, tels que temples, mausolées, bâtiments publics et autres monuments d'une beauté remarquable... C'est se déclarer ennemi de l'humanité que vouloir priver les hommes de ces merveilles de l'art.

Emmerich DE VATTEL
Le Droit des gens, 1758

J'ai étudié de très près l'état des monuments de Peterhof, Tsarskoïe Selo et Pavlosvk, et dans ces trois villes, j'ai été le témoin des outrages monstrueux perpétrés contre ces monuments. Qui plus est, les dégâts – dont l'inventaire complet serait difficile à dresser, tant il est considérable – porte la marque évidente de la préméditation.

Témoignage de Josif ORBELI,
directeur de l'Ermitage,
devant le tribunal de Nuremberg,
le 22 février 1946

Préface

Je me souviens qu'en 1995, j'écoutais d'une oreille distraite un programme de télé, sur la chaîne Découverte. Le narrateur parlait de quelque chose qu'il appelait la Chambre d'ambre. Je n'en avais jamais entendu parler. Malheureusement, tout ce que j'attrapai, au vol, fut « dérobé par les nazis au palais de Catherine, à Tsarskoïe Selo, et jamais revu depuis 1945 ». Mais j'étais intrigué, et je me mis à feuilleter des guides touristiques de Russie jusqu'à découvrir, dans leurs pages, la description détaillée de la merveille.

J'étais coincé.

De nos jours, si vous tapez « Chambre d'ambre » sur Internet, vous tombez sur plusieurs milliers de pages vous renvoyant à autant de sites. Mais en 1995, ce n'était pas le cas, et il en existait fort peu en langue anglaise. J'écrivis mon histoire avec les quelques détails en ma possession, et me rendis ensuite à Saint-Pétersbourg. Depuis une bonne décennie, les Russes travaillaient à recréer la chambre en question, d'après des photos en noir et blanc de 1930. Je me débrouillai pour passer quelques heures avec le restaurateur en chef, et rentrai plutôt démoralisé d'avoir aussi clairement établi que tout ce que j'avais écrit était erroné.

Je m'enfermai donc chez moi et récrivis mon roman.

Soumis aux éditeurs en 1996, il n'eut pas l'heur de plaire à plusieurs d'entre eux, et regagna mon tiroir jusqu'à son acceptation par Ballantine Books. Je n'ai pas oublié mon émotion, ma satisfaction d'alors. Je l'ignorais, mais ce premier ouvrage devait déterminer le ton de tous ceux qui allaient suivre.

Mes héros sont toujours des avocats, des hommes de loi embringués dans des situations en marge de la loi. En fait, la première scène du *Musée perdu* est la seule où l'un de ces héros, une héroïne, siège dans une cour de justice. D'ordinaire, mes avocats sont des globe-trotters lancés, à travers le monde, dans des quêtes mouvementées où les attendent toujours de fichues embrouilles. Une note incluse à la fin du volume indique aux lecteurs l'emplacement approximatif de la ligne de partage entre fiction et réalité. C'est important, et nombre de lecteurs m'ont remercié de cette précision.

On me demande aussi, parfois, si les deux héros du *Musée perdu*, Rachel et Paul Cutler, reviendront dans une autre histoire. J'en doute. Wayland McKoy, en revanche, l'astucieux chercheur de trésors ? Possible, sinon probable.

Juste avant la publication de cet ouvrage, les Russes ont inauguré la réplique intégrale de la Chambre d'ambre. Quelqu'un a déclaré à son sujet : « On a l'impression de se trouver dans un coffre à bijoux. » On ne pourrait en faire une meilleure description à mon sens. Malheureusement, la merveille originale demeure bel et bien perdue. Aucune des cent mille pièces n'a jamais été récupérée. Peut-être ressurgiront-elles un jour, mais je n'y crois guère. C'est probablement une perte irréparable.

Par bonheur pour moi, mon roman n'en est pas une, puisqu'il s'est converti en best-seller national et qu'il est en cours de traduction, dans une bonne quinzaine de pays.

Mon tout premier roman !

Que vous aimerez, j'espère.

Steve Berry
Août 2006

Prologue

Camp de concentration de Mauthausen, Autriche

10 avril 1945

Tous les prisonniers l'appelaient *Ourho,* « l'Oreille », parce qu'il était le seul Russe du baraquement 8 à parler l'allemand. Jamais personne ne lui donnait son véritable nom, Karol Borya. Le sobriquet d'Ourho lui avait été attribué dès son arrivée au camp, l'année précédente. Une distinction dont il était très fier. Symbole d'une responsabilité qu'il prenait très à cœur.

« Tu entends quelque chose ? » chuchota l'un des prisonniers, dans le noir.

Blotti contre la fenêtre, il respirait à petits coups. Les bouffées de vapeur sortant de ses poumons brouillaient peu à peu la vitre glacée.

« Ils ont encore envie de s'amuser ? » ajouta un autre prisonnier.

Deux nuits auparavant, les gardes étaient venus chercher un Russe du baraquement 8. Un fantassin de Rostov, sur la mer Noire, entré récemment à Mauthausen. Le staccato d'une rafale de mitraillette avait fait taire, à l'approche du matin, les cris que lui arrachait la torture. Comme de coutume, la vue du corps ensanglanté, pendu près du grand portail, avait étouffé dans l'œuf toute improbable velléité de révolte.

Ourho se détourna brièvement de son poste de guet.

« Ta gueule ! Avec ce vent, je comprends pas ce qu'ils disent. »

Superposées par trois, infestées de poux, les couchettes offraient à chaque prisonnier moins d'un mètre carré d'espace Et cent regards fiévreux ne quittaient pas la nuque de l'observateur.

Tous attendaient la traduction des paroles gutturales qui se succédaient, là-dehors. Aucun ne bougeait. Les atrocités de Mauthausen avaient tout détruit en eux. Même la peur.

Brusquement, Ourho s'écarta de la fenêtre.

« Les voilà ! »

Un instant plus tard, la porte s'ouvrit violemment. L'air glacial de la nuit s'engouffra à la suite du sergent Humer, chef du baraquement 8.

« *Achtung !* »

Claus Humer était *Schutzstaffel*, SS. Deux autres SS se tenaient derrière lui. Tous les gardes de Mauthausen étaient des SS. Humer ne portait aucune arme. Jamais. Sa stature colossale, ses bras énormes, lui assuraient toute la protection nécessaire.

« On demande des volontaires ! Toi, toi, toi et toi ! »

Y compris Borya. Que se passait-il ? En principe, on mourait peu la nuit. La cellule de mort restait inemployée. Il fallait bien évacuer le gaz des précédentes exécutions et laver le carrelage à grande eau, en vue des prochaines. La nuit, les gardes restaient dans leur casernement, groupés autour des poêles garnis du bois de chauffage que les prisonniers abattaient dans la journée. Quant aux toubibs et à leurs assistants, ils puisaient dans le sommeil l'énergie nécessaire à leurs expériences journalières. Sur animaux et cobayes humains.

Humer regardait fixement Borya.

« Tu comprends tout ce que je dis, pas vrai ? »

L'interpellé s'abstint de répondre. Une année de terreur lui avait enseigné la valeur du silence.

« Rien à dire ? Bravo ! Contente-toi de piger. Et de fermer ta gueule. »

Un autre garde contourna le sergent, les bras chargés de quatre vieux manteaux de laine.

« Des manteaux ? » s'étonna l'un des Russes.

Aucun prisonnier ne disposait d'un manteau. Chacun d'eux touchait, à son arrivée, une chemise de treillis et un pantalon en lambeaux, aussi sales l'une que l'autre. Vêtements récupérés sur des morts et redistribués aux nouveaux arrivants. Tels quels. Puants et de plus en plus crasseux.

Le garde jeta les manteaux par terre. Humer ordonna, en allemand :

« *Mäntel anziehen !* »

Borya s'empara d'une des capotes verdâtres.

« Le sergent nous dit de les enfiler. »

Les trois autres volontaires désignés suivirent son exemple.

La laine rugueuse lui irritait la peau, mais c'était bon quand même. Il y avait une éternité qu'il n'avait pas eu aussi chaud.

« Dehors ! » aboya Humer.

Les trois Russes regardèrent Borya, qui leur indiqua la porte. Tous sortirent dans la nuit.

Humer les conduisit, à travers neige et glace, jusqu'au terrain d'exercice. Le vent qui hurlait entre les baraquements charriait des lames de rasoir. Quatre-vingt mille détenus s'entassaient dans ces sommaires constructions de bois. Plus de monde qu'il n'y en avait eu dans toute la province natale de Borya, en Biélorussie. Un coin de pays qu'il doutait de jamais revoir. Le temps ne signifiait pratiquement plus rien, mais pour sa santé mentale, il essayait tout de même d'en conserver le sens. On était à fin mars. Non. Au début d'avril. Et il gelait toujours. Pourquoi ne pas se laisser mourir tout bonnement ? Ou se faire tuer, comme des centaines d'autres chaque jour ? Son destin était-il de survivre à cet enfer ?

Et pour quelle raison ?

Sur le terrain, Humer tourna à gauche, marchant à grands pas vers un vaste espace découvert bordé de baraquements sur l'un de ses côtés. De l'autre côté, s'alignaient la cuisine, la prison et l'infirmerie du camp. Au bout, trônait le rouleau compresseur, une tonne d'acier chargée de tasser la terre meuble, jour après jour. Borya ne put s'empêcher de souhaiter que leur tâche nocturne n'eût rien à voir avec cette corvée.

Humer s'arrêta devant quatre gros poteaux plantés côte à côte.

Deux jours plus tôt, une équipe de dix prisonniers, dont Borya, avait été conduite dans la forêt environnante. Ils avaient abattu quatre peupliers. En tombant, l'un d'eux avait blessé un prisonnier qu'un des gardes avait achevé sur-le-champ d'une balle dans la tête. Ébranchés et équarris, transformés en poteaux, les troncs avaient été transportés au camp et solidement enfoncés dans la terre. Placés sous la garde de deux hommes armés, dans la lumière intense de plusieurs projecteurs, ils étaient restés inutilisés depuis l'avant-veille.

« Attendez ici », commanda Humer.

Le sergent monta lourdement quelques marches et disparut à l'intérieur de la prison. Par la porte ouverte, s'étira un long rectangle de lumière jaune. Un instant plus tard, quatre hommes nus furent poussés au bas des marches de bois. Leur tête blonde n'était pas rasée comme celle des Russes, des Polonais et des juifs qui constituaient la majorité des hôtes de Mauthausen. Aucun signe de carence musculaire ni d'épuisement, non plus. Pas de regards apathiques ni d'yeux profondément enfoncés dans leurs orbites. Pas d'œdèmes enflant des corps émaciés. Ces hommes étaient robustes. Des soldats allemands. Borya en avait déjà croisé de cette sorte. Visages de granit, sans émotion perceptible. Glacés comme la nuit.

Ils marchaient droit, le regard défiant, les bras le long du corps. Comme s'ils ne ressentaient aucunement la morsure de ce froid effroyable dont leur peau très blanche subissait l'impact. Humer, qui les suivait, leur désigna les quatre poteaux.

« Là ! Pas ailleurs ! »

Les quatre Allemands obéirent. Le sergent jeta sur le sol quatre cordes soigneusement lovées.

« Attachez-les aux poteaux. »

Les trois compagnons de Borya le consultèrent du regard. Il ramassa les quatre cordes qu'il répartit entre eux, avec les explications nécessaires. Ils entreprirent d'attacher les quatre Allemands qui se tenaient au garde-à-vous, adossés aux troncs de peuplier grossièrement aplanis. Quel crime avait pu leur valoir cette sanction démentielle ? La tâche répugnait si visiblement à Borya que le sergent rugit, à pleine gorge :

« Serrez bien, nom de Dieu ! Ou gare ! »

Tous tirèrent plus fort sur le chanvre râpeux qui écorchait les poitrines dénudées. Borya observait sa victime dont le visage ne trahissait aucune crainte. Tandis que Humer s'occupait des trois autres, Borya en profita pour chuchoter, en allemand :

« Qu'est-ce que vous avez fait, tous les quatre ? »

Pas de réponse.

En doublant le dernier nœud, Borya murmura :

« Même nous, ils ne nous traitent pas comme ça.

– C'est un honneur de tenir tête à son tortionnaire », riposta l'Allemand, à mi-voix.

Bien vrai ! songea Borya.

Humer ordonna aux quatre Russes de s'écarter du milieu. Ils s'éloignèrent de quelques pas, dans la neige fraîche. Afin de lutter contre le froid, Borya fourra ses deux mains sous ses aisselles, en se balançant d'un pied sur l'autre. Le manteau était merveilleux. La première sensation de chaleur qu'il eût connue depuis son arrivée au camp. Le jour où son identité lui avait été confisquée, remplacée par le nombre 10901 tatoué sur son bras droit. Plus un triangle cousu sur sa chemise, à gauche, correspondant à sa nationalité russe. La couleur était importante. Rouge pour les prisonniers politiques. Verte pour les criminels. Jaune pour l'étoile de David réservée aux juifs. Noir et marron pour les prisonniers de guerre.

Humer semblait attendre quelque chose.

Puis d'autres lampes à arc illuminèrent le terrain jusqu'au portail principal. La route menant à la carrière, de l'autre côté de l'enceinte barbelée, s'estompa dans l'obscurité. Aucune lumière dans le bâtiment du quartier général. Borya regarda s'ouvrir le portail devant le visiteur attendu. L'homme portait un manteau doublé d'une fourrure qui lui descendait jusqu'aux genoux. Où commençait un pantalon clair que complétait une paire de bottes cavalières de teinte fauve. Un képi d'officier complétait sa tenue.

Il marchait d'un pas résolu, grosses cuisses et jambes arquées supportant une brioche proéminente. La lumière révélait un nez pointu et des yeux clairs. Un visage plutôt agréable.

Et tellement connu

Ancien commandant de l'escadron Richthofen, commandant des Forces aériennes allemandes, numéro un du Parlement allemand, Premier ministre de Prusse, président du Conseil d'État prussien, grand maître des Forêts et du Gibier, président du Conseil de défense et maréchal du Grand Reich. Le successeur élu du Führer.

Hermann Goering.

Borya l'avait aperçu, déjà, dans d'autres circonstances. En 1939, à Rome. Il avait arboré, ce jour-là, un costume gris tape-à-l'œil, avec une cravate pourpre nouée autour de son cou épais. Des rubis ornaient ses gros doigts, et l'aigle nazi, constellé de diamants, s'étalait sur son revers gauche. Il avait prononcé un discours plutôt modéré évoquant la place de l'Allemagne au soleil et demandant avec bonhomie : « Préféreriez-vous avoir des canons ou du beurre ? Importer du lard ou du minerai ? Être toujours prêt, c'est le secret de la puissance. Le beurre fait seulement grossir. »

Goering avait terminé son discours en apothéose, prédisant que, dans la lutte à venir, l'Allemagne et l'Italie marcheraient côte à côte. Borya se souvenait de l'avoir bien écouté, sans être vraiment impressionné.

« Messieurs, j'espère que vous vous sentez bien dans votre peau », lança calmement Goering aux quatre hommes attachés.

Aucun des quatre ne répondit. Un des Russes voulut savoir :

« Qu'est-ce qu'il leur a dit, Ourho ?

– Il les charrie à mort ! »

Ce qui leur valut un nouveau coup de gueule du sergent Humer :

« Bouclez-la, si vous ne voulez pas les remplacer. »

Goering se campa directement en face des quatre hommes nus.

« Je vous le demande à tous. Vous n'avez rien à me dire ? »

Une fois de plus, seul, le vent lui répondit.

Goering s'approcha d'un des Allemands frigorifiés. Celui que Borya avait attaché à son poteau.

« Mathias, tu ne veux sûrement pas mourir de cette façon ? Tu es un soldat, un loyal serviteur de notre Führer bien-aimé. »

Des pieds à la tête, l'homme était agité de tressautements convulsifs. Pourtant, il parvint à bégayer : « Le... Führer... n'a rien à voir... là-dedans.

– Mais nous œuvrons tous pour sa gloire.

– C'est... pourquoi... je préfère mourir. »

Goering haussa les épaules. Le geste anodin de quelqu'un qui se demande s'il va reprendre une part de gâteau. Il fit signe à Humer et, sur un geste du sergent, deux des gardes roulèrent un tonneau à proximité des quatre hommes. Un autre garde jeta quatre louches dans la neige. Humer foudroya les Russes du regard.

« Emplissez-les bien à ras, et rapprochez-vous de ces imbéciles. »

Borya traduisit, à l'usage des trois autres. Ils puisèrent dans le tonneau et, portant les louches pleines, firent ce qui leur était commandé.

« Ne renversez rien ! » gronda Humer.

Le vent arracha quelques gouttes à la louche de Borya. Sans susciter la colère du sergent. Il s'arrêta près de Mathias alors que Goering ôtait méthodiquement ses gants de cuir noir.

« Vous voyez. J'enlève mes gants pour sentir le froid comme vous le sentez vous-mêmes. »

Borya était assez proche du gros homme pour distinguer la lourde bague d'argent qui décorait le majeur de sa main droite. Le chaton représentait un poing fermé. De la poche de son pantalon, Goering sortit une pierre. Elle était d'un beau jaune d'or, comme du miel. Borya l'identifia immédiatement. C'était de l'ambre. Sans cesser de manipuler la pierre, Goering déclara :

« On va vous arroser d'eau glacée, toutes les cinq minutes, jusqu'à ce que vous me disiez ce que je veux savoir... ou que vous mouriez, bien sûr. Les deux solutions me plaisent autant l'une que l'autre. Mais ne perdez pas de vue que parler, c'est survivre. Ceux qui s'y décideront seront remplacés par ces misérables Russes. On leur prendra leurs manteaux et vous pourrez arroser vos remplaçants jusqu'à ce qu'ils en crèvent. Imaginez un peu la rigolade ! Simplement en échange de ce que je veux savoir. Alors ? »

Silence.

Goering adressa un nouveau signe au sergent.

« Arrosez ! » grogna Humer.

Borya s'exécuta, et les trois autres firent de même. L'eau inonda la chevelure blonde de Mathias avant de ruisseler sur son visage et sa poitrine. Il ne s'agissait plus de tremblements, mais de soubresauts incontrôlables exprimant une souffrance aiguë.

Seuls, leurs claquements de dents rompaient le silence.

« Quelque chose à dire ? » insista Goering.

Rien.

La même opération fut répétée cinq minutes plus tard. Et cinq minutes après. Quatre fois de suite. L'hypothermie était proche. Goering attendait paisiblement, en caressant son petit morceau d'ambre. Juste avant une nouvelle aspersion, il s'adressa, une fois de plus, à Mathias.

« C'est ridicule. Dis-moi où est cachée la *Bernsteinzimmer* et c'en sera fini de tes souffrances. Cette cause ne vaut pas qu'on meure pour elle ! »

Et toujours pas d'autre réponse que ce regard indomptable. Borya s'en voulait d'assister Hermann Goering dans son œuvre de mort.

« *Sie sind ein lügnerisch diebisch Schwein*[1] », parvint à éructer Mathias. Puis il cracha.

Goering se rejeta en arrière et déboutonna son manteau pour essuyer la salive qui le souillait. Il en écarta les revers, révélant un uniforme gris perle surchargé de décorations.

« Je suis ton *Reichsmarschall*. Immédiatement derrière le Führer. Nul ne porte cet uniforme, sauf moi. Comment oses-tu t'imaginer que tu puisses le salir aussi facilement ? Tu vas me dire ce que je veux savoir, Mathias, ou tu vas mourir de froid. Lentement. Très lentement. Et ça n'aura rien de drôle. »

L'Allemand cracha de nouveau. Cette fois sur l'uniforme. Goering resta étonnamment calme.

« Admirable, Mathias. Je note ta fidélité. Mais combien de temps crois-tu pouvoir tenir ? Regarde-toi. Tu n'aimerais pas avoir chaud ? Sentir sur ton corps la proximité bénie d'un bon feu ? T'envelopper dans une bonne couverture de laine ? »

Goering attrapa tout à coup Borya pour le jeter contre l'Allemand supplicié. L'eau de la louche qu'il tenait toujours se répandit dans la neige.

« Rien que ce manteau minable serait une bénédiction, tu ne crois pas, Mathias ? Vas-tu permettre à ce misérable cosaque d'avoir chaud pendant que tu gèles ? »

L'Allemand ne dit rien. Sans doute, à ce stade, était-il incapable de parler.

Goering repoussa Borya.

« Et si je te donnais un petit peu de ma chaleur ? »

Le *Reichsmarschall* défit sa braguette. Un jet d'urine frappa Mathias, s'évaporant à son contact et laissant des traces jaunes sur la peau nue. Goering secoua son organe et le remit en place.

« Tu te sens mieux, Mathias ?

– *Verrottet in der Schweinhölle !* »

Borya approuva mentalement. *Pourris dans l'enfer des cochons !*

---

1. « Vous êtes un cochon de menteur doublé d'un voleur. » *(N.d.T.)*

Goering se rua sur le soldat et le frappa violemment du revers de la main, en plein visage. Sa bague d'argent lui ouvrit la joue. Le sang se mit à couler.

« Arrosez-le ! » vociféra Goering.

Borya retourna au tonneau et remplit sa louche alors que l'Allemand prénommé Mathias se mettait à chanter :

« *Mein Führer. Mein Führer. Mein Führer.* »

Avec une énergie, une conviction croissante. Bientôt rejoint par ses trois camarades.

L'eau jaillit.

Goering ne disait plus rien. Il se bornait à contempler le spectacle sans cesser de rouler sa pierre d'ambre entre ses doigts.

Deux heures plus tard, Mathias mourut, enrobé de glace.

Au cours de l'heure qui suivit, les trois autres Allemands succombèrent à leur tour.

Seul Goering avait parlé de la *Bernsteinzimmer.*

La Chambre d'ambre.

PREMIÈRE PARTIE

1

Atlanta, Géorgie
Mardi 6 mai, de nos jours
10 h 35

La juge Rachel Cutler regarda par-dessus la monture de ses lunettes. L'avocat s'était trompé de nouveau, et cette fois il n'allait pas s'en tirer aussi facilement.

« Pardonnez-moi, maître.

– J'ai dit que le défendeur invoquait une erreur judiciaire.

– Non. Avant cela, qu'avez-vous dit ?

– J'ai dit "Oui, monsieur le juge".

– Au cas où vous ne l'auriez pas remarqué, je ne suis pas un monsieur.

– Exact, Votre Honneur. Je vous présente mes excuses.

– Vous l'avez dit quatre fois ce matin. J'en ai pris note. »

L'avocat haussa les épaules.

« Il s'agit d'un détail sans importance. Pourquoi Votre Honneur a-t-elle pris le temps de noter une simple inadvertance de ma part ? »

L'insolent salopard allait jusqu'à sourire. Rachel se redressa sur son siège et le toisa du regard. Puis elle se rendit compte de ce que T. Marcus Nettles était en train de faire et se tut.

« Mon client passe en jugement pour agression caractérisée, avec coups et blessures, Votre Honneur. Pourtant, la cour semble plus intéressée par ma façon de m'adresser au juge que par l'affaire jugée. »

Elle jeta un coup d'œil au jury. Puis à l'autre avocat. L'assistant du procureur du comté de Fulton attendait, paisible, la suite des événements, apparemment heureux que l'adversaire de Rachel fût en passe de creuser sa propre tombe. Visiblement, le jeune avocat n'entrevoyait pas ce que Nettles essayait de faire. Elle, si. Elle réagit en conséquence :

« Vous avez raison, mon cher maître. C'est un détail sans importance. Poursuivez, je vous prie. »

Elle nota, satisfaite, la nuance de contrariété dans l'expression de Nettles. Celle d'un chasseur qui vient de rater une belle pièce.

« Que fait-on de ma demande d'ajournement pour erreur judiciaire.

– Demande rejetée. Poursuivez, je vous prie. »

Rachel Cutler observa le premier juré lorsqu'il se leva pour exprimer un verdict de culpabilité. Les délibérations n'avaient pris qu'une vingtaine de minutes.

« Votre Honneur, intervint Nettles, je demande une enquête préliminaire à la condamnation.

– Demande rejetée.

– Je demande que la condamnation soit différée.

– Demande rejetée. »

Nettles parut enfin se rendre compte de l'erreur qu'il avait commise.

« Je demande la récusation de cette cour.

– Pour quel motif ?

– Manque d'objectivité.

– Envers qui et pourquoi ?

– Envers moi-même et envers mon client.

– Expliquez-vous.

– La cour a fait preuve de préjugé.

– Comment cela ?

– En relevant, ce matin, mon emploi erroné de la formule "Monsieur le juge".

– Si je me rappelle bien, maître, j'ai admis qu'il s'agissait là d'une erreur sans importance.

– Exact. Mais cet échange s'est produit en présence du jury, et le mal était fait.

– Je n'ai en mémoire aucune motion déposée pour vice de forme concernant cet échange. »

Nettles n'insista pas. Rachel se tourna vers la table du procureur.

« Quelle est la position de l'État ?

– L'État s'oppose à la motion suggérée. La cour a statué en toute impartialité. »

Rachel faillit sourire. Au moins, le jeune substitut connaissait les bonnes réponses.

« Demande de récusation rejetée. »

Rachel se retourna vers l'accusé, un jeune homme de race blanche aux cheveux hirsutes, au visage marqué de petite vérole.

« Que l'accusé se lève. »

L'accusé se leva.

« Barry Kingston, vous avez été reconnu coupable du crime d'agression caractérisée, avec coups et blessures. Cette cour vous condamne à la prison, pour une période de vingt années. »

Elle se leva, marcha vers la porte de bois qui s'ouvrait sur son bureau personnel.

« Maître Kettles, puis-je vous voir un instant ? »

Le substitut se dirigea vers elle.

« Seule », précisa-t-elle.

Abandonnant son client dûment menotté par les agents de service, Nettles ne tarda pas à la rejoindre.

« Fermez la porte, s'il vous plaît. »

Elle entrouvrit sa robe et contourna son bureau.

« Bel essai, mon cher maître.

– De quoi parlez-vous ?

– Vous avez tenté de m'exaspérer en m'appelant monsieur. Votre système de défense était si faiblard que vous espériez obtenir ainsi l'annulation de jugement que vous souhaitiez. »

Il haussa les épaules.

« On fait ce qu'on peut avec ce qu'on a.

– Mais sans jamais cesser de respecter la cour, et en évitant de donner du monsieur à un juge de sexe féminin. Ça ne vous a pas empêché de continuer. Délibérément.

– Vous avez condamné mon client à vingt ans sans lui accorder le bénéfice d'une audience préliminaire. »

Elle s'assit derrière son bureau, sans offrir de siège à Nettles.

« C'était inutile. L'homme est un récidiviste. Je l'ai déjà condamné, il y a deux ans, pour le même crime. Six mois ferme, six mois avec sursis. Mais cette fois, il était armé d'une batte de base-ball, et il a fracturé le crâne de sa victime. Il a épuisé toute ma réserve de patience.

– Vous auriez dû vous récuser. Ces faits antérieurs vous privaient de toute impartialité.

– Vraiment ? Cette audience préliminaire que vous réclamiez aurait tout bonnement remis ces faits en évidence. Je vous ai épargné une inutile perte de temps.

– Vous êtes une foutue garce.

– Voilà qui va vous coûter cent dollars. Payables sur-le-champ. Et cent autres pour votre numéro raté, devant la cour.

– Il faudra m'y faire condamner avant que je m'exécute.

– Exact. Mais vous n'irez pas jusque-là. Ça n'arrangerait pas cette image sexiste que vous vous acharnez à donner de vous-même ! »

Il ne dit rien, mais elle pouvait presque entendre la rage qui bouillait dans ses veines. Nettles était un type trapu, mafflu, réputé tenace. Qui supportait mal d'être dominé par une faible femme.

« Et chaque fois que vous montrerez votre gros cul devant mon tribunal, ça vous coûtera cent dollars de plus ! »

Il s'approcha du bureau en sortant de sa poche un rouleau de billets de cent dollars flambant neufs, à l'effigie de

Benjamin Franklin. Il en plaqua deux sur le bureau, puis en déplia trois autres.

« Allez vous faire foutre ! »

Un billet de plus.

« Allez vous faire foutre ! »

Un quatrième.

« Allez vous faire foutre ! »

Le cinquième Benjamin Franklin rejoignit ses petits camarades.

2

Rachel remonta la fermeture de sa robe, rejoignit la salle d'audience et grimpa les trois marches qui la ramenaient à la cathèdre de chêne massif qu'elle occupait depuis quatre ans. L'horloge murale disait une heure quarante-cinq. Elle se demanda combien de temps encore elle allait pouvoir jouir ainsi du privilège de sa fonction de juge. C'était une année d'élection, les primaires étaient terminées depuis quinze jours et elle avait contre elle deux adversaires notoires, bien décidés à en découdre. Il avait été question d'autres postulants, mais personne ne s'était présenté le vendredi précédent, avant cinq heures moins dix, muni des quatre mille dollars nécessaires pour appuyer toute candidature.

Quant aux deux déjà inscrits, ils allaient faire le maximum pour décrocher le gros lot, ce qui présageait un été fertile en discours politiques et en chasse aux subsides. Une perspective qui n'avait rien d'engageant. Les classeurs de Rachel regorgeaient de dossiers en attente, et d'autres s'y ajoutaient, pratiquement d'heure en heure. Par bonheur, l'affaire officiellement étiquetée *État de Géorgie contre Barry Kingston* ne demanda pas plus d'une demi-heure de délibération complémentaire. Personne, dans le jury, n'avait été dupe des entrechats de T. Marcus Nettles.

Avec tout un après-midi devant elle, Rachel s'attela à l'étude des dossiers civils qui s'étaient accumulés au cours des deux dernières semaines, à la faveur des jugements passibles de conséquences pénales : quatre condamnations, six verdicts de culpabilité, un acquittement. Onze dossiers criminels bouclés, préludant à l'ouverture de ceux que le greffe avait enregistrés dans l'intervalle. Et que sa secrétaire déposerait sur son bureau, dès le lendemain matin.

Le *Courrier quotidien du Comté de Fulton* publiait chaque année une évaluation des mérites professionnels de tous les juges des hautes cours de la région. Depuis trois ans, Rachel figurait parmi les têtes de liste, pour sa manière expéditive de traiter ses dossiers et le faible pourcentage de ses verdicts désavoués en appel. Tout juste deux pour cent. Pas mal d'avoir eu raison dans quatre-vingt-dix-huit pour cent des décisions à prendre.

Elle s'installa confortablement pour affronter le défilé de l'après-midi. Des avocats entraient et ressortaient, parfois avec un client en remorque avide d'entendre confirmer un divorce ou d'obtenir la signature d'un juge. Une quarantaine d'interventions concernant autant d'affaires en instance de jugement. À quatre heures et quart, elle n'avait plus devant elle que deux dossiers plutôt minces. Une adoption, dont le sujet d'environ sept ans lui rappelait son propre fils, Brent, du même âge. Un cas qu'elle aurait plaisir à traiter. Et enfin et surtout, une simple demande de changement de nom, qu'elle avait souhaité pouvoir régler dans une salle d'audience libre de tout public.

L'employé du greffe ouvrit le dossier devant elle.

Le demandeur était un vieil homme en veste de tweed beige et pantalon de velours fauve. Elle lui fit confirmer son identité sur un ton très officiel :

« Votre nom, je vous prie.

– Karl Bates. »

Sa voix fatiguée s'agrémentait d'un accent européen. Europe de l'Est.

« Depuis combien de temps vivez-vous dans ce pays ?

– Quarante-six ans.

– Vous avez la nationalité américaine ? »

Il fit oui d'un signe de tête.

« Je suis très âgé. Quatre-vingt-trois ans. J'ai vécu plus de la moitié de ma vie dans ce pays. »

Ni la question ni la réponse n'étaient indispensables au traitement du dossier, mais ni le greffier ni le secrétaire ne réagirent.

« Mes parents, mes frères, mes sœurs... tous massacrés par les nazis. Beaucoup sont morts en Biélorussie. Nous étions russes blancs. Quand les Soviets nous ont annexés, peu parmi nous avaient été épargnés. Staline était encore pire qu'Adolf Hitler. Un fou. Un boucher. Plus rien ne restait après son passage. Alors, je suis parti. L'Amérique est la terre des promesses, n'est-ce pas ?

– Vous aviez la nationalité russe ?

– Plus exactement la nationalité soviétique. »

Il secoua la tête.

« Mais je ne me suis jamais considéré comme un citoyen soviétique.

– Vous avez servi pendant la guerre ?

– Par force. La Grande guerre patriotique, d'après Staline. Fait prisonnier. Envoyé à Mauthausen. Seize mois dans un camp de concentration.

– Quel métier avez-vous exercé, après votre immigration ?

– Orfèvre.

– Vous demandez à cette cour l'autorisation de changer de nom. Pour quelle raison désirez-vous prendre celui de Karol Borya ?

– Parce que c'est mon nom. Mon père m'avait appelé Karol. Il signifie "moralement fort". J'étais le cadet de six enfants et j'avais failli mourir à la naissance. Quand j'ai émigré dans ce pays, j'ai pensé qu'il valait mieux que je change d'identité. J'avais travaillé dans une commission gouvernementale en Union soviétique. Je hais les communistes. Ils ont ruiné mon pays et je le proclame. Staline a envoyé beaucoup de mes compatriotes dans des camps sibériens. J'ai pensé qu'il pourrait détruire ma famille. Peu pouvaient partir alors. Mais avant de mourir, je veux retrouver mon passé.

« Vous êtes malade ?

– Non. Mais j'ignore combien de temps ce corps fatigué va pouvoir encore tenir. »

Rachel regardait fixement le vieillard debout devant elle, les épaules affaissées par l'âge, mais toujours là, le regard indompté au creux des orbites, le cheveu blanc, la voix éraillée, mais toujours ferme.

« Vous êtes formidable, pour un homme de votre âge. »

Il sourit.

« Désirez-vous changer de nom pour frauder le fisc, échapper à des poursuites ou bien à des créanciers insatiables ?

– Jamais de la vie.

– Alors, je vous accorde votre demande. Vous allez redevenir Karol Borya. »

Elle signa le formulaire attaché à la demande et remit le dossier à l'employé du greffe. Puis elle quitta sa place et s'approcha du vieillard. Des larmes coulaient sur ses joues mal rasées. Et les yeux de Rachel étaient rouges, eux aussi. En le prenant doucement par les épaules, elle chuchota :

« Je t'aime, papa. »

3

16 H 50

Quittant le lourd fauteuil de chêne, Paul Cutler, à bout de patience, s'adressa directement à la cour :

« Votre Honneur, le ministère public ne conteste pas les services du plaignant. Ce que nous contestons, c'est l'importance de la somme qu'il réclame. Douze mille trois cents dollars, c'est une somme importante, juste pour repeindre une maison.

– Il s'agit d'une grande maison, riposta l'avocat du plaignant.

– C'est ce que j'ai cru comprendre », commenta le juge des référés.

Paul rétorqua :

« Elle fait six cents mètres carrés. Rien d'exceptionnel. Un travail de routine. Incompatible avec le montant réclamé.

– Monsieur le juge, le contrat signé par le défunt concernait la peinture intégrale des locaux... ce que mon client a effectivement réalisé.

– Ce que le plaignant a réalisé, monsieur le juge, c'est un abus de confiance aux dépens d'un homme de soixante-treize ans, en mauvaise santé. Il est fort loin d'avoir fourni pour douze mille trois cents dollars de travail effectif.

– Le défunt avait promis à mon client un bonus s'il faisait le travail dans la semaine. Ce qu'il a fait. »

Paul n'en revenait pas de voir l'autre avocat présenter ses arguments sans pouffer de rire.

« Très commode, si l'on considère que la personne susceptible de contredire cette affirmation est morte dans l'intervalle. En notre qualité de représentant des héritiers légaux, nous ne pouvons, en toute bonne foi, payer cette facture.

– Vous vous en remettez à l'arbitrage de la cour ? » s'impatienta le juge.

L'avocat du créancier se pencha vers son client, un homme nettement plus jeune, mal à l'aise dans un complet de tergal et une cravate trop serrée.

« Non, fut la réponse. Plutôt un arrangement à l'amiable. À concurrence de sept mille cinq cents dollars. »

Paul ne sourcilla pas.

« Mille deux cent cinquante dollars, pas un cent de plus. Nous avons fait établir un devis par un autre peintre. D'après lui, tout le travail a été saboté. Peinture allongée à l'eau et le reste à l'avenant. En ce qui me concerne, je fais entièrement confiance au jury. »

Et, les yeux dans les yeux de l'avocat adverse, il ajouta :

« Cette discussion me rapporte deux cent vingt dollars de l'heure. Prenez donc tout votre temps, cher collègue ! »

Le cher collègue n'hésita pas. Il s'abstint même de consulter son client.

« Nous n'avons pas les moyens de poursuivre cette controverse. Et pas d'autre choix que d'accepter l'offre du ministère public.

– Je l'aurais parié. Bon Dieu de saloperie d'escroc ! » souffla Paul juste assez fort pour être entendu.

Il rassembla posément les pièces du dossier.

« Notifiez votre conclusion, maître Cutler », décréta le juge.

Paul s'exécuta rapidement, puis quitta la salle d'audience et descendit l'escalier menant aux tribunaux de première instance qui occupaient les étages inférieurs. Si proches et pourtant aux antipodes. Pas de meurtres à sensation, pas de litiges portant sur des millions de dollars, pas de divorces à grand spectacle de personnalités médiatiques. Testaments, ruptures de contrat, querelles de tutelle composaient l'essentiel de leur juridiction limitée. Affaires le plus souvent prosaïques, ennuyeuses, réduites à l'évocation de souvenirs oubliés, d'accords déformés par le temps, réels ou imaginaires. Parfois, quelque contestataire obstiné optait pour un vrai jugement, mais dans l'ensemble, ces sortes d'affaires n'impliquaient que de vieux juges blanchis sous le harnois et des avocats de seconde zone.

Même après que l'université de Géorgie l'eut expédié dans la nature avec son doctorat en droit, ce genre de travail avait constitué la spécialité de Paul, qui n'était pas allé directement à la fac de droit, rejeté par les vingt-deux établissements où il avait rêvé de poursuivre ses études. Un événement récurrent qui avait porté un coup terrible à son père. Employé pendant trois ans aux services juridiques de la Banque populaire de Géorgie, il en était ressorti avec suffisamment d'expérience pour passer l'examen d'entrée à l'une de ces facultés. Et le réussir. Trois ans de formation accélérée lui avaient valu un engagement chez Pridgen et Woodworth, après obtention de sa licence. Aujourd'hui, quelque treize ans après, il était actionnaire de la grande organisation juridique et membre du conseil de gestion. Un parcours chaotique, mais néanmoins victorieux.

À long terme.

Au détour d'un couloir, il piqua droit sur la double porte qui se dressait à son autre extrémité.

La journée avait été mouvementée. L'histoire du peintre était prévue depuis une bonne semaine, mais juste après le déjeuner, son bureau l'avait appelé pour le brancher sur un autre coup programmé à quatre heures et demie. Toutefois, l'adversaire ne s'étant pas présenté, il avait trouvé le temps de régler cette histoire de peinture, et c'est sans idée préconçue qu'il poussa la porte de la salle à présent désertée où Rachel exerçait ses fonctions de juge.

« Des nouvelles de Nettles ? demanda-t-il à la seule employée visible.

– Je pense bien ! »

La femme souriait d'une oreille à l'autre.

« Où est-il ?

– Invité chez le shérif. Pour un court séjour en cellule de garde. »

Paul posa sa serviette sur la table de chêne.

« Vous rigolez ?

– Non. C'est votre ex qui l'y a collé, ce matin.

– Rachel ?

– Sûr. Il se serait montré grossier avec elle, dans son bureau. Trois fois, il lui aurait dit d'aller se faire foutre. Cent dollars à chaque insulte ! »

La porte s'ouvrit, livrant passage à T. Marcus Nettles en personne, dont le complet beige signé Neiman avait besoin d'un coup de fer. La cravate signée Gucci était bonne à jeter, et les mocassins italiens auraient aussi bien pu sortir du marché aux puces.

« Marcus ! Qu'est-ce qui t'est arrivé ?

– Cette garce qui a été ta femme m'a fait jeter en taule et m'y a laissé croupir depuis ce matin. »

Même la belle voix de baryton avait changé de tessiture.

« Dis-moi, Paul, c'est vraiment une femme ou une sorte d'hybride avec des couilles entre ses longues jambes ? »

Paul ouvrit la bouche, puis jugea préférable de se taire.

« Elle m'a pris à partie, en présence d'un jury, parce que je l'avais appelé monsieur.

– Quatre fois. J'y étais ! certifia l'employée, hilare.

– Ouais. Après que j'ai demandé un ajournement qu'elle aurait dû m'accorder, elle a réclamé vingt ans pour mon client, sans bénéfice d'audience préliminaire. Et puis, elle a voulu me donner une leçon d'éthique. Je ne supporte pas cette merde. Surtout de la part d'une garce prétentieuse. Tu veux savoir un truc ? Ça risque de me coûter chaud, mais on en reparlera le deuxième mardi de juillet.

– Tu comptes faire appel ? »

Nettles posa sa serviette auprès de celle de Paul.

« Pourquoi pas ? J'ai cru que j'allais passer la nuit en cellule. On dirait que cette salope a un cœur, après tout.

– Modère ton langage, Marcus, ou... »

Plus vite et plus sec qu'il n'en avait eu l'intention.

Les yeux de Nettles s'arrondirent, comme s'il venait de découvrir quelque chose.

« Hé, ça remonte à combien, votre divorce ? Trois ans ? Elle doit te pomper chaque mois un bon bout de tes revenus, pour faire bouffer les gosses ! »

Paul Cutler n'émit aucun commentaire.

« Pas possible, commenta Nettles. Tu en pinces encore pour elle !

– On peut parler d'autre chose ?

– C'est ça, hein, mon salaud ? »

Il alla récupérer sa serviette. L'employée quitta la salle, enchantée. L'après-midi n'était pas encore terminé. Paul fut heureux de se retrouver seul avec un Nettles en veine de bavardage, carré dans un des grands fauteuils de chêne. Les cancans de salle d'audience avaient la propriété de se propager plus vite que des feux de brousse.

« Paul, mon pote, relança Nettles, sentencieux. Retiens bien le conseil d'un expert en matière de sexe. Quand tu t'es débarrassé d'une, fais pas la connerie d'en rester raide dingue. »

4

17 H 45

Karol Borya remonta son allée tapissée de gravier, et rentra son Oldsmobile au garage. Il se réjouissait, à quatre-vingt-trois ans, de pouvoir conduire encore. Sa vue était excellente, et ses réflexes, même un peu plus lents, ne posaient pas de problèmes aux examinateurs de l'État, lors du renouvellement périodique de son permis. Il conduisait assez peu, d'ailleurs, et jamais sur de longues distances. Jusqu'au supermarché, parfois jusqu'au centre commercial, et surtout jusqu'à la maison de Rachel, au moins deux fois par semaine. Aujourd'hui même, il n'avait fait qu'une dizaine de kilomètres jusqu'à la gare où il avait pris le train pour aller régler cette histoire de changement de nom.

Il vivait au nord-est du comté de Fulton depuis près de quarante ans, bien avant l'explosion d'Atlanta vers le nord. Les anciennes collines d'argile rouge boisées, qui s'étaient étendues jadis jusqu'aux rives de la Chattahoochee, se couvraient à présent d'immeubles de bureaux, de quartiers résidentiels très huppés et de larges voies de communication. Des millions de gens vivaient et travaillaient autour de lui, dans ce nouvel Atlanta qu'il n'était pas sûr d'aimer autant que l'autre. Mais qui méritait, à présent, le nom de métropole.

Il marcha jusqu'à sa boîte aux lettres plantée au bord du trottoir. La température était exceptionnellement élevée, en ce mois de mai, une bonne chose pour ses articulations arthritiques toujours promptes à ressentir l'approche de la mauvaise saison. En rentrant chez lui, il remarqua que les portes des caves avaient besoin d'être repeintes.

La vente de son premier terrain, vingt-quatre ans plus tôt, lui avait permis d'acheter cette maison. Neuve. Et de la payer cash. Depuis lors, le lotissement n'avait cessé de s'améliorer, avec la pose du tout-à-l'égout, pour devenir ce qu'il était aujourd'hui, un petit coin privilégié à l'atmosphère surannée comme on n'en faisait plus guère.

Maya, sa femme chérie, était morte, hélas, deux ans après les derniers aménagements de la maison. Emportée par un cancer. Vite. Trop vite. À peine le temps de lui dire au revoir. Rachel avait alors quatorze ans, lui cinquante-sept, et une peur horrible de vieillir seul. Mais Rachel ne s'était jamais beaucoup éloignée. Une fille unique. Dans tous les sens du terme.

Il entra dans la maison et quelques minutes plus tard, ses deux petits-enfants pénétrèrent dans la cuisine à grand fracas. Ils ne frappaient jamais. À quoi bon, puisque la porte n'était jamais fermée à clef ? Brent, sept ans. Maria, six. Tous deux se précipitèrent dans les bras de leur grand-père. Rachel les suivait.

« Grand-père, grand-père, ousqu'elle est, Lucy ?

– Elle dort dans le salon, comme toujours. »

Lucy était entrée, quatre ans auparavant, et n'était jamais ressortie. Les deux enfants disparurent, en criant, à l'intérieur de la maison. Rachel ouvrit le frigo, en tira un pichet de thé glacé.

« Tu as un peu cédé à tes émotions, au tribunal.

– Je sais que j'en dis trop. Mais je pensais à papa. J'aurais voulu que tu le connaisses. Aux champs toute la journée.

Tzariste. Loyal jusqu'au bout, contre la pourriture communiste. Je n'ai même pas une photo de lui.

– Mais tu as recouvré son nom.

– Et je t'en remercie très fort, ma chérie. Où était Paul ?

– Mon secrétaire s'est renseigné. Il était coincé par ailleurs. Sinon, il serait venu.

– Comment va-t-il ? »

Elle but une gorgée de thé.

« Bien, je pense. »

Karol contemplait sa fille. Elle ressemblait tant à sa mère. Un teint de perle, une chevelure auburn ondulée, les yeux marron, le regard d'une femme énergique et consciente de ses responsabilités. Intelligente, aussi. Peut-être un peu trop pour son propre bien.

« Et toi, comment vas-tu ?

– Je m'en sors. Je m'en sors toujours.

– Tu es sûre ? »

Elle changeait un peu, depuis quelque temps. Rien d'important, un peu plus de fragilité dans le quotidien, une hésitation, envers les choses de la vie, qui l'inquiétait vaguement.

« Ne te fais aucun souci pour moi, p'pa. Tout va bien.

– Toujours pas de prétendant ? »

Il ne l'avait jamais vue sortir avec qui que ce fût, depuis son divorce. Aucune fréquentation masculine.

« Comme si j'avais le temps ! Juste celui de bosser et de m'occuper de ces deux loustics, là-dedans. Sans parler de toi. »

Plus fort que lui, il fallait qu'il le dise :

« Je me tracasse à ton sujet.

– Aucune raison de t'en faire. »

Mais elle regardait ailleurs. Peut-être pas tellement sûre de dire la vérité. Il ajouta :

« Ce n'est pas bon de vieillir seul.

– Ce n'est pas ton cas.

– Je ne parlais pas de moi, et tu le sais très bien. »

Elle alla rincer son verre dans l'évier. Il décida de laisser tomber pour le moment et pressa le bouton d'allumage du petit poste télé de la cuisine. Branché, depuis le matin, sur les infos de CNN. Il réduisit le son et, pour la deuxième fois, ce fut plus fort que lui :

« Le divorce est un sale truc. »

Elle lui jeta un coup d'œil peu amène.

« Tu vas y aller de ta conférence ?

– Oublie ton orgueil. Faites un autre essai.

– Paul ne le désire pas. »

Il lui retourna son regard.

« Vous êtes deux orgueilleux. Pensez à mes petits-enfants.

– J'y ai pensé, lors du divorce. Nous passions notre temps à nous bagarrer. Tu le sais.

– Tu es aussi têtue que ta mère. »

Ou que lui-même ?

« Paul va venir chercher les enfants, vers sept heures. Il les ramènera à la maison.

– Et toi ?

– Collecte de fonds pour la campagne à venir. Ce n'est pas que ça m'amuse... »

Il baissa les yeux vers le petit écran. Vit un paysage de montagnes, pentes abruptes et rocs découpés à contre-ciel. Un tableau curieusement familier. Stod, Allemagne, disaient les petites lettres, en bas de la télé. Il augmenta le volume du son.

« *... l'entrepreneur millionnaire Wayland McKoy pense que les montagnes du centre de l'Allemagne peuvent encore receler des trésors nazis. Son expédition va, la semaine prochaine, entamer des fouilles dans les montagnes du Harz, une région située jadis en Allemagne de l'Est. Ces versants ne sont redevenus accessibles que bien après la chute du mur de Berlin et la réunification des deux Allemagne.* »

L'image montrait à présent des entrées de grottes, à flanc de pente.

« *Il existe des raisons de croire qu'à la fin de la Seconde Guerre mondiale, le butin des nazis fut dissimulé, à la hâte, dans les centaines de galeries souterraines qui parcourent ces vieilles montagnes. Certaines furent également utilisées comme dépôts de munitions, ce qui complique la recherche et la rend particulièrement dangereuse. En fait, plus de deux douzaines de personnes ont déjà perdu la vie dans cette région, depuis la Seconde Guerre, en explorant ces cachettes potentielles...* »

Rachel embrassa son père sur les deux joues.

« Il faut que j'y aille. »

Karol Borya leva les yeux.

« Tu es sûre que Paul sera là pour sept heures ? »

Elle acquiesça d'un signe de tête et gagna la sortie.

Il ramena immédiatement toute son attention sur l'écran de la télé.

5

Karol Borya patienta une longue demi-heure dans l'espoir que les infos de CNN redonneraient *in extenso* les nouvelles concernant Wayland McKoy. Son attente ne fut pas déçue. Le reportage sur les recherches des trésors nazis entreprises dans les montagnes du Harz fut rediffusé à la fin de la séquence de six heures trente.

Il y pensait toujours lorsque Paul arriva, vingt minutes plus tard. Entre-temps, il s'était installé dans le salon, avec une carte d'Allemagne dépliée en travers de la table. Il l'avait achetée au centre commercial, quelques années plus tôt, en remplacement de la vieille carte périmée du magazine *National Geographic* dont il se servait depuis plusieurs décennies.

« Où sont les enfants ? demanda Paul.

– Ils arrosent le jardin.

– Tu es sûr que ton jardin ne court aucun danger ? »

Son ex-beau-père lui sourit.

« Sec comme il était, ils ne peuvent que lui faire du bien. »

Paul se laissa choir dans un fauteuil, la cravate dénouée, le col déboutonné.

« Ta fille t'a raconté comment elle a fait foutre un avocat en taule, ce matin ? »

Sans quitter sa carte des yeux, Borya s'esclaffa :

« Il l'avait mérité, sûrement.

– Sans doute. Mais c'est une année d'élection, et ce n'est pas le genre de type qu'il faut prendre à rebrousse-poil. Son fichu caractère va lui retomber dessus, un de ces jours.

– Juste comme ma pauvre Maya. Toujours prête à prendre la mouche.

– Et elle n'écoute personne.

– Toujours l'héritage de sa mère. »

Paul lui frappa gentiment sur l'épaule.

« J'avais saisi. Qu'est-ce que tu fabriques avec cette carte ?

– Je vérifiais quelque chose. CNN vient de dire qu'un chercheur de trésors nommé je ne sais plus comment prétend que les nazis auraient planqué des trésors artistiques dans les montagnes du Harz.

– Pas plus tard que ce matin, il y avait un article dans *USA Today*. Un type nommé Wayland McKoy, de Caroline du Nord.

– C'est lui !

– On pourrait penser que les gens en auraient marre de rechercher les trésors nazis, non ? Soixante ans, ça fait un bail pour laisser pourrir sous la terre des toiles vieilles de trois siècles ! Ce serait un miracle qu'elles n'aient pas été bouffées par la moisissure. »

Borya hochait doucement la tête.

« Tout ce qu'il y avait de bon est déjà reparti dans les musées, déclara-t-il après une courte pause. À moins que ce ne soit perdu pour toujours.

– Tu devrais savoir ça mieux que moi.

– Je m'y suis pas mal intéressé, c'est vrai. »

Intéressé ? Passionné était le mot juste ! Haussant les épaules avec une feinte indifférence, Karol Borya enchaîna :

– Tu peux m'acheter un exemplaire de ce journal ?

– Il est déjà acheté. Je l'ai dans ma voiture. »

Paul quitta le salon alors que les deux enfants entraient par la cuisine.

« Votre père est là, les informa leur grand-père.

– Vous avez noyé les tomates ? questionna Paul à son retour, en jetant le journal sur la carte déployée.

– Non, p'pa. »

Maria s'accrocha au bras de son père.

« Viens voir les légumes de pépé.

– J'arrive. L'article est en page quatre ou cinq. »

Karol Borya attendit que tous trois fussent en train de rire dans le jardin pour déplier le journal et lire l'article en question jusqu'au dernier mot.

LES TRÉSORS ALLEMANDS NOUS ATTENDENT
par Fran Downing, éditorialiste

Près de soixante ans se sont écoulés depuis que les convois nazis ont traversé les montagnes du Harz pour entasser, dans des galeries creusées au cœur de la planète, les trésors artistiques glanés dans les musées européens et d'autres objets de valeur du Grand Reich.

À l'origine, ces cavernes étaient réservées à la fabrication d'armes lourdes et au stockage des munitions. Mais vers la fin de la Seconde Guerre mondiale, elles furent converties en dépôts destinés à accueillir des richesses détournées et autres trésors nationaux.

Il y a deux ans, Wayland McKoy a mené une expédition dans les cavernes de Heimkehl, près d'Uftrugen, en Allemagne, à la recherche de deux wagons de chemin de fer enfouis sous des tonnes de pierre. McKoy découvrit effectivement les deux wagons, qui recelaient des toiles de maîtres que les gouvernements français et néerlandais furent heureux de récupérer, contre récompense substantielle.

Aujourd'hui, McKoy, entrepreneur de Caroline du Nord, créateur de lotissements immobiliers et chasseur amateur de trésors, espère bien davantage. Déjà organisateur de quatre expéditions, il espère que la dernière, qui démarrera la semaine prochaine, sera la plus fructueuse.

« Réfléchissez un instant. Nous sommes en 1945. Les Russes arrivent d'un côté, les Américains de l'autre. Vous êtes le conservateur du musée de Berlin bourré d'œuvres d'art volées dans tous les pays occupés. Vous avez quelques heures pour agir. Que chargez-vous dans le train qui va quitter la ville ? Évidemment, les pièces clés les plus précieuses des collections pillées. »

McKoy parle d'un train qui aurait fui la ville dans les tout derniers jours précédant la prise de Berlin. Cap au sud vers l'Allemagne centrale et les montagnes du Harz. Aucune précision disponible sur sa destination, mais McKoy estime que la précieuse cargaison doit se trouver dans certaines cavernes repérées au cours de l'automne dernier. Les interviews de soldats allemands ayant participé au chargement de ce train l'ont convaincu, et de son existence, et de la valeur inestimable de son fret. Au cours de l'année dernière, McKoy a utilisé un radar d'exploration souterraine pour opérer un premier sondage des cavernes en question.

« Il y a quelque chose là-bas dessous, affirme-t-il. Trois masses métalliques assez volumineuses pour correspondre à des wagons de chemin de fer ou à des containers de stockage. »

McKoy a déjà obtenu, du gouvernement allemand, son permis de procéder aux travaux de terrassement nécessaires. L'idée de creuser à l'emplacement du nouveau site repéré l'excite particulièrement, car on n'a encore jamais fouillé dans cette zone. Jadis incluse dans l'Allemagne de l'Est, cette région est restée inaccessible durant des décennies. La loi allemande stipule que, le cas échéant, McKoy ne pourra conserver qu'une petite part de tout ce qui n'aura pas été réclamé par les propriétaires légitimes. Mais il en faudrait davantage pour décourager le bonhomme ! « C'est tellement passionnant ! Qui sait ? La Chambre d'ambre gît peut-être elle aussi sous cette masse rocheuse. »

La perforer sera long et difficile. Excavatrices et bulldozers risqueraient d'endommager, voire de détruire le précieux chargement. McKoy envisage donc d'y forer des ouvertures diversement orientées, puis d'entailler la roche par des procédés chimiques.

« Une entreprise lente et dangereuse, admet-il volontiers, mais le jeu en vaut la chandelle ! Les nazis avaient fait percer des centaines de galeries par des prisonniers qui mouraient à la tâche. Ils y amassaient leurs réserves de munitions, à l'abri des bombardements alliés. Même les cavernes réservées aux trésors artistiques étaient généralement minées. Tout le problème consiste à sélectionner les bons endroits et à s'y introduire sans risques majeurs. »

L'équipement lourd de McKoy ainsi qu'une équipe de télévision attendent déjà sur place. Son intention est de les rejoindre lors du prochain week-end. Le coût prévu d'un million de dollars sera supporté par des investisseurs privés qui comptent récupérer leurs fonds et tirer de l'opération un bon bénéfice.

McKoy souligne : « Il y a des trésors enfouis sous la terre. J'en ai la certitude. Tôt ou tard, quelqu'un va les mettre au jour. Alors, pourquoi pas moi ? »

Karol Borya reposa le journal. Dieu du ciel, l'heure avait-elle sonné ? Si tel était le cas, que pouvait-il y faire ? Trop tard. Trop vieux, Karol ! Trop éloigné de tout. Il fallait être réaliste.

« Tu t'intéresses toujours à ces contes de fées ? »

Paul revenait du jardin. Sans les enfants.

« Une vieille habitude.

– Je reconnais que ce serait vachement excitant de jouer à la chasse aux trésors dans ces trous de mines que les Allemands utilisaient comme des chambres fortes. Pas impossible qu'il y ait encore de quoi s'enrichir là-bas !

– Ce McKoy cite la Chambre d'ambre. Encore un qui rêve des fameux panneaux ! »

Paul ne put s'empêcher de sourire.

« L'appât des biens mal acquis, planqués depuis toujours. J'en connais qui vont se régaler. Je parle des gars de la télévision...

– Je les ai vus, dans le temps, les panneaux de la Chambre d'ambre. À Minsk, j'avais pris le train pour Leningrad. Les conservateurs avaient transformé le palais de Catherine en musée. J'y ai vu la Chambre d'ambre, dans toute sa splendeur.

Il mima les dimensions, de ses mains écartées.

« Dix mètres carrés. Les murs d'ambre. Comme un puzzle géant. Sur fond de bois sculpté, dorés à l'or. Un feu d'artifice !

– J'ai lu des trucs là-dessus. Beaucoup la considéraient comme la huitième merveille du monde.

– Comme si tu entrais, de plain-pied, dans le royaume des fées. L'ambre était dur et brillant, comme de la pierre ; mais pas aussi froid que le marbre. Vivant comme du bois. Couleur citron, whisky, cerise. Des couleurs chaudes. Comme illuminées par le soleil. Stupéfiant, le travail des anciens artisans. Des figurines ciselées, des fleurs, des coquillages. Des tonnes d'ambre, entièrement façonnées à la main. Plus personne ne ferait ça, de nos jours.

– Les nazis ont volé les panneaux en 1941.

– Des ordures ! Des criminels ! Ils ont entièrement démonté les panneaux. Plus rien jusqu'en 1945. »

Il savait qu'il n'avait déjà que trop parlé et s'efforça de changer de sujet :

« Tu m'as dit que ma Rachel avait foutu un avocat en taule. »

Paul se renversa dans son fauteuil et posa ses pieds sur un pouf.

« La Reine des glaces a encore frappé. C'est comme ça qu'ils l'appellent, dans les coulisses du tribunal. Tout le monde s'imagine que je m'en balance sous prétexte que je suis divorcé.

– Ce n'est pas le cas ?

– J'ai bien peur que non.

– Tu aimes toujours ma Rachel ?

– Et mes gosses. Ils me manquent tous les trois, Karl. Ou plutôt Karol. Je ne m'y habituerai jamais.

– Moi non plus.

– Désolé d'être venu si tard. J'étais avec l'avocat que Rachel a fait boucler chez le shérif.

– Tu sais, amorça le vieux, l'œil brillant, elle n'est jamais sortie avec personne, depuis votre divorce. C'est peut-être pour ça qu'elle est de si mauvais poil. »

Paul avait visiblement réagi. Karol Borya se hâta de poursuivre :

« Trop occupée, d'après elle. Mais je me demande... »

Son ex-beau-fils ne mordit pas à l'hameçon. Il cueillit la télécommande et choisit une émission de jeu. Karol s'abstint de creuser ce sujet qui lui tenait tellement à cœur et ramena son regard sur la carte d'Allemagne. La chaîne du Harz y était clairement indiquée. Du nord au sud et puis bifurquant vers l'est et l'ancienne frontière entre les deux Allemagne. Villes indiquées par des points noirs. Göttingen. Münden. Osterdode. Warthberg. Stod. Aucune indication concernant les cavernes et les galeries, mais il savait qu'elles étaient là. Par centaines.

Laquelle était la bonne ?

Difficile à dire.

Ce Wayland McKoy était-il sur la bonne piste ?

6

22 H 25

Paul prit Maria dans ses bras et rentra dans la maison. Brent les suivait, bâillant dans son poing. Jamais Paul ne revenait dans cette maison sans un choc au cœur. Rachel et lui l'avaient achetée au lendemain de leur mariage, il y avait de ça un peu plus de dix ans. Lors du divorce, au bout de sept ans, il avait laissé la place. Elle restait leur propriété indivise et, détail notable, Rachel avait insisté pour qu'il en conservât les clefs. Mais il s'en servait rarement, et jamais sans la prévenir. Leur protocole de divorce en attribuait à Rachel la disposition exclusive, et il avait à cœur de respecter sa vie privée, si douloureuse qu'en fût la perspective.

Il grimpa au premier étage et coucha Maria dans son petit lit. Les deux enfants avaient pris leur bain chez le grand-père avant de réintégrer le domicile maternel. Le temps de leur enfiler leur pyjama, il se dit qu'il devrait les emmener voir le dernier Disney. Il les borda soigneusement, les embrassa et leur caressa la tête alors qu'ils dormaient déjà, avant de rejoindre le rez-de-chaussée.

La cuisine était en désordre. Rien de particulier à cela. Une femme de ménage venait deux fois par semaine, et Rachel n'avait jamais été du genre ménagère méticuleuse. C'était une de leurs sources de discorde. Il aimait que chaque chose soit à sa place. Pas maniaque, non. Organisé. Il ne tolérait pas le moindre désordre. Tout le contraire de Rachel. Les fringues éparpillées sur le plancher ne la dérangeaient pas plus qu'un évier rempli de vaisselle sale. Elle était comme ça, point final.

Dès le début, Rachel Bates avait été une énigme. Une mixture d'intelligence et de franc-parler, mais follement séduisante. Qu'il ait pu lui plaire, de même, constituait la surprise du chef. Ils étaient sortis ensemble, au collège, et Rachel l'avait tout de suite captivé. La loi des contraires, les extrêmes qui se touchent et tout le bazar ? Même si un autre proverbe affirmait que « qui se ressemble s'assemble » ?

Peu importait la raison, sa verve acérée, ses manières incisives lui en avaient collé plein la vue. Certes, elle ne pensait pas quatre-vingt-dix pour cent de ce qu'elle débitait à l'emporte-pièce, et Paul ne lui tenait nullement rigueur de son apparente insensibilité. Lui-même était facile à vivre. Trop peut-être. Mais c'était tellement plus simple d'abonder dans son sens que d'en prendre le contre-pied.

Lui en voulait-elle de ne jamais la contredire ? De se ranger toujours à son opinion ?

Pas impossible.

Il erra dans la maison en s'efforçant de mettre de l'ordre dans sa tête, mais dans chaque pièce, quelque souvenir assaillait sa mémoire. La console d'acajou au dessus de pierre fossile qu'ils avaient achetée à Chattanooga, un dimanche. Le sofa couleur sable qui avait accueilli tant de leurs soirées télé. La vitrine pleine de maisons lilliputiennes dont ils avaient entamé la collection et qui représentaient les cadeaux qu'ils se faisaient au moment de Noël. Même l'odeur évoquait la tendresse. L'odeur particulière des foyers réussis. L'odeur de la vie, de leurs vies mêlées. Jusqu'au jour où...

Il revint dans le salon où sa photo avec les enfants trônait toujours sur la console. Est-ce que toutes les divorcées conservaient ainsi une photo vingt-cinq sur trente de leur ex en pleine vue ? Et combien tenaient à ce que leur ancien mari conservât les clefs de chez elles ? Ils disposaient même toujours de placements bancaires communs qu'il gérait pour eux deux.

Une clef grinçait, justement, dans la serrure de l'entrée.

« Tout s'est bien passé avec les enfants ? »

Il s'emplit les yeux de la veste noire ajustée qui ceignait sa taille mince, et de la jupe arrêtée au genou. Ses jambes galbées aboutissaient à de jolis pieds chaussés de souliers sans talons. Ses cheveux auburn descendaient sur ses épaules et l'éclat de ses yeux vert tigre s'assortissait à ses boucles d'oreilles de vieil argent. Un éclat quelque peu terni par la fatigue de la journée.

« Désolé d'avoir loupé le changement de nom de Karol. Mais ta bagarre avec Marcus avait légèrement corsé le programme.

– C'est un salaud de sexiste.

– Tu es juge, Rachel. Pas réformatrice. Et surtout pas diplomate ! »

Elle jeta son sac et ses clefs sur la table, les yeux durcis comme deux billes de marbre. Paul lui avait déjà vu ce regard.

« Qu'est-ce que tu voulais que je fasse ? Ce gros porc m a dit trois fois d'aller me faire foutre, à cent dollars pièce. Il avait amplement mérité de passer quelques heures en cellule.

– Tu n'as pas besoin de faire constamment tes preuves, Rachel.

– Tu n'es pas mon directeur de conscience.

– Mais tu en aurais bien besoin. À la veille d'une élection. Avec deux rivaux sérieux sur la liste, à la fin de ta première prestation. Nettles a l'intention d'épauler l'un des deux, financièrement, et il peut se le permettre. Pas besoin de te le mettre à dos.

– Qu'il aille se faire foutre ! »

La première fois, il avait personnellement contribué à sa campagne, collecté des fonds, distribué des tracts, flatté dans le sens du poil les gens susceptibles de rallier la presse et de voter pour elle. Qui allait pouvoir l'assister, cette fois-ci ? L'organisation n'avait jamais été le fort de Rachel. Jusque-là, elle n'avait pas réclamé son aide, et il doutait qu'elle le fît un jour.

« Tu sais que tu peux perdre.

– Je n'ai nul besoin d'un cours de politique.

– De quoi as-tu besoin, Rachel ?

– C'est pas tes oignons. On est divorcés, tu te rappelles ? »

Il se remémora les paroles de son père.

« Depuis trois ans que nous sommes séparés, es-tu jamais sortie avec quelqu'un d'autre ?

– En quoi ça te regarde ?

– En rien, peut-être. Mais apparemment, je suis le seul à m'en préoccuper. »

Elle fit un pas vers lui.

« Ce qui veut dire ?

– La Reine des glaces. C'est comme ça qu'on t'appelle, dans notre milieu.

– Je fais mon boulot. Mieux notée que tous les juges du comté de Fulton, sur la liste annuelle du *Daily Report.*

– C'est tout ce qui t'importe ? À quelle vitesse tu vides ton classeur ?

– Les juges ne peuvent pas se permettre d'avoir des amis. Ou l'on t'accuse de préjugés favorables, ou on te reproche de ne pas en avoir. Je préfère mon côté Reine des glaces. »

Il se faisait tard, et Paul n'avait guère envie de discuter. Il la frôla en se dirigeant vers la porte.

« Un jour, tu regretteras peut-être de n'avoir pas d'amis. Si j'étais toi, je ne couperais pas tous les ponts dans mon sillage.

– Mais tu n'es pas moi.

– Dieu merci. »

Il s'en alla comme on prend la fuite. Il avait tellement envie de rester.

7

Italie du Nord

Mercredi 7 mai
1 h 34

Son survêtement noir, ses gants de cuir noir et ses mocassins de même couleur se fondaient dans la nuit. Même ses cheveux et ses sourcils noirs ne tranchaient pas sur l'ensemble. Et après deux semaines passées en Afrique du Nord, sa peau de blond avait bronzé, de sorte que rien en lui ne pouvait signaler sa présence.

Autour de lui, s'élevaient des pics déchiquetés environnant un amphithéâtre à peine visible d'en haut. La pleine lune se cachait à l'est, derrière les nuages. Une brise printanière contredisait la météo du jour. Un orage grondait sourdement au loin, par-dessus les montagnes.

Paille et feuilles mortes amortissaient le bruit de ses pas, dans la broussaille que couvrait une mince futaie. La lune perçait, de loin en loin, la canopée touffue des feuillages enlacés, baignant le sentier d'une lumière irisée. Il avançait posément, l'œil aux aguets, en s'abstenant d'utiliser sa torche électrique.

Le village de Pont-Saint-Martin était à dix bons kilomètres au sud. Vers le nord, commençait une route à deux voies qui menait à la frontière autrichienne, près d'Innsbruck. La BMW qu'il avait louée la veille, à l'aéroport de Venise, l'attendait là-bas, sous le couvert d'un bosquet. Après avoir réglé son affaire, il comptait rouler de nuit jusqu'à Innsbruck où un avion des *Austrian Airlines* l'emporterait, dès huit heures quarante-cinq, vers Saint-Pétersbourg, en vue d'une autre affaire.

Silence alentour. Ni carillon d'église ni voitures filant sur une autoroute. Juste des bouquets d'ifs, de chênes et de peupliers épars sur les pentes. Fougères, mousses et fleurs sauvages dans les creux. Facile de comprendre pourquoi Vinci avait inclus les Dolomites dans la toile de fond de sa *Mona Lisa.*

Au sortir de la forêt, s'étendait une prairie d'herbe drue constellée de fleurs orange. Le château s'élevait à son autre extrémité, au bout d'un chemin carrossable grossièrement pavé, en forme de fer à cheval, menant à un bâtiment de deux étages aux murs de brique rouge ornés de losanges gris. Conforme à une architecture léguée de père en fils aux maçons-constructeurs. Il s'en souvenait depuis sa dernière visite, deux mois auparavant.

Aucune lumière derrière les fenêtres à meneaux. Pas de chiens non plus. Pas de système d'alarme. Rien qu'une propriété isolée dans les Alpes italiennes, refuge du riche industriel qui y vivait reclus, depuis près de dix ans.

Il savait que Pietro Caproni, le châtelain, dormait au second étage dans un luxueux appartement, confortable comme une suite de grand hôtel. Caproni vivait seul, à l'exception de trois domestiques qui venaient chaque matin de Pont-Saint-Martin, et repartaient chaque soir. Cette nuit, toutefois, Caproni avait une invitée. La Mercedes crème parquée dans la cour était encore chaude du voyage aller, depuis Venise. Et la voiture rapatrierait de même, tôt dans la nuit, la prostituée de luxe qui lui tenait compagnie. Une parmi d'autres, très belles et très chères, qui restaient parfois jusqu'au matin. Plus rarement pour la durée d'un week-end. Grassement payées par un homme qui avait les moyens d'acheter ses plaisirs. L'excursion de ce soir avait été soigneusement planifiée pour coïncider avec une visite qui empêcherait probablement Caproni de penser, trop tôt, à autre chose.

Des graviers grincèrent sous ses semelles lorsqu'il traversa la route carrossable et contourna le château par le nord-est. Un jardin bien entretenu conduisait à une véranda de pierre qu'une grille de fer forgé, à l'italienne, séparait de la végétation extérieure. Les grandes portes d'accès au château étaient bouclées, mais une petite secousse maintes fois pratiquée fit jaillir du fourreau le stylet sanglé contre son bras droit. Le manche de jade se cala, de lui-même, dans sa main gantée. L'étui de cuir était une de ses inventions personnelles qui lui permettait d'avoir toujours disponible, à portée de main, son arme de prédilection.

Le pêne céda à la première torsion de la fine lame d'acier. Le temps de replacer le stylet sous sa manche, et il s'introduisit dans un salon voûté dont il appréciait grandement le décor néoclassique. Deux bronzes étrusques décoraient le mur du fond, sous une *Vue de Pompéi* qui était l'œuvre d'un maître et valait une fortune. Deux bibliothèques du XVIIe siècle se dressaient, bourrées de livres anciens, entre deux colonnes corinthiennes. Il se souvenait en particulier de la *Storia d'Italia* de Guicciardini et des trente volumes du *Teatro Francese*. Deux raretés inestimables.

Contournant meubles et colonnades, il passa dans le hall d'entrée, l'oreille tendue. Pas un bruit. Il traversa une étendue de sol artistement carrelée, en prenant bien garde d'éviter tout crissement de ses semelles de caoutchouc. D'autres tableaux, de facture italienne, ornaient les panneaux de faux marbre. Une charpente de châtaignier soutenait le plafond obscur, à hauteur de deux étages.

Il passa dans le grand salon.

L'objectif de son intrusion reposait innocemment sur une table d'ivoire. Un coffret signé Fabergé. Or et argent, avec une fraise d'émail translucide sur fond guilloché. La poignée d'or était garnie de motifs en forme de feuilles, et le bouton d'ouverture consistait en un gros cabochon de rubis. Il était marqué de deux caractères cyrilliques et d'un millésime, N. P. 1901. Les initiales de Nicolas Romanov, dernier tzar de Russie.

Tirant de sa poche un sac de feutre, il s'apprêtait à y glisser le coffret lorsque le local s'illumina violemment, inondé, d'un seul coup, par la lumière intense du lustre monumental suspendu au centre du plafond.

Brièvement aveuglé, il pivota sur lui-même. Pietro Caproni se tenait sous l'arche menant au hall d'entrée, un revolver dans la main droite.

« *Buona sera,* signor Knoll. Je me demandais quand vous reviendriez. »

L'homme cligna des yeux afin de les accommoder au brusque changement d'éclairage, et répondit en italien :

« J'ignorais que vous espériez ma visite. »

Caproni pénétra dans le salon. L'Italien était un homme de cinquante et quelques années, plutôt empâté, drapé dans un peignoir de tissu éponge bleu marine, serré sur le ventre par une ceinture de même couleur. Pieds et jambes nus, probablement interrompu dans une autre occupation.

« Le prétexte de votre dernière visite ne tenait pas debout, monsieur Knoll ! Historien d'art et membre d'une académie. Sincèrement, mon cher ! Trop facile à vérifier. »

Knoll posa la main sur le coffret. Le revolver de Caproni l'ajusta. Puis l'Italien leva les bras, dans un simulacre ironique de reddition. Le visiteur murmura :

« Je veux seulement toucher cette merveille.

– Allez-y. Pas de mouvement brusque. Je ne suis pas mauvais tireur. »

Knoll s'empara du trésor.

« Le gouvernement russe recherche cet objet depuis la dernière guerre. Il appartenait à Nicolas en personne. Volé à Peterhof, près de Leningrad, en 1944. Un souvenir empoché par quelque soldat, au passage. Et quel souvenir ! D'une valeur, aujourd'hui, d'environ 40 000 dollars américains. En supposant que quelqu'un soit assez stupide pour le vendre. Un butin prestigieux, comme disent les Russes quand ils parlent de ces choses.

– Je suis sûr que vous vous seriez empressé de le leur rendre. »

Le sarcasme eut le don de provoquer un sourire.

« Les Russes ne valent pas mieux que les voleurs. Ils veulent récupérer leurs trésors artistiques pour les vendre. Pauvres en devises, me suis-je laissé dire. La rançon du communisme.

– Je suis curieux. Qu'est-ce qui vous a attiré ici ?

– Une photo de cette pièce, avec le coffret en évidence. C'est pourquoi je m'étais présenté comme professeur d'histoire.

– Vous aviez déterminé l'authenticité de cette pièce, lors de votre courte visite d'il y a deux mois ?

– Je ne suis pas professeur, mais une sorte d'expert. Surtout lorsqu'il s'agit de Fabergé. »

Il reposa le coffret sur la table d'ivoire.

« Vous auriez dû accepter mon offre d'achat.

– Beaucoup trop modeste, pour un "butin prestigieux". Qui plus est, cet objet possède une valeur sentimentale. Le soldat qui a empoché ce souvenir, comme vous l'avez si bien rappelé, n'était autre que mon propre père.

– Et vous l'exposez aussi imprudemment ?

– Après soixante ans, j'ai pensé que personne ne s'en soucierait.

– Vous devriez vous méfier davantage des photos et des visiteurs. »

Caproni haussa les épaules.

« Je reçois peu de visites.

– Et la demoiselle, une parmi d'autres, qui vous attend là-haut ?

– Aucune ne s'intéresse à ces choses.

– Seulement aux euros ?

– Et au plaisir. »

Souriant, Christian Knoll caressa le coffret du bout des doigts.

« Vous êtes un homme immensément riche, signor Caproni. Ce château est un véritable musée. Cette tapisserie d'Aubusson qui couvre le mur est inestimable. Ces deux statuettes romaines sont des pièces de collection. Hof, je pense. XIXe siècle.

– Bien, signor Knoll. Vous m'impressionnez.

– Si nous reparlions du coffret de Fabergé ?

– Je n'aime pas les voleurs, signor Knoll. Et comme je vous l'ai dit lors de votre première visite, cet objet n'est pas à vendre. »

Il braqua fermement son arme.

« Maintenant, je vous prie de vous retirer. »

Knoll ne broncha pas.

« Quel dilemme ! Vous n'appellerez certainement pas la police. Après tout, vous êtes en possession d'un trésor, volé jadis par votre père, que le gouvernement russe voudrait reprendre à tout prix. Combien d'autres objets entrent dans cette catégorie, chez vous ? Il y aurait des tas de questions, des enquêtes, de la publicité. Vos amis de Rome ne vous aideraient pas, dans la mesure où vous seriez considéré comme un voleur doublé d'un receleur.

– Il est heureux pour vous que je ne puisse avoir recours aux autorités, signor Knoll. »

Knoll se redressa, imprimant à son bras droit une secousse qui passa inaperçue. Trop légère pour être remarquée, et partiellement cachée derrière sa cuisse. Mais sorti de son fourreau, le stylet acheva de se caler, en bonne position, au creux de sa paume.

« Aucun moyen de vous faire changer d'avis, signor Caproni ?

– Absolument aucun. »

Caproni se dirigea vers la porte du salon en reculant, sans cesser de braquer son revolver.

« Par ici la sortie, signor Knoll. »

Un rapide coup de poignet, et la lame alla percer la poitrine nue de Caproni, dans le *V* formé par l'ouverture de son peignoir. Le châtelain sursauta, baissa les yeux vers le manche de jade qui saillait de sa poitrine. Il tomba en avant, lâchant son revolver qui rebondit bruyamment sur le carrelage.

Knoll inséra le coffret dans son sac de feutre. Alla vérifier le pouls de sa victime. Calme plat. Caproni était bien mort. Si vite ! Surprenant. Quoique le stylet, son arme de jet favorite, manquât bien rarement sa cible. Il en essuya la lame sur le peignoir éponge et rendit l'arme à son fourreau. Puis il monta posément jusqu'au second étage. Faux marbre et panneaux décorés de toiles. Il poussa la seule porte soulignée d'un trait de lumière, et marcha jusqu'à l'alcôve où trônait un immense lit à baldaquin. Une unique lampe brûlait sur la table de nuit, éclairant indirectement une symphonie de cuir et de bois précieux. La chambre d'un homme infiniment riche.

La femme assise sur le bord du lit était nue. Longs cheveux roux voilant à demi des seins somptueux, au-dessous d'une paire d'yeux en amande. Elle fumait à l'aide d'un long fume-cigarette noir et or. Elle ne lui jeta qu'un regard médiocrement intéressé avant de s'informer en italien :

« Qui êtes-vous ?

– Un ami du signor Caproni. »

Il alla refermer la porte.

Elle posa sa cigarette. Se leva. Vint jusqu'à lui à grands pas onduleux.

« Vous êtes drôlement fringué pour un ami. Vous avez plutôt l'air d'un cambrioleur.

– Et ça vous ennuie ? »

Elle haussa les épaules.

« Les hommes bizarres sont ma spécialité. Leurs besoins ne sont pas différents de ceux des autres. »

Elle le toisa des pieds à la tête.

« Vous avez un regard qui transperce. Allemand ? »

Il ne répondit pas. Elle lui pétrit les mains, à travers ses gants de cuir.

« Costaud. »

Lui tâta la poitrine et les épaules.

« Musclé. »

Elle se tenait tout près de lui. Les pointes érigées de ses seins le touchaient presque.

« Où est le signor Caproni ? »

– Retenu en bas. Il a suggéré que je pourrais apprécier votre compagnie. »

Elle leva vers lui un regard gourmand.

« Vous avez les mêmes moyens que lui ?

– Monétaires ou physiques ?

– Les deux. »

Il prit la putain dans ses bras.

« Alors, qu'est-ce qu'on attend ? »

8

Saint-Pétersbourg, Russie

10 h 50

Le taxi stoppa net, en bousculant son client, comme la plupart des taxis russes.

Christian Knoll prit pied sur la perspective Nevsky embouteillée. Il régla le chauffeur en dollars. Qu'était-il arrivé au rouble, pour valoir à peine plus, en cette drôle d'époque, que les billets du Monopoly ? Des années auparavant, le gouvernement russe avait proscrit l'emploi du dollar, sous peine de prison, mais le chauffeur de taxi s'en fichait complètement. Il avait même réclamé ce mode de paiement prohibé et se hâta d'empocher les billets verts avant de redémarrer sans demander son reste.

Parti d'Innsbruck, le vol avait atterri, une heure auparavant, sur l'aéroport de Pulkovo. Avant le décollage, il avait expédié le coffret Fabergé en Allemagne, avec une note explicative exposant le succès de sa mission. Lui-même avait autre chose à faire en Russie.

Les piétons se pressaient autant sur les trottoirs que les voitures sur la chaussée de l'interminable boulevard. Knoll leva les yeux vers le dôme vert de la cathédrale de Kazan, puis se retourna pour chercher, au-delà du brouillard matinal, le clocher doré de l'Amirauté. Quelle gueule avait-elle pu avoir, cette perspective Nevsky, au temps de la circulation hippomobile ? Lorsque les prostituées ramassées la nuit s'entendaient condamner à balayer, le jour, ses pavés inégaux ? Que penserait Pierre le Grand, aujourd'hui, de sa « fenêtre ouverte sur l'Europe » ?

Grands magasins, cinémas, restaurants, musées, boutiques de toutes sortes, cafés et ateliers d'art s'y succédaient, sur près de cinq kilomètres. Enseignes au néon et kiosques à journaux violemment éclairés témoignaient des progrès rapides du capitalisme. Comment Somerset Maugham avait-il décrit cette immense artère ? *Misérable, sordide et vétuste.* Plus maintenant, conclut Knoll. Tout avait changé, et c'était précisément la raison de son nouveau voyage à Saint-Pétersbourg.

À présent, même les étrangers pouvaient consulter les vieilles archives soviétiques. Sa troisième visite en six mois à celles de Saint-Pétersbourg, qui occupaient un immeuble de pierre de taille noirci par le défilé d'innombrables pots d'échappement.

Une agence de la Saint-Petersburg Commercial Bank en occupait partiellement le rez-de-chaussée, et Aeroflot, la compagnie aérienne nationale, monopolisait le reste. Les premier, troisième et cinquième étages abritaient d'austères administrations gouvernementales : le service des visas et des citoyens étrangers, le contrôle des importations et le bureau local du ministère de l'Agriculture. Au quatrième, s'entassaient les archives, un endroit parmi d'autres où les séquelles de soixante-quinze ans de communisme pouvaient encore être étudiées.

Ces masses de documents, Eltsine les avait ouvertes au monde, par l'intermédiaire du Comité des archives russes, une façon comme une autre de proclamer ses sentiments anticommunistes. Habile, d'ailleurs. Pas besoin de purges ni de goulags pour récrire l'histoire, comme Khrouchtchev et

Brejnev l'avaient fait. Il suffisait de livrer aux historiens toutes les atrocités, escroqueries et autres dénis de vie privée cachés depuis des décennies sous des tonnes de papier moisi et d'encre évanescente. Les travaux des chercheurs fourniraient toujours une propagande qui servirait à merveille les nouveaux besoins de l'État.

Knoll monta l'escalier métallique menant au quatrième. Des marches dont l'étroitesse héritée des Soviets rappelait aux connaisseurs – dont il faisait partie – qu'il s'agissait là d'un bâtiment construit après la révolution. Un coup de fil, depuis l'Italie, lui avait appris que le service restait ouvert jusqu'à dix-sept heures. D'autant plus commode qu'il mettait même une photocopieuse à la disposition des visiteurs intéressés.

Une porte légèrement déglinguée donnait accès à un espace confiné dont la peinture vert pâle s'écaillait par manque d'aération. Pas de plafond, un assemblage de conduites et de tuyaux enveloppés d'amiante courait à nu sous le béton brut du cinquième étage. L'air était frais et humide. Un drôle d'endroit où stocker des documents réputés précieux !

Derrière un vieux bureau, se morfondait le même employé aux cheveux filasse, au visage chevalin, à qui Christian Knoll avait eu affaire, lors de ses visites précédentes. Un spécimen de ces nouveaux bureaucrates russes désenchantés jusqu'au fond de l'âme, parce que mal convaincus de leur propre importance. Typique. Et guère différent de la vieille version soviétique.

Christian Knoll se fendit de son sourire le plus engageant.

« *Dobriy den.*

– Bonjour », répondit l'employé.

Toujours en russe, Knoll déclara :

« Je voudrais consulter les dossiers.

– Lesquels ? »

Le ton du fonctionnaire avait quelque chose d'irritant. Exactement comme les autres fois.

« Je suis sûr que vous vous souvenez de moi.

– Votre visage ne m'est pas inconnu. Les rapports de la commission, c'est ça ? »

Sans aucune chaleur évidente.

« Oui. Les rapports de la commission.

– Vous voulez que je vous les ressorte ?

– Non. Je sais où ils sont, mais je vous remercie. »

Il se faufila entre les étagères métalliques surchargées de cartons plus ou moins endommagés par des manipulations passées. L'air empestait la poussière et la moisissure. Ses visites antérieures l'avaient familiarisé avec le classement erratique de ces archives dont la plupart avaient été transférées ici à la suite d'un début d'incendie dans les locaux de l'Académie des sciences, il y avait de ça quelques années. Knoll se souvenait parfaitement des articles parus dans la presse soviétique qui qualifiaient le sinistre de « Tchernobyl culturel ». Mais il doutait que la catastrophe évitée de justesse eût été réellement fortuite. On ne s'était jamais gêné, au temps des Soviets, pour provoquer ce genre de déménagement, et la Russie Nouvelle ne valait pas plus cher.

Il se pencha sur les cartons en essayant de se remémorer où il avait arrêté ses recherches lors de son dernier passage. Des années ne suffiraient pas pour inventorier tous ces documents, mais il retrouva les deux cartons prometteurs dont il avait dû interrompre l'exploration, car les archives fermaient de bonne heure, ce jour-là, pour la Journée internationale de la femme, et n'avaient pas rouvert de la semaine.

Il retrouva les deux cartons dans l'état exact où il les avait laissés deux mois plus tôt, les plaça côte à côte sur une des tables de bois blanc disponibles. Chacun d'eux devait faire dans les vingt-cinq ou trente kilos. L'employé n'avait pas bougé de sa place, mais viendrait bientôt prendre note du sujet de ses recherches.

La large étiquette en caractères cyrilliques collée sur le dessus de chaque boîte disait à peu près :

DOSSIERS DE LA COMMISSION EXTRAORDINAIRE D'ÉTAT, APRÈS ENQUÊTE SUR LES CRIMES DE L'OCCUPANT GERMANO-FASCISTE ET SES COMPLICES, AINSI QUE SUR LES TORTS CAUSÉS

AUX CITOYENS, AUX FERMES COLLECTIVES, AUX INSTITUTIONS PUBLIQUES, AUX ENTREPRISES D'ÉTAT ET AUX INSTITUTIONS DE L'UNION DES RÉPUBLIQUES SOCIALISTES SOVIÉTIQUES.

Il connaissait bien cette commission créée en 1942 pour résoudre les problèmes posés par l'occupation nazie, ses activités allant de l'examen des camps de concentration libérés par l'Armée rouge à l'évaluation des trésors raflés dans les musées nationaux. Dès 1945, la commission avait voué à ses propres goulags des milliers de « collabos » présumés coupables. L'une des instructions impératives de Staline pour garder le contrôle des opérations, grâce à des kyrielles d'enquêteurs recherchant en Europe de l'Ouest, en Afrique du Nord et en Amérique du Sud les preuves et les produits des rapines allemandes.

Assis sur une chaise pliante, il entama la lecture des documents du premier carton. Un processus lent et laborieux, compte tenu de l'alphabet cyrillique et de la lourde tendance russe à écrire pour ne rien dire. L'ensemble, truffé de nombreux comptes rendus d'interrogatoires et de rapports de commissions vides de tout intérêt, se révéla décevant.

Il attaqua le second carton et tomba, à mi-chemin, sur les rapports d'autres enquêteurs expédiés sur le terrain, à l'époque. Des acquéreurs comme lui. Mais payés par Staline, au service exclusif du gouvernement soviétique.

Fausses pistes suivies jusqu'au fond de l'impasse, sur des tuyaux fallacieusement précis. Quelques succès exposés dans un langage fleuri appelant la gloire et les récompenses. La *Place de la Concorde*, de Degas. *Deux sœurs*, de Gauguin. *La Maison blanche la nuit*, de Van Gogh. Il reconnut même les noms de plusieurs enquêteurs. Serguei Teleguine, Boris Sernov, Piotr Sabsal, Maxim Volochine. Ce n'était pas la première fois qu'il était tombé sur leurs rapports triomphants, dans d'autres centres d'archives. Une centaine et plus, oubliés à présent, sans utilité pour personne.

Une autre heure s'écoula, marquée par trois intrusions de l'employé, sous prétexte de lui prêter une assistance qu'il refusa poliment, soucieux de ne pas indisposer ce ringard. À l'approche de la fermeture, il dénicha un message destiné à Nicolai Shvernik, le loyal stalinien fanatique qui avait dirigé la Commission extraordinaire. Pas de papier à en-tête de la commission. Un message personnel, rédigé à la main, sur une feuille blanche, en date du 26 novembre 1946. L'encre noire utilisée avait pâli et bavé, mais restait lisible.

> *Camarade Shvernik,*
>
> *Je souhaite que ma lettre te trouve en bonne santé. J'ai visité Donnersberg, mais n'y ai trouvé aucun des manuscrits de Goethe qu'on nous avait signalés. Une enquête discrète m'a révélé qu'ils auraient été probablement récupérés, vers novembre 1945, par d'autres chercheurs soviétiques. Je suggérerais un nouvel inventaire des archives de Zagorsk. Hier, j'ai rencontré Ourho. Il signale, dans l'entourage de Loring, des activités qui confirment mes soupçons. Les mines du Harz font l'objet de nouvelles fouilles, sans jamais employer de main-d'œuvre locale. Rien que du personnel transporté et payé par Loring. Il n'est pas impossible que la* yantarnaya komnata *ait été découverte et secrètement évacuée. Ourho suit une autre piste qui pointe vers la Bohême. Il t'enverra directement son rapport dans la semaine.*
>
> *Danya Chapaev*

Deux photocopies récentes étaient agrafées au message. Deux mémos du KGB, datés du mois de mars, sept ans auparavant. Bizarre de les trouver parmi des documents remontant à plus d'un demi-siècle, mais typiquement russe. La première photocopie disait :

> Ourho est bien Karol Borya, employé par la commission de 1946 à 1958. Émigré aux États-Unis, avec l'autorisation du gouvernement d'alors. Nouvelle

identité : Karl Bates. Adresse : 959, Stokeswood avenue, Atlanta, Géorgie, (Comté de Fulton). Pris contact. Nie toute connaissance du sort de la yantarnaya komnata, au-delà de 1958. N'a pu joindre Danya Chapaev et nie connaître son adresse. Attends nouvelles instructions le concernant.

Le nom de Danya Chapaev éveillait un écho dans la mémoire de Christian Knoll. Cinq ans plus tôt, il avait recherché le vieux Russe, seul des anciens enquêteurs dont il n'eût pu retrouver la trace. Maintenant, il y en avait un autre. Karl Bates. Alias Karol Borya. Sans oublier cet étrange sobriquet. Les Russes adoraient ces noms de code. Par affection ou par sécurité ? Des patronymes tels que Loup, Ours Noir, Aigle, Œil-de-Lynx, abondaient dans leur langage. Mais Ourho, « l'oreille » ? C'était unique.

La seconde photocopie apportait quelques détails complémentaires sur Karol Borya. Âgé aujourd'hui de quatre-vingt-trois ans. Ancien orfèvre. Retraité. Veuf depuis un quart de siècle. Une fille mariée qui vivait dans la même ville. Un petit-fils de quelques mois. Des infos vieilles de sept ans, mais plus qu'il n'en avait eu, jusque-là, sur Karol Borya.

Il se reporta à la lettre de 1946. Particulièrement aux deux allusions à Loring. La deuxième fois qu'il retrouvait ce nom, dans des rapports. Ernst Loring ? Trop jeune. Plus vraisemblablement son père, Josef Loring. La confirmation que les Loring étaient toujours en chasse, tout comme lui. Ce dernier voyage à Saint-Pétersbourg n'aurait pas été inutile. Deux références directes à la *yantarnaya komnata,* rares sur des documents soviétiques, et quelques renseignements complémentaires.

Une nouvelle piste.

Ourho.

« Vous avez bientôt terminé ? »

Knoll releva les yeux. Depuis combien de temps cet abruti l'observait-il d'aussi près ?

« Monsieur... Il est un peu plus de cinq heures.

– Excusez-moi, j'ai presque fini. »

Le regard de l'employé cherchait à deviner, par transparence, à quoi se rapportaient les documents que le visiteur tenait en main. Nonchalamment, Knoll les rejeta sur la table.

Curieux que le KGB se soit intéressé, jusqu'à une date relativement récente, à d'anciens employés de la Commission extraordinaire. Il avait toujours admis que la quête de la *yantarnaya komnata* s'était arrêtée dans les années soixante-dix. C'est, du moins, ce qu'avait affirmé le rapport officiel. Quelques rappels isolés, dans les années quatre-vingt. Et plus rien jusqu'à ce jour.

Les Russes n'abandonnaient jamais, c'était une justice à leur rendre.

Rien d'étonnant, eu égard au prix de la chose. Il n'abandonnerait jamais, lui non plus. Que de pistes suivies, depuis une huitaine d'années. Que d'interviews d'hommes âgés à la mémoire défaillante ou à la bouche cousue. Boris Sernov, Piotr Sabsal, Maxim Volochine. Chercheurs comme lui-même, en quête des mêmes choses. Ces hommes ne savaient rien. Peut-être Karol Borya serait-il différent ? Peut-être saurait-il où était Danya Chapaev ? S'ils étaient encore de ce monde, l'un et l'autre. S'en assurer vaudrait bien un voyage aux États-Unis. Il avait déjà séjourné à Atlanta. Pour les jeux Olympiques. Atmosphère humide et chaude. Mais ville impressionnante.

Il loucha vers l'employé qui, debout à l'autre extrémité des étagères métalliques, faisait semblant de ranger des dossiers. D'un geste vif, il empocha les trois feuilles de papier pliées en deux. Pas question de les laisser traîner, à la disposition de quelque autre enquêteur. Il remit les deux cartons à leur place et se dirigea vers la sortie. L'employé l'attendait près de la porte ouverte.

« *Dobry vetcher.*

– Bonne soirée à vous. »

La porte se referma derrière lui, avec un déclic péremptoire. Ce crétin ne manquerait pas de signaler sa visite. Histoire de rappeler à sa hiérarchie combien il prêtait attention à son job.

Aucune importance. Christian Knoll était satisfait. Transporté de joie. Il tenait une nouvelle filière. Peut-être intéressante. Peut-être décisive. Prélude au plus grand succès, à la plus belle découverte de sa carrière.

À *la* découverte.

Il descendit les marches en sifflotant, les mots magiques tintant toujours à ses oreilles.

Yantarnaya komnata.

La Chambre d'ambre.

9

Burg Herz, Allemagne

19 h 54

Knoll se pencha à la fenêtre. Sa chambre occupait l'étage le plus élevé de la tour ouest du château qui appartenait à son employeur, Franz Fellner. Un édifice reconstruit au XIXe siècle, d'après l'original incendié et pillé jusqu'aux fondations par les troupes françaises, en 1689.

Burg Herz, « Château cœur », était le nom qui convenait à cette forteresse sise tout près du centre d'une Allemagne unifiée. Le père de Franz, Martin, l'avait acquise, avec les forêts environnantes, à la fin de la Première Guerre mondiale, après que le précédent propriétaire eut commis l'erreur de rester fidèle au Kaiser. Knoll aimait cette chambre qui était la sienne depuis une petite douzaine d'années. Elle était spacieuse, confortable, isolée, avec une salle de bains adjacente. La vue s'étendait sur des kilomètres de prairies herbues, les hauteurs boisées de la Rothaus et l'Eder dont le cours boueux coulait à l'est en direction de Kassel. Un même majordome servait fidèlement Martin Fellner, depuis deux décennies. Knoll avait entendu dire qu'ils étaient bien autre chose que patron et domestique, mais ce genre de rumeur ne l'avait jamais intéressé.

Il était fatigué. Les derniers mois avaient épuisé sa résistance. Un voyage en Afrique, un périple en Italie, et pour finir, la Russie. Il avait beaucoup progressé depuis son adolescence passée dans un logement social de trois pièces, à trente kilomètres au nord de Munich. Il y était resté jusqu'à l'âge de dix-neuf ans. Son père avait été ouvrier d'usine, sa mère professeur de musique. Il se souvenait d'elle avec tendresse. Une Grecque que son père avait rencontrée pendant la guerre. Il l'avait toujours appelée par son prénom, Amara, qui signifiait « intouchée » et lui allait comme un gant. Il tenait d'elle son front lisse, ses narines aristocratiques et sa curiosité insatiable. Elle lui avait également légué sa passion d'apprendre et, chrétienne fervente, donné le prénom de Christian.

Son père, lui, n'ambitionnait rien de plus que de faire de lui un homme. Mais Jakob Knoll était avant tout un revanchard pur et dur que la « honte » du 11 novembre 1918 empêchait de dormir, et pour qui le concept de virilité s'incarnait dans le personnage du Führer et, par extension, dans la cause nazie. Jusqu'au bout, il s'était battu comme un lion dans les rangs de la Wehrmacht. Un homme difficile à aimer, sans doute, mais dont il était tout aussi difficile d'ignorer l'existence.

S'écartant de la fenêtre, son fils baissa les yeux vers la table de nuit voisine du lit à baldaquin. Sur une petite pile de livres, reposait, tout en haut, *Les Bourreaux volontaires d'Adolf Hitler*[1]. Le titre lui avait tapé dans l'œil, quelques semaines auparavant. Un ouvrage parmi beaucoup d'autres, de publication récente, qui analysait la mentalité des Allemands pendant la guerre. Comment une poignée de barbares avait-elle pu en subjuguer un aussi grand nombre ? Leur participation avait-elle été volontaire, comme le suggérait l'auteur ?

1. *Les Bourreaux volontaires d'Hitler*, Daniel J. Goldhagen, Éditions du Seuil, 1997.

Difficile à dire du citoyen lambda, mais pas de Jakob Knoll. La haine l'emplissait tout entier. Quelle était sa citation favorite du Führer ? *Je suis la voie que me trace la Providence avec l'assurance d'un somnambule.*

Exactement ce que Hitler avait fait. En ligne droite jusqu'à sa chute. Et Jakob était mort dans le même état, douze ans après avoir perdu Amara, tuée par le diabète.

Christian avait dix-huit ans, orphelin de père et de mère, quand son Q.I. phénoménal lui avait valu d'entrer à l'université de Munich, par la grande porte. Il avait toujours rêvé de faire ses humanités. Et durant sa dernière année de fac, son cerveau génial lui avait valu une inscription automatique à Cambridge, en histoire de l'art. Il se remémorait parfois, en souriant, l'été où il avait écouté la voix des sympathisants nazis. Une période où, mis hors la loi par le gouvernement allemand, ils n'ouvraient pas encore leurs grandes gueules. Mais leur vision unilatérale du monde ne l'avait pas intéressé. Pas plus que la haine. L'une et l'autre étaient aussi stériles qu'improductives.

Et puis, comment rester « aryen » en aimant à ce point les femmes de couleur ?

Après un an à Cambridge, il était entré au service de la Nordstern Fine Art Insurance qui avait son siège à Londres. Très vite, il s'y était acquis une réputation en récupérant la toile d'un grand maître hollandais qu'on croyait définitivement perdue. Les voleurs réclamaient une rançon de vingt millions de livres, faute de quoi le tableau finirait dans les flammes. Il revoyait le choc sur le visage de ses supérieurs lorsqu'il avait répondu aux voleurs de le brûler. Ce qu'ils n'avaient pas fait. Il avait su qu'ils ne le feraient pas. Un mois plus tard, ils s'étaient fait prendre en tentant de le revendre à son légitime propriétaire.

Il y avait eu bien d'autres victoires.

Trois cents millions de dollars de toiles de vieux maîtres dérobées à un musée de Boston. La restitution d'un Jean-Baptiste Oudry de douze millions de dollars volé dans le nord de l'Angleterre. Deux magnifiques Turner de la Tate Gallery, à Londres, retrouvés à Paris, dans un appartement modeste.

Il avait fait, onze ans plus tôt, la connaissance de Franz Fellner lorsque la Nordstern l'avait chargé de procéder à l'inventaire de ses collections. Comme tout collectionneur avisé, Fellner assurait ses pièces les plus connues apparues dans les magazines spécialisés d'Europe et des États-Unis. Bonne façon de se faire, à travers la pub, un renom à l'échelle mondiale.

Un salaire princier, et cette chambre au Burg Herz, avaient persuadé Christian de quitter la Nordstern au profit de cet employeur privé. Avec l'excitation inhérente à la recherche et à l'acquisition des trésors égarés de l'humanité. Face au défi que représentaient la recherche et l'acquisition de merveilles que d'autres se donnaient tant de peine à cacher, il possédait un talent d'enquêteur confinant à la divination. Sans parler de l'intérêt qu'il portait aux femmes. Mais tuer l'excitait par-dessus tout. Un legs de son père ? Peut-être. Était-il malade ? Dépravé ? Éprouvait-il des scrupules ? Certainement pas ! La vie était belle.

Diablement belle.

Il passa dans la salle de bains où se dissipait l'humidité de sa dernière douche. Il s'étudia longuement dans le miroir. Rincée, la teinture brune de ces deux dernières semaines lui rendait sa chevelure blonde. Les déguisements n'étaient pas son fort, mais se révélaient parfois bien utiles. Son visage bronzé et rasé de près dégageait l'image d'un homme sûr de lui. Sûr de ses goûts et de ses convictions. Il se pulvérisa un peu d'eau de Cologne dans le cou, se sécha à l'aide d'une serviette avant d'enfiler sa veste de smoking.

Comme à point nommé, le téléphone sonna dans la chambre. Il la traversa en quelques enjambées et décrocha l'appareil avant la troisième sonnerie.

« J'attends, déclara une voix féminine.

– Et la patience n'est pas ta vertu cardinale ?

– Comme si tu ne le savais pas.

– J'arrive. »

Knoll descendit l'escalier en colimaçon qui tournait dans le sens des aiguilles d'une montre. Un souvenir du temps où l'étroitesse et la disposition des lieux obligeaient les escrimeurs droitiers à conquérir la tour tout en ferraillant contre les défenseurs de la place. Burg Herz possédait un total de huit tours, en plus d'une bonne centaine de pièces. D'innombrables fenêtres à meneaux permettaient de découvrir, sous tous les angles, aussi bien la forêt environnante que les riches vallées boisées qui s'étendaient au-delà. Les tours formaient un octogone autour de la vaste cour centrale. Les toits pentus recouverts d'ardoise témoignaient de la rigueur des durs hivers allemands.

Il arpenta posément les corridors au sol ardoisé, lui aussi, qui conduisaient à la chapelle. De hauts plafonds voûtés se succédaient au-dessus de sa tête. Haches de guerre, lances, piques, heaumes, cottes de mailles s'alignaient le long des murs. Rien que des pièces de collection. Il avait acheté à une Luxembourgeoise, pour son compte personnel, la plus belle armure, un monument de près de deux mètres quarante, avec armes et accessoires. Des tapisseries flamandes recouvraient les murs, toutes garanties d'origine. Éclairage indirect judicieusement calculé. Pièces bien chauffées, sans excès. Et sans une trace d'humidité nulle part.

Il ouvrit la porte percée en ogive qui donnait sur le cloître. Trois figures sculptées, sur la façade du château, suivaient ses moindres mouvements. Des personnages du XVIIIe siècle dont on ignorait l'identité, bien qu'une légende prétendît qu'il s'agissait là de créatures réelles tuées et pétrifiées à l'endroit de leur mort.

Il se dirigea vers la chapelle Saint-Thomas. Une appellation intéressante, puisque ce n'était pas seulement le nom du moine augustinien qui, dans la nuit des temps, avait fondé un proche monastère, mais également celui du majordome de Martin Fellner.

Il poussa la lourde porte de chêne.

Elle l'attendait dans l'allée centrale, juste au-delà d'une grille qui séparait la nef des six bancs d'église. Plusieurs appliques murales éclairaient un autel noir et or dont les reflets la plongeaient dans une sorte de pénombre. À l'extérieur, descendait le crépuscule, voilant les vitraux blasonnés qui ne retrouveraient qu'au soleil du matin leur splendeur coutumière. Peu d'offices se célébraient dans cette chapelle qui abritait la collection de reliquaires du châtelain, l'une des plus belles et des plus importantes qui fût. Capable de ridiculiser, par simple comparaison, la plupart des cathédrales européennes.

Il sourit à la femme qui l'attendait.

Monika Fellner, la fille aînée de son employeur, avait trente-quatre ans. Sa peau rappelait celle de sa mère, une Libanaise que son père avait passionnément aimée, quarante ans plus tôt. Mais le grand-père Martin n'avait guère apprécié le choix de son fils et l'avait renvoyée au Liban, après leur divorce, laissant derrière elle deux enfants, dont Monika.

Knoll se demandait, parfois, si l'attitude lointaine, indifférente et presque intouchable de Monika n'était pas la conséquence directe du rejet de sa mère. Mais c'était une chose qu'elle ne dirait jamais, et qu'il s'abstiendrait toujours de lui demander. Elle le regardait venir, altière et distante, ses boucles brunes tombant sur ses épaules dans un désordre apparent, probablement affecté. Un léger sourire errait sur ses lèvres. Elle portait une veste de brocart ajustée, sur une jupe fendue dont l'ouverture s'étendait jusqu'à ses cuisses souples et musclées. La mort prématurée de son frère aîné avait fait d'elle l'unique future héritière des biens de papa. Son nom signifiait « dévouée à Dieu ». Un nom particulièrement inapproprié.

« Boucle la porte », ordonna-t-elle.

Il en bloqua la poignée.

Elle vint à lui, ses talons rythmant sa marche sur le sol de vieux marbre. Il la rejoignit à l'entrée de la grille. Au-dessous d'eux, se trouvait la tombe du grand-père. Dont le dernier vœu avait été de reposer en paix à l'intérieur de son château bien-aimé. Martin Fellner 1864-1941, disait l'inscription gravée dans le marbre gris et lisse. Pas d'épouse à ses côtés. Rien que le majordome qui l'avait fidèlement servi durant tant d'années et dont le nom figurait sur une dalle voisine.

Monika intercepta le regard de Christian Knoll et chuchota :

« Pauvre grand-papa. Si fort en affaires et si faible en esprit. Ça devait être infernal de virer homo, à l'époque.

– Tu crois que c'est génétique ?

– J'en doute. Ni pépé ni papa ne crachaient sur une diversion féminine, de temps à autre.

– Ton père n'aimerait pas entendre ça.

– Je ne pense pas qu'il s'en soucierait, à présent. C'est plutôt toi qui le perturbes. Il a reçu un journal de Rome, avec l'annonce de la mort de Caproni à la une.

– Mais il a le coffret de Fabergé.

– Tu crois que le succès excuse tout ?

– J'ai constaté qu'il arrangeait bien des choses.

– Tu n'avais pas dit que tu l'avais tué.

– Un détail sans importance.

– Il n'y a que toi pour estimer qu'un couteau dans le cœur est un détail sans importance. Papa veut te parler. Il t'attend.

– Je m'en doutais un peu.

– Tu es un sacré salopard, Christian. »

Elle n'avait peut-être pas la sophistication de son père, mais ils possédaient deux points communs, elle et lui. À la fois passionnés et froids comme la glace. Les journaux prêtaient à Monika de nombreuses liaisons, réelles ou imaginaires. Ne fût-ce que pour spéculer sur l'identité de celui qui, tôt ou tard, accéderait à son cœur. Et à l'immense fortune de la famille. Mais il savait que ça n'arriverait pas. Fellner la dressait depuis des années. La préparait pour le jour fatal, et plus tellement éloigné, sans doute, où elle devrait prendre les rênes en main. Elle avait été élevée en Allemagne, en Angleterre, aux États-Unis, chaque nouvelle langue, chaque nouvelle ambiance renforçant son être intime. Sans que le fait d'être riche et gâtée eût jamais pu détruire sa personnalité propre.

Elle allongea la main jusqu'à sa manche droite.

« Pas de stylet, ce soir ?

– Tu crois que j'en ai besoin ?

– Je peux être très dangereuse. »

Elle le prit dans ses bras. Leurs bouches se joignirent, leurs langues se mêlèrent. Il aimait cette passion qu'elle lui offrait sans réserve. Quand ils se séparèrent, elle lui mordit la lèvre au passage. Il perçut le goût du sang.

« C'est vrai, tu peux être très, très dangereuse. »

Il sortit son mouchoir pour s'essuyer la bouche alors qu'elle abaissait la fermeture Éclair de son pantalon.

« Tu ne m'as pas dit que Herr Fellner m'attendait ?

– Il y a un temps pour tout. »

Elle l'attira sur le sol, juste au-dessus de la tombe de son grand-père.

« Et je ne porte aucun sous-vêtement. »

10

Knoll suivit Monika jusqu'au musée du château où Fellner exposait les pièces qu'il avait légalement et officiellement acquises. Mais il y avait, au-delà, une pièce secrète où seuls, Fellner, Monika et lui-même pénétraient parfois.

Ils entrèrent dans le musée « public » dont Monika referma la porte derrière eux. Des vitrines s'alignaient comme autant de soldats au garde-à-vous, remplies d'objets de valeurs diverses. Tableaux et tapisseries couvraient les murs. Au plafond, s'étendait une fresque qui représentait Moïse livrant au peuple les tables de la Loi, avec la tour de Babel à l'arrière-plan.

Le cabinet privé de Fellner s'ouvrait de l'autre côté du mur nord. Ils s'arrêtèrent devant une rangée de bibliothèques en chêne massif, de style baroque, incrustées d'or. Tous les volumes qu'elles contenaient étaient des pièces de collection. Fellner adorait également les livres. Son *Beda Venerabilis* du IXe siècle en était le joyau incontesté. Knoll avait eu la chance de le découvrir dans une paroisse française. Cédé par un prêtre nécessiteux moyennant une subvention dérisoire, en comparaison de la valeur de l'incunable.

Sortant une télécommande de sa poche, Monika pressa l'une des touches. La bibliothèque centrale pivota sur ses rails et la lumière allumée dans la pièce voisine envahit le musée officiel. Fellner s'y tenait dans un espace sans fenêtres, aux murs insonorisés, alimenté en air conditionné par une machinerie remarquablement silencieuse.

D'autres vitrines voisinaient dans cet espace avec d'autres trésors stratégiquement placés sous éclairage halogène. Knoll repéra, au passage, quelques-unes de ses propres acquisitions. Une sculpture de jade qu'il avait volée dans un musée de Mexico. Pas un gros problème puisque, dans un premier stade, l'objet avait été vraisemblablement dérobé dans un musée du Japon. D'autres figurines japonaises, africaines, esquimaudes, provenaient du cambriolage d'un appartement en Belgique, et n'étaient même plus recherchées. Il était tout spécialement fier de la sculpture de Gauguin, une pièce exquise qu'il avait rachetée à un voleur parisien.

Des tableaux tapissaient les murs, comme partout ailleurs dans le château. Un autoportrait de Picasso. Une *Sainte famille* du Corrège. Le *Portrait d'une dame* de Botticelli. Le *Portrait de Maximilien Ier* d'Albrecht Dürer. Tous des originaux, réputés à jamais perdus. Enfin, deux énormes tapisseries des Gobelins, annexées par Hermann Goering pendant la guerre, rachetées à un autre voleur, vingt ans auparavant, et toujours réclamées, à cor et à cri, par le gouvernement autrichien.

Fellner se tenait devant une large vitrine contenant un portrait en mosaïque du XIIIe siècle, à l'effigie du pape Alexandre IV. Knoll savait que ce tableau était l'un des favoris de Martin Fellner qui avait rangé le fameux coffret de Fabergé devant le portrait. Un mince projecteur halogène faisait ressortir la fraise d'émail. Visiblement, Fellner avait briqué l'œuvre d'art. Knoll savait que son employeur aimait s'acquitter lui-même de ces agréables corvées, que des mains profanes risquaient de saboter. Une bonne façon, aussi, d'éviter tout regard potentiellement dangereux.

Franz Fellner était un petit homme frêle, avec un profil d'oiseau de proie, le teint aussi gris que le béton et une faculté de s'émouvoir à peine plus tendre. Des verres sans monture encadraient ses yeux scrutateurs. Peut-être son regard avait-il été, il y avait de ça bien longtemps, celui d'un idéaliste ? À présent, il exprimait à la fois la fatigue de l'âge et l'avidité du collectionneur incurable. Ce presque octogénaire qui avait bâti un empire à base de magazines, de stations de radio et de chaînes de télévision, avait cessé, au-delà de son énième milliard, de s'intéresser à l'argent. Seules comptaient désormais les surprises miraculeuses que pouvait encore lui apporter la vie.

Cueillant l'*International Daily News* sur une des vitrines d'exposition, il le tendit à Christian Knoll en maugréant :

« Vous allez me faire croire que c'était vraiment nécessaire ? »

Knoll savait que Fellner avait des actions dans ce journal, et que les nouvelles qu'il publiait s'enregistraient journellement dans un des ordinateurs alignés au fond de la pièce. La mort d'un industriel italien n'avait aucune chance d'échapper au vieil homme.

> Pietro Caproni, 56 ans, fondateur des usines Due Mori, a été retrouvé hier dans sa propriété, une blessure mortelle, au couteau, en plein cœur. Tuée de la même façon, dans une autre pièce, gisait une certaine Carmela Terza, vingt-sept ans, domiciliée à Venise. La police a relevé des traces d'effraction, sur une porte du rez-de-chaussée, mais rien ne semble avoir été dérobé. Caproni était à la retraite. La firme qu'il avait créée comptait parmi les premiers producteurs de bois plastifié et de céramique.
>
> Il participait toujours à la marche de l'entreprise, en sa qualité de principal actionnaire et de consultant,

et sa disparition est un coup sévère pour l'industrie et le commerce italiens.

Fellner l'interrompit au beau milieu de sa lecture.

« Nous avons déjà eu cette discussion, plus d'une fois. Je vous demande de remettre votre passe-temps favori à des occasions strictement privées.

– Là, c'était indispensable, Herr Fellner.

– Tuer n'est jamais indispensable, si vous faites correctement votre travail. »

Knoll regarda Monika, qui observait la scène avec un visible amusement.

« Le signor Caproni m'a pris la main dans le sac. Il m'attendait. Ma visite précédente avait éveillé ses soupçons. Une visite que vous m'aviez demandé de faire. »

Fellner parut comprendre au quart de tour, et son visage se radoucit. Knoll connaissait bien son employeur.

« Caproni ne voulait pas renoncer au coffret de Fabergé. Et je savais combien vous y teniez vous-même. La seule alternative était de repartir les mains vides, en m'exposant à une dénonciation.

– Il n'a pas offert de vous laisser repartir ? Après tout, il ne pouvait guère se permettre de s'adresser à la police. »

Knoll décida de travestir légèrement la vérité.

« Il était armé, Herr Fellner. Et il brûlait d'envie de me descendre.

– Le journal ne signale nullement la présence d'une arme.

– Une preuve de plus qu'on ne peut jamais faire confiance à la presse.

– Et la pute ? intervint Monika. Armée, elle aussi ? »

Il lui fit face.

« J'ignorais que tu éprouvais une telle sympathie envers les prostituées. Elle avait pris ses responsabilités en fréquentant un homme tel que Caproni. »

Monika fit deux pas à sa rencontre.

« Tu l'as baisée ?

– Naturellement. »

Les yeux de la jeune femme jetaient des flammes, mais elle n'ajouta pas un mot. Sa jalousie était aussi amusante que surprenante. Fellner reprit, dans un esprit de conciliation, comme toujours.

« Christian, vous avez ramené le coffret de Fabergé, et je vous en remercie. Mais les meurtres attirent l'attention... ce que nous devons éviter à tout prix. Et si la police retraçait votre ADN, à partir de votre semence ?

– Pas d'autre semence disponible que celle de Caproni, monsieur. La mienne n'est passée que par l'estomac de la fille.

– Vos empreintes digitales ?

– Je portais des gants. Comme toujours.

– J'admire votre prudence et vous en suis très reconnaissant. Mais je ne suis qu'un vieil homme qui désire transmettre à son unique héritière tout ce qu'il a accumulé au cours de sa vie. Aucun de nous ne doit jamais connaître la prison. Me suis-je bien fait comprendre ? »

En dépit de son ton paisible, Fellner paraissait au comble de l'exaspération. Cette discussion n'était pas la première, et Knoll regrettait de l'avoir contrarié. Son employeur avait toujours su se montrer généreux à son égard et partageait équitablement le produit des richesses qu'ils détournaient ensemble. D'une certaine façon, il le traitait mieux que Jakob Knoll, son propre père, ne l'avait jamais fait. Et Monika, bien sûr, ne se conduisait pas exactement comme une sœur.

Il lut ce qu'elle pensait dans ses yeux. Cette conversation sur le sexe et la mort avait de quoi l'exciter. Il pouvait s'attendre à la recevoir cette nuit dans sa chambre.

Il leur rapporta les allusions à la *yantarnaya komnata* et leur montra les feuillets qu'il avait soustraits aux archives.

« Les Russes n'ont donc pas totalement renoncé à retrouver la Chambre d'ambre. Et ce Karol Borya constitue un nouveau maillon de la chaîne.

– Ourho ? Drôle de surnom. »

Knoll approuva d'un signe de tête.

« Je crois qu'un voyage à Atlanta s'impose. Peut-être Ourho est-il encore vivant ? Et pourra me dire où est Chapaev. C'est le seul dont je n'avais pu retrouver la trace, voilà cinq ans.

– La référence à Loring est également instructive. Cela fait deux fois que vous relevez son nom. Les Soviets s'intéressaient apparemment beaucoup à ses activités. »

Knoll connaissait l'histoire. La famille Loring dominait, à l'est, le marché européen de l'acier et des armes. De nationalité tchèque, fils de Josef Loring, Ernst Loring était l'adversaire principal de Fellner dans la course aux trésors. Il affichait en toutes circonstances un air de supériorité à la limite du supportable. Habitué, comme l'avait été Caproni, à obtenir tout ce qu'il désirait.

« Josef, relança Fellner, était un homme déterminé. Ernst ne semble pas avoir hérité de son caractère. Je m'interroge à son sujet. Quelque chose m'a toujours gêné chez lui. Cette cordialité simulée, exaspérante, dont il fait preuve autour de lui. »

Il se tourna vers sa fille :

« Qu'est-ce que tu en penses, *liebling ?* Notre Christian doit-il partir pour l'Amérique ? »

Le visage de Monika se crispa. Dans ces moments-là, elle ressemblait à son père. Méfiante. Furtive. Impénétrable. Encore quelques années et Fellner aurait toutes les raisons d'être très fier d'elle.

« Tout ce que je sais, c'est que je veux la Chambre d'ambre.

– Et moi, je la veux pour toi. Depuis quarante ans que je la cherche. Et rien. Absolument rien. Je n'ai jamais compris comment une telle quantité d'ambre a pu se volatiliser ainsi. Partez pour Atlanta, Christian. Trouvez Karol Borya, alias Ourho. Voyez ce qu'il peut savoir.

– S'il est mort, encore une piste qui n'ira pas loin. J'ai prospecté d'autres archives. Seules, celles de Saint-Pétersbourg recelaient quelques bribes d'informations utilisables. Cet abruti d'employé est sûrement à la solde de quelqu'un d'autre. Voilà pourquoi j'ai gardé cette lettre et ces photocopies.

– Excellente initiative. Je suis sûr que Loring et moi sommes les seuls à nous occuper encore de la *yantarnaya komnata.* Quelle trouvaille ce serait, Christian ! On serait tenté d'en faire part au monde entier.

– Les Russes la revendiqueraient, et les Allemands feraient valoir leurs droits. Mais ce serait une merveilleuse monnaie d'échange contre tous les trésors indûment saisis par ailleurs.

– C'est pourquoi nous *devons* la trouver.

– Sans oublier, rappela Knoll, le bonus promis.

– Tout à fait d'accord, Christian. Je n'oublie rien.

– Quel bonus ? intervint Monika.

– Dix millions d'euros. Chris a ma parole. »

Elle appuya :

« Et moi, je la tiendrai, si ce rôle doit m'échoir. »

Bien sûr qu'elle la tiendra, se dit Knoll.

Fellner s'écarta de ses vitrines d'exposition.

« Ernst Loring cherche toujours la Chambre d'ambre. C'est un fait avéré. C'est lui qui doit graisser la patte de ce crétin de Saint-Pétersbourg. Ne perdez pas de temps, Christian. Nous devons rester en tête de la course.

– Telle est bien mon intention.

– Vous aurez Suzanne contre vous. Elle pourra se montrer fort agressive ! »

Monika se hérissa à la simple évocation du prénom. Suzanne Danzer travaillait pour Loring. Très cultivée, totalement dépourvue de scrupules, elle aussi savait tuer si nécessaire. Récemment, elle et Christian Knoll s'étaient livrés, à travers l'Europe, à une course contre la montre pour s'emparer de deux couronnes de mariage russes du XIXe siècle, ornées de vraies pierres précieuses. Encore un « butin prestigieux » caché depuis des décennies par d'habiles malfaiteurs. Danzer avait gagné la course, en récupérant les couronnes chez une vieille qui habitait dans les Pyrénées, près de la frontière espagnole. Le mari de la dame les avait arrachées à un collabo nazi, juste après la guerre. Knoll n'avait pas encore pleinement digéré sa défaite. Mais la Danzer était un crack, elle aussi, dans ses nombreuses spécialités. Une rivale à ne jamais traiter par-dessous la jambe.

« Oui, oui, je connais le personnage ! »

Fellner tendit sa main large ouverte.

« Bonne chasse, Christian. »

Knoll accepta le geste de conciliation, puis ressortit par la bibliothèque tournante qui se rabattit doucement derrière lui.

« Et tiens-moi au courant ! lui cria Monika alors que la porte secrète achevait de se refermer. »

11

Woodstock, Angleterre

22 h 45

Suzanne Danzer s'assit dans le lit en désordre, auprès du jouvenceau de vingt ans profondément endormi à son côté. Elle s'attendrit, un instant, sur sa nudité juvénile. Même au plus fort de son sommeil, le jeune étalon projetait autour de lui l'assurance d'un bon cheval de parade. Quel plaisir elle avait pris à épuiser ce beau spécimen de jeunesse et de fougue !

Encore toute troublée dans sa chair, sinon dans son esprit, elle se glissa hors du lit. La chambre était au troisième étage d'un manoir du XVIe siècle appartenant à Audrey Whiddon. Outre le titre de *lady*, la vieille dame avait acquis cette propriété, depuis son siège trois fois renouvelé à la Chambre des Communes, en réglant une hypothèque que le précédent propriétaire n'avait plus les moyens d'honorer. Le vieux Whiddon venait encore l'y visiter, de temps à autre, mais Jeremy, son petit-fils adoré, en était désormais le principal locataire.

Il n'avait pas été bien difficile, songeait Suzanne en se levant, de séduire le beau Jeremy. L'adonis était costaud et remarquablement bien membré, plus intéressé par le sexe et la bière que par les arguties de la haute finance. Deux ans à Oxford et recalé pour résultats médiocres. Audrey Whiddon, qui aimait profondément son petit-fils, avait usé de son influence pour le ramener au bercail, espérant, contre tout espoir, lui mettre un peu de plomb dans la tête.

Mais Jeremy n'était réellement pas facile à gérer.

Il y avait près de deux ans, d'autre part, que Suzanne cherchait la dernière tabatière. La collection complète en comprenait quatre. Une toute ronde avec des motifs émaillés sur le couvercle. Une autre, ovale, d'un vert translucide, ornée de rubis. Une troisième, taillée dans la pierre, enrobée d'or massif. La quatrième était une boîte turque émaillée, ornée d'un paysage de la Corne d'Or. Toutes créées et signées au XIXe siècle par le même artisan, et volées dans une collection privée, en Belgique, pendant la Seconde Guerre mondiale.

On les avait crues perdues, refondues pour leur or, dépouillées de leurs pierres précieuses, un destin commun aux objets de cette sorte. Mais l'une avait ressurgi à Londres, lors d'une vente aux enchères, et Suzanne l'avait achetée. Loring, son employeur, était fasciné par ces petits chefs-d'œuvre d'artisanat qui avaient nom « tabatières », et dont il possédait déjà une belle collection. Légalement acquise, en partie, au marché ouvert, ou gentiment extorquée, par la ruse, à des femmes telles que Lady Whiddon.

Ayant obtenu la première, un peu par hasard, Suzanne avait déniché la deuxième en Hollande, la troisième en Finlande... et la quatrième lorsque Jeremy, à l'insu de sa grand-mère, avait tenté de la fourguer lors d'une autre vente aux enchères. Alertée par un commissaire-priseur à sa solde qui n'avait pu que refuser l'offre d'un Jeremy incapable, et pour cause, de fournir le moindre titre de propriété, Suzanne avait immédiatement entrepris de séduire le petit-fils indigne. Mission qu'elle remplirait sans peine grâce à sa silhouette de top-modèle, ses yeux bleus au regard innocent et sa longue expérience d'hommes plus âgés, plus retors que ce beau garçon naïf, fier comme un jeune coq de ses performances sexuelles.

Sans omettre le fait que coucher avec lui n'avait été pour Suzanne Danzer, grande prêtresse du sexe, quoique toujours maîtresse de ses propres emportements, ni un sacrifice consenti ni une insupportable corvée !

Elle souriait en se rhabillant et se brossant les cheveux devant le grand miroir de la salle de bains. Puis elle quitta la chambre et descendit le vieil escalier de bois, en prenant bien garde de ne pas faire grincer les marches. Des esquisses élisabéthaines décoraient les hauts murs.

Elle avait imaginé, jadis, ce que pourrait être sa vie dans une maison semblable, avec un mari et des enfants. Son propre père lui avait alors enseigné la valeur de la liberté et le prix du dévouement à quelque cause élue. Lui aussi avait travaillé pour Loring, avec l'ambition d'acheter une propriété à la campagne. Ambition qu'il n'avait pu réaliser avant de périr, onze ans plus tôt, dans un crash aérien. Suzanne n'avait que vingt-cinq ans, à la mort de son père, mais Loring n'avait pas hésité une seconde à lui proposer de prendre le relais.

Son job, elle l'avait appris sur le tas, et rapidement découvert qu'à l'instar du défunt, elle possédait un instinct inné de la recherche et la volonté de s'y consacrer en priorité, de toute son âme.

Au rez-de-chaussée, elle traversa la salle à manger, entra dans une salle de musique lambrissée de chêne dont un piano à queue occupait le centre.

Et c'est en passant dans la pièce suivante qu'elle l'aperçut enfin.

La quatrième.

Elle la prit en main. Or dix-huit carats, couvercle à charnière décoré, *en plein*, d'une scène mythologique évoquant Danaé recevant Jupiter, devant une cascade figurée par de minces fils d'or habilement enchâssés dans un fond d'émail.

Suzanne contempla un instant l'image grassouillette de Danaé. Comment des hommes normalement constitués avaient-ils jamais pu trouver cette obésité attrayante ? Mais apparemment, c'était le cas, puisque Jupiter en personne avait pris la peine de sauter cette boule de suif.

Elle traça, de l'ongle, les initiales frappées sur l'envers de la tabatière.

B. N.

Celles de l'artiste.

Sortant un carré de tissu de la poche de son jean, elle en enveloppa l'objet large d'un peu moins de dix centimètres et remit le tout dans sa poche.

Grandir dans la propriété de Loring avait eu ses avantages. Une belle maison, les meilleurs précepteurs, l'accès quotidien à l'art et à la culture. Loring s'était assuré que la famille Danzer ne manquerait de rien. Mais l'isolement du château de Loukov avait privé l'enfance de Suzanne de toute camaraderie du même âge. Elle avait perdu sa mère à trois ans, et son père était constamment en voyage. Seul, Josef Loring lui consacrait une partie de son temps, en lui inculquant l'amour des livres.

Elle avait lu, quelque part, que les Chinois assimilaient les livres à des boucliers protecteurs contre les esprits maléfiques. Et c'était ce qu'ils avaient fait pour elle. Particulièrement la littérature britannique. Les tragédies de Marlowe racontant les malheurs des rois et des grands de ce monde, la poésie de Dryden, les essais de Locke, les contes de Chaucer, *La Mort d'Arthur* de Thomas Malory.

Plus tôt dans la journée, lorsque Jeremy lui avait fait visiter l'ensemble de la propriété, elle avait remarqué un certain livre, dans la bibliothèque. Sur la page de garde, s'étalait ce qu'elle s'attendait à y trouver. Le swastika. L'inscription *ex-libris* Adolf Hitler. Deux mille des livres personnels du Führer avaient été découverts à Berchtesgaden, vers la fin de la guerre, puis sommairement empilés dans une mine de sel. Des soldats américains les y avaient redécouverts. Une liste complète figurait au catalogue de la bibliothèque du Congrès. Certains avaient été volés, qui ressurgissaient de temps à autre. Loring n'en possédait aucun, mais connaissait des collectionneurs qui commémoraient ainsi, à leur manière, les horreurs du nazisme.

Elle cueillit l'ouvrage sur son étagère. Ce bonus ne manquerait pas d'enchanter Loring. Puis elle pivota vers la sortie.

Jeremy se tenait, toujours nu, dans l'embrasure de la porte.

« C'est celui que tu avais déjà regardé ? Grand-mère a beaucoup de bouquins. Un de plus ou un de moins... »

Elle s'approcha de lui, bien décidée à se servir de ses meilleures armes.

« J'ai passé une nuit fantastique.

– Moi aussi. Mais tu ne m'as pas répondu. »

Il désignait le livre. Elle soupira :

« Oui, c'est bien le même.

– Tu le veux ?

– Oui.

– Tu reviendras ? »

Étrange question, eu égard à la situation ambiguë. Puis elle comprit ce qui lui importait vraiment. Elle s'approcha et se mit à le caresser. Il ne tarda pas à réagir.

« Oui, je reviendrai.

– Je t'ai vue, dans la salle de musique. Tu n'es pas seulement une femme déçue par un mariage raté, n'est-ce pas ?

– Quelle importance, Jeremy ? Tu as pris du bon temps, avec moi. »

Ses caresses se firent plus précises.

« Et tu en prends encore. »

Il poussa un soupir.

« Et tout ce qui est ici appartient à ta grand-mère ? Alors, quelle importance ?

– Aucune, en effet. »

Elle le lâcha. Il était vraiment équipé grand sport. Et son garde-à-vous sortait de l'ordinaire. Elle l'embrassa gentiment sur la bouche.

« On se reverra, je te le promets. »

La voix de Jeremy la rattrapa alors qu'elle était sur le point de sortir.

« Si je ne t'avais pas cédé, m'aurais-tu fait du mal pour t'emparer du livre et de la tabatière ? »

Elle se retourna, surprise de trouver tant de discernement chez quelqu'un d'aussi monstrueusement immature.

« Qu'est-ce que tu en penses ? »

Il parut réfléchir intensément au problème. Le plus dur, peut-être qu'il ait eu à résoudre de toute sa vie.

« Je pense, déclara-t-il enfin, que je suis rudement content de t'avoir baisée. »

12

Volary, République tchèque

Vendredi 9 mai
14 h 45

Suzanne braqua violemment, et sa Porsche négocia le virage fermé sans déraper d'un pouce. Quelle suspension. Et quelle conductrice ! Elle avait tout de suite baissé sa capote en fibre de verre, après avoir récupéré le véhicule à l'aéroport de Ruzyne. Cent vingt kilomètres depuis Prague jusqu'au sud-ouest de la Bohême, une broutille pour un as du volant comme elle. La voiture était un cadeau de Loring, un bonus après une année particulièrement fertile en acquisitions importantes. Carrosserie gris métallisé, sièges de cuir noir, tapis de sol en velours, un des cent cinquante modèles produits par le constructeur. Le sien portait, au tableau de bord, un écusson en or fin. *Drahá*. Prononcer le *h* à la manière du *ch* allemand ou de la *jota* espagnole. « Petite chérie ». Le surnom que Loring lui avait attribué, dans son enfance.

Elle avait beaucoup entendu parler de lui, et lu dans la presse tous les articles qui le concernaient. La plupart le dépeignaient comme un homme sans principes moraux, dur et cassant, doté de l'énergie d'un fanatique et de la tyrannie d'un despote. Pas tellement loin de la cible. Mais cette cible possédait une autre face qu'elle connaissait, aimait et respectait.

La propriété de Loring occupait un espace de cent vingt hectares dans le sud de la Tchécoslovaquie, à quelques kilomètres de la frontière allemande. La famille avait fait fortune sous le règne des communistes, en exploitant ses mines et ses usines de Chomutov, Most et Teplice, vitales pour l'autarcie supposée de la vieille Tchécoslovaquie. Suzanne trouvait plutôt amusant que les mines d'uranium familiales, au nord de Jachymov, confiées aux bons soins de prisonniers politiques, avec un pourcentage de morts prématurées voisin de cent pour cent, eussent été déclarées conformes aux normes de sécurité par le gouvernement actuel. Également normal, après des années de pluies acides, que les montagnes du Sad se fussent transformées en d'étranges cimetières forestiers, où pourrissaient les arbres.

Juste pour mémoire, Teplice, jadis station balnéaire florissante, était beaucoup plus renommée, à présent, pour l'espérance de vie réduite de ses autochtones que pour ses eaux thermales agréablement chaudes. Il y avait belle lurette que les livrets touristiques vendus par millions aux touristes, en dehors du château de Prague, ne contenaient plus de photos des régions contaminées. Le nord de la Tchécoslovaquie était un poids lourd. Un mauvais souvenir. Jadis nécessaire, mais qu'il valait mieux oublier. Un endroit d'où Loring tirait sa richesse, et la raison pour laquelle il vivait dans le sud.

La Révolution de velours, en 1989, avait amené la chute du communisme. Trois ans plus tard, s'était concrétisé le divorce entre Tchèques et Slovaques, avec le partage des dépouilles disponibles. Loring avait bénéficié des deux événements, en s'alliant avec Havel et le nouveau gouvernement de la République tchèque, une étiquette ronflante, mais dépourvue d'impact international. Suzanne avait écouté Loring s'exprimer sur les changements survenus. Exposer comment ses usines et ses fonderies étaient plus nécessaires que jamais. Bien que né dans le communisme, Loring était un capitaliste pur et dur.

Authentique. Comme l'avaient été, avant lui, son grand-père et son père.

Que répétait-il très souvent ? *Tous les mouvements politiques ont besoin de charbon et d'acier.* Il leur fournissait les deux, en échange de la sécurité, de la liberté, et d'un taux d'intérêt modeste sur ses investissements.

Le château de Loukov apparut à l'horizon. Ancien *hrad* d'un chevalier oublié, site d'un formidable observatoire dominant toute une région traversée par l'impétueuse rivière Orlik. Construit dans le style bourguignon cistercien, commencé au XVe siècle, terminé vers le milieu du XVIIe, il gardait sur ses murs imposants la trace du blason original. Des fenêtres en encorbellement s'ouvraient dans les remparts envahis par le lierre et les plantes grimpantes. Un toit revêtu d'argile brillait d'un éclat orangé dans le soleil de midi.

Durant la Seconde Guerre mondiale, un incendie avait en partie ravagé les bâtiments réquisitionnés par les nazis pour en faire leur quartier général que les Alliés avaient fini par bombarder. Mais Josef Loring s'était joint aux Russes qui avaient libéré la région, sur le chemin de la capitale allemande. Après la guerre, il avait reconstitué et développé son empire industriel pour le léguer à Ernst, seul survivant de sa dynastie, un geste que le gouvernement s'était abstenu de contrer.

Les hommes habiles et courageux ont toujours leur place. Un autre aphorisme de Loring que Suzanne avait maintes fois entendu.

Doucement, elle rétrograda jusqu'à la troisième. Le moteur de la Porsche gronda en forçant les pneus à mordre la route sèche. De grands arbres encadraient la chaussée d'asphalte, à destination de l'entrée principale du château de Loukov. Ce chemin qui jadis avait accueilli les voitures à chevaux et découragé les agresseurs, avait été élargi et réaménagé pour accepter les automobiles.

Loring était dans la cour, en treillis vert et gants de travail. Apparemment occupé à soigner ses fleurs printanières. Il était grand et anguleux, avec un ventre étonnamment plat et un physique de sportif surprenant chez un homme qui approchait des quatre-vingts ans. Au cours de la dernière décennie, ses cheveux d'un blond cendré avaient viré progressivement au gris, puis au blanc, à l'image du bouc qu'il s'était laissé pousser, vraisemblablement pour cacher les rides de sa mâchoire et de son cou. Le jardinage avait toujours fait partie de ses passe-temps obsessionnels. Les serres dressées à l'extérieur de l'enceinte débordaient de plantes exotiques importées de tous les coins du monde.

« *Dobriy den* », ma chérie.

Elle gara la Porsche et mit pied à terre, son sac de voyage au poing.

Loring claqua ses gants l'un contre l'autre pour en faire tomber la terre, et vint à sa rencontre.

« J'espère que tu as fait bonne chasse. »

Elle lui tendit une petite boîte en carton. Ni à Londres ni à Prague, la douane ne lui avait cherché querelle au sujet de la tabatière, après qu'elle eut prétendu l'avoir achetée à l'abbaye de Westminster, lors d'une manifestation caritative, et payée moins de trente livres sterling. Elle disposait même d'un reçu en bonne et due forme, rédigé pour un autre objet sans valeur qu'elle avait jeté dans une des corbeilles de l'aéroport.

Ôtant ses gants, Loring ouvrit le petit carton et examina l'objet dans le jour déclinant.

« Magnifique ! Formidable ! »

Elle tira le livre de son sac et le lui tendit, contente d'elle-même.

« Qu'est-ce que c'est ?

– Une petite surprise. »

Il remit soigneusement la précieuse tabatière dans la boîte en carton. Puis ouvrit le volume à la page de garde.

« *Drahá*, tu me stupéfies. Quelle merveilleuse surprise.

– Je l'ai repéré tout de suite, et j'ai pensé qu'il te ferait plaisir.

– On pourra même le revendre ou l'échanger. Herr Greimel adore ça, et j'aimerais bien avoir une petite toile qu'il possède.

– Je savais que tu serais content.

– Voilà qui ne manquera pas d'agacer Christian, non ? Je la leur montrerai à notre prochaine réunion.

– Christian et Franz Fellner. »

Il secoua la tête.

« Plutôt Monika. Il me semble qu'elle est en train de prendre tout en main. Lentement, mais sûrement.

– Cette garce arrogante.

– Exact. Mais ce n'est pas une imbécile. J'ai eu l'occasion de lui parler longuement, voilà peu. Un peu trop impatiente. Et rapace avec ça ! Elle a hérité du caractère de son père, à défaut de son esprit. Mais qui sait ? Elle est jeune, elle peut encore apprendre. Je suis sûr que Franz s'en occupe.

– Et mon bienfaiteur ? Est-ce qu'il songe également a la retraite ? »

Loring eut un sourire.

« À quoi occuperais-je mon temps ? »

Elle fit un grand geste circulaire.

« Au jardinage.

– Comme violon d'Ingres, pas plus. Ce qu'on fait est tellement plus vivifiant. L'activité de collectionneur réserve tant de joies. Je suis à chaque fois comme un enfant qui ouvre des paquets devant son arbre de Noël. »

Ses deux trésors tenus précieusement contre sa poitrine, il introduisit Suzanne dans son atelier de travail du bois, situé au rez-de-chaussée d'un bâtiment proche de la cour.

« J'ai reçu un coup de fil de Saint-Pétersbourg. Christian est retourné aux archives. Toujours les rapports de la Commission extraordinaire. Il est évident que Fellner n'a pas renoncé. »

– A-t-il trouvé quelque chose ?

– Difficile à dire. Cet imbécile d'employé aurait dû commencer par vérifier s'il a pris un papier quelconque, mais il ne l'a sûrement pas encore fait. D'ailleurs, il affirme que ça va demander des années. Plus pressé de toucher ce que je lui paie que de se mettre sérieusement au boulot. Il a tout de même repéré que Knoll avait découvert une allusion à Karol Borya. »

Elle approuva sans mot dire. Elle comprenait clairement la signification de l'info.

« Je conçois mal l'idée fixe de Franz, enchaîna-t-il. Tant d'autres choses attendent qu'on les redécouvre. La *Madone à l'Enfant* de Bellini, par exemple. Disparue depuis la guerre. Ça, ce serait une trouvaille. L'*Agneau mystique*, le retable de Van Eyck, les douze toiles de vieux maîtres volées au musée de Trèves en 68. Et les impressionnistes dérobés à Florence. On n'a aucune photo permettant de les identifier. N'importe qui aimerait tomber sur l'un de ces chefs-d'œuvre.

– Mais la Chambre d'ambre est en tête des listes de tous les collectionneurs.

– C'est bien là le problème.

– Tu crois que Christian va essayer de retrouver Karol Borya ?

– Sans aucun doute. Borya et Chapaev sont les deux seuls chercheurs encore de ce monde. Il y a cinq ans, Knoll n'a pas retrouvé Chapaev. Il espère sans doute que Borya lui passera son adresse. Fellner adorerait que ce soit Monika qui déballe la Chambre d'ambre. Je suis sûr que Fellner va envoyer Knoll aux États-Unis, pour essayer d'interviewer Borya.

– Mais ça risque d'être une impasse.

– Exactement. Espérons que Borya restera bouche cousue. Si toutefois il n'est pas déjà mort. Il approche des quatre-vingt-dix ans. Va en Géorgie, *drahá,* mais ne te manifeste pas ouvertement. N'interviens qu'en cas d'urgence absolue. »

La perspective enchantait Suzanne. Elle se réjouissait d'affronter de nouveau Christian Knoll. Et de le griller au poteau. Leur dernière rencontre, en France, avait été géniale. Ainsi que la nuit qu'ils avaient passée ensemble. C'était un adversaire digne d'elle. Dangereux, certes. Mais c'était le sel de la vie.

« Doucement avec Christian, ma chérie. Pas de trop près. Laisse-le à Monika. Les deux font la paire ! »

Elle embrassa le vieil homme sur la joue.

« Ne te fais pas de soucis. Ta *drahá* ne pourra jamais te décevoir. »

13

Atlanta, Géorgie

Samedi 10 mai
18 h 50

Karol Borya s'allongea dans sa chaise longue et relut l'article qu'il consultait toujours lorsqu'il ressentait le besoin de se rafraîchir la mémoire. Il s'agissait d'un extrait de l'*International Art Revue* d'octobre 1972, qu'il avait déniché lors d'une de ses visites régulières à la bibliothèque de l'université d'État de Géorgie.

En dehors d'Allemagne et de Russie, peu de journalistes s'étaient intéressés à la Chambre d'ambre. Moins de deux douzaines d'éditos en langue anglaise avaient paru, depuis la guerre, qui évoquaient cette histoire, lointaine dans le temps comme dans l'espace. Borya aimait particulièrement le début de son article favori, souligné à l'encre bleue, de sa propre main, à la première lecture.

Une citation de Robert Browning. *Soudain, comme il arrive aux choses rares, elle avait disparu.*

Cette déclaration semblait avoir été faite pour la Chambre d'ambre. Perdue depuis 1945, après une histoire riche en tumultes politiques, en intrigues complexes et en morts violentes.

L'idée de base était venue de Frédéric Ier, un personnage compliqué qui était devenu roi de Prusse en échange de la promesse d'aider militairement le Saint Empire romain germanique.

En 1701, il avait commandé des panneaux d'ambre destinés à garnir les murs d'un cabinet de travail, dans son château de Charlottenbourg. Il aimait se distraire, depuis toujours, avec des pièces de jeu d'échecs, des chandeliers et des plafonniers d'ambre. Il buvait sa bière dans des hanaps d'ambre et fumait son tabac dans des pipes au tuyau d'ambre. Pourquoi pas un local tapissé, du sol au plafond, de panneaux sculptés dans la même matière ? Il chargea donc l'architecte de la cour, Andreas Schülter, de créer cette merveille.

Le soin de fournir le matériau de base échut à Gottfried Wolffram, puis en 1907, Ernst Schact et Gottfried Turau succédèrent au Danois. Pendant quatre ans, Schact et Turau fouillèrent consciencieusement la côte de la Baltique en quête de l'ambre nécessaire. Depuis des siècles, la région produisait des tonnes de la matière recherchée, et Frédéric Ier assigna des détachements entiers de ses soldats à cette étrange tâche. Chaque spécimen était réduit en feuilles de cinq millimètres d'épaisseur, pas davantage. Polis et chauffés jusqu'à prendre la bonne couleur, les morceaux étaient ensuite ajustés, à la manière de puzzles, sur des feuilles de parchemin, des bustes et des écus blasonnés. Chaque panneau comportait, en relief, les armes de la Prusse, un aigle couronné, vu de profil, sur fond d'argent pour en augmenter la brillance.

Le local fut partiellement aménagé en 1712, date où Pierre le Grand, lors d'une visite, loua grandement le talent des artistes. Un an plus tard, Frédéric Ier mourut et sa succession revint à son fils, Frédéric-Guillaume Ier. Comme il arrive très souvent, le fils détestait tout ce que son père aimait. Il n'avait aucune intention de gaspiller l'argent de la couronne en de tels caprices et fit démonter les panneaux d'ambre qui se retrouvèrent empilés et entreposés à la diable.

En 1716, Frédéric-Guillaume signa un traité russo-prussien d'alliance avec Pierre le Grand, contre la Suède.

Afin de sceller ce traité, les panneaux d'ambre furent cérémonieusement présentés à Pierre et transportés, en janvier, à Saint-Pétersbourg. Plus préoccupé à l'époque de construire sa marine de guerre, Pierre le Grand les fit simplement emmagasiner quelque part. Mais en échange, il offrit à Frédéric-Guillaume deux cent quarante-huit soldats, un tour de potier et une coupe à vin qu'il avait décorée lui-même. Parmi les soldats, figuraient cinquante-cinq de ses plus grands gardes, cadeau inspiré par la passion du roi de Prusse pour les guerriers de haute taille.

Trente années s'écoulèrent avant que l'impératrice Élisabeth, fille de Pierre le Grand, ne chargeât Rastrelli, l'architecte de la cour, de disposer les panneaux dans un cabinet du Palais d'hiver, à Saint-Pétersbourg. En 1755, ils furent transférés au Palais d'été de Tsarskoïe Selo, à cinquante kilomètres au sud de Saint-Pétersbourg, et mis en place dans ce qui fut connu, plus tard, sous le nom de palais de Catherine.

C'est à cette époque que la Chambre d'ambre fut réellement créée.

Dans les vingt ans qui suivirent, quarante-huit mètres carrés de panneaux supplémentaires, la plupart portant le blason des Romanov, s'ajoutèrent aux trente-six mètres carrés originaux, addition nécessaire dans la mesure où les murs du cabinet de Catherine faisaient neuf mètres de hauteur. Le roi de Prusse contribua en personne à sa création en adjoignant au chantier un panneau enrichi d'un bas-relief de l'aigle à deux têtes des tsars de Russie.

Quatre-vingt-six mètres carrés d'ambre furent finalement employés, ornés de figurines, de guirlandes florales, de tulipes, de roses, de coquillages, de monogrammes et de rocaille, dans de magnifiques nuances de marron, de rouge, de jaune et d'orange. Rastrelli avait fait encadrer chaque panneau d'un cartouche de boiserie, de style Louis XV. Le tout séparé, à intervalles réguliers, par des pilastres porteurs de miroirs ornés d'appliques de bronze doré à l'or fin pour ne pas jurer avec les teintes irisées de l'ambre poli.

Au centre de quatre des panneaux, figurait une exquise mosaïque florentine de jaspe et d'agate, sertie dans le bronze. Plafond ouvragé et parquet composé d'une marqueterie de chêne, d'érable, de santal, de bois de rose et d'acajou complétaient l'ensemble. Aussi soignés, aussi magnifiques que les murs eux-mêmes.

Trois maîtres de Königsberg y travaillèrent jusqu'en 1770, où l'œuvre fut enfin déclarée terminée. L'Impératrice Élisabeth était tellement ravie qu'elle y recevait les ambassadeurs étrangers, afin de les impressionner. La Chambre d'ambre servait aussi de *Kunstkammer*, local d'exposition où les trésors royaux pouvaient être mis en valeur, dans un cadre digne d'eux. Dès 1765, soixante-dix objets d'ambre, armoires, chandeliers, tabatières, soucoupes, couteaux, fourchettes, crucifix et tabernacles, occupaient l'espace disponible. En 1780, fut ajoutée une table d'ambre ouvragée. Le dernier apport eut lieu en 1913 sous la forme d'une couronne d'ambre posée sur un oreiller, contribution personnelle du tzar Nicolas II.

Incroyable mais vrai, l'ensemble survécut cent soixante-dix ans. Il survécut même à la Révolution bolchevique. Il fut procédé à de multiples restaurations en 1760, 1810, 1830, 1870, 1918, 1935 et 1938. Une restauration complète était prévue pour 1940, mais le 22 juin 1941, les troupes allemandes envahirent l'Union soviétique. Le 14 juillet, l'armée d'Adolf Hitler avait conquis la Biélorussie, la majeure partie de la Lettonie, de la Lituanie et de l'Ukraine, atteignant la rivière Liga, à moins de deux cents kilomètres de Leningrad. Le 17 septembre, les troupes allemandes prirent Tsarskoïe Selo ainsi que tous les palais de la région, y compris celui de Catherine, devenu musée national sous le règne des communistes.

Dans les jours qui précédèrent sa prise, le personnel du musée expédia tous les objets détachés de la Chambre d'ambre dans l'est de la Russie. Mais impossible de démonter les panneaux. On tenta de recouvrir les murs d'un épais papier peint qui ne trompa personne. Hitler ordonna à Erich Koch, *gauleiter* de Prusse-Orientale, de ramener la Chambre d'ambre à Königsberg, son emplacement légitime, dans l'esprit du Führer. Une équipe de six hommes mit trente-six heures à démanteler les panneaux, et vingt tonnes d'ambre méthodiquement emballées prirent le chemin de l'Allemagne, où elles furent installées au château de Königsberg, avec une vaste collection d'art prussien. Un journal allemand de 1942 se félicita du « retour au bercail, sa seule place légitime » de l'ambre du palais de Catherine. Publiées à l'époque, des cartes postales montraient le trésor, sous tous les angles. L'exposition devint le spectacle favori des nazis garantis bon teint.

En août 1944, les premières bombes alliées tombèrent sur Königsberg. Quelques pilastres et quelques-uns des plus petits panneaux subirent des dommages. La suite est plus incertaine. Entre janvier et avril 1945, alors que l'armée soviétique approchait de Königsberg, Koch fit transférer les panneaux démontés dans les caves du restaurant Blutgericht. Le dernier document relatif à la Chambre d'ambre, daté du 12 janvier 1945, précise que les panneaux mis en caisses devaient être transportés en Saxe. Alfred Rohde, conservateur de la Chambre, assista au chargement des caisses dans un convoi de camions militaires. Le 6 avril 1945, ledit convoi quitta Königsberg, et c'est la dernière fois où l'on revit les précieuses caisses.

Borya reposa l'article.

À chaque fois qu'il le relisait, son esprit le ramenait à la première ligne. *Soudain, comme il arrive aux choses rares, elle avait disparu.*

Impossible de mieux dire.

Il réfléchit un instant avant de feuilleter le dossier, posé sur ses genoux, qui contenait des copies d'autres articles rassemblés au fil des ans. Certains détails chatouillaient brièvement sa mémoire. C'est si bon de se souvenir.

Jusqu'à un certain point.

Quittant sa chaise longue, il alla refermer le robinet du jardin. Fraîchement arrosées, les plantes resplendissaient dans le crépuscule. Toute la journée, il avait espéré la pluie, mais le printemps se montrait plutôt sec. Lucy l'observait, du patio, ses yeux verts suivant chacun des mouvements du vieil homme. Il savait qu'elle n'aimait pas l'herbe, particulièrement l'herbe humide. Il ramassa ses articles.

« On rentre, minette, on rentre pour la soirée. »

La chatte le suivit dans la cuisine. Il jeta le dossier sur la table, auprès de son dîner, un filet de maquereau mariné enveloppé d'une tranche de bacon. Il allait s'asseoir lorsque retentit la sonnette de la porte d'entrée.

Il passa dans le vestibule, suivi de Lucy. Il regarda par l'œilleton l'homme en complet bleu marine, chemise blanche et cravate à pois, qui venait de sonner. Encore un mormon ou un Témoin de Jéhovah. Ils sonnaient souvent à cette heure, et leurs visites égayaient la soirée.

Il ouvrit la porte.

« Karl Bates ? Connu jadis sous le nom de Karol Borya ? »

La question le prit totalement à l'improviste, et sa réaction de surprise fut l'équivalent d'une réponse affirmative.

« Je m'appelle Christian Knoll », déclara le visiteur.

Son léger accent allemand déplut tout de suite à Borya. Ainsi que la carte commerciale confirmant l'identité annoncée. *Recherche d'antiquités disparues*, précisait-elle à la rubrique profession. Avec une adresse et un numéro de téléphone à Munich. Borya reporta son attention de la carte à l'homme. Quarante-cinq ans, épaules larges, cheveux blonds ondulés, teint bronzé rappelant la couleur de la cannelle, prunelles grises, regard impérieux dans un visage de marbre. Rien de bien sympathique.

Borya leva la main pour s'emparer de la carte. Trop tard. Elle disparaissait déjà dans la poche du veston.

« Pourquoi voulez-vous me voir, monsieur Knoll ?

– Puis-je entrer ?

– C'est selon.

– Je veux vous parler de la Chambre d'ambre. »

Sur le point de protester, Borya changea d'avis. Il y avait des années qu'il attendait ce genre de visite.

Knoll le suivit dans le salon. Ils s'assirent face à face. Lucy se percha sur une troisième chaise.

« Vous travaillez pour les Russes ? »

Le visiteur secoua la tête.

« Je pourrais vous mentir, mais la réponse est non. Mon employeur est un collectionneur privé qui recherche la Chambre d'ambre. J'ai trouvé votre nom et votre adresse dans les archives russes. Il semble que vous partagiez son intérêt.

– Il y a bien longtemps de ça. »

Knoll sortit de sa poche trois feuillets pliés, agrafés ensemble.

« J'ai déniché ces références dans les archives russes. On vous y appelle Ourho. »

Tout y était, même la prononciation gutturale de la deuxième syllabe.

Borya parcourut rapidement les papiers en question. La première fois, depuis des décennies, qu'il avait à lire des caractères cyrilliques.

« C'était mon surnom,

– Vous avez été prisonnier ?

– Près d'un an et demi. »

Il roula sa manche droite, dévoilant le tatouage.

« 10901. J'ai essayé de l'effacer, mais il n'y a rien à faire. Bon travail. À l'allemande. »

Knoll désigna les feuillets.

« Que savez-vous de Danya Chapaev ? »

Borya nota, en passant, que Christian Knoll n'avait pas relevé la remarque sarcastique, à l'égard du bon travail allemand.

« Danya était mon compagnon. On a fait équipe jusqu'à mon départ.

– Comment se fait-il que vous ayez travaillé pour la Commission extraordinaire ? »

Fallait-il répondre ou pas ? Depuis le temps que tout cela dormait dans sa mémoire... Maya avait été au courant de tout, mais Maya n'était plus là depuis bien longtemps. Rachel en savait juste assez pour comprendre et ne jamais oublier.

Fallait-il en parler ? Fallait-il se taire ? Il se sentait si vieux. Au bout du rouleau. Quelle importance à présent ?

« Après Mauthausen, je suis retourné en Biélorussie, mais... il n'y avait plus rien. Des Allemands partout, comme des rats. Toute ma famille avait disparu. La Commission extraordinaire semblait un bon endroit où amorcer la reconstruction.

– J'ai étudié de près cette fameuse commission. Une organisation très intéressante. Les nazis étaient des pillards émérites, mais les Soviets faisaient encore mieux. Les hommes de troupe se contentaient de babioles telles que montres et bicyclettes. Mais les officiers expédiaient au pays des caisses et des avions entiers d'œuvres d'art, de porcelaine et de tableaux. Et la commission était la plus grande chapardeuse de tout le lot. Des millions d'objets de valeur ont été dérobés par ses soins. »

Le sang d'Ourho commençait à bouillir.

« Pas dérobés. Les Allemands avaient détruit le pays, les maisons, les usines et les villes. Tué des millions de personnes. À l'époque, les Soviets ne demandaient qu'une juste compensation.

– Et maintenant ?

– Maintenant, d'accord. C'est du vol. Du pillage. Les communistes étaient pires que les nazis. Mais il faut du temps pour y voir clair. »

Knoll approuva la concession d'un signe de tête.

« Cette commission n'était qu'un faux-semblant. Un prétexte. Elle aidait Staline à remplir les goulags.

– C'est pourquoi je suis parti.

– Chapaev est-il toujours en vie ? »

Question inattendue, à ce stade. Hors contexte. Visant probablement à obtenir une réponse automatique. Ce Christian Knoll était habile.

« Aucune idée. Pas revu Danya depuis mon départ. Le KGB est venu m'interroger, voilà des années. Un énorme Tchétchène puant de transpiration. Je lui ai fait la même réponse.

– C'était dangereux, monsieur Bates. Il ne faut pas jouer avec un homme du KGB.

– Que pouvait-il faire ? Tuer un vieillard ? Ce temps-là est passé, *Herr* Knoll. »

La substitution de « Herr » à « monsieur » était parfaitement intentionnelle, mais cette fois encore, Knoll s'abstint de mordre à l'hameçon.

« J'ai interviewé beaucoup d'anciens chercheurs. Teleguine, Sernov, Volochine. Sans retrouver trace de Chapaev. Il y a seulement quelques jours que j'ai découvert la vôtre.

– Certains vous ont parlé de moi ?

– S'ils l'avaient fait, je serais venu plus tôt. »

Rien de bien surprenant. Tous avaient appris la valeur d'une bouche cousue.

« Je connais le travail de la commission, reprit Knoll. Elle envoyait des enquêteurs à la recherche des œuvres d'art, en Allemagne et en Europe de l'Est. Une course de vitesse entre l'armée et les pillards. Avec succès dans le cas de l'or troyen, de l'Autel de Pergame, de la *Madone Sixtine* de Raphael, et de toute la collection du musée de Dresde. »

Il hocha la tête : « Et de tellement d'autres choses... Mais d'autres restent encore à découvrir. Certaines dorment dans des châteaux ou dans des chambres fortes, depuis des décennies.

– J'ai lu de nombreuses histoires à ce sujet... Vous croyez que je sais où se trouve la Chambre d'ambre ?

– Non. Autrement, vous l'auriez déjà récupérée.

– Il vaut peut-être mieux qu'elle reste introuvable. »

Knoll exprima son désaccord en secouant énergiquement la tête.

« Quelqu'un comme vous... avec vos antécédents... amoureux des beaux-arts... ne peut pas souhaiter qu'un tel chef-d'œuvre demeure voué à l'oubli et à la destruction par l'érosion du temps.

– L'ambre est éternel.

– Mais pas la façon dont il a été traité. Les colles et mastics du XVIIIe siècle ne durent pas aussi longtemps.

– Vous avez raison. Ces panneaux se présenteraient aujourd'hui comme autant de puzzles à reconstituer.

– Mon patron y consacrerait volontiers tout le personnel nécessaire.

– Qui est votre patron ? »

Le visiteur eut un large sourire.

« Je n'ai pas le droit de vous le révéler. Cette personne préfère conserver son incognito. Comme vous le savez, le monde des collectionneurs est une jungle impitoyable.

– La Chambre d'ambre a disparu depuis près de six décennies.

– Mais imaginez-la, *Herr* Bates, excusez-moi, monsieur Bates…

– Borya.

– Monsieur Borya… imaginez-la, reconstituée dans toute sa splendeur originale… Quel spectacle ! Il n'en existe que de rares photographies, presque toutes en noir et blanc, qui ne rendent pas justice à tant de beauté.

– J'ai vu ces photos. J'ai même vu la Chambre avant la guerre. Magnifique. Aucune photo ne saurait en donner la moindre idée. Dommage que tout cela soit perdu à jamais.

– Mon employeur refuse d'y croire.

– La plupart des panneaux ont probablement été détruits lors du bombardement de Königsberg en 1944. D'autres les voient au fond de la Baltique. J'ai enquêté moi-même sur le naufrage du *Wilhelm Gustloff*. Neuf mille cinq cents morts, quand les Soviets l'ont envoyé par le fond, avec la Chambre d'ambre dans ses cales. Transportée par camions de Königsberg à Dantzig, puis chargées à destination de Hambourg. »

Knoll s'agitait sur sa chaise.

« Moi aussi, j'ai étudié le naufrage du *Gustloff*. Les versions sont contradictoires. La plus crédible affirme que les panneaux ont été transférés de Königsberg à une mine des environs de Göttingen, avec un chargement de munitions. Quand les Britanniques ont occupé la région, en 1945, ils ont fait sauter la mine. Mais bien des ambiguïtés subsistent…

– Certains disent même que les Américains auraient tout emporté chez eux, de ce côté-ci de l'Atlantique.

– Je l'ai entendue également, celle-là ! Et celle selon laquelle les Soviets auraient découvert et caché les panneaux quelque part, à l'insu du pouvoir en place. Sur le plan du volume, c'est possible. Mais compte tenu de la valeur marchande et du désir de ressusciter la merveille, parfaitement improbable. »

Le visiteur connaissait son sujet sur le bout du doigt. Karol n'ignorait, lui non plus, aucune de ces histoires plus ou moins rocambolesques. Mais le visage de granit, le regard glacé du nommé Knoll ne trahissaient rien de ses propres convictions. Un talent qui sous-entendait une longue pratique.

« Et la malédiction, qu'est-ce que vous en faites ?

– J'en ai entendu parler. Mais elle ne saurait affecter que les gens mal renseignés, et les amateurs de sensationnel.

– Mon Dieu, mais je manque à tous mes devoirs ! Aimeriez-vous boire quelque chose ?

– Ce serait avec plaisir.

– Je reviens tout de suite. »

Et, montrant le chat assoupi sur sa chaise, il ajouta :

« Lucy va vous tenir compagnie. »

Karol passa dans la cuisine, garnit deux verres de cubes de glace et les emplit de thé frais. Il pensa même à remettre son futur dîner dans le réfrigérateur. Il n'avait plus faim du tout Obsédé par de vieilles pensées ramenées à l'ordre du jour.

Son dossier de coupures de presse gisait toujours sur la table

« Monsieur Borya ! » appela Christian Knoll, du salon.

Ses pas se rapprochaient. Peut-être valait-il mieux lui cacher ces articles ? Il les jeta dans le frigo qu'il referma alors que le visiteur poussait la porte battante.

« Oui, Herr Knoll ?

– Pourrais-je utiliser vos toilettes ?

– Dans le couloir, à droite.

– Je vous remercie. »

Ce type froid et méthodique perturbé par une envie de pisser urgente, Borya n'y croyait pas une seconde. Changer la bande d'un magnéto de poche, peut-être ? Ou profiter de la diversion pour jeter un coup d'œil ? Un truc dont il s'était servi lui-même, plus d'une fois, au bon vieux temps. Cet Allemand lui portait sur le système. Autant s'amuser un peu, à ses dépens. D'une armoire murale, il tira le tube de laxatif que réclamaient ses intestins vieillissants, une fois ou deux par semaine. Il ajouta la dose réglementaire à l'une des boissons préparées et aida les granules à se dissoudre, au moyen d'une cuiller à soupe. Ils n'avaient aucun goût particulier. Avant peu, cet emmerdeur aurait vraiment besoin des toilettes.

Il rapporta les deux verres sur un plateau. Knoll accepta celui qu'il lui tendait. Il en dégusta quelques gorgées.

« Thé glacé à l'américaine. Parfait.

– Nous en sommes très fiers.

– Nous ? Vous vous considérez comme américain ?

– Depuis tout ce temps, je me sens chez moi.

– La Biélorussie n'a pas repris son indépendance ?

– Les actuels gouvernants ne valent pas mieux que les Soviets. Des dictateurs.

– Sans réaction, de la part des Biélorusses ?

– La Biélorussie est une simple province de la Russie actuelle. Sans réelle indépendance. Il faut des siècles pour abolir l'esclavage.

– Vous n'aimez ni les Allemands ni les communistes. »

Cette conversation devenait ennuyeuse.

« Seize mois dans un camp de la mort vous endurcit le cœur. »

Knoll avait bu tout son thé. Les glaçons cliquetèrent lorsqu'il reposa le verre sur la table. Borya poursuivit, sur son élan :

« Les Allemands et les communistes ont violé la Russie et la Biélorussie. Ils ont converti le palais de Catherine en caserne, avant de l'utiliser comme cible. Je l'ai revisité après la guerre. Il ne restait rien de la beauté royale d'antan. Un essai parmi beaucoup d'autres pour détruire la culture russe ? Pour nous infliger une leçon en bombardant nos palais ?

– Je ne suis pas nazi, monsieur Borya. Je ne saurais donc vous répondre. »

Puis, après un silence :

« Si nous cessions de tourner autour du pot ? Avez-vous retrouvé la Chambre d'ambre.

– Comme je vous l'ai dit... évanouie à jamais.

– Comment se fait-il que je n'arrive pas à vous croire ?

– C'est votre problème. »

Borya haussa les épaules :

« Je suis un vieil homme. Bientôt, je serai mort. Aucune raison de mentir.

– J'en doute fort, monsieur Borya. »

Ils s'entre-observaient avec la même fixité implacable.

« Je vais vous conter une petite histoire qui pourra peut-être vous aider, monsieur Knoll. Des mois avant sa libération, le camp de Mauthausen a reçu la visite du *Reichsmarschall* Hermann Goering. Il nous a forcés, moi et trois autres prisonniers, à torturer quatre Allemands attachés nus à des poteaux, par un froid intense. Nous les avons arrosés d'eau glacée jusqu'à ce qu'ils en meurent.

– Que voulait savoir Goering ?

– Il voulait la *Bernsteinzimmer.* Les quatre hommes avaient participé à l'évacuation des panneaux de la Chambre d'ambre, depuis Königsberg, avant l'invasion des Soviétiques. Goering voulait la *yantarnaya komnata.* Mais Hitler était arrivé le premier.

– Ils ont révélé quelque chose ?

– Rien. Juste gueulé *Mein Führer* jusqu'à mourir de froid. Leurs visages gelés reviennent souvent dans mes cauchemars. Étrange, Herr Knoll, mais d'une certaine façon, je dois la vie à un Allemand.

– Comment cela ?

– Si l'un des quatre avait parlé, Goering m'aurait fait exécuter sur place. »

Il était fatigué de se souvenir. Il voulait se débarrasser de l'importun avant que le laxatif ne produise son effet.

« Je hais les Allemands, monsieur Knoll. Je hais les communistes. Je n'ai rien dit au KGB. Je n'ai rien à vous dire. Maintenant, retirez-vous, je vous prie. »

Knoll réalisa l'inutilité de prolonger la séance et se leva.

« Très bien, monsieur Borya. Je m'en voudrais de vous ennuyer davantage. Je vous souhaite une bonne nuit. »

Sur le pas de la porte, Knoll se retourna, la main tendue. Un geste sans signification, dicté par la politesse de tous les jours.

« Au revoir, monsieur Borya. »

L'ancien prisonnier de Mauthausen revoyait le soldat Mathias lié à son poteau, nu dans le froid mortel, et comment il avait répondu à Goering.

Il cracha dans la main tendue.

Knoll resta un instant immobile, comme pétrifié sur place. Puis il tira un mouchoir de sa poche et, calmement, essuya le crachat alors que la porte se refermait avec un claquement sec. Définitif.

14

9 H 35

Borya déplia son article de l'*International Art Review* et trouva rapidement la partie qui l'intéressait.

> Alfred Rohde, qui avait présidé au transport de la Chambre d'ambre, depuis Königsberg, fut promptement appréhendé après la guerre et remis aux autorités soviétiques. La Commission d'État extraordinaire pour la réparation des dégâts occasionnés par les envahisseurs germano-fascistes recherchait la Chambre d'ambre, et exigeait des réponses à ses questions. Mais Rohde et son épouse furent retrouvés morts, le matin même où ils devaient comparaître devant la commission. La dysenterie fut la cause officiellement invoquée. Plausible dans la mesure où l'épidémie faisait rage à l'époque, en raison de la pollution des eaux potables. Mais beaucoup conclurent à une exécution sommaire, afin de garder secrète la cachette de la Chambre d'ambre.

Ce même jour, on signala la disparition du docteur Paul Erdmann, le médecin qui avait signé le permis d'inhumer du couple Rohde.

Erich Koch, représentant officiel d'Adolf Hitler en Prusse, fut arrêté et jugé par les Polonais pour crimes de guerre. Condamné à mort en 1946, son exécution fut plusieurs fois repoussée à la requête des autorités soviétiques. Une opinion répandue voyait en Erich Koch le seul homme encore vivant susceptible de connaître la destination des caisses expédiées de Königsberg en 1945. Paradoxalement, Koch dut sa survie, soit à son ignorance, soit à son refus de révéler l'information souhaitée. Il tombait sous le sens qu'une fois renseignées, les autorités soviétiques cesseraient de s'intéresser au sort d'Erich Koch. En 1965, ses avocats obtinrent finalement des Soviets l'assurance officielle que la vie de leur client serait épargnée s'il se mettait à table. Koch expliqua alors que les caisses avaient été murées dans un bunker proche de Königsberg, mais qu'il était impossible d'en retrouver l'emplacement exact, compte tenu de la reconstruction entreprise aussitôt après la guerre. Il mourut sans avoir révélé toute la vérité sur ce qu'il savait.

Au cours des décennies suivantes, trois journalistes ouest-allemands moururent dans d'étranges circonstances alors qu'ils recherchaient la Chambre d'ambre. L'un tomba dans le puits désaffecté d'une mine de sel, en Autriche où, selon la rumeur, les nazis entreposaient leur butin de grande valeur. Les deux autres périrent dans un accident de la circulation suivi de délit de fuite. George Stein, un autre chercheur allemand, spécialiste de la Chambre d'ambre, finit par se suicider... du moins en apparence. Tous ces événements accréditèrent l'idée d'une malédiction attachée à la Chambre d'ambre, rendant cette nouvelle quête du Graal encore plus passionnante aux yeux des amateurs.

Il s'était installé au premier étage, dans l'ancienne chambre de Rachel convertie en un cabinet de travail où il conservait ses livres et ses papiers. Il y avait là un vieux secrétaire, un classeur de chêne et une chaise de bureau pivotante dans laquelle il aimait lire et rêver. Quatre étagères bibliothèques complétaient le mobilier, surchargées de romans, de livres d'histoire et de littérature classique.

Il pensait toujours à ce curieux visiteur qui lui avait hérissé le poil. Il avait trouvé dans un tiroir d'autres articles sans importance. Les principaux étaient restés dans le frigo, mais il avait la flemme de descendre les rechercher, sous peine d'avoir à remonter l'escalier. Dans l'ensemble, les articles concernant la Chambre d'ambre étaient archicontradictoires. Un tissu de théories et de suppositions dont les dates ne concordaient même pas. Pour les uns, l'ensemble des panneaux avait disparu en janvier, pour les autres en avril 1945. Étaient-ils partis en camion, en train ou par la mer ? Aucun accord non plus sur ce point. Le *Wilhelm Gustloff* avait-il été torpillé par un sous-marin soviétique ou bombardé du haut des airs ? La Chambre d'ambre, par ailleurs, s'était-elle trouvée dans ses cales ?

L'un était certain que soixante-douze caisses avaient quitté Königsberg. Un autre disait vingt-six et un autre dix-huit. Plusieurs rapports affirmaient qu'elles avaient brûlé lors des bombardements. D'autres les voyaient partir, en secret, pour les États-Unis. Difficile de se forger une opinion et pas un article ne précisait la source de ces informations. Rien que des ragots, et généralement pas de première main. Ou pis encore, de simples suppositions.

Un obscur magazine, *The Military Historian*, rapportait l'histoire d'un tramway qui aurait quitté la Russie occupée, vers le 1er mai 1945, avec les caisses à son bord. Quelques témoins juraient avoir vu décharger de telles caisses dans la petite ville tchèque de Týnec-nad-Sázavou. De là, elles auraient été transportées vers le sud, par la route, jusqu'au quartier général du maréchal von Schörner, commandant une armée allemande d'un million d'hommes qui tenait toujours le secteur. Mais le même article ajoutait que la démolition du bunker par les Soviets, en 1989, n'avait donné aucun résultat.

Proche de la vérité, commenta-t-il, *in petto*. Très proche.

Sept ans plus tôt, à la lecture de cet article, il avait essayé d'en joindre l'auteur et n'y était pas parvenu. Aujourd'hui, un nommé Wayland McKoy fouillait les montagnes du Harz dans la région de Stod, en Allemagne. Était-il sur la bonne piste ? La seule certitude, c'était que beaucoup de monde avait passé l'arme à gauche en recherchant la Chambre d'ambre. Les affaires Rohde et Koch appartenaient à l'histoire. Au même titre que toutes ces autres morts et disparitions aussi suspectes que mystérieuses. Simples coïncidences ? Peut-être. Mais il en doutait fort. Particulièrement depuis ce qui s'était passé, neuf ans plus tôt. Comment pourrait-il l'oublier ? Le souvenir hantait sa mémoire à chaque fois qu'il regardait Paul Cutler, son ex-beau-fils. Et il se demandait souvent s'il ne serait pas logique d'ajouter deux noms à la liste des victimes.

Un grincement de parquet l'alerta.

Pas le genre de bruit que faisait la maison quand elle était vide.

Il releva les yeux, s'attendant à voir Lucy bondir dans la pièce. Il reposa les articles sur son bureau et quitta sa chaise. Il grimpa jusqu'au palier du premier étage et jeta un coup d'œil par-dessus la rampe. Il faisait presque nuit, et la seule lampe restée allumée au rez-de-chaussée éclairait chichement le salon. Sa chambre, au bout du palier, était un gouffre d'ombre.

« Lucy ? Lucy ? »

La chatte ne répondit pas. Il tendit l'oreille et se pencha vers le rez-de-chaussée, cramponné à la rampe.

Brusquement, quelqu'un l'empoigna par-derrière. Jailli des ténèbres de sa chambre, un bras puissant se referma autour de son cou sans qu'il pût se défendre, et le souleva de terre. Deux mains gantées, d'une force terrible.

« *Können wir weiterreden, Ourho ?* »

La voix était celle du visiteur. Et la traduction automatique résonna dans sa tête :

« *On peut reprendre cette conversation, Ourho ?* »

Le bras replié l'étranglait. Il commençait à suffoquer.

« Salaud de Russe ! Oser me cracher dans la main. Pour qui te prends-tu, vieillard ? J'en ai tué d'autres pour moins que ça. »

Karol resta coi. L'expérience de toute une vie lui conseillait de se taire.

« À présent, tu vas me dire ce que je veux savoir, ou tu vas y laisser ta peau. »

Il connaissait le refrain dans toutes ses variantes. Déjà chanté, avec d'autres paroles, par Hermann Goering dont la voix disposait jovialement de son existence. Quelle avait été la réponse de soldat Mathias ?

« *C'est un honneur de tenir tête à ses tortionnaires.* »

Une vérité toujours de mise, à présent.

« Tu sais où est Chapaev, pas vrai ? »

Il tenta de secouer la tête. L'étreinte du bras de son agresseur se resserra d'un cran.

« Tu sais où est la *Bernsteinzimmer,* pas vrai ? »

Il était à deux doigts de perdre connaissance. Knoll diminua légèrement la pression. Les poumons du vieil homme aspirèrent goulûment l'air raréfié.

« On ne rigole pas avec moi, pauvre crétin ! Je suis venu de loin, à la recherche d'informations.

– Je n'ai rien à vous dire.

– Tu en es sûr ? Tu as dit plus tôt que ton temps était compté. Il l'est encore plus que tu ne le supposais. Pense à ta fille. À tes petits-enfants. Tu ne voudrais pas les voir vivre encore quelques années ? »

Il le désirait plus que tout au monde, mais il n'allait pas s'en laisser imposer par un Allemand.

« Allez vous faire foutre, Knoll ! »

Projeté dans l'escalier, son corps frêle cascada sur les marches de chêne. Il voulut crier, mais le souffle lui manqua. Il ne put freiner sa chute et roula, plongea, membres épars, vers le rez-de-chaussée. Quelque chose craqua. Sa lucidité vacillait. Une douleur atroce lui broyait le dos. Il atterrit finalement sur le carrelage de l'entrée. Il ne sentait plus ses jambes. Le décor tournoyait autour de lui. Il entendit Knoll bondir à sa suite avant de l'empoigner par les cheveux. Jadis il avait eu la vie sauve grâce à un Allemand. Un autre allait la lui prendre.

« Dix millions d'euros, c'est une somme. Mais aucun Russe ne me crachera dessus. »

Borya tenta de réunir assez de salive pour cracher encore, mais sa bouche était sèche, sa mâchoire paralysée.

Le bras de Knoll se referma autour de son cou.

15

Suzanne Danzer assista, par la fenêtre, au dénouement inéluctable de la scène. Elle entendit craquer les vertèbres du vieillard lorsque Christian Knoll lui appliqua la torsion fatale, et vit le corps s'amollir, la tête prendre une position insolite.

Knoll repoussa Borya de côté et lui décocha une ruade vengeresse en pleine poitrine.

Arrivée à Atlanta, le matin même, par l'avion de Prague, elle avait repéré son rival alors qu'il reconnaissait le terrain, autour du domicile de Karol Borya. Les allées et venues de Christian avaient été aisément prévisibles, dans la mesure où aucun enquêteur compétent ne se rendra jamais où que ce soit sans explorer d'abord le voisinage, en prévision de quelque piège.

S'il y avait quelque chose à dire au sujet de Christian Knoll, c'est qu'il était parfaitement compétent dans ses diverses spécialités. Il avait passé à son hôtel la majeure partie de la journée, et elle l'avait déjà suivi, de loin, lors de sa première visite. Ensuite, il n'était pas rentré à l'hôtel, mais avait attendu la tombée de la nuit, dans sa voiture de louage, pour renouveler discrètement sa visite, entrant par la porte de derrière qui, selon toutes les apparences, n'était même pas fermée à clef. Non qu'une serrure l'eût arrêté bien longtemps. Aucune n'était à l'abri de son habileté professionnelle.

Il était évident que le vieux n'avait pas dû se montrer coopératif la première fois, et le tempérament soupe au lait de Christian Knoll était légendaire. Il avait balancé Borya dans l'escalier avec autant de désinvolture qu'un chiffon dans une poubelle. Avant de lui casser le cou avec un plaisir évident. Elle le respectait pour ses multiples talents et connaissait son adresse au lancer du stylet qu'il dissimulait sous sa manche. Une arme dont il n'hésitait jamais à faire usage.

Mais elle non plus n'était pas sans talents.

Knoll se redressa et jeta un coup d'œil autour de lui. Dans son survêtement noir et sous la cagoule qui voilait son visage et sa longue chevelure blonde, Suzanne Danzer se savait invisible. Était-il capable de sentir sa présence dans l'obscurité ?

Lorsqu'il se tourna vers la fenêtre, elle s'accroupit, d'instinct, au-dessous du niveau de la barre d'appui, parmi les plants de houx qui cernaient la maison. La nuit était chaude. Un peu de sueur perlait à son front alors qu'elle se redressait juste à temps pour le voir remonter l'escalier. Six minutes plus tard, il redescendit, les mains vides, le costume et la cravate impeccables, vivante image de l'élégance. Au passage, il vérifia le pouls de sa victime et se dirigea vers la sortie. Au bout de quelques secondes, elle entendit une porte s'ouvrir et se refermer.

Elle attendit une dizaine de minutes avant de quitter sa planque épineuse. Mains gantées, elle entra comme chez elle, par la même porte. Une vague odeur de vieux corps et d'antiseptique planait dans l'air. Elle traversa la cuisine et passa dans le salon.

À l'entrée de la salle à manger, un chat se fourra dans ses jambes. Elle stoppa net, le cœur battant, et jura entre ses dents.

Le décor n'avait pas changé depuis sa première visite, trois ans auparavant. Le même sofa capitonné en poil de chameau, la même pendule murale à carillon et les mêmes lampes de Cambridge. Les lithographies pendues alentour l'avaient brièvement intriguée. Elle s'était demandé s'il ne s'agissait pas d'originaux, mais un examen rapide lui avait appris le contraire. De simples copies. Une fouille méthodique, en l'absence de Borya, ne lui avait pas rapporté la moindre info nouvelle sur la Chambre d'ambre. Juste des coupures de presse et des photocopies sans valeur. Si Karol Borya savait quelque chose sur la Chambre, il ne l'avait écrit nulle part et ne le gardait pas par-devers lui.

Rien non plus au premier étage. Rien de neuf, en dehors des mêmes articles éparpillés sur le bureau en bois clair dont elle se souvenait. Borya, semblait-il, avait eu le sujet en tête à l'arrivée de Christian Knoll.

Elle redescendit l'escalier.

Le vieux gisait face contre terre. Elle aussi lui tâta le pouls, par acquit de conscience.

Rien. Christian n'aurait pas commis une telle erreur.

Parfait.

En passant le premier, il lui avait évité une corvée déplaisante.

16

Dimanche 11 mai
8 h 35

Rachel gara sa voiture devant la maison de son père. Ce matin de mai s'annonçait magnifique. La porte du garage était relevée, la vieille Oldsmobile pleurait des larmes de rosée qui scintillaient sous le soleil naissant.

La maison n'avait guère changé depuis son enfance. Brique rouge, encadrements blancs, toit de tuiles noircies. Le magnolia et les cornouillers plantés vingt ans plus tôt, lorsque la famille avait emménagé, faisaient concurrence aux grands houx et aux plantes folles qui poussaient plus près de la maison. Les stores avouaient leur âge et la moisissure envahissait lentement les briques. Le tout avait besoin d'un coup de propre. Rachel se promit d'en parler bientôt à son père.

Jaillis de la voiture, les enfants se précipitèrent vers la porte de derrière, toujours ouverte à leur intention.

Rachel vérifia les portières de l'Oldsmobile. Jamais bouclées. Elle secoua la tête. Son père refusait tout bonnement de fermer à clef quoi que ce fût. Le journal du matin gisait sur le paillasson. Elle alla le ramasser avant d'emprunter l'étroit sentier cimenté, à la suite de ses enfants qui, déjà, appelaient Lucy dans le jardin de derrière.

La porte de la cuisine n'était pas bouclée, elle non plus. Une ampoule allumée, au-dessus de l'évier. Bizarre. Aussi négligent qu'il pût être avec ses serrures, son père était hypermaniaque, côté consommation électrique. Une lampe à la fois, pas davantage. Curieux qu'il ait oublié celle-ci, avant de monter se coucher.

Rachel appela :

« Hé, p'pa, combien de fois je t'ai dit de ne pas laisser ta baraque ouverte à tout venant ? »

Les gosses en avaient assez de courir après Lucy, et traversaient la cuisine à toute allure.

« Pépéééé ! »

C'était plus fort qu'un simple appel. Maria se précipita dans la cuisine.

« M'man, m'man, pépé s'est endormi par terre.

– Qu'est-ce que tu racontes ?

– Il dort sur le plancher, en bas de l'escalier. »

Rachel ne fit qu'un bond. La position contrefaite de la tête de son père lui fit tout de suite comprendre qu'il ne dormait pas.

« Bienvenue dans notre musée des beaux-arts, répétait le gardien, à l'entrée de chaque nouvelle personne. Bienvenue Bienvenue. »

Paul attendait sagement son tour, avec les autres.

« Bonjour, monsieur Cutler, le salua le gardien. Mais vous n'aviez pas besoin de faire la queue.

– Ce ne serait pas juste, monsieur Braun.

– Membre du conseil, ça devrait accorder quelques privilèges, non ?

– On y pensera. Il n'y a pas un journaliste qui m'attend ? Je devais le rencontrer vers dix heures.

– Si. Le type, là-bas, dans la première galerie. Il est là depuis l'ouverture. »

Il s'éloigna, ses talons de cuir claquant sur le dallage. Les quatre étages du musée étaient ouverts au public et le bourdonnement des conversations assourdies flottait dans tout l'édifice. Paul venait de temps à autre, le dimanche matin, passer quelques heures dans ce musée. Il n'avait jamais été très pratiquant. Non qu'il fût athée, mais les œuvres des hommes l'intéressaient davantage que celles d'une hypothétique divinité omnipotente. Rachel était pareille. Il se demandait, parfois, si leur désinvolture vis-à-vis de la religion influencerait Brent et Maria. Peut-être en avaient-ils besoin ? Mais Rachel n'avait pas été d'accord. *On les laissera décider eux-mêmes quand ils auront l'âge d'y penser.* Elle était farouchement anticléricale, et ce n'était là qu'un de leurs sujets de controverse, parmi beaucoup d'autres.

Il avança tranquillement dans la première galerie, dont les toiles exposées n'étaient qu'un avant-goût de tout ce qui attendait les visiteurs dans le reste du musée. Le reporter, un jeune type maigrichon à la barbe hérissée, caméra pendue à l'épaule droite, contemplait un tableau de grandes dimensions.

« Gale Blazek ?

– Dans le mille !

– Paul Cutler. »

Ils se serrèrent la main. Paul désigna la toile.

« Pas mal, non ?

– La dernière œuvre de Del Sarto, je crois ?

– Bravo ! On a eu la chance de pouvoir l'emprunter à un collectionneur privé. Pour un petit bout de temps. Plus quelques autres toiles mineures qui sont au deuxième étage, avec les Italiens du XIVe et du XVe. »

Paul désigna l'énorme pendule murale. Dix heures un quart.

« Désolé d'être un peu en retard. Si on se baladait en bavardant un brin ?

Souriant, le journaliste sortit un minimagnétophone de son sac en bandoulière. Ils arpentèrent, côte à côte, la longue galerie.

« Entrons tout de suite dans le vif du sujet. Vous faites partie du conseil depuis longtemps ?

– Neuf ans.

– Collectionneur vous-même ? »

Paul émit un bref éclat de rire.

« Pas vraiment. Quelques petites gouaches et quelques aquarelles. Rien de très important.

– J'ai entendu parler de vos talents d'organisateur. L'administration vous apprécie énormément.

– J'aime bien mon rôle de bénévole. Cet endroit est spécial pour moi. »

Un groupe d'ados turbulents descendait de la mezzanine.

« Vous avez fait l'École des beaux-arts ?

– Pas exactement.

– On peut savoir ?

– Une maîtrise en sciences-po à la fac d'Emory, et quelques cours en histoire de l'art. Puis j'ai vu ce que la plupart des historiens bricolaient dans ce domaine, et je me suis tourné vers la fac de droit. »

Il ne s'étendit pas sur ses échecs. Non par vanité. Simplement parce que plus de douze ans après, ça n'avait aucune importance. Ils passèrent derrière deux femmes qui admiraient un portrait de sainte Marie-Madeleine.

« Vous avez quel âge ?

– Quarante et un.

– Marié ?

– Divorcé.

– Moi aussi. Vous vous en tirez comment ? »

Paul haussa les épaules.

« Hors magnéto... je fais en sorte ! »

En réalité, le divorce signifiait un appartement de célibataire et des dîners pris tout seul ou avec des collègues, à part les deux fois où il avait les enfants pour la nuit. Les mondanités se réduisaient à des rencontres de bar, unique raison pour laquelle il appartenait à tant de comités. De quoi meubler son temps de libre en dehors des week-ends alternés où il sortait les gosses. Rachel lui laissait toute latitude de passer chez elle à sa guise. Mais il ne voulait pas empiéter sur ses prérogatives et concevait la nécessité d'une saine programmation et d'habitudes régulières.

« Et si vous vous décriviez ?

– Je vous demande pardon ?

– C'est une chose que je demande aux gens dont je veux dresser le profil. Ils le font mieux que je ne saurais le faire. Qui peut vous connaître mieux que vous-même ?

– Quand le conservateur m'a demandé de vous accorder cette interview et de vous montrer la boutique, j'ai cru qu'il ne serait question que du musée. Pas de moi.

– C'est bien ça. Pour la prochaine édition dominicale de *Constitution.* Mais mon rédacteur en chef veut des infos sur les personnes clés. Celles qui sont derrière les expositions.

– Pourquoi pas le conservateur ?

– C'est lui qui m'a dit que vous étiez le pivot de toute l'entreprise. Le seul sur qui il puisse toujours compter. »

Paul s'arrêta. Comment pourrait-il se décrire ? Un mètre soixante-quinze, cheveux bruns, yeux noisette, l'allure de quelqu'un qui courait cinq kilomètres par jour ?

Non.

« Disons visage ordinaire, corps et personnalité idem. Fidèle à sa parole. Pas spécialement dégonflé. Le genre de type avec qui on aimerait partager la même casemate, en pleine bagarre.

– Le genre de type qui s'assure que ses affaires seront correctement gérées après son départ ? »

Il n'avait rien dit de ses activités légales, mais le journaliste avait bien étudié son dossier.

« Quelque chose comme ça.

– Vous avez parlé d'une casemate. Vous avez été militaire ?

– je suis né après le Vietnam.

– Ça fait longtemps que vous pratiquez le droit ?

– Puisque vous connaissez mon occupation principale, vous devez savoir depuis combien de temps je la pratique.

– J'ai oublié de le demander. »

Une réponse honnête.

« Je suis chez Pridgen et Woodworth depuis plus de trois ans.

– Vos collègues ont une très haute opinion de vous. Je leur ai parlé vendredi.

– Personne ne me l'a dit.

– Je leur avais demandé de vous le cacher. Je voulais que vos réponses soient spontanées. »

Un brouhaha s'élevait maintenant de la salle qui se remplissait à vue d'œil.

« Si nous passions dans la galerie Edwards ? Moins de monde. Et quelques belles sculptures à voir. »

Il montra le chemin, à travers la mezzanine. Le soleil pénétrait à flots par les vitres épaisses serties dans un lacis de porcelaine blanche. Un immense dessin à l'encre de Chine couvrait le mur nord. Un arôme de café et d'amande filtrait de la cafétéria.

« Magnifique, commenta le reporter. Qu'est-ce que le *New York Times* en a dit ? Le plus beau musée créé par une ville dans toute une génération.

– Leur enthousiasme nous a comblés de joie. Il nous a aidés à remplir les galeries. Prêteurs et donateurs se sentent bien chez nous. »

Droit devant eux, se dressait un monolithe de granit rouge. Paul marqua un arrêt presque involontaire devant les vingt-neuf noms gravés dans le bloc minéral. À chaque nouvelle station, ses yeux se dirigeaient automatiquement vers le centre.

YANCY CUTLER
4 juin 1936 – 23 octobre 1998
Éminent avocat
Protecteur des arts
Ami du musée
–
MARLÈNE CUTLER
14 mai 1938 – 23 octobre 1998
Épouse dévouée
Protectrice des arts
Amie du musée

« Votre père faisait déjà partie du conseil, n'est-ce pas ?

– Pendant trente ans. Il a aidé à trouver les fonds pour créer ce bâtiment. Ma mère était très active, elle aussi. »

C'était le seul mausolée édifié à la mémoire de ses parents. L'Airbus avait explosé au-dessus de la mer. Vingt-neuf victimes. Tous les membres du conseil, leurs épouses, et plusieurs employés. Aucun corps repêché. Pas d'explication du sinistre, à part une communication des autorités italiennes signalant un complot de terroristes séparatistes. La cible présumée avait été le ministre italien des Beaux-Arts, également à bord. Yancy et Marlène Cutler s'étaient simplement trouvés au mauvais endroit, à la mauvaise heure.

« C'étaient des gens bien. Ils nous manquent à tous. »

Paul reprit avec le reporter le chemin de la galerie Edwards. Une assistante du conservateur les y rejoignit en courant.

« Monsieur Cutler, un instant s'il vous plaît ! »

La femme était essoufflée, et son visage exprimait une profonde gravité.

« On vient de vous appeler au téléphone. Je suis sincèrement désolée. Votre ex-beau-père est décédé. »

17

Atlanta, Géorgie
Mardi 13 mai

Karol Borya fut enterré à 11 heures, sous un ciel orageux, avec une fraîcheur dans l'air inhabituelle pour le mois de mai. De nombreuses personnes assistèrent à l'inhumation. Paul s'occupa de tout, présentant à la ronde trois vieux copains de Karol qui prononcèrent d'émouvants éloges. Auxquels Paul lui-même ajouta quelques mots partis du cœur.

Rachel se tenait debout au premier rang avec Maria et Brent à ses côtés. Un prêtre de l'église orthodoxe Saint-Méthode, paroisse de Karol, présidait au déroulement de la cérémonie, avec Tchaïkovski et Rachmaninov en discret fond sonore. La dernière demeure attendait le défunt, dans le cimetière adjacent à l'église. Une fosse fraîchement creusée dans l'argile rouge et l'herbe drue, à l'ombre des sycomores.

Lors de la descente du cercueil, le prêtre psalmodia les émouvantes paroles bibliques : « *Tu es poussière et tu retourneras à la poussière.* »

Bien que Karol eût toujours adhéré à la culture américaine, il était demeuré indissolublement lié à son pays d'origine. Paul n'avait pas de son ex-beau-père un souvenir particulièrement pieux, mais plutôt celui de quelqu'un dont la foi profonde se transposait dans une vie quotidienne exemplaire. Le vieil homme avait souvent déclaré qu'il aimerait reposer en Biélorussie, parmi les bosquets de bouleaux, les marais et les versants herbus semés de chanvre bleu. Ses parents, ses frères et ses sœurs gisaient dans des fosses communes dont les officiers SS et les soldats allemands coupables de leur massacre avaient emporté le lieu exact dans leurs propres tombes.

Entrer en contact avec quelqu'un des Affaires étrangères afin d'envisager de rapatrier le corps, Paul l'eût tenté volontiers, mais Rachel s'y était opposée. Elle préférait de beaucoup réunir, sous le sol américain, sa mère et son père. Elle avait également souhaité que la réunion traditionnelle se passât chez elle, et quelque soixante-douze personnes s'y retrouvèrent qui durant plus de deux heures entrèrent et sortirent de la maison. Des voisins avaient apporté de quoi manger et boire. Rachel recevait les condoléances et prodiguait ses remerciements. Elle avait l'air de bien tenir le coup. Et puis, vers deux heures, elle monta au premier étage.

Paul, qui la surveillait de près, la rejoignit dans leur ancienne chambre. La première fois depuis leur divorce, qu'il entrait dans cette pièce.

« Ça va ? »

Perchée sur le bord du lit, les yeux perdus dans le vague, elle pleurait. Il s'approcha d'elle.

« Je savais, sanglota-t-elle, je savais que ce jour viendrait. Les voilà partis tous les deux. Je me souviens qu'à la mort de maman, j'ai cru que c'était la fin du monde. Je ne pouvais pas comprendre qu'elle m'ait été enlevée. »

Paul s'était souvent interrogé sur l'origine des propos antireligieux de son ex-épouse. Un ressentiment farouche envers ce Dieu assez injuste et assez cruel pour priver une petite fille de sa mère ? Il aurait voulu la prendre dans ses bras, lui dire qu'il l'aimait, et qu'il en serait toujours ainsi, mais il restait là, paralysé, la gorge atrocement serrée, à refouler ses larmes.

« Elle me faisait souvent la lecture à haute voix. C'est sa voix dont je me souviens le mieux. Si douce. Et ces histoires qu'elle me racontait. Apollon et Daphné. Les batailles de Persée. Jason, et Médée. Tous les enfants avaient des contes de fées. Moi, j'avais la mythologie. »

Il était rare qu'elle évoquât aussi clairement son enfance. Elle n'aimait pas s'y attarder, et considérait ouvertement toute question sur ce sujet comme une intrusion.

« C'est pour ça que tu en parles aux enfants ? »

Elle épongea ses larmes en hochant affirmativement la tête.

« Ton père était un homme bien, Rach. Je l'aimais.

– Même si on a raté notre élan... il te considérait toujours comme son fils... et disait que ça ne changerait jamais. »

Elle leva vers lui des yeux rouges et gonflés.

« Son vœu le plus cher était de nous voir faire un deuxième essai. »

Le mien aussi, songea Paul. Mais il ne dit rien.

« Pourquoi finissions-nous toujours par nous bagarrer ? Aussi têtus l'un que l'autre...

– On ne faisait pas que ça. »

Plus fort que lui, il avait fallu que ça sorte. Elle haussa rageusement les épaules.

« Tu as toujours été optimiste. »

Il remarqua la photo encadrée posée de guingois sur la table de nuit. Prise un an avant leur divorce, elle les représentait tous les quatre, elle, lui, Brent et Maria. La photo de leur mariage était toujours là, elle aussi. La même que dans le salon, au rez-de-chaussée.

« Je regrette, pour mardi dernier... Ce que j'ai dit juste avant que tu partes... Tu sais que je parle toujours trop.

– Mais je n'aurais pas dû m'en mêler. Ton algarade avec Nettles ne me regardait en aucune façon.

– Non, tu avais raison, j'ai réagi trop fort. Mon fichu caractère m'entraîne toujours trop loin. »

Elle essuya d'autres larmes.

« J'ai tant à faire. Cet été va être difficile. L'élection en attente. Et puis ce malheur... »

Il retint le commentaire qui lui montait aux lèvres. Se fût-elle montrée plus diplomate auprès de ses collègues que la menace de l'échec n'eût pas été si précise !

« Écoute, Paul, pourras-tu t'occuper de la succession de papa ? Je m'en sens totalement incapable. »

Il allongea la main pour lui presser tendrement l'épaule.

« Bien sûr. »

Elle ne repoussa pas son geste, au contraire. Sa main vint se poser sur la main de son ex-époux. Leur premier contact physique depuis des mois.

« J'ai confiance en toi. Je sais que ce que tu feras sera bien fait. Il t'a toujours confié ses affaires. Il te respectait. »

Elle lui lâcha la main. Il lui lâcha l'épaule.

Déjà, il réfléchissait en avocat. N'importe quoi pour échapper à ce qu'il éprouvait en cet instant.

« Tu sais où il a rangé son testament ?

– Cherche dans la maison. Sans doute dans son secrétaire. Ou peut-être dans son coffre à la banque. Je n'en sais rien. Mais il m'a donné la clef. »

Elle alla s'asseoir à sa coiffeuse. La Reine des glaces ? Pas pour lui. Il se rappelait leur première rencontre, lors d'un cocktail. Il venait d'entrer au service de Pridgen et Woodworth. C'était déjà une pro, particulièrement agressive dans l'exercice de ses fonctions. Ils étaient sortis ensemble près de deux ans avant que la famille leur suggérât de se marier. Ils avaient été si heureux ensemble, pendant ces années trop brèves. Qu'est-ce qui avait pu mal tourner ? Pourquoi semblait-il tellement impossible de revenir en arrière ? Peut-être avait-elle raison ? Peut-être étaient-ils meilleurs amis que profondément amoureux ?

Paul souhaitait ardemment le contraire.

Il empocha la clef du coffre bancaire qu'elle lui tendait.
« N'y pense plus, Rach. Je vais tout faire au mieux. »

En quittant la maison de Rachel, il alla tout droit chez Karol Borya. Une petite demi-heure de route, à condition de bien connaître. Par des artères commerçantes encombrées et de paisibles rues de traverse.

L'Oldsmobile de Karol était toujours là, fidèle au poste. Rachel lui avait également remis les clefs de la maison, et dès l'abord, son regard se porta sur le dallage de l'entrée, puis sur l'escalier dont les dures marches de chêne avaient brisé le cou du fragile octogénaire. L'autopsie, légale, en pareil cas, n'avait rien relevé qui pût infirmer la thèse d'un tragique, mais banal accident domestique.

Debout dans le hall silencieux, Paul ressentait un mélange poignant de regret et de tristesse. Que de fois il était venu, dans cette maison, parler d'art et d'un tas d'autres choses ? À présent, plus personne ne lui donnerait la réplique. Un autre lien brutalement tranché sans possible retour. Avec Rachel, mais également avec un ami. Borya avait été pour lui plus qu'un père. Ils étaient devenus encore plus proches à la disparition de ses propres parents. Les deux pères s'étaient si bien entendus, eux aussi. Liés par ce même goût forcené des belles choses.

Deux hommes de qualité. À tout jamais disparus.

Il décida de suivre la suggestion de Rachel. D'aller tout de suite voir là-haut s'il trouvait le testament. C'était lui-même qui l'avait rédigé, quelques années auparavant, et jamais Karol Borya n'eût fait appel à quelqu'un d'autre pour en modifier les termes. Il y en avait un double chez Pridgen et Woodworth. Si nécessaire, on pourrait y avoir recours. Mais l'original aurait plus de poids, lors des formalités d'usage.

Il trouva, au premier étage, les articles dispersés sur la table et le dessus du secrétaire. Tous en rapport avec la Chambre d'ambre, sujet de conversation favori du défunt. En bon Russe blanc, Borya souhaitait la restitution du trésor au palais de

Catherine. Mais Paul ne s'était jamais douté à quel point cette histoire lui tenait à cœur.

Au point de collectionner des coupures de presse vieilles de trois décennies. Mais dont quelques-unes ne remontaient pas à plus de deux ans.

Il fouilla les tiroirs et les classeurs. Pas de testament.

Il explora les bibliothèques.

Borya adorait lire. Homère, Hugo, Poe et Tolstoï voisinaient sur ses étagères, en compagnie de recueils de contes russes, des *Histoires* de Churchill et des *Métamorphoses* d'Ovide, reliés plein cuir. Quelques auteurs du Sud, également, de Katherine Anne Porter à Flannery O'Connor.

La bannière plaquée contre le mur attira son attention. Borya l'avait achetée dans un kiosque du Centennial Park, durant les Jeux olympiques. Elle représentait un chevalier d'argent sur sa monture cabrée. L'épée au clair, le bouclier orné d'une triple croix dorée. Le tout sur fond rouge, emblème de valeur et de courage, estimait le vieil homme. Mêlé de blanc pour exprimer pureté et liberté. La bannière de la Biélorussie, fier symbole d'autodétermination.

Tellement semblable à Borya lui-même.

Le vieux avait adoré les olympiades. Ils avaient assisté, ensemble, à plusieurs compétitions. Ils étaient là quand la Biélorussie avait décroché la médaille d'or en aviron féminin. Plus quatorze autres médailles : six d'argent, cinq de bronze au lancer du disque, à l'heptathlon, en gymnastique et à la lutte. Toutes accueillies par Karol Borya avec une fierté indicible. Bien que converti, par osmose, à l'*American way of life*, il était resté, jusqu'au bout, russe blanc dans son cœur.

Paul regagna le rez-de-chaussée et fouilla tiroirs et placards. Toujours pas de testament. La carte d'Allemagne était toujours déployée en travers de la table. L'exemplaire d'*USA Today* qu'il avait apporté lui-même était encore posé sur une chaise voisine.

Il retourna dans la cuisine où il poursuivit ses recherches. Qui pouvait savoir ? Il avait dû un jour traiter un dossier comportant un testament qu'on avait repêché dans le réfrigérateur. La vision d'une chemise bulle, près du tiroir à glaçons, lui fit battre le cœur. Mais elle ne contenait que d'autres articles sur la Chambre d'ambre datant des années quarante et cinquante. Quelle idée de les avoir fourrés dans le frigo. Une question qui pouvait attendre. D'abord le testament.

Paul décida d'empocher le dossier, et de se rendre tout de suite à la banque.

Le panneau indicateur pointant vers la Georgia Citizens Bank, sur le boulevard Carr, s'agrémentait d'une pendule qui disait trois heures vingt-trois lorsque Paul rangea sa voiture sur le parking. La Georgia Citizens, la « Banque des Citoyens », avait toujours été sa banque. Il avait plus d'une fois travaillé pour elle, même avant la fac de droit.

Le directeur, un petit bonhomme aussi chauve que pointilleux, commença par lui refuser l'accès au coffre de Karol Borya. Sur un rapide coup de téléphone, la secrétaire de Paul faxa une lettre officielle qu'il signa, attestant sa qualité d'exécuteur testamentaire de M. Karol Borya, décédé. Cette lettre apaisa la méfiance du directeur. Du moins aurait-il quelque chose à présenter, si quelque héritier rapace se plaignait d'avoir trouvé le coffre vide.

La loi de l'État de Géorgie permettait à tout exécuteur testamentaire légalement reconnu d'accéder au coffre, afin d'y prélever le testament de l'intéressé. Mais il arrivait qu'un directeur de banque tentât de s'y opposer, pour quelque raison nébuleuse.

Le fait que Paul Cutler possédât la clef du compartiment 45 confirmait son authenticité. Il en ouvrit la porte. En sortit le classique coffret de métal.

La boîte oblongue ne contenait rien de plus qu'une liasse de papiers maintenue par un gros élastique. L'un des feuillets était bleu, et Paul reconnut, au premier coup d'œil, le testament qu'il avait rédigé. Le reste consistait en une douzaine d'enveloppes qu'il examina rapidement. Toutes adressées à Borya et provenant d'un certain Danya Chapaev. Plus une simple enveloppe blanche, fermée, portant, à l'encre bleue, le nom de Rachel.

« Ces lettres et cette enveloppe étaient attachées au testament. M. Borya les considérait donc comme un tout. Il n'y a rien d'autre dans la boîte. Je vais emporter l'ensemble de son contenu.

– Nos instructions, dans un cas semblable, sont de ne laisser prendre que le testament proprement dit.

– Le tout ne formait qu'une seule liasse et constitue donc une annexe au testament. La loi m'autorise à en prendre possession. »

Le directeur hésita.

« Je dois appeler le siège pour obtenir leur feu vert.

– Où est le problème ? Il n'y a personne pour s'y opposer. J'ai personnellement rédigé ce testament. Je connais ses dispositions. La seule héritière de M. Borya est sa fille. Je la représente.

– Il faut tout de même que j'appelle notre service juridique. »

Paul en avait soupé de ces atermoiements.

« Faites donc ! Dites à Cathy Holden que Paul Cutler est chez vous, en butte aux persécutions de quelqu'un qui visiblement ne connaît pas la loi. Dites-lui que si je dois passer par un jugement de cour afin d'obtenir ce que je demande, la banque devra me payer les deux cent vingt dollars de l'heure que je réclamerai en compensation de tout ce temps perdu. »

Le directeur ouvrait de grands yeux.

« Vous connaissez la directrice de notre conseil judiciaire ?

– Cathy ? J'ai même travaillé pour elle. »

Le directeur cessa de tergiverser.

« Emportez-les. Signez simplement ici. »

18

Danya,

Mon cœur saigne chaque fois que je repense à Yancy Cutler. De si bonnes gens, lui et Marlène. Et toutes ces autres victimes du crash. Des gens pareils ne devraient pas mourir ainsi, de cette affreuse manière.

Mon beau-fils est profondément malheureux, et je tremble à l'idée que je puisse en être partiellement responsable. Yancy m'avait téléphoné, la veille du crash. Il avait retrouvé le vieux bonhomme dont le frère travaillait chez Loring. Tu avais raison. Je n'aurais jamais dû lui demander de se renseigner durant son séjour en Italie. Nous n'avions pas le droit d'impliquer d'autres personnes.

Tout le poids pèse sur nos épaules, à présent. Pourquoi avons-nous survécu ? Ne savent-ils pas où nous sommes ? Et ce que nous savons ? Sommes-nous encore une menace pour eux ? Poser des questions peut toujours les alerter. L'indifférence vaudrait mieux, sans doute, que la curiosité. Tant d'années ont passé. La Chambre d'ambre n'est plus que le souvenir d'une merveille. Qui s'en soucie aujourd'hui ? Porte-toi bien et réponds-moi.

Karol

Danya,

Le KGB s'est manifesté. Un gros Tchétchène qui puait davantage qu'un égout. Il m'a dit qu'ils ont retrouvé mon nom dans les archives de la commission. Je pensais que la piste était effacée depuis longtemps. Mais j'avais tort. Sois prudent. Il m'a demandé si tu étais toujours vivant. Je lui ai fait la réponse convenue. Je crois que nous sommes les deux derniers rescapés. Tous ces amis disparus, quelle tristesse ! Tu as sans doute raison. Plus de lettres, par prudence. Surtout maintenant qu'ils savent où je suis. Ma fille attend un enfant. Mon deuxième petit-enfant. Je sais que cette fois, c'est une fille. Un cadeau de la science moderne. Je préférais le bon vieux temps, quand toute naissance était une surprise. Mais une fille, ce sera parfait. Mon petit-fils est un si beau bébé. J'espère que tes petits-enfants t'apportent également beaucoup de joie. Prends bien soin de toi, mon vieil ami.

Karol

Cher Karol,

L'article joint provient du journal de Bonn. Eltsine est arrivé en Allemagne, et prétend savoir où se trouve la Chambre d'ambre. Les journaux et les magazines publient tous ses déclarations. En avez-vous reçu l'écho de l'autre côté de l'Atlantique ? Il proclame que de savants spécialistes ont déniché l'information dans les archives soviétiques.

La Commission criminelle contre la Russie, voilà comment Eltsine nous appelle. Tout ce que ce crétin a pu obtenir, c'est une subvention d'un demi-million de marks accordée par Bonn. Puis il a dû s'excuser de son erreur, car les infos tirées des archives ne concernaient pas la Chambre d'ambre, mais quelque autre trésor détourné à Leningrad !

Soviets, Russes, nazis, tous dans le même sac. La prétendue restauration du patrimoine national n'est qu'une foutaise. Une grossière propagande. Les journaux sont pleins, chaque jour, d'offres concernant des tableaux, des sculptures, des bijoux anciens. La liquidation de notre histoire. Nous devons protéger les panneaux. Au moins pour le moment. Plus de lettres. Merci pour la photo de ta petite-fille. Quelle joie elle doit être pour toi. Préserve ta santé, mon vieil ami.

Danya

Danya,

J'espère que cette lettre te trouvera en bonne santé. Ta dernière remonte à trois ans. Je pense qu'après tout ce temps, nous pouvons dormir sur nos deux oreilles. Je n'ai reçu aucune autre visite, et les articles concernant les panneaux se raréfient. Depuis la dernière fois, ma fille et mon beau-fils ont divorcé. Ils s'adorent, mais ils ne peuvent tout simplement pas vivre ensemble. Mes petits-enfants se portent bien. Comme les tiens, j'espère. Nous sommes vieux, à présent, et quel plaisir ce serait d'aller voir ensemble si les panneaux sont toujours là. Mais ni toi ni moi ne pouvons entreprendre le voyage. Trop dangereux. Il semble que quelqu'un ait dressé l'oreille lorsque Yancy a posé des questions sur Loring. Je sais, au fond de mon cœur, que cette bombe n'était pas destinée au ministre italien. Je porte toujours le deuil des Cutler. Tant de personnes sont mortes à cause de la Chambre d'ambre. Peut-être vaut-il mieux qu'elle ne soit jamais retrouvée. Ni toi ni moi ne pourrons bientôt plus protéger les panneaux, de toute façon.

Bonne santé à toi, vieux frère.

Karol

Rachel,

Ma petite chérie. Ma fille unique. Quand tu liras cette lettre, je reposerai auprès de ta mère. Je sais que tu nous réuniras, car tu ne toléreras pas que des gens qui se sont aimés comme elle et moi soient séparés pour l'éternité. Je veux que tu saches, aujourd'hui, ce que j'aurais dû te révéler, sans doute, de mon vivant.

Tu as toujours su ce que j'ai fait pour le compte des Soviets, avant d'émigrer. J'ai contribué au détournement d'œuvres d'art. C'était du vol, mais encouragé et sanctionné par Staline. Ma haine des nazis rationalisait mes actes, mais j'avais tort. Nous avons tant volé, à tant de gens, sous prétexte de réparation.

Ce que nous recherchions le plus activement, c'était la Chambre d'ambre. Notre héritage dérobé par les envahisseurs. Les lettres et copies de lettres annexées à mon testament te dévoileront quelques aspects de notre quête. Mon vieil ami Danya et moi-même avons cherché de toutes nos forces. Avons-nous trouvé ? Peut-être. Nous ne sommes pas allés voir sur place. Trop de monde sur la piste, y compris des Russes encore pires que les Allemands.

Danya et moi nous nous sommes juré de ne jamais dire ce que nous savions ou croyions savoir. Et combien je regrette d'avoir accepté la proposition de Yancy d'enquêter discrètement, de son côté, afin de vérifier des infos que j'estimais crédibles. C'est ce qu'il faisait lors de ce dernier voyage en Italie. Est-ce ce qui l'a tué, ce qui les a tués tous, ou la bombe visait-elle à éliminer le ministre ? C'est ce que nous ne saurons jamais.

Tout ce que je sais, c'est que la recherche de la Chambre d'ambre est une occupation dangereuse. Mortelle. Le danger vient-il de ce que Danya et moi soupçonnions ? Je l'ignore. Voilà des années que mon vieux camarade ne m'a pas écrit. Au moment où tu liras cette lettre, nous serons peut-être déjà réunis. Ma précieuse Maya. Mon ami Danya. De bons compagnons pour l'éternité.

Rejoins-nous le plus tard possible, ma chérie. Après une longue vie heureuse. Triomphe dans tout ce que tu entreprends. Fais le bonheur de Maria et de Brent. Je les aime tellement. Je suis si fier d'eux. Et de toi. Tâche de donner une seconde chance à Paul. Mais surtout, ne te soucie jamais de la Chambre d'ambre. Pense à Phaéton et aux larmes des Héliades. Garde-toi de son ambition et de leur chagrin. Peut-être les panneaux seront-ils retrouvés un jour. J'espère que non. La gent politique n'est pas digne d'un tel trésor. Laisse-le où il est. Transmets à Paul mes regrets. Je t'aime.

Papa

19

18 H 34

Le cœur de Paul battait à tout rompre lorsque Rachel releva les yeux de la lettre d'adieu du défunt. Des larmes ruisselaient de nouveau sur ses joues. Il ressentait doublement son chagrin. En plus de celui qu'il éprouvait lui-même.

« Il écrivait avec une telle élégance », souffla-t-elle.

Paul acquiesça.

« Il maîtrisait parfaitement la langue anglaise. Il lisait sans arrêt. Il en savait plus sur les participes et les accords grammaticaux que je n'en saurai jamais. Ses petites erreurs découlaient de la syntaxe russe, tellement différente, et c'était une façon comme une autre de se cramponner à son héritage. Pauvre papa. »

Elle avait noué en queue-de-cheval ses cheveux châtain clair. Aucun maquillage. Naturelle et si jolie dans un simple peignoir éponge drapé par-dessus sa chemise de nuit. L'agitation de l'enterrement s'apaisait. Les enfants étaient dans leurs chambres, encore très perturbés par cette journée inhabituelle. Lucy faisait la folle au milieu du salon.

« Tu as lu toutes les lettres ? demanda Rachel.

– Oui. En ressortant de la banque, je suis repassé chez ton père pour y glaner tous ces articles. »

Ils se tenaient dans le salon de Rachel. Leur ancien salon. Les coupures de presse et photocopies en trois langues concernant la Chambre d'ambre, la carte d'Allemagne, l'*USA Today*, le testament, les lettres et l'adieu à Rachel s'étalaient sur la table. Paul avait expliqué où et dans quelles conditions il avait trouvé toutes ces choses. Et spécifiquement rappelé les questions que Karol lui avait posées, au sujet de Wayland McKoy.

« Papa regardait quelque chose sur CNN en rapport avec ce type quand je lui ai laissé les enfants. Je me souviens du nom. »

Son corps s'affaissa un peu plus sur sa chaise.

« Qu'est-ce que ce dossier faisait dans le frigo, Paul ? Ça ne lui ressemble pas du tout. Qu'est-ce qui se passe ?

– Je n'en sais rien Mais il est évident que Karol s'intéressait toujours à la Chambre d'ambre. Qu'est-ce qu'il voulait dire avec Phaéton et les larmes des Héliades ?

– Encore une histoire que maman me racontait quand j'étais petite. Phaéton, le fils mortel d'Hélios, dieu du Soleil. J'étais fascinée. Papa aimait la mythologie. Il disait que le pouvoir de l'imagination était la seule chose qui l'avait sauvé à Mauthausen. »

Elle farfouilla parmi les documents étalés.

« Il était persuadé d'avoir causé la mort de tes parents et de tous ces pauvres gens, victimes du crash. Je ne comprends pas. »

Paul ne comprenait pas davantage. Et ne cessait d'y réfléchir, depuis des heures. Rachel enchaîna :

« Tes parents étaient bien en Italie pour le compte du musée ?

– Eux et tout le conseil. Il s'agissait d'obtenir des promesses de prêt d'un certain nombre de musées italiens.

– Jusqu'à la fin de sa vie, papa n'a cessé de se demander s'il avait ou non une part de responsabilité dans ce prétendu attentat terroriste. »

Paul s'en souvenait parfaitement.

« Tu ne voudrais pas en avoir le cœur net ? »

Rachel avait élevé la voix sans le vouloir. Au cours des années passées, il avait détesté qu'elle lui parle sur ce ton et il ne l'appréciait pas davantage à présent.

« Je n'ai jamais dit ça. Six ans ont passé, je ne vois pas comment nous pourrions obtenir une certitude. Bon Dieu, Rachel, aucun des corps n'a été repêché !

– Paul, il se peut que tes parents aient été assassinés et tu ne veux rien faire ? »

Têtue et prête à foncer, comme toujours. Deux qualités, ou deux défauts que d'après Karol elle tenait de sa mère.

« Je ne dis pas ça non plus, Rach. C'est juste que je ne vois pas...

– On peut trouver Danya Chapaev.

– Qu'est-ce que tu veux dire ?

– Il est peut-être encore vivant. »

Elle retourna l'une des enveloppes, du côté de l'adresse de l'expéditeur.

« Sûrement pas bien difficile de trouver Kehlheim.

– C'est en Bavière. Je l'ai déjà repéré sur la carte.

– Oh, tu as regardé ?

– Pas difficile. Karol l'avait entouré de rouge. »

Elle se pencha sur la carte.

« Papa a écrit qu'ils savaient quelque chose au sujet de la Chambre d'ambre, mais qu'ils n'étaient pas allés voir sur place. Chapaev pourrait peut-être nous en dire davantage. »

Il n'en croyait pas ses oreilles.

« Tu as bien lu jusqu'au bout ? Il te dit aussi de laisser tomber. Rechercher Chapaev est précisément ce qu'il ne voulait pas que tu fasses.

– Chapaev saurait peut-être quelque chose sur la mort de tes parents.

– Je suis avocat, Rachel. Pas détective international.

– O.K. Parlons-en à la police. Ils ont les moyens de mener l'enquête.

– Je préfère ça. Mais la piste, si piste il y a, est très éloignée dans le temps. »

Le visage de Rachel se durcit.

« J'espère que Brent et Maria ne seront pas aussi velléitaires. J'aimerais qu'ils aient envie de connaître la vérité, si un jour nous mourons tous les deux dans un crash aérien. »

Elle savait exactement de quelle façon le faire réagir. C'était l'une des choses qu'il ne pouvait supporter chez elle.

« Tu as bien lu tous ces articles ? Des tas de gens sont morts en recherchant la Chambre d'ambre. Y compris mes parents... peut-être. Ou peut-être pas. Une seule chose est sûre. Ton père ne voulait pas que tu t'en mêles. Alors, ne va pas nager où tu n'as pas pied. Ce que tu sais, en matière de beaux-arts, tiendrait au dos d'un timbre-poste.

– Et alors ? »

Ils s'affrontaient du regard. C'étaient des controverses aussi stupides que celle-ci qui les avaient acculés au divorce. Alors, il tenta de se montrer compréhensif. Après tout, elle avait enterré son père le matin même.

Un mot, pourtant, revenait en écho dans sa tête.

La garce était si convaincante !

Il respira un bon coup avant de relancer :

« Ta dernière suggestion est aussi la bonne. Pourquoi ne pas nous en remettre aux bons soins, et aux moyens d'investigation de la police ? Je conçois ton bouleversement, Rachel, mais la mort de Karol était un accident.

– L'ennui, Paul, c'est que s'il s'agissait d'autre chose, ça ferait une victime de plus au bas de la liste, après tes parents et bien d'autres. »

Elle le défiait du regard. Une expression qu'il avait eu si souvent l'occasion de voir. Et de craindre. Jusqu'à leur divorce.

« Tu as toujours envie d'appeler la police ? »

20

Mercredi 14 mai
10 h 25

Rachel dut se forcer à se lever pour aller habiller les enfants. Elle les déposa à l'école et prit, à contrecœur, le chemin du tribunal. La première fois qu'elle y retournait depuis vendredi dernier. L'enterrement de son père lui avait valu deux jours de liberté.

Toute la matinée, sa secrétaire lui facilita la vie, détournant des coups de fil, reportant des dossiers, évinçant des avocats, voire même d'autres juges. Pas mal de jugements civils avaient été prévus pour cette date, mais rien qui ne pût être différé. Avant de partir de chez elle, Rachel avait téléphoné à la police d'Atlanta, sollicitant la visite d'un officier de la brigade criminelle.

Non qu'elle fût tellement populaire, auprès de la police. Avec sa réputation de dure à cuire, elle aurait dû, normalement, afficher des tendances proflics. Mais ses verdicts, s'il fallait leur attribuer une tendance quelconque, étaient plutôt prodéfense, en général, ou provictimes. « Libéraux », d'après l'Ordre fraternel de la police et la presse locale. « Traîtres », d'après certains détectives des Stups. Mais elle s'en foutait. Elle était là pour protéger les citoyens, dans l'esprit de la Constitution. La police n'avait qu'à suivre, au lieu de presser le mouvement. Elle n'aimait pas les raccourcis qu'il lui arrivait de prendre. Combien de fois son propre père ne le lui avait-il pas répété ? *Quand le gouvernement passe avant la loi, la tyrannie n'est pas loin.*

Et si quelqu'un devait le savoir, c'était bien Karol Borya.

« Juge Cutler ? » appela sa secrétaire, par l'interphone.

Dans la journée, c'était simplement Rachel et Sami. Sauf quand elle devait annoncer quelqu'un, de l'extérieur.

« Le lieutenant Barlow, de la police d'Atlanta, vous demande. Il est ici en réponse à votre coup de téléphone. »

Elle se tamponna les yeux à l'aide d'une serviette à démaquiller. La photo de son père, sur le bureau, lui avait arraché d'autres larmes. Elle se leva pour lisser sa jupe sur ses hanches et reboutonner son décolleté.

Un homme entra, introduit par sa secrétaire. Un grand type mince aux cheveux noirs ondulés qui se présenta en tant que Mike Barlow, de la Criminelle.

« Asseyez-vous, lieutenant. Je vous remercie d'avoir répondu à ma demande.

– Pas de problème. Nous essayons toujours de collaborer avec la justice. »

Était-ce bien vrai ? Le ton était cordial. Trop cordial. À la limite du condescendant.

« Après votre appel, j'ai ressorti le dossier sur la mort de votre père. Je suis navré. C'est le genre d'accident malheureux qui arrive.

– Mon père était toujours très solide sur ses jambes. Il conduisait sa voiture. Il n'avait pas de souci de santé. Il grimpait ou redescendait cet escalier vingt fois par jour, depuis des années, sans le moindre problème.

– Et qu'en concluez-vous ? »

Elle aimait de moins en moins ce flic.

« Et vous ?

– Madame la juge, je vous comprends à demi-mot. Mais rien, dans cet accident, ne suggère une intervention extérieure.

– Il avait survécu à seize mois d'internement dans un camp de concentration, lieutenant. Je crois qu'il était très capable de monter et descendre cet escalier sans se casser le cou. »

Barlow ne semblait pas impressionné.

« Le rapport ne signale aucun vol. Son portefeuille était sur le buffet, bien visible. Télé, stéréo, magnéto, rien ne manquait. Portes ouvertes, aucun signe d'effraction. Pas de cambriolage.

– Mon père ne fermait jamais ses portes à clef.

– Mauvaise habitude, mais qui, selon les apparences, n'a nullement contribué à sa mort. Rien qui permette de conclure à une agression. Ni même qu'il ait pu y avoir quelqu'un d'autre dans la maison, quand il est mort.

– Vos hommes ont examiné les lieux ?

– Visite de routine. Rien d'extraordinaire. Aucune raison d'en faire davantage. Pardonnez-moi, mais pourquoi envisagez-vous la possibilité d'un meurtre ? Car c'est bien ce que vous croyez, n'est-ce pas ? Votre père avait-il des ennemis ? »

Elle ne répondit pas.

« Qu'en a dit le médecin légiste ?

– Fracture du cou. Conséquence de la chute. Rien d'autre, sinon les bleus causés aux quatre membres par la violence de la cascade. Pour la seconde fois, madame la juge, qu'est-ce qui vous autorise à penser que la chute de votre père pourrait ne pas être accidentelle ? »

Devait-elle lui parler de la chemise bulle trouvée dans le réfrigérateur ? De Danya Chapaev ? De la Chambre d'ambre et de la mort des parents de Paul ? À quoi bon ? Ce crétin arrogant n'avait même pas envie de l'écouter. Elle passerait simplement pour une de ces cinglées toujours en veine de complots et de conspirations. Il avait raison, rien ne suggérait que son père eût été poussé ou balancé dans l'escalier. À part la malédiction de la Chambre d'ambre citée par un des articles.

Karol Borya s'y était intéressé. Et alors ? Il appréciait les beaux-arts. Il en avait même fait une profession, en Russie.

Que pouvaient signifier ces articles planqués dans son frigo, la carte d'Allemagne dépliée dans son salon, l'intérêt qu'il avait porté aux travaux entrepris, dans le Harz, par un Américain, pour mettre au jour une mine désaffectée ? Il y avait un abîme, entre tous ces faits et la possibilité d'un meurtre.

« Rien, lieutenant, concéda-t-elle enfin. Vous avez raison. Juste un accident difficile à accepter. Merci d'être passé me voir. »

Seule dans son bureau, Rachel se remémorait l'époque où lorsqu'elle avait seize ans, son père lui racontait comment, à Mauthausen, Russes et Hollandais hissaient, depuis la carrière, les tonnes de roche que d'autres prisonniers débitaient en briques grossièrement équarries.

Les juifs n'avaient pas autant de chance. Chaque jour, histoire de rigoler un peu, les Allemands en balançaient un ou plusieurs de la falaise sur les roches de la carrière. Les gardes pariaient, entre eux, sur le nombre de rebonds subis par les corps avant de s'immobiliser, en lambeaux, dans la caillasse rougie. Finalement, les SS avaient dû interdire ce genre de distraction, car les hurlements des victimes, en cours de trajectoire, ralentissaient le travail.

Pas pour mettre fin aux meurtres, soulignait Borya. *Seulement parce qu'ils affectaient le rythme du travail.*

Rachel se souvenait de l'avoir vu pleurer, en égrenant ces souvenirs, et d'avoir pleuré avec lui. Maya, sa mère, lui parlait également, de temps à autre, des expériences passées de son mari, et Rachel n'oublierait jamais, non plus, ce chiffre de 10901 tatoué, brûlé dans la chair de l'ancien prisonnier et dont elle n'avait pas compris la nature avant qu'il prît enfin la peine de la lui expliquer.

Ils nous forçaient à courir tout contre des palissades électrifiées. Certains s'y jetaient volontairement, pour en finir avec les tortures. D'autres étaient pendus, fusillés ou piqués à mort. Plus tard, sont apparues les chambres à gaz...

Elle lui avait demandé combien étaient morts à Mauthausen. Il lui avait répondu, sans la moindre hésitation, que soixante pour cent des deux cent mille internés n'en étaient pas ressortis. Lui-même y était entré en avril 1944. Les juifs hongrois étaient arrivés quelque temps après, tous massacrés comme des moutons. Plus d'une fois, il avait aidé à transporter les corps de la chambre à gaz à la chaudière de crémation. Une corvée quotidienne. Comme de sortir les poubelles, soulignaient les gardes. Rachel se souvenait particulièrement d'un récit qu'il lui avait fait un jour, au sujet d'un Hermann Goering en uniforme gris perle.

Le mal incarné sur deux grosses cuisses difformes.

Goering avait fait torturer et assassiner quatre de ses propres compatriotes pour leur faire dire ce qu'ils savaient sur la Chambre d'ambre. Goering aimait l'ambre. Il en avait manipulé un morceau, durant toute l'opération. De toutes les horreurs du camp de Mauthausen, cette nuit-là avait été la pire. Elle l'avait obsédé jusqu'à la fin.

Et conditionné le reste de son existence.

Après la guerre, on l'avait chargé d'interviewer Goering, pendant le procès de Nuremberg.

« Il t'avait reconnu ?

– Mon visage, à Mauthausen, ne signifiait rien pour lui. »

Mais Goering n'avait pas oublié la torture. L'attitude des soldats concernés lui avait inspiré une intense admiration qu'il exprimait en termes de « classe allemande » et de « supériorité germanique ». Quant à l'admiration de Rachel pour son père, elle avait été décuplée par ses souvenirs de Mauthausen. Ce qu'il avait enduré était inimaginable, et l'énergie qu'il avait dû déployer, simplement pour survivre, tenait du miracle.

Seule dans le silence de sa chambre, la jeune femme pleurait, une fois de plus. Cet homme admirable était mort. Elle n'entendrait plus sa voix et, pour la première fois de sa vie, se sentait réellement seule au monde. Pas d'autre famille, à présent, que ses deux enfants. Mais elle se souvenait de la façon dont s'était terminée, vingt-quatre ans plus tôt, cette conversation sur Mauthausen.

« Papa, as-tu fini par trouver la Chambre d'ambre ? »

Il l'avait contemplée longuement, fixement. Elle se souvenait de son expression douloureuse. Elle se demandait, à présent, s'il n'avait pas voulu lui dire quelque chose. Quelque chose qu'elle aurait eu besoin de savoir. Ou qu'il valait mieux lui laisser ignorer ? Difficile à dire. Et sa réponse ne l'avait pas convaincue.

« *Jamais, ma chérie.* »

Du même ton qu'il avait eu pour lui expliquer que le Père Noël existait, ainsi que les bonnes fées et les bons génies. Des mots qui devaient être dits, à un moment donné, et sur lesquels il faudrait revenir. Avec cette correspondance sous les yeux, échangée entre Karol et Danya, elle était sûre que ce jour-là, il ne lui avait pas dit toute la vérité. Qu'il avait gardé un secret dont elle ne connaîtrait plus jamais la nature.

Puisque Karol Borya était mort.

Pourtant, il restait encore un espoir.

Danya Chapaev.

Elle savait ce qu'il lui restait à faire.

Rachel surgit de la cabine de l'ascenseur, au vingt-troisième étage, et marcha vers la grande porte étiquetée Pridgen & Woodworth. Les bureaux de la grande firme juridique occupaient entièrement les vingt-troisième et vingt-quatrième étages du gratte-ciel géant. Le service qui l'intéressait se trouvait au vingt-troisième.

Paul y était entré juste après la fac de droit. Elle travaillait alors chez le procureur, dans l'attente de sa nomination à la cour. Ils s'étaient rencontrés onze mois plus tard, et mariés au bout de deux ans. Un trait constant chez Paul. Jamais rien de précipité. Prévoyant. Réfléchi. Marquer le pas plutôt que courir au-devant de l'échec. C'était elle qui, la première, lui avait parlé de mariage, et il avait accepté de toute son âme.

Il était bel homme. Pas extraordinaire à première vue, mais séduisant à sa manière. Et il était honnête. Un peu trop à cheval sur les traditions, simplement. Au point d'en être irritant. Pourquoi ne pas rompre avec les habitudes, de loin en loin ?

Entre autres choses, avec le menu du dimanche. Rôti, pommes de terre, haricots, maïs, petits pains et thé glacé. Non qu'il tînt spécifiquement à ce menu, mais l'absence de changement ne le dérangeait pas. Au début, elle avait plutôt apprécié ce côté prévisible. C'était rassurant. Un état de fait qui stabilisait son propre monde incertain. Vers la fin, c'était devenu totalement irrespirable.

Pourquoi ?

La routine était-elle si condamnable ?

Paul était un homme bien, correct, travailleur, sur qui l'on pouvait compter. Un seul avocat plus âgé devant lui, proche de la retraite, dans son service juridique. Pas mal pour un homme de quarante ans dont les études n'avaient pas marché du premier coup. Il connaissait à fond les lois sur les successions et les complexités post-testamentaires. Il n'étudiait rien d'autre, il se concentrait sur toutes les nuances de la spécialité. Participait même à des comités législatifs. Il y était expert et la firme le payait assez cher pour que ses concurrents n'eussent aucune chance de le débaucher. La firme Pridgen et Woodworth gérait des tas de patrimoines, parmi les plus substantiels de l'État, et devait une grande partie de son succès dans ce domaine à la réputation croissante de Paul Cutler.

Poussant la porte, elle remonta les couloirs jusqu'au bureau de Paul. Elle l'avait prévenu de sa visite et il l'attendait. En refermant derrière elle la porte de son bureau, elle annonça :

« Je pars pour l'Allemagne. »

Paul sursauta.

« Tu... quoi ?

– Je ne crois pas avoir bégayé. Je pars pour l'Allemagne.

– À la recherche de Chapaev ? Il est sans doute mort. Il n'a pas répondu à la dernière lettre de ton père.

– J'ai besoin de faire quelque chose. »

Paul se leva.

« Pourquoi as-tu toujours besoin de "faire quelque chose" ?

– Papa devait savoir ce qu'est devenue la Chambre d'ambre. Je dois à sa mémoire de m'en assurer.

– Tu le lui dois ? »

Il avait élevé la voix, contrairement à ses habitudes.

« Tu lui dois de respecter son dernier vœu, qui était de ne plus t'en soucier du tout. Bon sang, Rachel, tu as quarante ans, comme moi. Quand vas-tu atteindre l'âge de raison ? »

Elle détestait ce qu'elle appelait ses « conférences », mais, pour une fois, elle resta parfaitement calme.

« Je ne veux pas me bagarrer avec toi, Paul. J'ai besoin de toi pour veiller sur les enfants. Tu veux bien t'en charger ?

– Ah ça, c'est bien de toi. Foncer dans le brouillard. Sans réfléchir. Juste foncer.

– Tu veilleras sur les enfants ?

– Si je te disais non ?

– Je téléphonerais à ton frère. »

Paul retomba lourdement sur sa chaise. Résigné.

« Tu n'auras qu'à t'installer à la maison. Ce sera plus facile pour les gosses. La mort de papa les a déjà tellement déboussolés.

– Ils le seraient davantage s'ils savaient ce que leur mère s'apprête à faire. Et l'élection, tu y penses ? C'est dans moins de huit semaines, et tu as deux concurrents qui se cassent le cul pour t'évincer, aux frais de Marcus Nettles.

– Au diable l'élection. Que Nettles se démerde avec ! Ceci est plus important.

– Qu'est-ce qui est plus important ? On ne sait même pas à quoi ton "ceci" peut correspondre. Et tes affaires en cours ? Tu t'en laves les mains ? »

Elle lui accorda mentalement deux points. Mais il en faudrait bien d'autres pour la décourager.

« Ma hiérarchie a été très compréhensive. J'ai dit que j'avais besoin d'un peu de temps pour porter mon deuil. Et je n'ai pas pris un seul jour de vacances en deux ans. Permission accordée. »

Paul secouait désespérément la tête.

« Tu vas t'embarquer dans une chasse au fantôme en Bavière, à la recherche d'un vieillard qui est probablement mort depuis longtemps, et d'un truc qui n'existe sans doute même plus. Tu ne seras pas la première à vouloir retrouver la Chambre d'ambre. Certains y ont consacré toute leur vie en pure perte. »

Quand on connaissait sa propension coutumière à prendre la mouche, le sang-froid de Rachel était impressionnant.

« Papa savait quelque chose d'important. Je sens ça dans mes tripes. Ce Chapaev le sait peut-être également.

– Tu rêves.

– Et toi, tu es lamentable. »

Elle regretta le mot, tout de suite. À quoi bon blesser Paul ?

« Je vais me dépêcher d'oublier ça, parce que je te sais bouleversée.

– Je pars demain pour Munich. J'ai besoin de photocopies des lettres de papa et des principaux articles.

– Je te les déposerai en rentrant ce soir. »

La voix de Paul exprimait une totale résignation.

« Je t'appellerai de là-bas, et je te dirai à quel hôtel je suis descendue. »

Elle se dirigea vers la porte.

« N'oublie pas d'aller chercher les gosses à la garderie, demain.

– Rachel ? »

Elle stoppa net, mais ne se retourna pas.

« Sois prudente. »

Elle ouvrit la porte et disparut dans le couloir.

DEUXIÈME PARTIE

21

Jeudi 15 mai
10 h 15

Knoll quitta son hôtel et se rendit tout droit au tribunal du comté de Fulton. La fiche de renseignement du KGB qu'il avait volée à Saint-Pétersbourg identifiait Rachel Cutler en tant qu'avocate, avec une adresse professionnelle à laquelle il s'était présenté la veille. Pour apprendre que Mme Cutler, entre-temps, avait quitté la firme et revêtu la robe d'un juge de cour supérieure. La réceptionniste s'était montrée éminemment coopérative, allant jusqu'à lui fournir le numéro de téléphone et l'adresse adéquate. Toutefois, il avait décidé qu'une visite inattendue, suivie d'une entrevue face à face, serait de loin la meilleure tactique.

Cinq jours s'étaient écoulés depuis qu'il avait tué Karol Borya. Il avait besoin de déterminer si la fille du vieux Russe blanc savait ou non quelque chose au sujet de la Chambre d'ambre. Peut-être son père lui avait-il confié quelques bribes d'information, au fil des années ? Peut-être connaissait-elle Chapaev ? Un coup de sonde au hasard, mais il manquait sérieusement de matériau et ne devait négliger aucune possibilité, si improbable fût-elle.

Un ascenseur surchargé le déposa au sixième étage. De chaque côté du corridor, des portes s'ouvraient sur des bureaux et des salles d'audience noires de monde. Il portait son costume gris d'homme d'affaires, une chemise rayée et une cravate de soie très sobre qu'il avait achetée sur place, la veille. Tout dans la discrétion, en prévision de sa visite d'aujourd'hui.

Il poussa les portes de plexiglas marquées « Bureaux de l'honorable Rachel Cutler » et se retrouva dans une petite antichambre. Une jeune femme noire d'une trentaine d'années siégeait derrière un bureau portant une plaque au nom de Sami Luftman. Dans son meilleur anglais, il amorça :

« Bonjour, mademoiselle. »

La jeune femme lui rendit la politesse, avec un sourire éclatant de blancheur.

« Je m'appelle Christian Knoll. »

Il lui remit une carte portant simplement la mention collectionneur d'art, sans adresse.

« J'aimerais parler à Son Honneur Rachel Cutler.

– Désolée, monsieur. Mme la juge Cutler n'est pas ici aujourd'hui.

– Il est important que je lui parle.

– Puis-je vous demander si votre visite est en rapport avec un dossier en instance ? »

Knoll souriait de toutes ses dents, lui aussi. Chaleureux et inoffensif.

« Pas du tout. Il s'agit d'une affaire personnelle.

– Son père est mort la semaine dernière...

– Mon Dieu, je suis désolé. Quel malheur.

– Oui, ç'a été très dur. Elle est si bouleversée qu'elle a décidé de prendre quelques jours de vacances.

– Quel dommage. Pour elle comme pour moi. Je ne suis en ville que jusqu'à demain, et j'espérais lui parler avant de repartir. Peut-être pourriez-vous lui transmettre un message en la priant de me rappeler à mon hôtel ? »

La secrétaire parut réfléchir un instant. Knoll en profita pour regarder la photo en couleurs accrochée derrière elle sur le mur tapissé de papier. La femme se tenait debout devant quelqu'un d'autre, le bras levé comme pour prêter serment. Elle avait des cheveux auburn descendant sur ses épaules, un nez retroussé, un regard intense. Pas moyen de juger sa silhouette, sous l'ample robe noire de sa fonction. Joues légèrement maquillées, sourire réservé à la circonstance. Il montra la photo :

« La juge Cutler ?

– Quand elle a prêté serment, il y a cinq ans. »

La même personne qu'il avait repérée de loin, à l'enterrement de Borya. Flanquée de deux jeunes enfants, un garçon et une fille.

« Je pourrais transmettre votre message, mais je doute qu'elle vous rappelle.

– Pourquoi donc ?

– Elle quitte la ville dans la journée.

– Oh ? Elle va loin ?

– En Allemagne.

– Un très beau pays. »

Il lui fallait une précision supplémentaire. Il essaya une des stratégies qui réussissaient en général, auprès des gens sans malice.

« Berlin est exquis à cette époque de l'année. Comme Francfort ou comme Munich.

– Elle part pour Munich.

– Ah ? Une cité magique. Qui va l'aider, j'en suis sûr, à supporter son deuil.

– Je l'espère.

– Merci, madame Luftman. Vous avez été très patiente. Voilà les coordonnées de mon hôtel. »

Il improvisa rapidement un nom, une adresse, un numéro de chambre. Inutile de donner des précisions, dans la mesure où toute chance de contact était exclue.

« Signalez tout de même ma visite à la juge Cutler.

– J'essaierai. »

Il tourna les talons, non sans un dernier regard à la photo de Rachel. Dont les traits étaient désormais gravés dans sa mémoire.

Il reprit le même ascenseur, à destination du rez-de-chaussée. Une rangée de téléphones payants s'alignait sur un mur. Il appela la ligne privée de Franz Fellner. Il devait être environ dix-sept heures, en Allemagne. Qui allait lui répondre ? Fellner ou Monika ? Ils étaient en pleine période de passation de pouvoir, entre père et fille. Le vieux était décidé à transmettre le flambeau, mais ça ne se ferait pas si vite. Pas avec une histoire comme la Chambre d'ambre à l'ordre du jour.

« *Guten Tag,* jappa Monika, dès la deuxième sonnerie.

– Tu es de corvée de secrétariat, aujourd'hui ?

– On dirait que tu prends ton temps. Presque une semaine. Trouvé quelque chose ?

– Mettons-nous bien d'accord. Je ne suis pas du genre à pointer comme un ouvrier d'usine. Tu me confies un travail, mais je n'appelle que si c'est nécessaire.

– Susceptible, avec ça !

– Je n'ai pas besoin d'assistance.

– Je te le rappellerai, la prochaine fois où je t'aurai entre les jambes. »

Il sourit. Dur de la contrôler.

« J'ai trouvé mon homme. Il a prétendu ne rien savoir.

– Et tu l'as cru ?

– Je n'ai pas dit ça.

– Il est mort ?

– Une mauvaise chute dans un escalier.

– Papa ne va pas aimer ça.

– Je croyais que tu tenais les rênes.

– Exact. Et franchement, je m'en fous. Mais papa a raison. Tu prends trop de risques.

– Seulement quand c'est nécessaire. »

En fait, il avait été très prudent. Il s'était abstenu de toucher à quoi que ce soit, lors de sa première visite, à part au verre de thé. Qu'il avait soigneusement nettoyé, lors de sa seconde visite. Où il avait porté des gants.

« Disons que les circonstances en ont décidé à ma place.

– Qu'avait-il fait ? Blessé ton amour-propre ? »

Stupéfiant qu'elle fût toujours capable de le lire à livre ouvert, malgré les sept mille kilomètres qui les séparaient. Il ne s'était jamais rendu compte, jusque-là, qu'il était aussi transparent à ses yeux.

« C'est sans importance.

– Un jour, la chance t'abandonnera, Christian.

– On dirait que tu t'en réjouis d'avance.

– Pas vraiment. Ce sera dur de te remplacer

– Dans quelle fonction ?

– Dans les deux... salaud ! »

Il sourit. Elle l'avait dans la peau et ne s'en cachait pas. Une bonne chose.

« La fille de Borya part pour Munich. Il se peut qu'elle cherche à voir Chapaev.

– Qu'est-ce qui te le fait croire ?

– L'attitude de Borya. Et quelque chose qu'il a dit au sujet des panneaux.

– La fille ne vient peut-être à Munich que pour y passer des vacances.

– J'en doute. Je ne crois pas aux coïncidences.

– Tu vas la suivre ?

– Plus tard dans la journée. Quelque chose à faire d'ici là... »

22

Du haut de la mezzanine, à travers une vitre marquée « circulation routière – paiement des amendes », confortablement installée à l'abri des regards dans une aire d'attente bondée, Suzanne Danzer observait Christian Knoll. Environ soixante-quinze personnes gesticulaient, énervées d'avoir à poireauter pour payer leurs P.V. ou d'en discuter la cause avec le fonctionnaire blasé, debout derrière son comptoir de formica. En dépit de l'écriteau défense de fumer, l'air empestait la cigarette et le tabac froid.

Elle suivait Knoll depuis le samedi. Le lundi, il avait fait deux incursions au Grand musée des Beaux-Arts, une autre dans un immeuble de bureaux du centre-ville. Le mardi, il avait assisté aux funérailles de Karol Borya. Elle-même avait suivi, de loin, la cérémonie funèbre. La veille, Knoll n'avait pas fait grand-chose, en dehors d'une visite prolongée à la bibliothèque publique, puis au plus proche centre commercial. Aujourd'hui, il avait démarré de bonne heure et ne tenait pas en place.

Une perruque brun-roussâtre cachait les cheveux blonds de Suzanne. Son maquillage appuyé changeait son visage, et ses yeux étaient invisibles, derrière une paire de lunettes noires bon marché. Elle portait un jean moulant, un T-shirt marqué Atlanta 1996, et des chaussures de tennis. Un sac noir ordinaire pendait à son épaule. Un magazine *people* déplié en travers des genoux, elle se fondait dans la foule, sans cesser de surveiller d'un œil l'homme qui téléphonait au rez-de-chaussée.

Quelques minutes plus tôt, elle avait suivi Knoll jusqu'au sixième étage et reconnu le nom de Rachel Cutler sur la porte qu'il venait de franchir. De toute évidence, Knoll n'avait pas l'intention de renoncer. À présent, il devait présenter son rapport. Vraisemblablement à Monika Fellner. Cette salope posait un problème. Jeune. Rapace. Virulente. En tout point digne de succéder à son escroc de père et beaucoup plus dangereuse.

Knoll ne s'était pas attardé dans le bureau de Rachel Cutler. Sûrement pas assez longtemps pour l'avoir rencontrée en personne. Suzanne s'était donc repliée, doutant que sa propre habileté pût abuser à la longue quelqu'un d'aussi exercé que Christian Knoll. Elle avait également modifié son apparence, soucieuse de ne pas utiliser deux fois de suite quelque détail qui n'échapperait pas à l'œil d'aigle de son rival. C'était un crack, Christian. Un sacré crack !

Mais elle était encore meilleure.

Quand il raccrocha finalement, elle quitta son poste de guet et reprit sa filature.

Knoll regagna son hôtel en taxi. Juste après avoir tordu le cou du vieux, le samedi soir, il avait cru sentir, non loin de lui, une présence étrangère. Mais c'était seulement à partir du lundi qu'il avait repéré Suzanne. Bien qu'elle eût le chic pour modifier son apparence, trop d'années sur le terrain avaient aiguisé les facultés de Christian Knoll pour qu'une telle filature pût lui échapper bien longtemps. De plus, il savait qu'il retrouverait Suzanne sur son chemin. Ernst Loring ne souhaitait-il pas arriver le premier dans la course engagée ?

Un désir aussi impérieux, aussi obsessionnel, sinon davantage, que celui de Franz Fellner. Josef, le père, cultivait si fort le fétichisme de l'ambre qu'il possédait l'une des plus grosses collections au monde d'objets taillés dans cette matière. Ernst avait hérité à la fois de la collection complète et de l'obsession paternelle. La présence de Danzer dans cette ville en était la meilleure preuve.

Comment avait-elle pu remonter la piste jusqu'à Atlanta ? Facile. L'employé fouinard de Saint-Pétersbourg. Qui d'autre ? Cet idiot avait dû jeter un œil au mémo du KGB avant de le joindre aux archives comme l'exigeait sa fonction officielle. Il était évidemment à la solde de Loring. Entre autres. Voilà pourquoi Suzanne lui collait aux fesses.

Le taxi stoppa devant l'hôtel Marriott. Knoll en jaillit comme un météore. Danzer n'était certainement pas loin. Sans doute descendue dans le même hôtel. Le temps de changer de perruque et d'accessoires, voire de vêtements, dans quelque piaule ou dans les toilettes du rez-de-chaussée, et elle reprendrait sa filature. Probablement alertée par un des grooms ou un des concierges à la patte suffisamment graissée.

De sa chambre du dix-huitième étage, il appela l'agence de réservation Delta.

« J'ai besoin d'un vol Atlanta-Munich. Aujourd'hui. Vous avez ça en magasin ? »

Les touches d'un ordinateur cliquetèrent.

« À quatorze heures trente-cinq, monsieur. Direct Munich.

– Rien d'autre dans la journée ? Avant ou après. »

Nouveaux cliquetis.

« Pas chez nous, monsieur.

– Chez un de vos confrères ? »

Nouveaux cliquetis.

« Le seul vol direct aujourd'hui, monsieur. Deux autres possibilités avec escale. »

La probabilité que Rachel Cutler eût choisi un vol direct, plutôt qu'une correspondance à New York, Paris, Amsterdam ou Francfort était forte. Il confirma sa réservation, raccrocha.

Puis il prépara son sac. L'important était de minuter avec précision son arrivée à l'aéroport. Si Rachel Cutler n'était pas sur le vol direct, il devrait se débrouiller pour retrouver sa piste de quelque autre manière. Peut-être en rappelant Sami, la secrétaire, à qui Rachel téléphonerait sûrement de là-bas pour lui donner un numéro où la joindre. Numéro qu'il se chargerait de soutirer à la charmante, mais naïve secrétaire.

Il descendit régler sa note à la réception. Beaucoup de gens pressés entraient et sortaient. Il remarqua une brune piquante assise à l'une des tables du salon adjacent. Comme il s'y attendait, Danzer avait changé de fringues. Tailleur pêche et lunettes de soleil grand luxe à monture fantaisie. La classe.

Il paya sa note et sauta dans un taxi.

Suzanne avait repéré le sac de voyage. Knoll repartait. Sans lui laisser le loisir de remonter à sa propre chambre. La meilleure raison qui soit au monde de voyager toujours léger. Sans jamais rien emporter de précieux ou d'irremplaçable.

Elle jeta cinq dollars sur la table pour régler le verre qu'elle avait eu tout juste le temps de goûter, et fila vers le tambour de sortie.

Il était treize heures vingt-cinq lorsque Christian Knoll débarqua de son taxi, à l'aéroport international de Hartsfield. Il paya sa course, s'empara de son sac de voyage et s'engouffra dans le terminal. Curieux de voir comment Danzer s'en tirerait. Plutôt que d'avoir recours à la billetterie électronique, il se planta dans l'une des queues, à l'un des comptoirs d'enregistrement. Du coin de l'œil il repéra Danzer qui faisait de même en ayant soin de choisir une file d'attente nettement plus courte.

Elle devait s'interroger sur sa destination. Mais son dilemme était plus complexe. Il lui faudrait un billet quelconque pour franchir les portes d'embarquement. Elle allait donc acheter n'importe quel titre de transport disponible afin de pouvoir passer sur l'aire de décollage.

La rapidité dont il avait fait preuve l'avait clairement surprise, car elle portait toujours les mêmes lunettes fantaisie, la perruque brune et le tailleur pêche dans lesquels il l'avait repérée au Marriott. Un bon spécialiste ne doit jamais se laisser surprendre sans solution de rechange. Lui-même préférait de beaucoup la filature électronique qui permettait de lâcher pas mal de corde au sujet observé.

Muni de son billet, il marcha tranquillement jusqu'à la porte indiquée. Le poids de son stylet lui manquait, à sa place habituelle, mais le détecteur de métal en eût irrémédiablement détecté la fine lame. L'arme voyageait bien au chaud, bien protégée, dans son bagage. Au même instant, Danzer se précipitait, billet en main, vers une autre porte d'embarquement assez éloignée. Il ne put s'empêcher de rire. Elle était tellement prévisible.

Au-delà des détecteurs, il emprunta un escalator, dans le sens de la descente. Avec l'autre pot de colle à vingt mètres en arrière. Au pied de l'escalator, il se dirigea, en compagnie des nombreux voyageurs de ce début d'après-midi, vers les navettes automatiques. Il monta dans le premier wagon de celle qui allait repartir et vit, par-dessus son épaule, Danzer monter dans le deuxième, dûment postée derrière les vitres de devant.

Il connaissait bien l'aéroport. Les navettes circulaient entre les pistes de décollage, les plus éloignées réservées aux vols internationaux. Au premier arrêt, il descendit avec une cinquantaine de voyageurs. Il devinait que Danzer, qui avait repéré les lieux aussi bien que lui, devait se demander s'il s'apprêtait vraiment à prendre un vol intérieur vers quelque autre ville des États-Unis, et pour quelle raison.

Il fit quelques pas de long en large comme s'il attendait quelqu'un. En réalité, il comptait les secondes. Le minutage était essentiel. Danzer flânait, elle aussi, à cinquante mètres de là. Désœuvrée, apparemment insouciante, persuadée d'être passée inaperçue depuis le début. Il attendit exactement une minute, puis gagna l'escalator. L'autre. Celui qui montait.

De hauts immeubles de bureau étaient inondés de soleil. Une rampe médiane séparait l'escalator montant de sa contrepartie descendante, avec une plante en pot tous les cinq ou six mètres. Peu de monde de l'autre côté. Pas de caméra de surveillance en vue.

Il guetta le moment d'empoigner la rampe et de gagner, d'un bond acrobatique, la classique glissière de séparation. En redescendant à vive allure, il croisa Danzer et lui adressa, au passage, un salut ironique.

L'expression de son regard lui fit chaud au cœur.

Il importait d'aller vite. Elle ne serait pas longue à l'imiter. Il zigzagua entre hommes et femmes affairés, répétant d'une voix brève :

« Sécurité de l'aéroport ! On s'écarte ! »

Son timing avait été parfait. Une navette stoppait, direction le tarmac. Les portes s'ouvraient. Une voix en conserve annonça : « Dégagez les entrées. Tenez-vous au milieu de chaque voiture. » Les gens se hâtaient. Il vit, en se retournant, Danzer reproduire son bond acrobatique. Pas tout à fait aussi gracieusement que lui. Elle trébucha, puis reprit son équilibre.

Il s'engouffra dans la navette.

« Fermeture des portes », annonça la voix synthétique.

Danzer se précipita vers la navette en partance, mais se heurta, *in extremis*, aux portes claquées.

Il débarqua sur le tarmac. Danzer arriverait bientôt, mais trop tard. Le vol pour Munich devait charger ses passagers, et le terminal international de Hartsfield était le plus important des États-Unis. Cinq niveaux. Vingt-quatre portes. Il faudrait un bout de temps à Suzanne pour s'y retrouver.

Il emprunta un nouvel escalator flanqué de vitrines exposant des spécimens de l'art mexicain, égyptien et phénicien. Rien de précieux ni d'extravagant. Juste des copies soigneusement pourvues d'étiquettes rappelant quel musée local ou quel collectionneur privé les prêtait à la ville.

Au sommet de l'escalator, il suivit les autres voyageurs, dans la bonne odeur de café en provenance de Starbucks. Il étudia les écrans indicateurs. Une douzaine de vols prévus dans la demi-heure à venir. Danzer n'aurait aucun moyen de déterminer lequel était le bon. Il trouva le vol de Munich, prit la direction adéquate et s'intégra paisiblement à la queue. Quand son tour arriva, très vite, il lança d'un ton jovial :

« Complet pour Munich, aujourd'hui, non ? »

Le préposé jeta un coup d'œil à son écran de contrôle.

« Ouais. Pas une seule place libre ! »

Même si Danzer le repérait au dernier moment, elle n'aurait aucun moyen de le suivre. Il se dirigea vers la passerelle en examinant avec discrétion les voyageurs qui le précédaient. Il remarqua la femme aux cheveux longs, châtain clair, moulée dans un tailleur-pantalon bleu marine. Son visage lui apparut lorsqu'elle présenta son billet, à l'entrée du jet.

Rachel Cutler.

Aucune erreur possible.

Parfait jusque-là.

23

Atlanta, Géorgie

vendredi 16 mai
9 h 15

Suzanne entra. Paul Cutler se leva, contourna son grand bureau de châtaignier pour venir à sa rencontre.

« Je vous remercie de m'accorder un peu de votre temps, dit-elle.

– Aucun problème, madame Myers. »

C'était le nom que Suzanne avait donné à la réceptionniste. Elle savait que Christian Knoll utilisait couramment sa véritable identité, une des marques de son arrogance. Elle préférait l'anonymat. Moins de chance de laisser un souvenir trop précis.

« Appelez-moi Jo », proposa-t-elle.

Elle s'assit sur le siège offert en mesurant, du regard, l'avocat d'âge moyen qui lui faisait face. Quarante ans, pas plus. Taille moyenne. Mince. Le cheveu brun, légère calvitie naissante. Tenue archiclassique. Chemise blanche, pantalon noir, cravate de soie, les bretelles apportant une touche de maturité. Il avait un très beau sourire et lui fut immédiatement sympathique. Regard direct. Attentif. Quelqu'un, décida-t-elle, qui ne serait pas insensible à son charme, si elle voulait s'en donner la peine.

Par bonheur, elle s'était bien équipée pour cette rencontre. Perruque brune soigneusement ajustée. Lentilles de contact bleues changeant la couleur de ses yeux. Lunettes à verres octogonaux et monture en or. Jupe de crêpe, veste croisée à larges revers achetées la veille chez Ann Taylor. Le tout très féminin, légèrement décolleté pour éloigner l'attention de son visage. Aussitôt assise, elle croisa les jambes, révélant une paire de bas noirs, et s'efforça de sourire un peu plus que de coutume.

« Vous enquêtez dans le domaine des beaux-arts, amorça Cutler. Un travail passionnant que je vous envie.

– Mais le vôtre l'est certainement davantage. »

La pièce révélait les goûts de son occupant. Une litho encadrée de Winslow au-dessus d'un canapé de cuir, entre deux aquarelles de Kapka. Des diplômes sur un autre mur, avec des certificats d'appartenance à diverses associations professionnelles. Deux photographies en couleurs représentant Paul Cutler serrant la main du même homme plus âgé, dans quelque salle d'audience. Suzanne désigna les tableaux.

« Connaisseur ?

– Modeste. Mais j'appartiens au conseil de notre musée municipal.

– Vous devez en tirer de grandes satisfactions.

– Je m'intéresse beaucoup à l'art.

– C'est pour cette raison que vous m'avez reçue ?

– Pour cette raison, et par simple curiosité. »

Elle décida d'en venir aux choses sérieuses.

« Je suis passée au tribunal du comté. La secrétaire de votre ex-épouse m'a appris que Mme la juge Cutler n'était pas en ville. Elle n'a pas voulu me dire où je pourrais la joindre, et m'a suggéré de venir vous voir.

– Sami m'a appelé. Elle m'a dit que votre visite concernait mon ex-beau-père.

– C'est vrai. La secrétaire m'a confirmé qu'un homme était venu la voir hier. En quête, lui aussi, de votre ex-épouse.

Un grand blond d'origine européenne. Il s'est présenté sous le nom de Christian Knoll. Je l'ai suivi toute la semaine, mais je l'ai perdu hier après-midi, dans l'aéroport. J'ai bien peur qu'il ne suive Mme la juge Cutler. »

Les traits de Paul Cutler se crispèrent. Excellent. Elle avait tapé dans le mille.

« Pourquoi diable suivrait-il Rachel ? »

La meilleure tactique était la franchise. Peut-être la peur abattrait-elle les barrières de l'avocat et le pousserait-elle à vider son sac ?

« Knoll est venu à Atlanta pour parler à Karol Borya. »

Inutile de préciser qu'elle était au courant des visites du samedi. Franchise, d'accord, mais avec une certaine marge de liberté.

« Il a dû apprendre que votre ex-beau-père venait de mourir, et décider de s'adresser à sa fille. C'est la seule explication logique de cette démarche auprès de la secrétaire.

– Comment ce Knoll, et vous-même, pouviez connaître l'existence de Karol ?

– Vous devez savoir ce que faisait M. Borya quand il était encore citoyen soviétique ?

– Il nous l'a raconté. Mais vous, comment le saviez-vous ?

– Les archives de la Commission extraordinaire pour laquelle M. Borya travaillait sont maintenant accessibles au public, en Russie. Il est facile de les consulter. Knoll recherche la Chambre d'ambre, pour le compte d'un riche collectionneur privé. Il espérait sans doute que Borya lui apporterait quelque chose d'utile.

– Mais comment savait-il où trouver Karol ?

– La semaine dernière, Knoll est retourné aux archives de Saint-Pétersbourg. Certaines d'entre elles ont été rendues publiques voilà peu. C'est là qu'il a pu obtenir de nouvelles informations.

– Ce qui n'explique pas votre propre présence.

– Comme je vous l'ai déjà dit, j'ai suivi Knoll.

– Vous saviez que Karol venait de mourir ?

– Je ne l'ai appris qu'en arrivant en ville, lundi dernier.

– Madame Myers, à quoi rime ce regain d'intérêt pour la Chambre d'ambre ? Une sorte de mythe qui a disparu depuis près de soixante ans. Vous ne croyez pas que si quelqu'un avait dû remettre la main dessus, ce serait chose faite depuis longtemps ?

– Je suis d'accord avec vous, monsieur Cutler. Mais telle n'est pas l'opinion de Christian Knoll.

– Vous dites que vous avez perdu sa trace hier après-midi sur l'aéroport. Qu'est-ce qui vous permet de penser qu'il suivait Rachel ?

– Une intuition. Il avait constaté ma présence et il m'a fort habilement semée. J'ai noté les vols qui se sont succédé au début de cet après-midi. L'un pour Munich. Deux pour Paris. Trois pour Francfort.

– Rachel a pris celui de Munich. »

Paul Cutler venait de répondre avec une parfaite spontanéité. Elle sentait son inquiétude croissante. Il commençait à la croire. À la croire sur parole. Elle enchaîna :

« Pourquoi Munich, si tôt après la mort de son père ?

– Karol a laissé un message au sujet de la Chambre d'ambre. »

Il était ferré. C'était le moment d'y aller à fond.

« Monsieur Cutler, Christian Knoll est un homme dangereux. Quand il se lance sur une piste, rien ne l'arrête. Je parierais qu'il était dans l'avion de Munich, lui aussi. Il est important que j'avertisse votre ex-épouse. Vous savez où elle est descendue ?

– Elle doit m'appeler, mais elle ne l'a pas encore fait. »

Il était de plus en plus inquiet. Elle consulta sa montre.

« Il est près de trois heures et demie à Munich.

– C'est ce que je me disais à votre arrivée.

– Savez-vous ce qu'elle avait l'intention de faire ? »

Il ne répondit pas. Elle insista :

« Monsieur Cutler, vous ne me connaissez pas. Mais je vous jure que je suis de votre côté. Il faut que je retrouve Christian Knoll. Impossible de vous donner davantage de détails, en raison de mon devoir de réserve, mais je suis persuadée qu'il va entrer en contact avec votre ancienne femme.

– Alors, je crois qu'il faut prévenir la police.

– Knoll ne signifierait rien pour les représentants locaux de la loi. C'est une affaire justiciable des autorités internationales. »

Il hésitait, comme s'il pesait ses propos, afin de décider la marche à suivre. Appeler la police demanderait du temps. Alerter les autorités internationales encore davantage. Rachel était là-bas, maintenant, toujours décidée à n'en faire qu'à sa tête. Il n'avait guère le choix. « Elle est en Bavière, déclara-t-il. Elle recherche un nommé Chapaev, Danya Chapaev, qui vivrait à Kehlheim... »

Son aveu ne surprit nullement la visiteuse.

« Qui est ce Chapaev ? questionna-t-elle pour donner le change.

– Un vieil ami de Karol. Ils ont travaillé ensemble pour la Commission extraordinaire. Rachel pense que Chapaev peut savoir quelque chose sur le sort de la Chambre d'ambre.

– Qu'est-ce qui le lui a fait penser ? »

Il sortit d'un tiroir une petite liasse de documents. La lui tendit.

« Voyez par vous-même. Tout est là. »

Elle prit le temps d'examiner soigneusement les documents. Quelques minutes durant lesquelles l'angoisse du malheureux ne pouvait que croître. Rien de précis ni de bien défini. Juste des allusions plus ou moins révélatrices et uniformément inquiétantes. Il fallait absolument empêcher Knoll de gagner Rachel Cutler à sa cause. Exactement ce que son adversaire allait tenter de faire. N'ayant rien tiré du vieux, il l'avait balancé dans l'escalier et décidé de reporter toute son attention sur la fille.

Suzanne se leva.

« Je vous remercie de cette preuve de confiance, monsieur Cutler. Je vais voir s'il est possible de joindre votre ex-épouse à Munich J'ai des contacts là-bas. »

Elle lui tendit la main.

« Merci encore de m'avoir accordé un peu de votre temps. »

Cutler, debout, accepta la main offerte.

« Merci pour votre visite, madame Myers. Et pour cet avertissement. Mais vous n'avez pas précisé votre rôle dans cette affaire.

– Il est confidentiel, mais je puis vous dire que ce M. Knoll est recherché pour des raisons très sérieuses.

– Vous appartenez à la police ?

– À une agence privée chargée de démasquer Knoll. Une agence de Londres.

– Votre léger accent est plus est-européen que britannique. »

Elle sourit.

« Rien d'étonnant. Je suis née à Prague.

– Vous avez un numéro de téléphone ? Si Rach m'appelle, je vous mettrai toutes les deux en rapport.

– Inutile. Je vous appellerai moi-même ce soir ou demain matin, si vous êtes d'accord. »

Sur le point de sortir, elle désigna la photo encadrée d'un homme et d'une femme accrochée au mur.

« Un bien beau couple. Des parents à vous ?

– Mes parents. Trois mois avant qu'ils disparaissent dans un crash aérien. »

Il accueillit ses condoléances avec un petit hochement de tête, et elle n'ajouta pas un mot jusqu'à ce qu'il refermât la porte derrière elle. La dernière fois où elle avait vu ce couple, en compagnie d'une bonne vingtaine d'autres personnes, c'était à Florence, alors qu'ils montaient, sous un crachin persistant, dans un bus d'Alitalia qui les conduirait à l'avion chargé de les ramener en France. Les explosifs dont elle avait organisé la pose étaient déjà dans la soute à bagages, le détonateur réglé pour se déclencher au-dessus de la mer, trente minutes après le décollage.

24

Munich, Allemagne

16 h 35

C'était la première fois que Rachel entrait dans une telle brasserie. Une *Bierstube* cent pour cent germanique, avec trompettes, batterie, accordéon et cloches à vache assurant, collectivement, un énorme vacarme. De longues tables accueillaient les manieurs de chopes, dans l'arôme du tabac, des saucisses et de la bière. Des garçons ruisselant de sueur en culotte de cuir et des serveuses en costume folklorique rivalisaient d'adresse et d'ardeur pour transporter les hanaps d'un litre remplis de bière brune, la *Maibock*, un cru saisonnier servi une fois par an pour saluer le retour de la saison chaude.

La plupart des deux cents et quelques personnes qui l'entouraient semblaient passer un sacré bon moment, mais comme elle n'aimait pas la bière, un « goût acquis », d'après elle, Rachel commanda, pour son dîner, un poulet rôti arrosé de Coca. Le réceptionniste de son hôtel lui avait bien recommandé de manger sur place, mais la curiosité avait été la plus forte. Tant pis pour elle.

Non qu'elle se fût montrée plus avisée, depuis son arrivée à Munich, ce matin. Après avoir loué une voiture et retenu sa chambre d'hôtel, elle avait éprouvé le besoin de faire un somme avant de songer à dîner. Dès le lendemain, elle se rendrait à Kehlheim. Soixante-dix kilomètres au sud, à un jet de pierre des Alpes d'Autriche. Danya Chapaev attendait depuis tant d'années qu'une nuit de plus ou de moins ne lui ferait pas de mal. En supposant, bien sûr, qu'il fût encore de ce monde.

Le changement de paysage lui faisait du bien, même si les plafonds voûtés, le décor agrémenté de tonneaux, les costumes et l'exubérance du personnel avaient plutôt tendance à l'assommer. Sa première incursion en Europe, trois ans plus tôt, s'était arrêtée à Londres, dans une ambiance très différente. Les programmes de télévision en provenance d'Allemagne l'avaient toujours intéressée, et elle avait rêvé d'y séjourner un jour. À présent, son vœu était exaucé.

Elle profita du spectacle en mâchonnant sa cuisse de poulet. Une bonne façon de ne plus penser à son père, à la Chambre d'ambre et à Chapaev. Encore moins à Marcus Nettles et à l'élection en attente. Paul avait sans doute raison de croire que tout cela n'était qu'une perte de temps. Mais la diversion, au moins, lui serait salutaire.

Elle paya son addition grâce aux euros retirés à l'aéroport, et quitta l'Hofbrauhaus pour se retrouver dans une artère paisible aux vieux pavés inégaux. La soirée s'annonçait fraîche et douillette à la fois, un temps plus doux que chez elle. Le soleil projetait ses derniers rayons à l'oblique sur un paysage urbain agréablement différent de son univers habituel. Des centaines de touristes et de commerçants empressés encombraient les trottoirs et même les chaussées, devant ces boutiques de la vieille ville dont les façades mélangeaient, avec plus ou moins de bonheur, pierre, bois de charpente et brique rouge. Dans une atmosphère surannée de village et de bon vieux temps révolu. Une voie heureusement piétonnière où ne se risquaient, occasionnellement, que de rares véhicules de livraison.

Piquant vers l'ouest, elle rejoignit la Marienplatz. Son hôtel était là-bas en face, exactement à l'autre bout de la vaste esplanade. Avec un marché en son centre, aussi riche en légumes frais qu'en volaille et en viande de boucherie. À gauche, s'étendait un « jardin à bière » où l'on pouvait boire en plein air. Rachel se remémora tout ce qu'elle avait lu naguère sur Munich. Jadis capitale de Bavière, domicile du Prince Électeur, siège des Wittelsbach qui avaient régné sur la région pendant plus de sept cent cinquante ans. Comment Thomas Wolfe l'avait-il définie ? *Un magnifique exemple du paradis germanique.*

Elle coudoya des groupes menés par des guides parlant français, espagnol ou japonais. Devant l'hôtel de ville, elle croisa un groupe d'Anglais dont l'accent cockney lui rappela son séjour en Grande-Bretagne. Elle s'attarda un peu à l'arrière du groupe, à l'écoute du guide, fascinée par l'explosion des ornements gothiques offerts à sa vue. Le groupe traversa la place, s'arrêtant de l'autre côté, en face de l'hôtel de ville. Elle remarqua que le guide consultait sa montre. L'horloge haut perchée disait quatre heures cinquante-huit.

Brusquement, s'ouvrirent des petites fenêtres, dans le clocher de l'horloge, livrant passage à deux rangées de figurines de cuivre émaillées de couleurs vives. Une musique envahit la place. Des cloches sonnèrent cinq coups, auxquels répondirent, en écho, d'autres cloches lointaines.

« C'est le *Glockenspiel,* souligna le guide, au-dessus de la rumeur. Trois fois par jour, à onze heures, à midi et à cinq heures, le défilé des personnages reproduit un tournoi qui accompagnait, au XVIe siècle, les mariages royaux germaniques. Les autres figurines, au niveau inférieur, exécutent la danse des Cuivres. »

Les personnages tournaient et viraient au rythme d'une musique bavaroise très enlevée. Tous les touristes s'étaient arrêtés, le nez en l'air. La représentation dura deux minutes, puis s'interrompit. Le groupe britannique s'engagea dans une rue de traverse. Rachel continua d'admirer un instant les portes minuscules à présent refermées, dans le clocher de l'horloge, puis entreprit la traversée du carrefour.

Un klaxon fracassa le silence relatif.

Elle pivota brièvement vers la gauche.

Une voiture approchait, très vite. Vingt mètres. Quinze. Douze. Elle reconnut, en un éclair, la calandre et l'emblème d'une Mercedes, et la boîte lumineuse qui disait taxi.

Les derniers mètres.

Le klaxon résonnait toujours. Elle savait qu'elle devait s'écarter de la trajectoire, mais son corps refusait de suivre son esprit. Elle se cuirassa contre la souffrance à venir, se demandant ce qui serait le plus douloureux, le choc ou la violence de sa chute sur les pavés de la chaussée.

Pauvre Brent, pauvre Maria.

Et pauvre Paul, si gentil.

Un bras se referma autour de son cou. Deux bras l'attirèrent violemment en arrière.

Les freins grinçaient. Le taxi stoppa net. Une odeur de caoutchouc brûlé monta du sol rugueux.

Elle se retourna vers l'homme qui la tenait toujours. Il était grand, élancé. Une tignasse blonde couronnait son front hâlé. Un nez droit, des lèvres minces lui composaient un visage assez beau, au teint basané. Il portait une chemise beige clair avec un pantalon à carreaux.

« Ça va ? » lui demanda-t-il en anglais.

Ses jambes tremblaient. Avait-elle été vraiment si proche de la mort ?

« Je crois que oui. »

Un attroupement se formait autour d'eux. Le chauffeur de taxi avait quitté son siège. Apparemment très éprouvé.

« Elle va bien, messieurs-dames », cria le sauveteur.

Il ajouta quelque chose en allemand, et la foule naissante se dispersa. Puis il s'adressa au chauffeur du taxi, toujours en allemand. L'homme lui répondit, puis regagna son volant et redémarra.

« Le chauffeur regrette. Il dit que vous avez surgi d'un seul coup, sans regarder où vous alliez.

– Je croyais qu'il s'agissait d'une voie piétonnière. Je ne pensais pas du tout à une voiture.

– Les taxis ne passent jamais par ici, en principe. Je le lui ai rappelé, et il a préféré partir sans demander son reste.

– Il devrait y avoir un écriteau ou quelque chose.

– Américaine, pas vrai ? Il y a des écriteaux pour tout, en Amérique. Pas ici. »

Le cœur de Rachel se calmait graduellement.

« Merci d'être intervenu. »

Un sourire parfait exhiba deux rangées de dents très blanches.

« Tout le plaisir a été pour moi. »

Il tendit une main large ouverte.

« Je m'appelle Christian Knoll. »

Elle accepta la main offerte.

« Et moi Rachel Cutler. Je suis heureuse que vous ayez été là, monsieur Knoll. Je n'avais pas entendu venir ce taxi.

– Il aurait été dommage que je n'y sois pas. »

Elle eut un sourire forcé.

« Ô combien ! »

Puis elle se mit à trembler des pieds à la tête. Elle réalisait seulement maintenant qu'elle avait échappé à un grave accident. Il la saisit par les épaules.

« Laissez-moi vous offrir un verre pour vous remettre de votre émotion.

– Ce n'est pas vraiment nécessaire.

– Vous tremblez. Un peu de vin vous fera du bien.

– C'est très gentil, mais...

– Pour me récompenser de mon intervention. »

Difficile de refuser. Elle céda.

« D'accord. Un peu de vin ne me fera pas de mal. »

Ils entrèrent dans un café voisin, à l'ombre tutélaire des clochers de cuivre. La plupart des tables étaient occupées par des amateurs de bière brune, et c'est également ce que Christian

Knoll commanda pour lui-même. Pour elle, il recommanda, puis commanda un verre de vin du Rhin, blanc, sec et frais.

Il avait eu raison de ne pas la lâcher. Elle avait les nerfs à fleur de peau. La première fois qu'elle frôlait la mort. Étrange qu'elle ait réagi de cette manière, sur le moment. Brent et Maria, d'accord. Entièrement compréhensible. Mais Paul ? Elle avait pensé à lui. De toute son âme. L'espace d'un instant.

Elle dégusta le vin à petites gorgées, laissant l'alcool et l'ambiance rétablir la paix dans son système nerveux. Que murmurait son vis-à-vis ?

« J'ai un aveu à vous faire, madame Cutler.

– Appelez-moi Rachel.

– Très bien, Rachel. »

Elle but une gorgée de plus.

« Quel genre d'aveu ?

– Je vous suivais. »

Les mots achevèrent de la remettre d'aplomb. Elle reposa son verre.

« Qu'entendez-vous par là ?

– Je vous suivais. Je vous ai suivie depuis Atlanta. »

Elle se leva.

« Je crois que nous devrions aller en parler à la police. »

Knoll ne broncha pas.

« Si vous y tenez, pas de problème. Essayez de m'écouter jusqu'au bout, avant de prendre une décision. »

Elle pesa brièvement le pour et le contre. Ils étaient assis en plein air, tout près d'une rampe de fer forgé. La rue était pleine de monde. Que pouvait-elle risquer, dans ces conditions ? Elle dit en reprenant place sur son siège :

« O.K., monsieur Knoll. Vous avez cinq minutes. »

L'homme s'accorda une gorgée de bière.

« J'étais venu à Atlanta, plus tôt dans la semaine, pour parler à votre père. À mon arrivée, j'ai appris sa mort. Hier, je suis passé à votre bureau, et votre secrétaire m'a dit que vous partiez pour Munich. Je lui ai laissé mon nom et mon numéro de téléphone. Elle ne vous les a pas communiqués ?

– Je n'ai pas appelé mon bureau. De quoi vouliez-vous parler à mon père ?

– Je recherche la Chambre d'ambre, et je pensais qu'il serait en mesure de me fournir quelques petits renseignements.

– Pourquoi recherchez-vous la Chambre d'ambre ?

– Disons plutôt pour qui. Un collectionneur qui m'emploie.

– Comme les autorités russes, je suppose ? »

Knoll eut ce même parfait sourire.

« Exact. Mais après plus d'un demi-siècle, ce sera le premier arrivé. Un principe américain, je crois.

– Que pouvait savoir mon père ?

– Tout et rien. Il avait beaucoup travaillé à cette recherche, pour le compte des Soviets.

– Voilà également plus d'un demi-siècle.

– Dans cette sorte d'affaire, peu importe le temps. Il ne fait que rendre la recherche encore plus passionnante.

– Comment avez-vous trouvé mon père ? »

Knoll sortit de sa poche et lui tendit des feuillets pliés en quatre.

« J'ai découvert ces photocopies à Saint-Pétersbourg. Elles m'ont mené à Atlanta. Comme vous pouvez le voir, le KGB lui-même s'est présenté chez votre père, il y a quelques années. »

Elle déplia les documents. Ils étaient en caractères cyrilliques, avec une traduction anglaise en regard, à l'encre bleue. Elle remarqua tout de suite qui avait signé la première lettre. Danya Chapaev. Elle lut attentivement ce que le KGB disait de son père :

> Contact établi. Nie savoir quoi que ce soit sur la <u>yantarnaya komnata</u> après 1958. Danya Chapaev introuvable. Borya jure ne pas connaître son adresse.

Mais Karol n'avait pas ignoré l'adresse de son ami Danya. Ils avaient correspondu pendant des années. Pourquoi son père avait-il menti ? Pourquoi avait-il toujours caché cette visite du

KGB ? Le fait que le KGB eût été au courant de son existence à elle, Rachel Cutler, et de celle de ses deux enfants, lui faisait froid dans le dos. Elle commençait à se demander tout ce que son père lui cachait depuis des années.

« Malheureusement, poursuivit Knoll, je n'ai pas eu l'occasion de parler à votre père. Arrivé trop tard. Je compatis à votre perte.

– Quand avez-vous débarqué à Atlanta ?

– Lundi.

– Et vous avez attendu tout ce temps pour essayer de me rencontrer ?

– Eu égard à la mort de votre père, je n'ai pas voulu forcer votre deuil. Mon affaire pouvait attendre un peu. »

Le rapport avec Chapaev diminuait peu à peu la tension de Rachel. La thèse de cet homme était crédible, mais elle ne voulait pas aller trop vite. Après tout, quoique beau, charmant et providentiel, Knoll demeurait un inconnu. Pis encore, un inconnu en terre étrangère.

« Nous avons voyagé dans le même avion ?

– J'ai pu le prendre d'extrême justesse.

– Pourquoi ne m'avez-vous pas parlé tout de suite ?

– J'ignorais vos intentions. Si elles n'avaient rien à voir avec la Chambre d'ambre, quelles raisons avais-je de vous parler ?

– Je n'aime pas qu'on me suive, monsieur Knoll. Je n'aime pas ça du tout.

– Il est peut-être heureux que je l'aie fait. »

Son regard perçant défiait la jeune femme de le contredire. Elle se souvint du taxi. Ferma les yeux. Peut-être avait-il raison.

« Appelez-moi Christian, si vous voulez que je vous appelle Rachel. »

Aucun motif d'exprimer une hostilité quelconque. Il lui avait tout de même sauvé la vie.

« Entendu, Christian.

– À la bonne heure. Votre voyage concerne-t-il, de près ou de loin, la Chambre d'ambre ?

– Je me demande si je dois répondre à cette question.

– Si je vous avais voulu du mal, j'aurais laissé le taxi vous passer dessus. »

Un bon argument. Mais encore insuffisant.

« Madame Cutler... Rachel... Je suis un enquêteur privé expérimenté. Spécialisé dans les œuvres d'art. Je parle allemand, et je connais ce pays. Vous êtes sans doute un excellent juge, mais je doute que vous puissiez faire une bonne enquêtrice. »

Elle ne répondit pas.

« Tout renseignement éventuel sur la Chambre d'ambre m'intéresse. Rien de plus. J'ai partagé avec vous tout ce que je savais. Puis-je vous demander la réciproque ?

– Et si je préfère aller voir la police ?

– Dans ce cas, je m'éclipserai, mais je continuerai à vous observer, pour tenter d'apprendre ce que vous savez. Rien de personnel. Vous constituez une piste que j'entends bien suivre jusqu'au bout. Je pensais simplement que nous pourrions gagner un temps précieux en travaillant de concert. »

Il y avait en lui quelque chose de viril, voire de dangereux, à quoi elle était très sensible. Ses mots étaient clairs et directs, sa voix grave et convaincante. Elle scrutait son visage, en quête du premier signe de duplicité, et n'en trouvait aucun. Elle finit donc par prendre la décision rapide et sans appel qu'il lui incombait souvent d'exprimer au tribunal.

« O.K., Christian. Mon but est de trouver Danya Chapaev... s'il vit toujours à Kehlheim. »

Knoll reporta son hanap à ses lèvres.

« C'est au sud, vers les Alpes, près de l'Autriche. Je connais le village.

– Lui et mon père partageaient le même intérêt envers la Chambre d'ambre. Davantage, apparemment, que je ne l'imaginais.

– Qu'est-ce que Herr Chapaev pourrait savoir ? »

Trop tôt pour parler de leur correspondance.

« Rien en dehors du fait qu'ils ont travaillé jadis ensemble... comme vous semblez le savoir déjà.

– Comment avez-vous appris son nom ? »

Trop tôt, là encore.

« Mon père parlait de lui depuis toujours. C'étaient de très grands amis.

– Je peux vous aider de multiples façons, Rachel.

– En toute franchise, Christian, j'aurais préféré agir seule, au départ.

– Je vous comprends. Je me souviens de la mort de mon père. Je n'arrivais pas à l'accepter. »

Il paraissait sincère, et le sentiment plut à Rachel. Mais c'était toujours un inconnu.

« Vous avez réellement besoin d'aide. Si ce Chapaev sait certaines choses, je peux vous aider à aller au-delà. Je connais toute l'histoire de la Chambre d'ambre. Tout détail nouveau peut recouper des infos dont vous n'auriez pas connaissance. »

Elle acheva de vider son verre. Il insista :

« Quand comptez-vous partir pour Kehlheim ?

– Demain matin. »

Trop vite répondu. Mais trop tard pour se rattraper.

« Permettez-moi de vous y conduire.

– Je ne voudrais pas que mes enfants acceptent ce genre de proposition d'un parfait inconnu. Pourquoi ferais-je le contraire ? »

Il sourit avec indulgence. Son expression désarma Rachel.

« Je n'ai caché ni mon identité ni mes intentions à votre secrétaire. Pas très malin de la part d'un homme qui envisagerait de vous faire du mal. De toute façon, je vous suivrais à Kehlheim en cas de refus. »

Elle prit une autre décision éclair. Qui la surprit beaucoup elle-même.

« O.K., pourquoi pas ? Nous irons ensemble. Je suis à l'hôtel Waldeck. À deux pas d'ici.

– Et moi, je suis à l'Elizabeth. Juste en face du Waldeck. »

Elle ouvrit de grands yeux.

« Si je vous disais que je n'en suis pas du tout surprise ? »

Knoll regarda Rachel Cutler disparaître à l'intérieur du Waldeck.

Une bonne chose de faite.

Sur la Maximilianstrasse, il passa devant le portique à colonnes du Théâtre national et s'approcha des taxis en station qui entouraient la statue de Maximilien Joseph, le premier roi de Bavière. Il traversa la rue et se dirigea vers le quatrième taxi dont le chauffeur se tenait adossé à sa Mercedes, les bras croisés sur sa poitrine.

« Bon boulot ? s'enquit-il en allemand.

– Mieux que bon.

– Mon petit numéro, après ?

– Remarquable. »

Knoll tendit à son complice une liasse d'euros.

« Toujours un plaisir de bosser avec toi, Christian.

– Moi de même, Erich. »

Ils se connaissaient bien, tous les deux. Knoll savait toujours sur qui il pouvait compter lorsqu'il avait besoin d'un complice. Des gaillards corruptibles, champions dans leur spécialité. Deux qualités qu'il appréciait par-dessus tout.

« Tu t'attendris, Christian ?

– Comment ça ?

– Tu voulais juste lui flanquer la pétoche. Pas la tuer. Ça te ressemble si peu.

– Rien de tel que frôler la mort pour faire confiance au bon Samaritain.

– Tu veux la baiser, c'est ça. »

Knoll n'appréciait pas ces questions, mais il pouvait avoir encore besoin, dans l'avenir, des services irremplaçables de cet as du volant.

« Une bonne façon de leur baisser la culotte. »

Le chauffeur avait compté les billets.

« Cinq cents euros pour tirer un coup, c'est pas donné, non ? »

Rien en comparaison des dix millions d'euros que lui rapporterait la Chambre d'ambre, s'il la ramenait à Monika entourée d'une faveur rose. Sans compter qu'avec une femme aussi désirable que Rachel Cutler, dont la proximité l'avait laissé sur sa faim...

« Mon cher Erich, ça dépend du coup et de la cible envisagée. »

25

Atlanta, Géorgie
0 h 35

Paul s'agitait sur place. Il avait sauté son repas du midi. Il était resté au bureau pour ne pas risquer de louper le coup de fil de Rachel. Et rien. Il était six heures et demie, en Allemagne. Elle avait envisagé la possibilité de passer une nuit à Munich avant de se rendre à Kehlheim. Il ne savait donc pas si elle l'appellerait aujourd'hui ou demain, après son excursion dans le sud. Ni même si elle l'appellerait vraiment.

Rachel avait son franc-parler. Elle était directe et autoritaire. Depuis toujours. C'était son indépendance d'esprit qui faisait d'elle un si bon juge. Mais c'était aussi ce qui la rendait si difficile à vivre. Elle ne se faisait pas que des amis, bien que, tout au fond d'elle, elle fût infiniment chaleureuse. Il le savait. Malheureusement, elle et lui, c'était l'huile et le feu. Quoique pas toujours. Au temps de leur mariage, ils préféraient, l'un et l'autre, dîner tranquillement chez eux plutôt que fréquenter les restaurants à la mode. Une bonne vidéo télévisée à un spectacle de théâtre. Un après-midi au zoo avec les enfants à une sortie en ville. Paul se rendait compte à quel point Karol manquait à Rachel. Ils avaient été si proches, surtout après leur divorce. Et le vieux avait fait tout ce qu'il pouvait pour reconstituer leur couple.

Qu'avait-il écrit dans sa lettre à Rachel ?

Tâche de donner une seconde chance à Paul...

Mais c'était inutile. Rachel avait décidé que leurs caractères étaient incompatibles. Elle avait repoussé toutes ses tentatives de conciliation. Peut-être aurait-il dû élever la voix ? Lui mettre le marché en main ? Tabler sur les anomalies de leur séparation ? Son horreur de la vie mondaine, la confiance qu'elle avait en lui. Combien d'hommes divorcés possédaient toujours les clefs du domicile de leur ex-épouse ? Combien partageaient toujours avec elle le titre de propriété ou conservaient un patrimoine commun ? Elle n'avait nullement exigé la séparation dans ce domaine et depuis trois ans, il administrait leur compte-titres à sa guise, sans qu'elle posât jamais la moindre question.

Il foudroya le téléphone du regard. Pourquoi n'avait-elle pas encore appelé ? Que se passait-il ? Un nommé Christian Knoll était censé la suivre. Dangereux, d'après cette brune aux yeux bleus du nom de Myers. Elle s'était montrée calme et cohérente, répondant à toutes les questions avec une logique et une spontanéité apparentes. Jouant un peu, sans doute, sur les appréhensions qu'elle sentait en lui. Il lui en avait trop dit, trop facilement, et ça le contrariait, après coup. Indigne de l'avocat retors qu'il était censé être. Mais la place de Rachel n'était pas en Allemagne. Que lui importait la Chambre d'ambre ? D'ailleurs, il y avait belle lurette que ce Danya Chapaev devait avoir passé l'arme à gauche.

Il reprit, sur son bureau, les lettres de son ex-beau-père et chercha le passage crucial de son ultime message à Rachel :

... Avons-nous trouvé ? Peut-être. Nous ne sommes pas allés voir sur place. Trop de monde sur la piste, y compris des Russes et des Allemands.

Danya et moi nous nous sommes juré de ne jamais dire ce que nous savions ou croyions savoir. Et combien je regrette d'avoir accepté la proposition de Yancy d'enquêter discrètement, de son côté, afin de vérifier les infos que j'estimais crédibles. C'est ce qu'il faisait, lors de ce dernier voyage en Italie. Est-ce ce qui l'a tué, ce qui les a tués tous, ou la bombe visait-elle à éliminer le ministre ? C'est ce que nous ne saurons jamais.

Tout ce que je sais, c'est que la recherche de la Chambre d'ambre est une occupation dangereuse...

Il lut un peu plus loin et retrouva le même avertissement.

Mais surtout, ne te soucie jamais de la Chambre d'ambre. Pense à Phaéton et aux larmes des Héliades. Garde-toi de son ambition et de leur chagrin.

Il avait lu bien des classiques, mais ne pouvait se souvenir de cet épisode particulier. Rachel s'était montrée évasive, trois jours plus tôt, quand il lui avait demandé de raconter l'histoire.

Angoissé, il s'assit à son clavier et se brancha sur Internet. Il tapa l'expression « Phaéton et les Héliades ». Sur l'écran, apparut un listing d'une bonne centaine de sites. Il en choisit trois, au petit bonheur. Le troisième était le bon. Il s'intitulait « Le monde mystique d'Edith Hamilton ».

Il y trouva l'histoire de Phaéton, accompagnée d'une référence bibliographique aux *Métamorphoses* d'Ovide. Un conte aussi coloré que prophétique.

Phaéton, fils illégitime d'Hélios, dieu du Soleil, avait finalement identifié son père. Se sentant coupable, le dieu du Soleil accorda un vœu à son fils, qui souhaita illico prendre, pour un jour, la place de son père et assurer la conduite, de l'aube au crépuscule, du char de l'astre de lumière.

Le père conçut clairement la folie de son fils et tenta de le dissuader, mais rien n'y fit. Hélios exauça le vœu de son fils, après l'avoir longuement prévenu de la difficulté de sa tâche. Peine perdue. Tout ce que voyait l'enfant, c'était sa propre silhouette dressée sur le chariot magique, rênes en mains, dirigeant les étalons que Zeus lui-même ne pouvait totalement maîtriser.

En cours de route, pourtant, Phaéton constata que les avertissements répétés de son père n'étaient pas de vaines paroles, et qu'il perdait, de seconde en seconde, le contrôle de son merveilleux équipage. Les chevaux déchaînés se ruèrent au plus haut du firmament, puis plongèrent vers la Terre avec l'intention de réduire la planète en cendres. Zeus, n'ayant plus le choix, lança un éclair, un trait de foudre qui détruisit le chariot et tua Phaéton.

Le mystérieux fleuve Eridanus l'accueillit dans ses ondes obscures. Les Naïades, attendries par ce garçon si jeune et si fou, l'enterrèrent. Les sœurs de Phaéton, les Héliades, vinrent pleurer sur sa tombe. Zeus compatit à leur deuil et les changea en peupliers dont les feuilles murmurantes s'agitent tristement, depuis lors, sur les rives de l'Eridanus.

Paul lut sur l'écran les dernières lignes de cette tragique odyssée :

« Où leur âme endeuillée pleure dans les eaux du fleuve, chaque larme, dans sa chute, crée dans l'onde noire une goutte d'ambre resplendissante. »

Se souvenant de l'exemplaire des *Métamorphoses* d'Ovide relié plein cuir présent dans la bibliothèque de Karol, Paul frémit jusqu'au tréfonds de lui-même. Le vieil homme avait essayé d'avertir Rachel, mais elle n'avait pas voulu l'écouter. Elle s'était ruée, à l'instar de Phaéton, dans une folle entreprise. Sans en concevoir les dangers, sans en comprendre les risques. Ce Christian Knoll y jouerait-il le rôle de Zeus ? Du dieu qui avait lancé la foudre ?

Paul se retourna vers le téléphone. *Tu vas sonner, oui ou merde ?*

Que pouvait-il faire ?

Rien. Garder les gosses, les soigner, veiller sur eux en attendant que Rachel rentre de sa chasse au fantôme. Alerter la police, peut-être ? Voire les autorités germaniques ? Mais si Christian Knoll n'était, en fait, rien de plus qu'un enquêteur trop zélé, Rachel ne le lui pardonnerait jamais. Paul l'alarmiste, dirait-elle en ricanant.

Il n'aurait pas fini d'en entendre parler, et c'en serait fait de cette « deuxième chance ».

Mais il y avait une troisième solution. La plus séduisante. Il consulta sa montre. Une heure cinquante du matin. Sept heures trente en Allemagne. Il ouvrit l'annuaire, trouva le numéro de l'agence Delta.

Un des agents de réservation vint en ligne.

« J'ai besoin d'un vol Atlanta-Munich pour aujourd'hui. Direct, si possible. »

26

Kehlheim, Allemagne

Samedi 17 mai
8 h 05

Suzanne venait de battre une sorte de record. En sortant de chez Paul Cutler, elle s'était immédiatement envolée pour Munich où elle était arrivée un peu après dix heures, heure locale. Après un petit somme dans un hôtel de l'aéroport, elle avait loué une Audi et foncé tout droit jusqu'à Oberammergau, par l'autoroute E333. Puis elle avait emprunté une route secondaire en lacets jusqu'au lac Förggensee, à l'est de Füssen.

Le village de Kehlheim était un ensemble de maisons rustiques coiffées de toits à pignons tarabiscotés, groupées près de la rive du lac. Le clocher d'une église dominait le centre de l'agglomération, occupé par la place du marché. Des pentes boisées convergeaient vers les rives du lac. L'air sentait la viande crue, les légumes mouillés et la fumée du tabac à pipe.

Suzanne s'avança parmi la foule des vacanciers. Des enfants jouaient en criant sur la place. Des coups de marteaux résonnaient à la ronde. Assis près de l'un des étals, un vieillard aux cheveux blancs et au nez busqué capta l'attention de la nouvelle arrivante. Il devait avoir approximativement le même âge que Danya Chapaev. Elle se pencha, admirative, sur ses pommes et sur ses cerises.

« Quels beaux fruits, lui dit-elle en allemand.

– Ma production personnelle », se vanta le vieux maraîcher.

Elle lui sourit et lui acheta trois grosses pommes. Elle se savait parfaite et en profita pour déployer tout son charme. Perruque blonde tirant sur le roux, teint de blonde, yeux noisette. Les seins rehaussés par un wonderbra garni de silicone. Hanches et cuisses renforcées, de même, par un rembourrage spécial réparti sous le jean. Chemise bariolée et bottes de cow-girl complétaient le déguisement. Tout témoin oculaire la décrirait comme une blondasse à forte poitrine, un peu trop grasse de partout.

« Savez-vous où habite Danya Chapaev, s'enquit-elle enfin. C'est un vieil ami de mon père. Je lui apporte un cadeau de sa part, mais j'ai égaré son adresse exacte. Me souvenir du village a déjà été un coup de pot. »

Le maraîcher secouait la tête d'un air réprobateur.

« Pas bien malin, ça, *Fräulein* ! »

Elle sourit sans se vexer.

« Je sais. Mais je suis comme ça. Complètement tête en l'air.

– Je ne connais pas votre Chapaev. Je suis de Nesselwang, plus à l'ouest. Mais je vais vous appeler quelqu'un d'ici. »

Avant qu'elle pût l'en empêcher, il vociféra le nom à travers la place. Elle n'avait pas souhaité concentrer l'attention sur elle ou sur la personne qu'elle recherchait, mais trop tard pour y remédier. Les deux hommes hurlaient leurs répliques dans leur patois. Elle en saisit à peine quelques bribes : Chapaev. Au nord. Trois kilomètres, près du lac.

« Mon copain Heinrich le connaît, Chapaev. Il crèche au nord de la ville. À trois bornes d'ici. Pile sur la rive du lac. Un petit chalet de pierre avec une grande cheminée. »

Elle enregistra les renseignements. Puis entendit le prénommé Heinrich appeler, de l'autre bout de la place :

« Julius ! Julius ! »

Un garçon d'une douzaine d'années surgit de nulle part. Un petit brun au visage futé. Heinrich lui parla, et le gosse courut vers Suzanne. Derrière lui, un vol de canards décolla du lac et s'éleva dans le ciel laiteux du matin.

« Chapaev, m'dame, c'est mon pépé. Voulez que je vous conduise ? »

Il louchait ouvertement sur les gros seins de « m'dame », laquelle lui offrit son plus beau sourire.

« Allons-y, mon garçon, tu vas pouvoir me piloter. »

Le môme la contemplait, fasciné.

Suzanne s'amusait beaucoup. Les hommes étaient tellement transparents. Tellement faciles à manipuler, quel que soit leur âge.

27

9 H 15

Rachel observait du coin de l'œil son énigmatique chauffeur. Ils filaient sur l'autoroute E333, à trente minutes au sud de Munich. Les vitres teintées de la Volvo encadraient des pics fantômes enveloppés de brume, saupoudrés de neige à haute altitude, au sommet des pentes boisées de grands ifs et de bouleaux.

« Quel beau paysage !

– Le printemps est la meilleure saison pour visiter les Alpes. C'est votre premier séjour en Allemagne ? »

Elle acquiesça.

« Vous allez beaucoup aimer, je m'y engage ! enchaîna-t-il.

– Merci. Vous voyagez souvent vous-même ?

– Tout le temps.

– Où habitez-vous, entre deux expéditions ?

– J'ai un appartement à Vienne, mais j'y mets rarement les pieds. Mon travail me propulse dans tous les coins du monde. »

Drôle de type en vérité. Épaules larges et musculeuses, cou de taureau, longs bras puissants. Il portait aujourd'hui des vêtements décontractés : chemise bariolée, plus chaude que la veille, jean, bottes et parfum d'eau de Cologne. Le premier Européen avec qui elle eût jamais parlé aussi longuement. Peut-être était-ce là l'origine de l'espèce de fascination qu'il exerçait sur elle ? Il piquait sa curiosité.

« La fiche du KGB disait que vous avez un enfant ? Y a-t-il aussi un mari ?

– Ex. Nous sommes divorcés. Et j'ai deux enfants.

– On divorce beaucoup, en Amérique.

– Dans mes fonctions de juge, j'auditionne plus de cent divorces par semaine. »

Knoll secouait la tête.

« Quelle pitié !

– On dirait que les hommes et les femmes ne savent plus vivre ensemble.

– Votre ex est également juriste ?

– Avocat. Un des meilleurs. »

Une autre Volvo les doubla à un train d'enfer. Rachel commenta :

« Quel cinglé ! Il doit bien faire du cent quatre-vingts.

– En fait, plus de deux cents. On approche nous-mêmes du cent soixante.

– Une sacrée différence avec chez nous.

– Et c'est un bon père ? relança Knoll.

– Mon ex ? Oh, là également, le meilleur !

– Meilleur père que mari ? »

Quelles étranges questions. Mais elle y répondait volontiers. L'anonymat de cette relation improvisée avec un inconnu diminuait le caractère indiscret de leur échange.

« Je ne dirais pas ça. Paul est un être merveilleux. N'importe quelle femme serait heureuse de l'avoir.

– Pas vous ?

– Je n'ai jamais dit ça non plus. J'ai dit simplement que nous ne pouvions pas vivre ensemble. »

Knoll parut saisir sa réticence.

« Je ne veux pas être importun. C'est juste parce que je m'intéresse aux gens. J'aime leur poser des questions. Par curiosité pure et simple, rien de plus.

– Il n'y a pas de mal. »

Après un silence :

« J'aurais dû appeler Paul pour lui dire où je suis. C'est lui qui garde les enfants.

– Vous lui téléphonerez ce soir.

– Déjà qu'il n'est pas heureux que je sois ici... Mon père et lui disaient que je devrais rester en dehors de tout ça...

– Vous en avez discuté avec votre père, peu de temps avant sa mort ?

– Pas du tout. Il m'a laissé une lettre, avec son testament.

– Alors, pourquoi êtes-vous ici ?

– Juste quelque chose que je dois faire.

– Je peux vous comprendre. La Chambre d'ambre, ce n'est pas rien. Des tas de gens la recherchent depuis la fin de la guerre.

– C'est ce qu'on m'a dit. Qu'est-ce qui la rend si singulière ?

– Dur à expliquer. L'art ne produit pas les mêmes effets sur tout le monde. La particularité de la Chambre d'ambre, c'est de faire l'unanimité. J'ai lu des rapports du XIXe siècle et de la fin du XXe. Tous insistent sur la magnificence de la réalisation. Vous imaginez toute une pièce aux murs garnis d'ambre ?

– Mal !

– L'ambre est tellement précieux. Vous en savez long là-dessus ?

– Pratiquement rien.

– Ce n'est que de la résine fossilisée, vieille de quarante à cinquante millions d'années. De la résine durcie par d'innombrables millénaires jusqu'à se convertir en véritable gemme. En pierre précieuse. Les Grecs l'appellent *elektron*, substance du soleil, à cause de sa couleur, ou devrais-je dire de ses couleurs. Si vous en frottez un fragment entre vos mains, il engendre une charge électrique. Chopin manipulait des chaînes d'ambre avant de s'asseoir au piano. L'ambre se réchauffe au toucher et dissipe la transpiration.

– J'ignorais tout cela.

– D'après les Romains, si vous êtes Lion, avoir de l'ambre sur vous porte bonheur. Si vous êtes Taureau, vous pouvez vous attendre à de gros ennuis.

– Je devrais peut-être m'en procurer, puisque je suis Lion. »

Il se tourna vers elle pour mieux lui sourire.

« À condition de croire à ce genre de chose... Les docteurs du Moyen Âge prescrivaient des inhalations de vapeur d'ambre contre les maux de gorge. Ces vapeurs très parfumées sont censées posséder des propriétés médicinales. Les Russes l'appellent "encens de la mer". Il peut aussi... Désolé, je vous ennuie ?

– Pas du tout. C'est passionnant.

– Les vapeurs d'ambre mûrissent les fruits. Une légende arabe prétend qu'un certain prince ordonna à son jardinier de lui apporter des poires fraîches. Malheureusement, ce n'était pas la saison des poires. Les premières ne seraient à point qu'un mois plus tard. Le prince précisa à son jardinier qu'il serait décapité s'il ne lui apportait pas le lendemain des poires mûres. Le jardinier cueillit donc des poires vertes et passa la nuit à prier Allah, en brûlant de l'encens d'ambre. Le lendemain, en réponse à ses prières, les poires étaient roses et succulentes. Que la légende soit vraie ou non – qui peut le savoir ? – la vapeur d'ambre contient de l'éthylène qui accélère le mûrissement de certains fruits. Les Égyptiens, eux, se servaient de cette vapeur pour momifier les corps.

– Je n'ai jamais vu que des bijoux d'ambre. Et des photos de morceaux d'ambre avec des inclusions de feuilles et d'insectes.

– Francis Bacon la qualifiait de "tombe plus que royale". Les artistes y pensent comme à de la peinture. Il en existe de deux cent cinquante couleurs différentes. Les blancs et les verts sont les plus rares. Les rouges, les jaunes, les bruns, les noirs et ceux de couleur or sont très communs. Des guildes, au Moyen Âge, en contrôlaient la distribution. La Chambre d'ambre a été créée au XVIIIe siècle. Avec toute la palette que l'homme pouvait tirer de cette substance.

– Vous connaissez bien votre sujet.

– C'est mon job. »

La voiture ralentissait.

« Notre bretelle de sortie... »

Ils descendirent une courte rampe. Knoll ajouta :

« D'ici, on va emprunter des routes moins rapides. Mais nous ne sommes plus très loin de Kehlheim. »

Il tourna à droite et reprit progressivement sa vitesse précédente.

« Vous travaillez pour qui ? s'informa brusquement Rachel.

– Pas le droit de vous le dire. Mon employeur est une personne privée.

– Mais évidemment très riche.

– Pourquoi ça ?

– Pour envoyer quelqu'un rechercher des œuvres d'art aux quatre coins du monde, il faut être un homme riche.

– Vous ai-je dit que mon patron était un homme ? »

Rachel éclata de rire.

« Non, vous ne me l'avez jamais dit.

– Bel essai, Votre Honneur ! »

Des prairies parsemées de grands ifs répartis en menus bosquets s'alignaient de part et d'autre de la route. Rachel baissa la vitre pour inhaler à pleins poumons cet air balsamique.

« On grimpe, non ?

– Les Alpes commencent ici et s'étendent jusqu'en Italie. La température va baisser dès que nous atteindrons Kehlheim. »

Elle s'était demandé, vaguement, pourquoi il portait une chemise de flanelle et un pantalon épais. En short et petite veste boutonnée sans manches, elle n'était pas vraiment équipée elle-même pour cette baisse de température. Puis elle se rendit compte, avec un petit choc au cœur, que c'était la première fois qu'elle roulait ainsi, depuis leur divorce, en la seule compagnie d'un autre homme que Paul.

« Je pense vraiment tout ce que je vous ai dit avant-hier, reprenait Christian Knoll. Je suis sincèrement navré que vous ayez perdu votre père.

– Il était très âgé.

– C'est le drame avec les parents. Tôt ou tard, on est appelé à les perdre. »

Il avait l'air réellement concerné. Des mots attendus, convenus. Dictés sans doute par la simple courtoisie.

Mais elle lui en était tout de même reconnaissante. Et ça ne faisait que le rendre plus intéressant encore.

28

11 H 45

Rachel dévisagea le vieillard qui venait d'ouvrir la porte. Il était petit, avec un faciès étroit, couronné de rares cheveux blancs. Un poil gris clairsemé garnissait son menton et son cou. Il était d'une pâleur presque maladive, avec des joues plissées comme des cerneaux de noix. À quatre-vingts ans bien sonnés, un peu plus sans doute, il rappelait à Rachel son propre père.

« Danya Chapaev ? Je suis Rachel Cutler. La fille de Karol Borya. »

Le vieux plissa les paupières.

« Je le reconnais sur votre figure et dans vos yeux. »

La jeune femme sourit.

« Il serait heureux de vous entendre. Peut-on entrer ?

– Naturellement. »

Suivie de Christian Knoll, elle entra dans le petit chalet de pierre, de bois et de plâtre écaillé. La dernière maison en bordure d'un sentier boisé menant au lac.

« Comment m'avez-vous trouvé ? »

La voix chevrotait. Mais l'anglais de Chapaev était meilleur que ne l'avait été celui de Karol.

« On nous a renseignés en ville. »

Un petit feu craquait dans la cheminée. Deux lampes brûlaient près d'un sofa sur lequel les visiteurs s'assirent côte à côte, tandis que Chapaev se laissait choir, visiblement fatigué, dans le vieux rocking-chair qui leur faisait face. Une odeur de café et de cannelle flottait dans l'air. Chapaev leur en proposa, mais ils déclinèrent son offre. Rachel lui présenta Knoll et l'informa de la mort de son père. Une nouvelle qui parut démoraliser un peu plus leur hôte. Les yeux emplis de larmes, il ne reparla pas tout de suite.

« Karol était un homme de qualité, dit-il enfin. De très grande qualité.

– La raison pour laquelle je suis ici, monsieur Chapaev...

– Danya. Appelez-moi Danya.

– Je suis ici, Danya, parce que dans votre correspondance avec papa, il était souvent question de la Chambre d'ambre. Et papa m'a écrit quelque chose au sujet d'un secret que vous partagiez, mais que vous ne pouviez aller vérifier sur place car vous vous sentiez trop vieux. Je suis venue vous demander quel est ce secret.

– Pour quelle raison, mon enfant ?

– Ça semblait tellement important pour papa.

– Il vous en parlait ?

– Du camp de Mauthausen et de vos activités après la guerre.

– Peut-être avait-il une raison de ne rien vous dire.

– Je suis sûre qu'il en avait une. Mais il n'est plus là, maintenant. »

Chapaev s'absorba longuement, en silence, dans la contemplation des flammes dansantes. Son visage exprimait un profond désarroi. Rachel regarda Knoll qui observait attentivement Chapaev. Elle s'était vue contrainte d'évoquer cette fameuse correspondance, et Knoll avait réagi. Rien d'étonnant, puisqu'elle s'était abstenue d'y faire allusion jusque-là. Il reviendrait sûrement plus tard sur ce sujet.

« Peut-être qu'il est temps, murmura finalement Danya Chapaev. Je me posais la question. Peut-être que le moment est venu. »

Knoll soupira, puis retint son souffle. Un frisson parcourut le dos de Rachel. Était-il possible que Chapaev sût où était cachée la Chambre d'ambre ?

« Erich Koch était un tel monstre...

– Koch ? releva Rachel.

– Un *gauleiter*, précisa Knoll. Un des gouverneurs de province d'Adolf Hitler. Il régnait sur la Prusse et l'Ukraine. Son travail était de razzier tout le grain, tout l'acier et aussi toute la main-d'œuvre disponible dans la région. »

Chapaev toussa faiblement dans son poing.

« Koch disait que s'il rencontrait un Ukrainien digne de s'asseoir à sa table, il l'abattrait comme un chien. Quarante millions d'Ukrainiens avaient d'abord accueilli les Allemands comme des libérateurs du joug de Staline. Je pense que nous lui devons une grande reconnaissance, à Koch, d'avoir reconverti tous ces Ukrainiens en farouches résistants à la tyrannie nazie. Un bel exploit. »

Knoll n'émit aucun commentaire. Chapaev continua :

« Koch a joué avec les Russes et avec les Allemands, après la guerre, en se servant de la Chambre d'ambre pour rester en vie. Karol et moi en étions témoins, mais nous ne pouvions rien dire.

– Je ne comprends pas, dit Rachel.

– Koch avait été condamné à mort, en Pologne, pour crimes de guerre, mais les Soviets repoussaient constamment son exécution car il prétendait savoir où la Chambre d'ambre était enterrée. C'est lui qui l'avait transférée de Leningrad à Königsberg, en 1941. Il avait également commandé et organisé son évacuation, en 1945. Et il savait que les Russes le tueraient, s'il parlait trop vite. »

Rachel se souvenait, après coup, de certains détails qu'elle avait lus dans les articles conservés par son père.

« Il a fini par craquer, non ?

– Au milieu des années soixante, l'imbécile affirmait toujours qu'il était incapable de retrouver l'endroit exact. Königsberg avait été rebaptisée Kaliningrad, et se trouvait en territoire soviétique. La ville allemande avait été réduite à l'état de ruines par les bombardements alliés, rasée au bulldozer par les Russes et reconstruite n'importe comment. Rien ne subsistait de l'ancienne Königsberg. Il tenait les Soviets pour responsables de son amnésie. Ils avaient détruit tous ses repères...

– En réalité, il ne savait rien », intervint Knoll.

C'était une affirmation plutôt qu'une question. Chapaev approuva d'un ton las :

« Absolument rien. Une simple ruse pour prolonger son existence.

– Alors, dites-nous. Vous avez trouvé la Chambre d'ambre ?

– Oui.

– Vous l'avez vue ? insista Knoll.

– Non. Mais elle était là.

– Pourquoi avez-vous gardé le secret ?

– Staline était ignoble. Le diable incarné. Il pillait et détruisait l'héritage de la Russie pour bâtir son palais du communisme.

– Son quoi ? s'étrangla Rachel.

– Un immense gratte-ciel, à Moscou. Qu'il voulait surmonter d'une énorme statue de Lénine. Vous pouvez imaginer une telle monstruosité ? Karol, moi et les autres, on était chargés d'apporter des richesses au Musée international des beaux-arts inclus dans ce fameux palais. Le cadeau de Staline au monde entier. Un musée des œuvres d'art volées partout ailleurs. Dieu merci, Staline n'a jamais pu réaliser cette horreur. Mais personne n'avait le pouvoir de l'arrêter. Seule, la mort... »

Chapaev s'interrompit, à bout de forces.

« Voilà pourquoi Karol et moi n'avons rien dit sur ce que nous avions découvert dans les montagnes. Mieux valait tout laisser sous terre plutôt que d'en faire le joyau de Satan. »

Rachel intervint de nouveau :

« Comment avez-vous découvert la Chambre d'ambre ?

– Un pur accident. Karol est tombé sur un employé des chemins de fer qui lui a fourni une indication précieuse. C'était dans le secteur russe, qui est devenu plus tard l'Allemagne de l'Est. Même ça, les Soviets l'avaient volé. Quoique ce vol-là, je l'aie approuvé à l'époque. Il se passe des choses affreuses, quand tous les Allemands s'attellent au même char. Ce n'est pas votre avis, Herr Knoll ?

– Je n'ai pas d'opinions politiques, camarade Chapaev. D'ailleurs, je suis autrichien, pas allemand.

– Bizarre. Je vous aurais plutôt prêté une trace d'accent bavarois.

– Vous avez de bonnes oreilles pour un homme de votre âge. »

Chapaev fit face à Rachel.

« Votre père avait un surnom. Ourho, "l'oreille". Il était seul dans son baraquement, au camp de Mauthausen, à comprendre et parler la langue allemande.

– Je l'ignorais. Papa parlait peu du camp.

– Bien compréhensible. J'ai passé des mois dans un autre. Pour votre accent, Herr Knoll, moi aussi, j'ai une ouïe très efficace. Et l'allemand était ma spécialité.

– Votre anglais est également très bon.

– J'ai un certain don pour les langues.

– Votre ancien boulot réclamait des pouvoirs d'observation et de communication. »

La tension de plus en plus nette opposant Knoll à Chapaev étonnait Rachel. Ils ne se connaissaient pas, mais semblaient se deviner mutuellement. Et se haïr de même. Mais ce genre de friction ne pouvait que les retarder. Doucement, elle rappela :

« Danya, pouvez-vous nous dire où est la Chambre d'ambre ?

– Dans les cavernes du nord. Sous les montagnes du Harz. Près de Warthberg.

– On croirait entendre Koch, intervint Knoll. Ces cavernes ont été nettoyées de fond en comble !

– Pas celles-ci, dans la partie est. Les Soviets les avaient condamnées et interdites aux chercheurs. Il y en a tant qu'il faudrait des années pour les explorer toutes. Quant aux galeries qui les relient les unes aux autres, elles constituent un labyrinthe inextricable. Les nazis les avaient piégées en y entreposant explosifs et munitions. C'est l'une des raisons pour lesquelles Karol et moi n'y sommes jamais allés voir. À quoi bon risquer de réduire en miettes ce qui existait encore ? »

Knoll sortit de sa poche revolver bloc-notes et stylo-bille.

« Dessinez une carte. »

La main de Chapaev tremblait convulsivement, mais il se maîtrisa, au prix d'un gros effort, et se mit au travail. Seuls, les craquements du feu de bois troublaient encore le silence. Au bout d'un petit quart d'heure, Chapaev rendit le bloc à Christian Knoll.

« Le soleil vous aidera. La caverne s'ouvre directement à l'est. Un ami m'a rapporté, voilà peu, qu'elle était fermée par des barres d'acier, avec le numéro BCR-65 à l'extérieur. Les explosifs sont toujours là et risquent de piéger les visiteurs. C'est pourquoi les Allemands n'y ont pas encore pénétré. Du moins, c'est ce qu'on m'a raconté. J'ai dessiné de mon mieux. Vous aurez à creuser, au bout du tunnel, mais la porte de fer qui mène à la Chambre d'ambre n'est qu'à un mètre ou deux sous terre.

– Vous avez gardé le secret durant des décennies, fit observer Knoll. Et aujourd'hui, vous le révélez à deux inconnus.

– Rachel n'est pas une inconnue.

– Qu'est-ce qui vous prouve son identité ?

– Je vois clairement son père en elle.

– Mais moi, à qui je ressemble pour que vous me fassiez confiance ?

– Vous êtes venu avec Rachel, c'est suffisant à mes yeux. Je suis vieux, Herr Knoll. Mes jours sont comptés. Il fallait que quelqu'un d'autre sache ce que je sais. Peut-être Karol et moi avions-nous raison. Peut-être pas. Peut-être ne trouverez-vous rien là-bas. Je ne saurais vous en dire davantage. Le mieux est que vous alliez voir sur place. »

Chapaev se retourna vers Rachel.

« Si c'est tout ce que vous vouliez, mon enfant, laissez-moi, voulez-vous ? Je suis totalement épuisé. J'aimerais me reposer.

– Très bien, Danya. Et merci. Nous allons voir ce que nous pouvons faire, et nous vous tiendrons au courant. »

Chapaev eut un long, un très long soupir.

« Faites, mon enfant. Faites. »

« Bravo, camarade », approuva Suzanne lorsque Chapaev ouvrit la porte de la chambre.

Les visiteurs venaient de sortir. Ils entendirent la voiture redémarrer.

« Tu n'as jamais envisagé d'embrasser une carrière d'acteur ? Christian Knoll n'est pas facile à duper, mais ton numéro de vieillard épuisé était parfait. J'ai failli moi-même y croire.

– Comment savez-vous que Knoll va aller voir sur place ?

– Il est avide de plaire à son nouvel employeur. Il la veut si fort, cette Chambre d'ambre, qu'il va en prendre le risque, même s'il n'y croit pas totalement.

– Même s'il pense que ce n'est rien de plus qu'un piège ?

– Aucune raison. Grâce à ta remarquable interprétation. »

Chapaev regarda son petit-fils ligoté et bâillonné sur une lourde chaise de chêne, près du lit.

« Le gosse l'a beaucoup appréciée, lui aussi. »

Elle caressa les cheveux de Julius qui eut un sursaut de rage ou de terreur, sous le ruban adhésif qui lui scellait la bouche.

« Pas vrai, petit bonhomme ? »

Comme s'il s'agissait d'une simple plaisanterie, Suzanne pressa contre le front du gosse le canon de son pistolet muni d'un silencieux. Les yeux de Julius semblèrent sortir de leurs orbites. Chapaev intervint vivement :

« J'ai fait tout ce que vous exigiez. J'ai respecté ma part du contrat. Dessiné le plan tel que vous le vouliez. Même si mon cœur saigne à l'idée d'envoyer là-bas cette pauvre Rachel qui ne mérite pas ça.

– La pauvre Rachel aurait dû y penser avant de s'impliquer dans cette histoire. Ce n'est ni son combat ni son affaire. Il lui suffisait de s'en laver les mains.

– On pourrait aller dans l'autre pièce ?

– Pourquoi pas ? Je doute que ce cher Julius nous fausse compagnie, tu ne crois pas ? »

Ils sortirent de la chambre. Chapaev ferma soigneusement la porte de communication.

« Vous avez promis. Ce gosse ne mérite pas de mourir.

– C'est toi qui le dis, camarade Chapaev.

– Ne m'appelez pas comme ça !

– Tu n'es pas fier de ton héritage soviétique ?

– Je n'ai aucun héritage soviétique. J'étais russe blanc. C'est seulement contre Hitler que je me suis allié aux Soviets.

– Aucun scrupule à voler pour le compte de Staline ?

– Une erreur de l'époque. Dieu du ciel, pendant près de soixante ans, j'ai gardé le secret. Acceptez le cadeau et laissez mon petit-fils en vie. Vous travaillez pour Loring, c'est ça ? Josef est sans doute déjà mort. Ernst a pris le relais.

– Tu es bien renseigné, camarade Chapaev.

– Je savais que vous viendriez un jour. Mais le gosse n'a rien à y voir. Laissez-le partir.

– C'est un bout de ficelle qui dépasse. Comme toi. J'ai lu ta correspondance avec Karol Borya. Vous ne pouviez pas rester en dehors, tous les deux ? Laisser tomber ? Mon patron n'accepte pas le moindre risque. Borya n'est plus là. Ainsi que pas mal d'autres chercheurs. Il faut faire place nette.

– Vous avez tué Karol, n'est-ce pas ?

– En réalité, non. Knoll m'a battue d'une longueur.

– Rachel l'ignore.

– Apparemment, oui.

– Pauvre enfant qui ne se doute de rien...

– Pas de pitié, camarade. C'est une denrée sans valeur.

– Je sais que vous allez me tuer. Dans un certain sens, c'est tout ce que je souhaite. Mais laissez le gosse rentrer chez lui. Il ne pourra jamais vous identifier. Il ne parle pas le russe. Il n'a rien compris à ce qu'on disait. Et je suis sûr que vous avez transformé votre apparence. Il ne pourra pas aider la police.

– Je ne peux pas faire ça, camarade, et tu le sais. »

Il se jeta sur elle. Mais les muscles qui jadis avaient escaladé des falaises et parfois des façades d'immeuble n'étaient tout simplement plus là. Elle évita, d'un pas de côté, sa charge dérisoire.

« Inutile de compliquer les choses, camarade. »

Il tomba à genoux.

« Je vous en conjure. Au nom de la Vierge Marie, épargnez mon petit-fils. Il a le droit de vivre. »

Basculant en avant, Chapaev pressa son visage contre le sol. Gémit à travers ses larmes :

« Pauvre Julius. Pauvre, pauvre Julius.

Elle arma le pistolet. Lui en appliqua le canon au creux de la nuque. Vaguement ébranlée par sa requête. Elle n'était pas comme Knoll-le-Sadique, elle ne prenait pas plaisir à tuer. »

Puis elle haussa les épaules. Certaines choses devaient être faites, point final.

« *Dasvidániya,* camarade. »

29

« Vous n'avez pas été un peu dur avec lui ? »

Ils fonçaient vers le nord, par l'autoroute. Kehlheim, Chapaev étaient déjà loin derrière eux. Rachel conduisait. Knoll la relaierait à l'entrée des petites routes qui serpentaient à travers la chaîne du Harz.

Penché sur le dessin de Chapaev, il maugréa :

« Vous devez me comprendre, Rachel, il y a bien des années que je fais ça. Les gens mentent beaucoup plus qu'ils ne disent la vérité. Chapaev affirme que la Chambre d'ambre gît dans une caverne du Harz. Cette possibilité a été explorée bien des fois. Je l'ai juste un peu poussé pour voir s'il maintiendrait son point de vue.

– Il paraissait sincère.

– Je doute que depuis tout ce temps, le trésor attende toujours qu'on le découvre dans l'obscurité d'un tunnel.

– Vous avez bien dit qu'il y avait des centaines de tunnels et de cavernes qui n'ont pas encore été explorés ? Trop dangereux, c'est ça ?

– En grande partie. Mais je connais le secteur. J'ai même fouillé certaines de ces cavernes moi-même. »

Elle lui parla de Wayland McKoy et de ses projets grandioses.

« Stod n'est qu'à quarante kilomètres de l'endroit où l'on va, déclara Knoll. Un autre secteur riche en cavernes et en galeries souterraines. Et en trésors, s'il faut en croire certains enquêteurs.

– Vous ne partagez pas leur opinion ?

– J'ai appris, sur le terrain, que tout ce qui possédait une valeur avait été déjà ramassé. Ce qu'on recherche, à présent, c'est ceux qui les détiennent. Vous seriez surprise de savoir combien de ces trésors détournés sont sur une table de nuit, dans la chambre de quelqu'un, ou accrochés au mur comme un chromo de bazar. Les gens se croient protégés par le temps. C'est une illusion. En 1960, un touriste de passage a découvert un Monet dans une ferme. Le fermier l'avait accepté en paiement d'une livre de beurre. Des tas d'histoires du même genre remplissent tout un tas de livres.

– C'est ce que vous faites ? Vous recherchez ces occasions ?

– Parmi pas mal d'autres choses. »

La route s'aplanissait, puis grimpait de nouveau à travers l'Allemagne centrale, en vue des montagnes du nord-ouest. À la faveur d'un arrêt sur le bas-côté, Knoll reprit le volant et Rachel s'installa à la place du passager.

« Voilà le Harz. Ces montagnes se situent à l'extrémité nord-ouest du centre de l'Allemagne. »

Il ne s'agissait pas des pics majestueux, couronnés de neige, de la chaîne des Alpes. Les pentes montaient doucement vers des sommets arrondis, couverts d'ifs, de hêtres et de châtaigniers. Villages et villes occupaient les petites vallées et les grands ravins. Au loin, se profilaient des pics de plus haute taille.

« Ça me rappelle les Appalaches, dit Rachel.

– C'est le pays des Grimm. Le royaume de la magie. Dans les temps obscurs, c'était l'un des derniers refuges du paganisme. Fées, sorcières et farfadets étaient censés se balader par ici.

On raconte que le dernier ours et le dernier lynx d'Allemagne auraient été abattus dans la région.

– Un coin magnifique.

– Il y avait des mines d'argent, dans le secteur, mais elles ont fermé au xe siècle. Puis il y a eu l'or, le plomb, le zinc et l'oxyde de baryum. La dernière mine a fermé ses portes un peu avant la guerre, dans les années trente. C'est l'origine de la plupart des cavernes et des galeries. Les nazis ont su en faire bon usage. Cachettes idéales pour des bombardiers, et difficiles à envahir par les troupes de surface. »

Se remémorant l'allusion de Knoll aux frères Grimm, Rachel s'attendait presque à voir apparaître la poule aux œufs d'or ou le flûtiste de Harlem charmant les enfants par sa musique.

Une heure plus tard, ils étaient à Warthberg. Une enceinte austère cernait le village, adoucie par des bastions coniques et des arches ornementales. Les différences architecturales entre nord et sud sautaient aux yeux. Au lieu des toits rouges et des remparts érodés de Kehlheim, se dressaient des façades en bois de charpente gainé d'ardoise. Moins de fleurs aux fenêtres des maisons. Une ambiance médiévale tempérée par une certaine dose de bonhomie. Pas tellement différent, songea Rachel, du contraste entre la Nouvelle-Angleterre et le Sud profond des États-Unis.

Knoll stoppa la Volvo devant une auberge à l'enseigne de la Couronne d'Or. Il disparut à l'intérieur, et elle s'absorba dans l'étude de la rue principale encombrée, pavée à la diable, mais aux vitrines résolument modernes et commerciales. Knoll revint au bout de quelques minutes.

« J'ai retenu deux chambres pour la nuit. Il est à peine cinq heures, et on a encore cinq à six heures de jour devant nous. Mais on ne s'aventurera que demain dans les collines. Pas de précipitation... après tout, ce trésor attend depuis des décennies !

– Il fait jour aussi longtemps, par ici ?

– Nous sommes à mi-chemin du cercle arctique, et presque en été. »

Knoll s'empara de leurs deux sacs de voyage.

« Je vous installe, et puis je vais acheter quelques petites choses dont on risque d'avoir besoin. Ensuite, on pourra dîner. J'ai aperçu un restaurant qui m'a l'air très sympathique.

– Bon programme », approuva-t-elle.

Knoll laissa Rachel dans sa chambre. Il avait repéré une cabine téléphonique au passage, et se hâta de s'y rendre. Il n'aimait guère téléphoner des hôtels. Trop de traces. Et les portables ne valaient pas mieux. Ils correspondaient toujours à des fiches électroniques trop bien tenues. Une cabine publique était toujours plus sûre pour un appel de cette sorte. Il composa, rapidement, le numéro de Burg Herz.

« Encore toi ? ironisa Monika. Quoi de neuf ?

– Je cherche la Chambre d'ambre.

– Pas très neuf. Où es-tu ?

– Presque à portée de ta main.

– Je ne suis pas d'humeur à plaisanter, Christian.

– À Warthberg, dans le Harz. »

Il lui rapporta les propos de Danya Chapaev.

« Pas très neuf, ça non plus. Ces montagnes sont comme des fourmilières géantes, et personne n'y a jamais rien trouvé.

– Je dispose d'un petit plan détaillé. Qu'est-ce qu'on risque ?

– Tu as l'intention de la baiser ?

– L'idée m'a traversé l'esprit.

– Est-ce qu'elle n'est pas en train d'en apprendre un peu trop ?

– Rien d'important. Je ne pouvais pas la laisser en rade. J'ai joué sur la probabilité que Chapaev serait plus bavard avec la fille de son vieux copain qu'avec un parfait inconnu.

– Et ?

– Je l'ai trouvé bizarre. Angoissé, mais communicatif. L'âge, sans doute.

– Sois prudent avec cette fille, Christian.

– Elle sait que je recherche la Chambre d'ambre. Rien de plus. Aucune connexion possible entre moi et son père.

– Est-ce que finalement tu aurais un cœur ?

– Manquerait plus que ça. »

Il lui raconta l'intrusion de Suzanne et l'épisode d'Atlanta.

« Loring suit nos activités de près. Lui et père sont restés longtemps au téléphone, hier après-midi. À l'évidence, Loring venait à la pêche aux infos. Papa n'a pas été dupe.

– Bienvenue au club.

– Je n'ai pas envie de rigoler, Christian. Ce que je veux, c'est la Chambre d'ambre. Et d'après papa, il y aurait de l'espoir.

– Je n'en suis pas si sûr.

- Toujours optimiste. Pourquoi dis-tu ça ?

- Quelque chose dans le comportement de Chapaev me chiffonne. Dur de savoir quoi. Mais quelque chose me chiffonne.

– Va visiter les mines, Christian. Fais-toi une opinion. En rentrant, farcis-toi la juge et ne pense plus qu'au boulot. »

Rachel pianota sur le téléphone posé à la tête de son lit, puis donna le numéro de sa carte bleue. Après la huitième sonnerie, le répondeur cliqueta, chez elle à Atlanta, et sa propre voix lui expliqua comment laisser un message.

« Paul, je suis à Warthberg, une petite ville du centre de l'Allemagne. L'hôtel de la Couronne d'Or. Téléphone... »

Elle répéta le numéro avant d'ajouter :

« Je te rappelle demain. Embrasse les enfants pour moi. Bye ! »

Elle consulta sa montre. Cinq heures de l'après-midi. Onze heures du matin à Atlanta. Peut-être avait-il emmené les gosses au zoo ou au cinéma ? Elle était heureuse qu'ils soient avec Paul. Dommage qu'il ne puisse plus en être ainsi tous les jours de la semaine. Les enfants ont besoin d'un père. Et lui aussi avait besoin d'eux. Tel était l'aspect le plus cruel du divorce : cette sensation qu'une famille avait tout bonnement cessé d'exister.

N'avait-elle pas siégé elle-même dans un tribunal, durant toute une année passée à prononcer d'autres divorces ? Jusqu'à la faillite de son propre mariage. Combien de fois, en prêtant l'oreille à des accusations qu'elle n'avait pas envie d'entendre, s'était-elle demandé pourquoi tous ces couples naguère amoureux ne trouvaient soudain plus rien de bon à dire l'un de l'autre ? Cette haine subite était-elle le prélude indispensable à tout divorce ? Un élément nécessaire ? Elle et Paul ne se haïssaient pas. Assis face à face, ils avaient calmement partagé leurs biens, en pensant aux enfants. Mais confronté au fait indiscutable du naufrage de leur vie commune, Paul n'avait pas eu le choix.

Il avait bien tenté de la dissuader, mais elle ne voulait rien entendre. Et combien de fois, depuis lors, s'était-elle posé la même question : avait-elle pris la meilleure décision possible ? Et, chaque fois, elle se heurtait à la même réponse. Qui peut savoir d'avance ?

Ils allèrent dîner dans un établissement qui avait été jadis un relais de poste et n'était plus aujourd'hui qu'un bon restaurant. Knoll en informa Rachel qui lui demanda comment il connaissait ce détail.

« On me l'a raconté plus tôt, quand je suis passé leur demander à quelle heure ils fermaient. »

La grande salle était une crypte gothique aux plafonds voûtés, aux fenêtres à vitraux et aux lanternes de fer forgé. Deux heures s'étaient écoulées depuis leur arrivée à Warthberg. Rachel avait eu largement le temps de prendre un bain et de changer de vêtements. Son escorte en avait fait autant. Tenue décontractée, mais très chic, très distinguée. L'homme avait de l'allure.

« Vous avez fait les achats dont vous m'avez parlé ? s'enquit la jeune femme en prenant place à table.

– Bien sûr. Des torches électriques, une pelle, une grosse pince coupe-boulon, et deux doudounes imperméables. Il va faire frais en montagne. Ayez soin de conserver vos bottes, demain matin. Il faut partir bien chaussé pour ce genre d'expédition.

– Ce n'est pas votre première expérience.

– Certainement pas. L'ennui, c'est que personne n'est censé pénétrer dans les mines sans permis. Le gouvernement ne tient pas à ce que des profanes trop zélés fassent sauter d'anciens dépôts de munitions. »

Un garçon vint prendre leur commande. Knoll choisit un vin rouge corsé qui leur fut présenté comme un cru local.

« Comment trouvez-vous votre aventure, jusque-là, Rachel ?

– Très différente de mes séances à la cour. »

D'autres personnes dînaient à la plupart des tables. Surtout des couples.

« Vous croyez qu'on va trouver ce qu'on cherche ?

– N'en parlons plus pour le moment. Trop d'oreilles à portée d'écoute. »

Rachel baissa la voix.

« Vous vous méfiez de ce qu'on a appris ce matin ?

– Ce n'est pas que je m'en méfie, mais je l'ai déjà tellement entendu, avec toutes les variantes possibles.

– Mais pas de la part de mon père.

– Ce n'est pas lui qui était là.

– Vous pensez que Chapaev a pu nous mentir ? »

Le garçon apporta leurs commandes. Côte de porc pour lui, poulet rôti pour elle, avec frites et salade. La rapidité du service impressionna Rachel.

« Si nous réservions notre jugement jusqu'à demain ? Laissons-lui le bénéfice du doute... comme disent les juges américains !

– Et même les autres ! Excellente idée. »

Knoll leva son verre.

« À votre santé. Essayons d'apprécier ce repas et parlons de choses plus agréables. »

Il était presque dix heures lorsqu'ils reprirent le chemin de la Couronne d'Or. Le ciel était toujours clair. L'air du soir rappelait la Géorgie en automne.

« Encore une question, Christian. Si nous trouvons la Chambre d'ambre, qu'est-ce qui empêchera le gouvernement russe de réclamer les panneaux ?

– Il y aura des voies légales à observer. Les panneaux sont dans la nature depuis près de soixante ans. La règle "Possession vaut titre" jouera sans doute à notre avantage. Et les Russes ne se manifesteront peut-être pas. Ils ont recréé l'œuvre, avec d'autres panneaux et une autre technologie.

– Je ne savais pas ça.

– La chambre du palais de Catherine a été reconstituée. Ils y ont mis plus de vingt ans. La perte des États baltes, au moment de la dislocation de l'URSS, les a obligés à racheter de l'ambre au prix du marché. Une fortune. Quelques mécènes ont fourni une partie des fonds. Dont une grosse firme allemande.

– Raison de plus pour qu'ils revendiquent les panneaux originaux... beaucoup plus précieux que des copies.

– Je ne le crois pas. L'ambre serait de couleur et de qualité différentes. Le résultat ne serait pas convaincant si l'on essayait de les assortir.

– De toute manière, les panneaux ne seront pas retrouvés intacts, n'est-ce pas ?

– Évidemment non. À l'origine, l'ambre a été collé sur des plateaux de chêne massif, à l'aide d'un mastic de cire d'abeille et de résine. Le palais de Catherine ne jouissait pas d'une température constante, le bois a donc travaillé durant plus de deux siècles et l'ambre est tombé peu à peu. Quand les nazis s'en sont emparés, près de trente pour cent s'étaient déjà détachés. On a estimé que quinze pour cent de plus ont été perdus au cours du transport. Ce que nous trouverons peut-être se présentera comme un tas de morceaux disparates.

– Alors, à quoi bon ? »

Knoll s'amusait franchement.

« Il y a des photos. Si vous avez les morceaux, vous pouvez reconstituer la Chambre dans sa première version. J'espère que les nazis auront bien emballé tout ça. Ce qui compte pour mon employeur, c'est l'ambre d'origine.

– Ce doit être un homme de goût.

– Deuxième essai ? Je n'ai jamais dit que c'était un homme. »

Parvenus à l'étage, ils s'attardèrent dans le corridor, devant la porte de Rachel.

« Départ à sept heures et demie ? Le garçon m'a dit qu'on pouvait déjeuner à partir de sept heures. Nous ne sommes pas à plus de dix kilomètres de notre objectif.

– Entièrement d'accord. J'admire votre organisation. Sans parler de vos talents de sauveteur. »

Knoll esquissa un salut militaire.

« À vos ordres. »

Elle souriait lorsqu'il lui posa la question suivante.

« Vous n'avez parlé que de votre mari. Personne d'autre dans votre existence ? »

Un peu trop indiscret. Un peu trop vite.

« Non. »

Et Rachel regretta, tout de suite, sa franchise.

« Vous aimez toujours votre ex-mari, n'est-ce pas ? »

Ça ne le regardait pas, mais pour quelque raison nébuleuse, elle avait envie de lui répondre.

« Quelquefois, oui.

– Il le sait ?

– Quelquefois.

– Il y a longtemps ?

– Longtemps que... quoi ?

– Que vous avez fait l'amour ? »

Son regard la déshabillait. Cet homme était intuitif. Dangereusement. Et sa lucidité la gênait.

« Pas assez longtemps pour que je couche avec un inconnu. Même s'il m'a sauvé la vie.

– Vous avez peut-être tort.

– Ce n'est pas ce dont j'ai le plus besoin dans l'immédiat. Merci pour tout. »

En glissant la clef dans la serrure de sa chambre, elle ajouta par-dessus son épaule :

« C'est la première fois que je reçois une proposition aussi directe.

– Mais ce ne sera pas la dernière. »

Il s'inclina cérémonieusement.

« Bonne nuit, Rachel. »

Elle le regarda marcher, sans se retourner, vers sa propre chambre.

Cet homme était dangereux. Très dangereux.

Dans tous les domaines.

30

Dimanche 18 mai

7 h 30

Knoll sortit de la Couronne d'Or et leva les yeux. Ciel couvert. Brouillard cotonneux enveloppant le village et la vallée environnante. Soleil de fin de printemps s'efforçant vaillamment de réchauffer l'atmosphère.

Rachel s'adossa à la voiture. Fin prête, semblait-il. Knoll la rejoignit.

« Le brouillard va nous aider à camoufler nos noirs desseins. Une veine que ce soit dimanche. La plupart des gens sont déjà à l'église. »

Ils embarquèrent.

« Vous ne m'aviez pas dit que c'était un bastion du paganisme ?

– Surtout dans les brochures et les guides touristiques. Mais il y a aussi de fervents catholiques, dans ces montagnes. Depuis des siècles. »

La Volvo parcourut rapidement les petites rues presque désertes de Warthberg. La route de l'est les mena sur une crête, puis les fit replonger, en pente douce, dans une autre vallée tout aussi brumeuse.

Toute la région rappelait à Rachel les Great Smoky Mountains de Caroline du Nord, souvent enveloppées, elles aussi, d'un voile de brume matinale.

Knoll suivait fidèlement la carte que Chapaev avait esquissée, mais non sans se demander si le vieux ne s'était pas payé leur tête. Comment des tonnes d'ambre auraient-elles pu demeurer planquées depuis tant d'années ? Elles avaient attiré de nombreux amateurs. Certains y avaient laissé leur peau. D'où la légende maléfique de la Chambre d'ambre. Mais où était le danger d'une incursion en montagne ? Surtout en l'agréable compagnie de Rachel Cutler ?

Nouvelle crête et nouvelle descente dans un creux planté de bouleaux en bosquets compacts. La partie routière de la carte de Chapaev n'allait pas plus loin. Knoll stoppa la voiture et coupa le moteur en précisant :

« La suite à pied. »

Il cueillit, dans le coffre arrière, un gros sac à dos.

« Qu'est-ce qu'il y a, là-dedans ?

– Tout ce qu'il nous faut. »

Il passa les deux bras dans les sangles et les régla sur ses épaules.

« Nous voilà transformés en un couple de randonneurs partis pour la journée. »

Il tendit à Rachel une des doudounes rembourrées de duvet d'eider.

« Vous ne la quittez plus. Indispensable pour notre future visite souterraine. »

Lui-même avait endossé la sienne dans sa chambre d'hôtel, son stylet bien en place contre son poignet droit. Sous sa direction, ils s'engagèrent dans la forêt. La pente du terrain s'accentua rapidement à mesure qu'ils marchaient vers le nord, entre les arbres. Ils suivirent une piste qui contournait la base de la chaîne abrupte dressée au-dessus d'eux, puis ils quittèrent le chemin tracé pour mieux grimper vers les sommets où les attendaient, à distance, les entrées des trois cavernes.

Une porte de fer renforcée de barres horizontales fermait la plus proche. Avec un écriteau portant quatre mots en langue allemande :

GEFAHR – ZUTRITT VERBOTEN – EXPLOSIV

« Ce qui signifie ? s'informa Rachel.

– Danger. Accès interdit. Explosifs.

– Première confirmation.

– Ces montagnes étaient comme les chambres fortes d'une banque. Les Alliés y ont découvert le trésor national allemand. Plus quatre cents tonnes d'objets d'art amenées du Kaiser Friedrich Museum de Berlin. La présence d'explosifs était plus dissuasive que des troupes ou des meutes de chiens de garde.

– Wayland McKoy ne croit pas que tout ait été déjà ratissé.

– D'après ce que vous m'avez dit, non.

– Vous pensez qu'il a des chances de s'enrichir ?

– Tout est possible. Quoique je doute fort que des millions de dollars en toiles de vieux maîtres puissent traîner encore dans le secteur ! »

Une lourde odeur de feuilles mouillées emplissait l'air immobile.

« À quoi ça rimait ? demanda Rachel en progressant d'un bon pas, sous la futaie. Alors que la guerre était déjà perdue.

– Mettez-vous dans la peau d'un Allemand de 1945. Ordre du Führer à son armée : combattre jusqu'au dernier homme, sous peine de passer devant le peloton d'exécution. Il pensait que si l'Allemagne tenait assez longtemps, les Alliés se joindraient à lui contre les bolcheviks. Hitler savait à quel point Churchill détestait Staline. Lui non plus n'ignorait pas ce que les Soviets réservaient à l'Europe. Hitler espérait donc sauver l'Allemagne en jouant cette carte contre Staline. Il était persuadé que Britanniques et Américains rejoindraient sa croisade contre le communisme.

– Quel aveuglement, soupira la jeune femme.

– Quelle folie serait un meilleur mot. Une folie furieuse ! »

Le front de Christian Knoll s'emperlait de sueur. Il s'arrêta pour mesurer, du regard, la distance qui les séparait des ouvertures suivantes.

« Aucune ne fait exactement face à l'est. D'après Chapaev, celle qu'on cherche regarde le soleil levant.

– Et porte la marque BCR-65. »

Ils repartirent entre les arbres. Dix minutes plus tard, Rachel s'écria, l'index pointé :

« Là ! »

Visible le long de la courbe du versant, l'ouverture était baignée de soleil. Un écriteau aux trois quarts effacé par les intempéries portait l'indication BCR-65. Boussole au poing, Knoll vérifia soigneusement l'orientation de la caverne. Pile à l'est.

« Nom de Dieu ! » dit-il dans un souffle.

En se délestant de son sac, un peu plus tard, il jeta un coup d'œil alentour. Personne en vue. Silence presque absolu, souligné plutôt que troublé par le cri d'un oiseau ou la fuite d'un écureuil. Il examina la porte et les barres métalliques. Le tout rongé par la rouille. Une chaîne d'acier, un énorme cadenas assuraient la fermeture. Beaucoup plus neufs, l'un et l'autre. Rien d'inhabituel. Les inspecteurs fédéraux prenaient fréquemment de telles mesures, dans le cadre d'une routine établie. Knoll sortit de son sac la pince coupante.

« Heureuse de voir que vous avez pensé à tout », commenta Rachel.

Il sectionna la chaîne d'un geste brusque, remit le coupe-boulon dans son sac. Puis tira sur la porte. Les gonds oxydés grincèrent abominablement.

Knoll suspendit son geste. Inutile d'alerter tout le pays. Il attira le battant à lui. Lentement. Avec un minimum de bruit. Devant eux, s'ouvrait un vaste couloir voûté, aux parois tapissées de lichens. Une puanteur de moisissure assaillit leurs narines. Comme d'une tombe éventrée.

« Assez large pour laisser passer un camion !

– Un camion ?

– Si la Chambre d'ambre est là-dedans, c'est que des camions s'y sont introduits à l'époque. Vingt tonnes en caisses, ça n'a pas été transporté à la main par paquets de vingt kilos. Les Allemands n'ont pu décharger les camions qu'à l'intérieur. À l'abri des regards.

– Ils n'avaient pas de chariots élévateurs ?

– On parle de la fin de la guerre. Les nazis étaient pressés de mettre leurs trésors à l'abri. Pas le temps de fignoler.

– Comment des camions seraient-ils montés jusqu'ici ?

– Des décennies se sont écoulées. À l'époque, il y avait plus de routes et moins d'arbres. Toute la région était un site aménagé par l'armée. »

Il se munit de deux torches électriques et d'un peloton de ficelle. Il remit son sac à dos à l'épaule. Il disposa ensuite la chaîne de sorte qu'un examen superficiel puisse laisser croire qu'elle était toujours intacte, et referma derrière eux le grand portail.

« Ça pourra écarter les curieux, s'il s'en présente. Il y a tellement d'autres grottes plus faciles à violer. »

Leurs torches électriques ne dissipaient l'obscurité que sur une longueur de quelques mètres. Knoll attacha l'extrémité de la ficelle à un morceau de métal oxydé enfoncé dans la roche et tendit la pelote à Rachel.

« Vous la déroulez à mesure qu'on avance. C'est comme ça qu'on retrouvera le chemin si on perd le sens de l'orientation. »

Ils s'enfoncèrent, prudemment, dans les entrailles de la terre.

« *Piano, piano*... Pas de précipitation... Il se peut que cette galerie soit minée... D'où la chaîne et le cadenas...

– C'est rassurant.

– Rien de précieux ne s'obtient sans mal. »

Au bout d'un moment, ils marquèrent une pause et se retournèrent. Le contour du portail se distinguait à peine, quarante ou cinquante mètres en arrière. L'air était de plus en plus fétide et glacé. Bravo pour les doudounes ! Knoll tira de sa poche le dessin de Chapaev. L'étudia à la lueur de sa torche.

« On devrait parvenir à une fourche. Voyons si la mémoire de Chapaev était fidèle. »

La puanteur s'accentua encore. Moisissure. Pourriture.

« Guano de chauves-souris, diagnostiqua Christian Knoll, imperturbable.

– Je crois que je vais vomir.

– Respirez à petits coups, sans remplir vos poumons, et tâchez d'oublier où vous êtes.

– C'est à peu près aussi simple que de ne pas tenir compte de l'odeur du fumier... après une chute dans le purin, la tête la première.

– Ces tunnels sont pleins de chauves-souris.

– Charmant !

– En Chine, les chauves-souris sont révérées comme un symbole de bonheur et de longue vie.

– Le bonheur pue ! »

Ils atteignirent la fourche annoncée.

« Branche droite, affirme le croquis. »

Rachel déroulait régulièrement son fil d'Ariane.

« Quand vous serez au bout de la ficelle, dites-le-moi. J'ai une autre pelote. »

L'odeur diminuait graduellement. Le tunnel se rétrécissait. Moins large, depuis la fourche, que le boyau d'accès, mais toujours assez pour admettre un camion. Quelques galeries secondaires s'offraient à droite et à gauche, mais le plan était formel. Tout droit. Le cri des chauves-souris dérangées par la lumière meublait le silence.

Comme toutes celles de la région, cette montagne recelait un véritable labyrinthe. Au cours des siècles, des générations de mineurs avaient démesurément agrandi et aménagé le réseau existant, en quête de minerais variés. Quel triomphe ce serait si la Chambre d'ambre était au bout. Dix millions d'euros, se remémora Christian Knoll. Sans négliger la gratitude de Monika. Et le plaisir de sauter une Rachel éperdue de reconnaissance. Dont l'ex-mari était vraisemblablement le seul homme avec qui elle eût fait l'amour. Presque une vierge. En tout cas, depuis son divorce. Une perspective hyperexcitante...

La pente ascendante du tunnel s'accentuait progressivement.

Knoll ramena toute son attention sur la visite commencée.

Ils avaient dû parcourir au moins cent mètres dans le granit et la pierre calcaire. Le diagramme de Chapaev indiquait une nouvelle fourche.

« Plus de ficelle », annonça Rachel.

Il lui tendit une nouvelle pelote.

« Attachez-la bien au bout de l'autre et continuons. »

Leur but ne pouvait plus être très éloigné. C'est en tout cas ce que disait le plan. Mais quelque chose clochait quelque part. Le tunnel n'était plus assez large pour laisser passer un camion. Si la Chambre d'ambre était là, il avait fallu la décharger et transporter les caisses à bras d'hommes. Dix-huit caisses, s'il se rappelait le chiffre exact. Chacune avec le catalogue des panneaux soigneusement emballés. Y avait-il un autre espace souterrain, dans cette direction ? Rien d'impossible au cœur de ce dédale créé par la nature et amélioré par les hommes. Si Chapaev avait respecté jusqu'au bout l'échelle de sa petite carte, un couloir d'une vingtaine de mètres, partiellement obstrué, les séparait encore de la Chambre d'ambre.

Il redoubla de précautions. Plus ils s'enfonçaient sous terre, plus s'alourdissait la menace des explosifs. Le faisceau de la torche électrique acheva de dissiper les ténèbres, à quelques mètres en avant. Soudain, ses yeux distinguèrent quelque chose.

Quoi ?

Impossible !

Jumelles collées aux yeux, Suzanne examinait l'entrée de la mine. L'écriteau qu'elle avait fixé à cet endroit, trois ans plus tôt, était toujours là. BCR-65. Le piège avait fonctionné. Knoll baissait. Il était tombé dans le panneau. Avec Rachel Cutler en remorque. Dommage d'en venir là, mais quel choix avait-elle ? Knoll était un sacré baiseur. Très excitant. Mais il représentait un problème. Et un gros !

La loyauté de Suzanne envers Ernst Loring était absolue. Elle devait tout au vieux Loring. Il constituait la famille qu'elle n'avait jamais eue. Toute sa vie, Josef l'avait traitée comme une fille chérie. Plus proche d'elle qu'il ne l'était de ses deux fils. Soudés l'un à l'autre par leur amour commun des œuvres d'art. La joie d'Ernst Loring, dernier du nom, lorsqu'elle lui avait rapporté la quatrième tabatière, avec le livre en prime ! Lui faire plaisir était l'objectif de Suzanne. Entre lui et Christian Knoll, l'alternative était toute tranchée.

C'était quand même dommage. Knoll avait ses bons côtés.

Elle se tenait, sans le moindre artifice, à l'orée de la forêt. Cheveux blonds en queue-de-cheval sur les épaules, col roulé et jean. Baissant les jumelles, elle s'empara de la radiocommande, en déplia l'antenne escamotable.

Knoll n'avait évidemment pas senti sa présence. Convaincu de l'avoir semée, sur l'aéroport d'Atlanta.

Pas si simple, Christian !

Une touche à manier, le détonateur activé... et boum !

Elle consulta sa montre.

Knoll et la fille devaient être au bon endroit, maintenant. Tellement enfoncés dans la grotte qu'ils n'auraient aucune chance d'en ressortir vivants. Les autorités n'arrêtaient pas de mettre le public en garde contre toute exploration intempestive. Trop d'explosifs dans les parages. Trop de morts, au fil des décennies. Raison pour laquelle le gouvernement avait institué un permis d'explorer l'endroit.

La dernière explosion remontait à trois ans, dans ce même boyau. Organisée par elle-même alors qu'un reporter polonais se montrait un peu trop perspicace. Elle l'avait leurré avec l'image radieuse de la Chambre d'ambre. Et l'explosion avait été considérée comme le résultat malheureux d'une exploration non autorisée. Le cadavre n'avait jamais été retrouvé. Enterré sous les décombres que Christian Knoll devait examiner de très près, en ce moment même.

Knoll était perplexe. L'obstruction du tunnel, à cet endroit, n'était pas naturelle. C'était le résultat d'une explosion. Mais ce tas de gravats, du sol au plafond, était infranchissable.

« Qu'est-ce que c'est ? lui demanda Rachel.

– Il y a eu une explosion, je ne sais quand.

– On s'est peut-être fourvoyés quelque part en chemin ?

– Non. J'ai scrupuleusement suivi les indications de Chapaev. »

Quelque chose clochait, c'était sûr. Le plan de Chapaev avait été conforme à la disposition des lieux. Jusque-là. Le cadenas et la chaîne plus récents que le reste, à l'entrée. Les gonds encore en état de fonctionnement. Une piste facile à suivre. Facile. Trop facile.

Suzanne Danzer ? Semée en Amérique ou toujours sur le coup ?

La meilleure chose qu'il pût faire à ce stade, c'était ressortir d'ici, se taper Rachel Cutler et quitter Warthberg. Non sans avoir tué la naïve, mais appétissante créature. Inutile de laisser en arrière une source possible d'informations pour d'autres enquêteurs. Danzer était sur sa piste. Elle retrouverait Rachel et l'attellerait à son char. Donc, pas question de la laisser en vie.

Monika n'apprécierait pas cet échec. Peut-être Chapaev savait-il vraiment où dormait la Chambre d'ambre et l'avait-il sciemment égaré ? Alors, autant liquider Rachel ici même, puis retourner à Kehlheim et faire parler le vieux. D'une façon ou d'une autre.

« Pas moyen d'aller plus loin. Allons-y. Rembobinez la ficelle. Je vous suis. »

Elle ne protesta pas. C'était inutile. Ils rebroussèrent chemin. Rachel la première avec son fil d'Ariane. La torche de Knoll révélait ses jolies fesses et ses cuisses parfaites, à travers le jean. Elle avait de sacrées jolies jambes. Il se sentit excité.

Première fourche. Deuxième.

« Attendez, ahana-t-il d'une voix étranglée par la frustration. Je veux voir ce qu'il y a de ce côté. »

Elle lui montra la ficelle.

« Mais c'est par ici.

– Je sais. Mais pendant que nous y sommes. Voyons... Laissez tomber la ficelle. On connaît le chemin, à partir de là. »

Elle fit ce qu'il disait et prit à droite, toujours la première.

Une petite secousse du bras droit. Le stylet glissa hors de son fourreau. Il en agrippa la poignée.

Rachel pivota sur elle-même. La lueur de sa torche illumina brièvement Christian Knoll.

Stupéfaite, la jeune femme ouvrit la bouche pour crier en découvrant la lame dénudée qui scintillait dans le faisceau de sa torche.

Suzanne pressa le bouton du radiodétonateur. Le train d'ondes fendit l'air du matin, à destination de la charge explosive qu'elle avait mise en place la veille. Pas une explosion assez forte pour attirer l'attention de Warthberg, à six kilomètres de là. Mais largement suffisante pour enterrer le couple sous la montagne.

La terre trembla. Le plafond leur tomba sur la tête. Knoll essaya de conserver son équilibre.

Plus le moindre doute, c'était un piège.

Il se rua vers la sortie, sous une pluie de caillasse se protégeant la tête de ses deux bras. Dans un nuage de poussière aveuglante. Il tenait toujours la torche d'une main, son stylet de l'autre. Il rengaina le couteau, arracha sa chemise de sous sa ceinture et s'en servit pour abriter ses yeux, son nez et sa bouche.

L'avalanche continuait. Trop de poussière, de cailloux et même de quartiers de roche dans la direction de l'entrée. Issue désormais impraticable. Il fonça dans la direction opposée, dépassa l'endroit où il avait été sur le point de tuer à nouveau. Où était-elle ? Les explosions semblaient s'être concentrées derrière lui. Murs et plafonds se stabilisaient, à présent, même si la montagne vibrait encore.

Nouvel éboulement vers l'ancienne sortie. Il avait rejoint la première fourche. Il essaya de s'orienter. L'entrée était à l'est. La branche gauche semblait piquer vers le sud, la droite vers le nord. Mais qui pouvait savoir ? Il fallait user de prudence. Pas trop de bifurcations, dans ce labyrinthe. Il n'avait aucune envie de crever dans ce monde souterrain, affamé et déshydraté, après une longue agonie. Il abaissa le pan de sa chemise. Respira un air qui s'éclaircissait peu à peu.

Il tenta de se rappeler tout ce qu'il savait sur les mines. Il était rare qu'elles ne comportent qu'une seule entrée-sortie. La profondeur et l'étendue des tunnels réclamaient des issues multiples. Pendant la guerre, il est vrai, les nazis en avaient bouché de nombreuses, afin de renforcer leurs chances de conserver les trésors enfouis. Pourvu que ce ne soit pas le cas de celle-ci. La qualité de l'air le rassurait un peu. Il lui avait paru un peu moins stagnant, vers la fin de leur exploration commune.

Un doigt mouillé de salive lui révéla une légère brise en provenance de la gauche. Que faire ? Trop de tournants et il ne retrouverait jamais la sortie. Il savait encore où il était. Ou croyait le savoir. Mais dès qu'il ne saurait plus dans quelle direction se trouvait la sortie barrée, il deviendrait impossible de regagner l'air libre.

Il se dirigea vers l'endroit d'où provenait la brise.

Pas plus de cinquante mètres et une autre fourche. Il releva son doigt mouillé. Plus de brise. Il avait lu quelque part que les mineurs concevaient leurs itinéraires de sécurité en tournant toujours dans le même sens. Un tournant à gauche signifiait qu'il fallait toujours tourner à gauche.

Pourquoi pas ?

Deux autres fourches. Deux autres tournants à gauche. Puis un rai de lumière, droit devant lui. À peine perceptible, mais présent. Il força l'allure, déboucha dans un nouveau couloir.

À moins de cent mètres sur la gauche, il aperçut la lumière du jour.

31

Kehlheim, Allemagne

11 h 50

Paul distingua, dans son rétroviseur, le véhicule qui approchait à vive allure, feux clignotant, sirène hululant à tout rompre. La petite voiture de police vert et blanc le doubla et disparut au premier virage.

À dix kilomètres de là, il entra dans Kehlheim. Quelques maisons autour d'une place mal pavée. Paul n'était pas un grand voyageur. Il avait visité Londres avec Rachel, lors de leur mariage. Puis Paris, tout seul, l'année dernière. Une trop belle occasion de visiter le Louvre. Il avait demandé à Rachel de l'accompagner, mais elle avait refusé. Pas la place d'une ex-épouse, s'était-elle récusée. Il ne savait pas très bien ce qu'elle avait voulu dire. Et pourtant, elle avait envie de faire ce voyage.

Il avait pu se procurer, la veille, une place pour Munich. Que Rachel ne l'eût pas encore appelé lui inspirait une sourde angoisse. Lui-même n'avait pas interrogé son répondeur, depuis la veille à neuf heures du matin. Gagner Munich, *via* Amsterdam et Francfort, n'était pas une partie de plaisir. Il avait fait une rapide toilette dans les lavabos de l'aéroport, mais il se sentait sale et déjà fatigué. Sacrée Rachel, avec ses initiatives aberrantes et ses promesses jamais tenues...

Il se gara devant une épicerie, non loin du marché. Apparemment, la Bavière traînait au lit, le dimanche matin. Magasins fermés, peu de monde dans les rues. Sauf autour de l'église dont le clocher dominait le village. Nombreuses voitures garées sur un proche parking. Vieux messieurs debout sur les marches de l'église, en train de discuter. Barbes, chapeaux et manteaux. Il n'avait pas très chaud, sans manteau, mais son départ avait été si spontané, si précipité. Avec un bagage minimum.

Il se gara. Marcha jusqu'à l'église.

« Excusez-moi, messieurs. L'un de vous parle-t-il anglais ?

– Moi, répondit le plus vieux des quatre. Un petit peu.

– Je cherche un nommé Danya Chapaev. Qui vit dans cette ville.

– Vivait. Il est mort. »

C'est ce qu'il avait craint. Chapaev et Karol devaient avoir sensiblement le même âge.

« Il y a longtemps ?

– Hier au soir. Assassiné. »

Paul n'en croyait pas ses oreilles. Assassiné ? La veille ? Il sentit l'angoisse monter en lui.

« D'autres victimes ?

– *Nein.* Juste Danya. »

Il se souvint de la voiture de police.

« Où cela s'est-il passé ? »

Paul ressortit de Kehlheim et suivit les indications qu'il venait de recueillir. Facile de trouver la maison, avec les quatre voitures de police garées dans le jardin. Un flic en uniforme au visage glacial montait la garde devant la porte ouverte.

« *Nicht eintreten. Kriminal Tatort !* jappa l'homme de service.

– Ce qui veut dire ?

– Défense d'entrer. Lieu du crime.

– Alors, il faut que je parle à la personne chargée de l'affaire.

– C'est moi, la personne chargée », dit l'homme en civil apparu sur le seuil de la maison.

Fort accent germanique. Taille et âge moyens. Grand et maigre. Cheveux noirs mal coiffés. Imper bleu marine descendant jusqu'aux genoux, sur un costume vert olive et une cravate tricotée.

« Fritz Pannek, inspecteur fédéral. Et vous ?

– Paul Cutler, avocat. Américain. »

Pannek contourna l'agent en uniforme.

« Qu'est-ce qu'un avocat américain fait ici, un dimanche matin ?

– Je cherche mon ex-épouse. Elle est venue à Kehlheim pour rencontrer Danya Chapaev. »

Pannek et le factionnaire échangèrent un regard. Alarmé par leur expression bizarre, Paul s'écria :

« Qu'est-ce qui se passe ?

– Une femme s'est renseignée sur l'adresse de Chapaev, hier, à Kehlheim. Elle est l'un des suspects dans le meurtre de ce vieil homme.

– Vous avez son signalement ? »

Pannek sortit un calepin de sa poche.

« Taille moyenne. Blonde-rouquine. Forte poitrine. Jean. Chemise de flanelle. Bottes. Lunettes de soleil. Plutôt enveloppée.

– Ce n'est pas Rachel. Mais je pense à quelqu'un d'autre. »

Paul décrivit rapidement Jo Myers et leur parla de Karol Borya et de la Chambre d'ambre. Le signalement de la femme ne correspondait guère. Mince, poitrine normale, cheveux châtains, yeux bleus, lunettes octogonales à monture d'or, plutôt distinguée.

« Mais j'ai eu l'impression que ce n'étaient pas ses vrais cheveux. L'intuition d'un avocat, peut-être ?

– Vous lui avez fait lire les lettres échangées entre Chapaev et ce Karol Borya ?

– Exact. Elle les a lues attentivement.

– Il y avait une adresse, au dos des enveloppes ?

– Rien que la ville de Kehlheim.

– C'est là toute l'histoire ? »

Paul y ajouta le nom de Christian Knoll, les préoccupations de Jo Myers, et les siennes.

« Vous êtes venu avertir votre ex-femme ?

– Surtout voir si tout allait bien. J'aurais dû commencer par l'accompagner.

– Mais vous considériez son voyage comme une perte de temps ?

– Absolument. Son père lui avait expressément recommandé de ne pas s'en mêler. »

Deux autres flics allaient et venaient, à l'intérieur de la maison.

« Que s'est-il passé au juste ?

– Si vous vous en sentez le courage, je vais vous montrer.

– Je suis avocat. »

Comme si ça voulait dire quelque chose. Il n'avait jamais participé à la moindre affaire criminelle ni même pénétré sur le théâtre d'un crime. Mais il avait envie de voir. Karol Borya mort. Puis cet assassinat. Mais Karol était tombé accidentellement dans son escalier.

Accidentellement ? Voire.

Il suivit Pannek à l'intérieur de la maison. Une odeur douçâtre planait dans la pièce bien chauffée. Le mobilier et le décor étaient surannés, mais propres et confortables. Seule note discordante, le cadavre allongé sur le tapis, au milieu d'une flaque de sang. Avec deux trous dans la tête.

« Exécuté à bout portant », expliqua l'inspecteur.

Les yeux de Paul étaient rivés au cadavre. La bile lui montait à la gorge. Il tenta de résister, mais rien n'y fit.

Il se précipita dans le jardin.

Paul se plia en deux, victime de violents haut-le-cœur. Le peu qu'il avait mangé dans l'avion rejoignit l'herbe fraîche.

Il respira un bon coup, s'efforçant de maîtriser son estomac et ses nerfs.

« Fini ? s'informa Pannek.

– Vous pensez que la femme est coupable ?

– Je n'en sais rien. Tout ce que je sais, c'est qu'une femme a demandé où habitait Chapaev, et son petit-fils, Julius, s'est proposé de la conduire. Ils ont quitté ensemble la place du marché. La fille du vieux s'est inquiétée, hier soir, en ne voyant pas rentrer son fils. Elle est venue aux nouvelles, et elle a trouvé Julius ligoté et bâillonné dans la chambre. Apparemment, la femme a hésité à assassiner l'enfant, mais tuer le vieux ne l'a pas gênée.

– Le gosse va bien ?

– Méchamment secoué, mais il s'en remettra. Il a confirmé le signalement, mais pas grand-chose de plus. Il se souvient d'avoir entendu, de la chambre, des voix discuter. Celle de son grand-père, et celles de deux personnes, un homme et une femme. Sans pouvoir comprendre de quoi il était question. Puis il a entendu repartir une voiture, et son grand-père est revenu dans la chambre, avec la femme. Ils parlaient une autre langue. J'ai essayé quelques mots échantillons, et jusqu'à preuve du contraire, c'était du russe. Puis le vieux et la femme sont ressortis. Il a entendu, à deux reprises, un bruit de bouchon qui saute. Autrement dit, deux coups de feu tirés par une arme munie d'un silencieux. Puis plus rien jusqu'à l'arrivée de sa mère.

– Elle a froidement exécuté Chapaev ?

– À bout portant, comme vous avez pu le voir. Les enjeux doivent être considérables. »

Un policier en civil rejoignit l'inspecteur.

« *Nichts im Haus hinsichtlich des Bernsteinzimmer.* »

Pannek se retourna vers Paul.

« Je leur ai fait rechercher dans la maison ce qui pourrait avoir un rapport avec la Chambre d'ambre. Aucune trace. »

Une radio émit quelques craquements dans la poche de l'agent en uniforme. L'homme écouta le message, puis le transmit à Pannek qui traduisit à l'intention de l'avocat :

« Il faut que je vous quitte. Je suis de service ce week-end. Laissez à mes collègues le moyen de vous joindre.

– Que se passe-t-il encore ?

– Une explosion dans une mine, près de Warthberg. Ils viennent d'en tirer une Américaine et recherchent un homme. Les autorités locales réclament mon assistance. Un dimanche mouvementé !

– Où est Warthberg ?

– Dans les montagnes du Harz. À quatre cents kilomètres au nord. Ils ont parfois besoin de nos équipes de sauveteurs en montagne... »

Les montagnes du Harz. Sujet d'intérêt commun à Karol et à Wayland McKoy. L'association traversa l'esprit de Paul Cutler. Soudain, il réagit à ce qu'il venait d'entendre.

« Une Américaine. On connaît son nom ? »

Pannek parut le comprendre à demi-mot. Il eut un court dialogue avec son subordonné, qui rappela son correspondant.

Deux minutes plus tard, la réponse jaillit du haut-parleur :

« *Die Frau ist Rachel Cutler. Amerikanerin.* »

32

15 H 10

L'hélicoptère de la police cinglait vers le nord. Après Würzburg, il se mit à pleuvoir. Paul était assis auprès de l'inspecteur. Une équipe de sauveteurs en montagne occupait les autres fauteuils, à l'arrière de l'appareil.

« Des randonneurs ont entendu l'explosion et alerté les autorités locales, articulait Pannek dans le grondement du turbo. Votre femme a été trouvée près de l'entrée d'une mine. Elle a été transportée à l'hôpital, mais a pu révéler le nom de l'homme qui était avec elle. Un certain Christian Knoll.

Paul l'écoutait attentivement, mais tout ce qu'il voyait, c'était Rachel blessée, dans un lit d'hôpital. Que se passait-il ? Dans quoi Rachel s'était-elle fourvoyée ? Comment Knoll l'avait-il rejointe ? Qu'était-il arrivé dans cette mine ? Leurs enfants pouvaient-ils courir un danger quelconque ? Il fallait absolument qu'il appelle son frère pour lui dire d'ouvrir l'œil.

« On dirait que cette Jo Myers avait raison, observa Pannek.

– Ont-ils donné des précisions sur l'état de Rachel ? »

Le policier se borna à secouer la tête.

L'hélicoptère se rendit d'abord sur le lieu de l'explosion. La mine en question était située au milieu de la forêt, à mi-flanc d'un des plus hauts contreforts. La plus proche clairière était à cinq cents mètres de là. Ils y déposèrent le personnel de secours en montagne et redécollèrent aussitôt pour se rendre dans un hôpital régional tout proche de Warthberg, où Rachel Cutler avait été transportée.

À pied d'œuvre, Paul ne fit qu'un bond jusqu'à la chambre du quatrième étage où elle sommeillait, dans une blouse bleue. Un large bandage lui ceignait la tête. Elle acheva de se réveiller et sourit en le reconnaissant.

« Pourquoi ai-je su tout de suite que tu serais là ? »

Il s'approcha du lit. Ses joues, son nez, ses bras s'ornaient de nombreuses égratignures et de vilaines ecchymoses. Paul haussa les épaules avec une feinte désinvolture.

« Je n'avais pas grand-chose à faire, ce week-end. Alors, pourquoi pas un petit tour en Allemagne ?

– Les enfants vont bien ?

– Ils sont chez mon frère.

– Comment as-tu pu venir si vite ?

– Je suis parti hier.

– Hier ? »

Avant qu'il pût lui répondre, Pannek, debout sur le seuil de la chambre, entra discrètement.

« Bonjour, Frau Cutler. Je suis l'inspecteur Fritz Pannek, de la Police fédérale. »

Paul fit à Rachel un clair résumé de tout ce qu'elle ignorait encore : Jo Myers, Christian Knoll et la mort de Danya Chapaev.

Une intense émotion crispa les traits de la blessée.

« Chapaev est mort !

– Il faut que je téléphone à mon frère, trancha Paul. Pour lui dire de bien veiller sur nos enfants. Peut-être même alerter la police d'Atlanta.

– Tu crois qu'ils peuvent être en danger ? se lamenta Rachel.

– Pas vraiment. Mais tu m'as l'air de t'être fourrée dans un sale pétrin. Ton père t'avait bien dit de ne pas t'en mêler.

– Paul...

– J'ai relu Ovide. L'avertissement était clair. Karol voulait que tu te tiennes à des lieues de toute cette histoire. Et maintenant, Chapaev est mort. »

Les traits de son visage se tendirent.

« Ah non, ça, c'est trop injuste. Je n'y suis pour rien. Je ne savais pas.

– Mais peut-être avez-vous montré le chemin au tueur, intervint Pannek ? »

Rachel le défia du regard, puis sembla concevoir sa part de responsabilité dans l'événement irréversible. Paul regretta de l'avoir un peu bousculée. En effet, ce n'était pas juste. Lui aussi se sentait partiellement coupable. Comme toujours.

« Ce n'est pas tout à fait vrai. J'ai montré les lettres à cette femme. C'est là qu'elle a appris le nom de Kehlheim.

– Les lui auriez-vous montrées, intervint Pannek, si vous n'aviez pas cru que Mme Cutler pouvait être en danger ? »

Non, il ne les aurait pas montrées. Il regarda Rachel, dont les yeux s'emplissaient de larmes.

« Paul a raison, inspecteur. C'est ma faute. Je n'aurais pas dû m'occuper de cette affaire. Papa et lui m'avaient prévenue.

– Parlez-moi de ce Christian Knoll », suggéra le policier.

Rachel lui dit ce qu'elle savait, c'est-à-dire peu de chose.

« Il m'avait évité de me faire renverser par une voiture. Il était courtois et charmant. Il avait l'air de ne penser qu'à m'aider.

– Que s'est-il passé dans la mine ?

– Nous suivions à la lettre le dessin de Chapaev, sans inquiétude particulière. Et puis tout à coup, ce cataclysme ! J'ai couru vers la sortie, et j'en étais à mi-chemin quand les cailloux m'ont assommée. Heureusement, je n'en étais pas recouverte. Je suis restée là, aux trois quarts inconsciente, jusqu'à ce que les randonneurs m'en sortent.

– Et Knoll ?

– Je l'ai appelé, quand les parpaings ont cessé de pleuvoir. Mais pas de réponse.

– Il y est probablement encore, supputa Pannek.

– C'était un tremblement de terre ? demanda Paul.

– Il n'y a pas de tremblements de terre dans la région, monsieur Cutler. Sans doute des explosifs de la dernière guerre. Il en traîne encore dans la plupart des cavernes.

– Knoll a dit la même chose », confirma Rachel.

Un gros flic en uniforme vint chercher l'inspecteur, qui s'excusa et le suivit.

« Tu as raison, capitula Rachel. J'aurais dû t'écouter. »

Paul ne répondit pas. Il n'aimait pas qu'elle reconnût ses torts. Cela ne lui ressemblait pas. Il allait lui prendre la main quand Pannek réintégra la chambre.

« La pierraille a été déblayée. On n'a trouvé personne. Il y avait une autre sortie dégagée, au bout d'un tunnel situé à l'écart. Comment étiez-vous venus, ce M. Knoll et vous-même ?

– En voiture de louage. Et le reste à pied.

– Quel genre de voiture ?

– Une Volvo.

– Pas de Volvo sur les lieux. Knoll n'a pas attendu les secours. »

Le policier paraissait avoir autre chose en tête. Paul insista doucement :

« C'est tout ce que vous avez appris de neuf, inspecteur ?

– En fait, non. Cette mine n'a jamais été utilisée par les nazis. Aucun explosif à l'intérieur. C'est pourtant la seconde explosion dans ce même tunnel, en trois ans.

– Ce qui veut dire ?

– Ce qui veut dire qu'il se passe des choses vraiment surprenantes, dans le secteur ! »

Paul quitta l'hôpital et se fit déposer à Warthberg par une voiture de police. Pannek ne le lâchait pas d'un pouce. Sa profession et son grade lui conféraient certaines prérogatives.

« Mon service ressemble un peu à votre FBI. J'opère à l'échelle de la nation, avec la collaboration des polices locales. »

Le badge de l'inspecteur leur valut de pouvoir accéder immédiatement aux chambres de Rachel et de Knoll à la

Couronne d'Or. Celle de Rachel était bien rangée, le lit fait. Pas de sac de voyage. Celle de Knoll était tout aussi nette. Pas de Volvo sur le parking, non plus.

« Herr Knoll est parti ce matin, leur apprit le patron de l'hôtel. Il a réglé les deux chambres et il a pris la route.

– Quelle heure ?

– Vers dix heures et demie.

– Vous avez entendu parler de l'explosion ?

– Des explosions, il y en a souvent dans les mines, inspecteur. Je n'y fais jamais très attention.

– Vous avez assisté au retour de Knoll, ce matin ? »

Le patron fit non de la tête. Paul et le policier se retirèrent.

« Knoll a cinq heures d'avance, mais un bon avis de recherche...

– Knoll ne m'intéresse pas, riposta Pannek. Tout ce que j'ai contre lui, pour l'instant, c'est le délit d'intrusion dans une propriété interdite sans permis officiel.

– Mais il a laissé Rachel blessée dans cette mine.

– Non-assistance à personne en danger. Un délit, mais pas un crime. C'est la femme que je veux. La meurtrière de Danya Chapaev. »

Pannek avait raison. Mais le problème n'était pas résolu. Pas d'identité avérée. Pas de signalement précis. Aucune preuve matérielle. Pas d'antécédents. Rien.

« Savez-vous comment entamer vos recherches ? »

Pannek fit la grimace, les yeux dans le vague.

« Non, monsieur Cutler. Je n'en ai pas la moindre d'idée ! »

33

Château de Loukov, République tchèque

17 h 10

Suzanne accepta la timbale en étain que lui tendait Ernst Loring et s'installa confortablement dans un fauteuil Empire. Son rapport semblait avoir pleinement satisfait le fils de Josef.

« J'ai attendu une bonne demi-heure jusqu'à l'arrivée des autorités, et puis je me suis éclipsée. Personne n'était encore ressorti de la mine.

– Je téléphonerai à Fellner demain, sous un prétexte quelconque. Il me dira peut-être si quelque chose est arrivé à Christian ou non. »

Elle dégustait son vin à petites gorgées gourmandes, satisfaite, elle aussi, de sa journée de travail. Elle était venue directement d'Allemagne par la route. Trois cents kilomètres en deux heures et demie, ce n'était pas un exploit, au volant de sa Porsche.

« Très habile d'avoir manœuvré Christian de cette manière. Il n'est pas si facile à duper.

– Il voulait y croire. Et Chapaev a été très convaincant. »

Elle s'octroya une lampée du vin fruité, production exclusive du château.

« Dommage. Le vieux tenait beaucoup à cette affaire. Et il s'était tu si longtemps. Mais je n'avais pas le choix.

– Tu as bien fait d'épargner le gosse.

– Je ne tue pas les enfants. Il ne savait rien de plus que ce que les témoins de la place du marché pourraient dire. Mais en menaçant de le tuer, je pouvais faire pression sur Chapaev et l'obliger à dire et à faire tout ce que je voulais. »

Les traits d'Ernst Loring exprimèrent soudain une grande fatigue.

« Je me demande quand tout ça va finir. Le même problème revient beaucoup trop souvent.

– J'ai lu les lettres. Laisser Chapaev en vie n'était pas possible. Trop de risques. Quand trop de bouts de ficelle dépassent, les difficultés s'accumulent jusqu'à un point de non-retour.

– Tu as hélas raison, *drahá*.

– As-tu reçu autre chose de Saint-Pétersbourg ?

– Seulement la nouvelle que Knoll était retourné aux archives. L'employé a remarqué le nom de Loring sur un document que Christian lisait. Mais quand il a voulu le vérifier, le document n'était plus là.

– Une bonne chose qu'il soit sur la touche. Borya et Chapaev disparus, que pourra-t-il faire d'autre ?

– Mais il va y avoir un autre problème. »

Elle reposa sa timbale sur la table.

« Lequel ?

– Les travaux entrepris par cet Américain, près de Stod. Wayland McKoy, c'est ça ? Pour dénicher d'autres trésors.

– Les gens ne renoncent pas aisément.

– L'appât est trop tentant. Difficile de savoir s'il a découvert la bonne caverne. On ne l'apprendra qu'après coup, si c'est effectivement la bonne ! Mais il est au moins dans la bonne zone.

– On a un informateur dans la place ?

– Oui. Il nous tient informés, sans être encore sûr de rien.

– Tu veux que j'aille y jeter un œil ?

– J'allais t'en prier. Ma source est fiable, mais terriblement rapace. Il demande beaucoup trop, et comme tu le sais, je tolère mal ce genre d'avidité. Il s'attend à ce qu'une femme prenne contact avec lui. Ma secrétaire particulière est la seule à lui avoir parlé, jusque-là. Par téléphone. Il ne me connaît pas. Il te connaîtra, toi, sous le nom de Margarethe. S'il trouve quelque chose, fais en sorte que la nouvelle ne s'ébruite pas. Discrétion totale. Si nous faisons chou blanc, efface-toi. Et élimine la source seulement en cas de nécessité. Mais je t'en prie, réduisons les meurtres au minimum. »

Elle savait à quoi il pensait.

« Encore une fois, pas moyen d'agir autrement, dans le cas de Chapaev.

– Je comprends, *drahá*. Et j'apprécie tes efforts. Espérons que cette dernière élimination mettra fin à la malédiction de la Chambre d'ambre.

– Avec deux noms de plus sur la liste ?

– Christian et Rachel Cutler ? »

Elle approuva tout naturellement, le sourire aux lèvres.

« C'est drôle, j'ai cru sentir une légère réticence, l'autre jour, au sujet de Christian. Une petite attirance, peut-être ? »

Suzanne reprit sa timbale et porta un toast à son employeur.

« Rien dont je ne puisse me passer, rassure-toi. »

Knoll roulait à vive allure vers Füssen. Trop de flics autour de Kehlheim pour y passer la nuit. Il avait fui Warthberg pour revenir interviewer ce vieux fou de Chapaev. Et découvrir qu'il était mort. La police recherchait une femme, meurtrière probable du vieux. Qui s'était abstenue de tuer également le jeune Julius. Identité inconnue. Mais pas pour lui.

Suzanne Danzer.

Qui d'autre ? Comment avait-elle fait pour renouer la piste et le battre de vitesse, auprès de Chapaev ? Tout ce que le vieux lui avait raconté provenait d'elle. Aucun doute là-dessus. Elle l'avait attiré dans un traquenard où il pouvait laisser sa peau.

Que disait à peu près Juvénal dans ses *Satires ? La vengeance est toujours le plaisir faible d'un esprit petit et étroit. La preuve, c'est que personne ne se réjouit davantage dans la vengeance que la femme.*

Exact. Mais il préférait la phrase de Byron. *Les hommes aiment en hâte et haïssent à loisir.*

Leur prochaine rencontre ferait des étincelles. Des étincelles qui brûleraient. Des étincelles qui feraient mal. Ce jour-là, il serait prêt.

Les rues étroites de Füssen fourmillaient de touristes attirés par le château de Louis II de Bavière, au sud de la ville. Facile de se fondre dans la foule des fêtards avides de bonne chère et de pittoresque. Il passa une demi-heure à marcher de long en large, puis il s'attabla dans un café un peu moins bondé, en écoutant la musique de chambre jouée par un orchestre installé de l'autre côté de la rue. Ensuite, il chercha une cabine publique d'où téléphoner au Burg Herz. Franz Fellner prit la communication.

« J'ai entendu parler de cette explosion dans une mine du Harz. Une femme a été découverte. Elle est vivante, et ils recherchent toujours l'homme.

– Ils ne le trouveront pas. C'était monté par qui vous savez. Intéressant que Rachel Cutler ait survécu. Mais sans importance. Elle va sûrement rentrer à Atlanta.

– Vous êtes sûr que c'était l'œuvre de Suzanne ?

– Certain. D'une façon ou d'une autre, elle a gagné cette manche.

– Vieilliriez-vous, Christian ?

– J'ai baissé ma garde un instant.

– Trop sûr de toi est une meilleure explication, intervint Monika, d'un second appareil

– Je me demandais où tu étais.

– Tu pensais sans doute encore à baiser la jolie dame ?

– Comme je suis heureux d'avoir quelqu'un comme toi pour relever mes petits défauts. »

Monika eut un rire de gorge.

« La moitié du plaisir, Christian, c'est de te regarder faire. »

Il éluda :

« Cette piste est refroidie. Sans valeur aucune. Je devrais peut-être chercher ailleurs.

– Dis-lui, bébé, intervint Fellner.

– Un Américain, Wayland McKoy, commence à creuser, près de Stod, avec un matériel important. Il se fait fort de retrouver le musée des beaux-arts de Berlin, et peut-être la Chambre d'ambre. Ce n'est pas un débutant. Il a déjà remporté pas mal de victoires mineures dans ce domaine. Vois ce qu'il vaut. Tâche de glaner des infos. Voire de réaliser quelque acquisition.

– Le site qu'il entreprend de creuser est connu ?

– Tout est dans les journaux locaux, trancha Monika. Et CNN a diffusé d'excellents programmes le concernant.

– On le savait avant ton voyage à Atlanta, renchérit Fellner. Mais la piste Borya réclamait une investigation immédiate.

– Loring s'intéresse à cette nouvelle opération ? »

Monika émit un rire en cascade.

« Loring s'intéresse à tout ce qui nous intéresse. Tu espères y retrouver Suzanne ?

– Je fais plus que l'espérer.

– Bonne chasse, Christian.

– Merci, et quand Loring vous téléphonera pour savoir si je suis bien mort, n'ayez garde de le décevoir.

– Envie d'un peu d'anonymat ?

– Ce ne serait pas une mauvaise chose. »

34

WARTHBERG, ALLEMAGNE

20 H 45

Rachel suivit Paul dans la salle du restaurant, et tous deux choisirent une table, savourant d'avance un plat du jour au parfum d'ail et de clous de girofle. La jeune femme mourait de faim et se sentait beaucoup mieux. Une gaze antiseptique, collée à l'aide de sparadrap, remplaçait l'énorme bandage de l'hôpital. Elle portait un pantalon de soie et une veste à manches longues qu'elle avait achetés, avec Paul, dans une boutique locale.

Deux heures auparavant, Paul avait réglé toutes les formalités de sortie, à l'hôpital. Malgré son étrange coiffure et quelques écorchures, quelques bosses ici et là, elle recouvrait peu à peu sa bonne humeur. Elle avait promis au médecin d'être raisonnable pendant un jour ou deux. Le problème du jour, c'était l'insistance de Paul décidé à la rapatrier en vitesse aux États-Unis.

Un garçon vint les consulter et Paul demanda à son ex-épouse quelle sorte de vin elle désirait boire.

« Du rouge. Ils ont un petit cru local... »

Se souvenant, avec un temps de retard et un peu de remords, vis-à-vis de Paul, que c'était celui-là même qu'elle avait bu l'avant-veille, en compagnie de Christian Knoll.

Le garçon se retira. Et Paul attaqua sans attendre :

« J'ai appelé l'agence de voyages. Il y a un vol pour Francfort, demain. Pannek a dit qu'il pourrait nous faire conduire à l'aéroport.

– Que fait l'inspecteur ?

– Il est retourné à Kehlheim où il poursuit son enquête. Il m'a laissé un numéro de téléphone.

– Je ne peux pas croire que toutes mes affaires se soient envolées.

– Knoll ne voulait évidemment rien laisser derrière lui qui permette de t'identifier.

– Il avait l'air tellement sincère. Charmant, même.

– Bref, il te plaisait, releva Paul de mauvaise grâce.

– Il était intéressant. Il se présentait comme un enquêteur privé à la recherche de la Chambre d'ambre.

– Et ça t'impressionnait ?

– Allons, Paul, réfléchis un peu. Parcourir le monde en quête de trésors perdus nous change du train-train quotidien. Métro, boulot, dodo. Notre quête exciterait n'importe qui.

– Il t'a abandonnée à ton sort, dans la mine. Tu pouvais mourir. »

Le visage de Rachel se crispa. Elle n'aimait pas ce ton sentencieux.

« Il m'a également sauvé la vie, à Munich.

– J'aurais dû partir en même temps que toi.

– Je ne me souviens pas de t'avoir invité. »

Des mots excessifs, comme toujours. Pourquoi montait-elle si vite au créneau ? Il essayait simplement de l'aider.

« Non, tu ne m'avais pas invité. Mais j'aurais dû t'accompagner tout de même. »

Sa réaction à propos de Christian Knoll l'intriguait. Était-il jaloux ? Ou seulement mort d'inquiétude ?

« Il faut qu'on rentre. Plus rien ne nous retient ici. Je me fais du souci au sujet des enfants. Je revois sans cesse le corps de Chapaev.

– Tu crois que la meurtrière n'est autre que cette femme qui est venue te voir ?

– Elle savait où aller... grâce à moi, conclut-il avec amertume. »

C'était le moment ou jamais de reprendre le dessus :

« Restons, Paul.

– Quoi ?

– Restons.

– Rachel, tu n'as pas appris ta leçon ? Des gens sont morts. Rentrons avant que ce soit notre tour. Tu as eu de la chance, aujourd'hui. Ne continue pas à tenter le diable. Tu n'es pas dans un roman d'aventures. C'est la réalité. Les personnages sont des fous, des nazis, des Russes avides de mettre la main sur ce trésor. Tout ça est très loin de nous. À des années-lumière.

– Paul. Papa savait quelque chose. Chapaev aussi. On leur doit d'essayer.

– D'essayer quoi ?

– Il y a une autre piste à suivre. Tu te souviens de Wayland McKoy ? Knoll m'a dit que Stod n'était pas loin d'ici. Papa s'intéressait à ce qu'il est en train de faire.

– Laissons tomber, Rachel.

– Où serait le mal ?

– C'est ce que tu as déjà dit, au sujet de Chapaev. Tu l'as retrouvé. Mais tu n'as pas été la seule. »

Elle repoussa violemment sa chaise et se leva.

« Ça, c'est déloyal et tu le sais. »

Sa voix monta de quelques degrés.

« Si tu veux rentrer, rentre ! Moi, je veux parler à ce Wayland McKoy ! »

D'autres dîneurs commençaient à loucher dans leur direction. Elle espérait qu'ils ne comprenaient pas l'anglais. Rachel remarqua que le visage de Paul exprimait sa résignation coutumière. Il n'avait jamais su vraiment comment réagir en face d'elle. C'était un autre de ses problèmes. Toute précipitation lui était étrangère. Il était foncièrement organisé, organisateur. Aucun détail ne lui échappait. Rien d'obsessionnel. Simplement méthodique. Avait-il jamais eu, de toute sa vie, un seul geste spontané ? Irréfléchi ? Si, au moins un. Pour être venu la retrouver ici. Sur l'impulsion du moment. Sans peser les conséquences. Et cela comptait pour elle.

« Assieds-toi, Rachel, suggéra-t-il à mi-voix. Si on discutait, pour une fois, de façon raisonnable ? »

Elle reprit place sur sa chaise. Elle voulait qu'il reste avec elle, mais ne l'admettrait jamais.

« Tu as une campagne électorale à mettre sur pied. Pourquoi n'y consacrerais-tu pas toute ton énergie ?

– Il faut que j'accomplisse ce que j'ai entrepris, Paul. Quelque chose me dit que je dois aller jusqu'au bout.

– Rachel, au cours des dernières quarante-huit heures, deux personnages ont surgi de nulle part, avec le même objectif. L'une est sans doute une meurtrière. L'autre assez monstrueux pour t'avoir laissée sur le carreau, en danger de mort. Karol est mort. Chapaev également. Il n'est pas impossible que ton père ait été assassiné, lui aussi. Tu en étais presque convaincue, quand tu es partie.

– Je le suis plus que jamais. Sans oublier tes parents. Victimes d'un "attentat non revendiqué", comme on dit de nos jours ! »

Elle pouvait presque entendre tourner les rouages de l'esprit analytique de Paul. Elle le devinait, pesant le pour et le contre, à la recherche de l'argument massue qui la déciderait à repartir chez elle. Chez eux.

« O.K., déclara-t-il enfin d'un ton résigné. On va aller voir McKoy.

– Tu es sérieux ?

– Non, je suis cinglé. Mais je ne te laisserai pas seule ici. »

Elle lui prit la main par-dessus la table.

« Tu veilleras sur moi et je veillerai sur toi, d'accord ?

– Ouais. D'accord !

– Papa serait fier de nous.

– Ton père doit plutôt se retourner dans sa tombe. On ne tient aucun compte de ses ultimes recommandations. »

Le garçon revenait avec le vin. Il servit leurs deux verres. Elle leva le sien.

« À notre succès commun, Paul. »

Il lui retourna son toast.

« À notre succès. »

Rachel en but une gorgée, heureuse de lui avoir arraché son accord. Mais la vision était toujours là. Celle d'un Christian Knoll dressé dans la lueur de sa torche électrique, juste avant l'explosion.

Une lame acérée brillait dans sa main.

Elle n'en avait rien dit. Ni à Paul ni à l'inspecteur Pannek. Trop facile d'imaginer leur réaction. Surtout celle de Paul.

Elle plongea son regard dans les yeux de son ex-mari. Si peu ex, parfois. Elle pensait à son père et à Chapaev et aussi à Brent et à Maria.

Était-elle absolument sûre de faire ce qu'il fallait ?

TROISIÈME PARTIE

35

Stod, Allemagne

Lundi 19 mai
10 h 15

Wayland McKoy entra à grands pas dans la caverne. Le froid et l'humidité l'enveloppèrent, tel un manteau de glace, et bientôt la lumière du jour fit place à l'obscurité. Paupières plissées, il promena autour de lui un regard incrédule. Ne fût-ce que par sa dimension, cette grotte le traumatisait. *Ein Silberbergwerk*. Une mine d'argent. Jadis « trésor des Saints empereurs romains », cette ancienne mine d'argent n'était plus qu'un énorme trou boueux et désolé. Mis hors circuit, comme la plupart des mines du Harz, par le sordide argent mexicain que tirait de leur sol une main-d'œuvre honteusement sous-payée.

Tout le secteur, pourtant, avait quelque chose de spectaculaire. Prairies alpines verdoyantes et drues, collines habillées de pins géants couvant une broussaille rabougrie. L'étonnant paysage gardait quelque chose de spectral et de fantastique et correspondait bien à l'endroit « *... où les sorcières mènent leur sabbat* », selon le mot de Goethe dans son *Faust*. Cette région avait constitué la zone sud-ouest de l'ancienne Allemagne de l'Est. Le secteur interdit, défendu par des postes de contrôle éparpillés au sein des forêts. Champs de mines, bombes à fragmentation, barbelés et chiens de garde avaient disparu. La *Wende*, la réunification, avait mis fin à l'oppression et permis au peuple d'aller à sa guise. Une liberté dont McKoy entendait bien profiter.

Il se fraya un chemin vers le fond de l'immense caverne. Disposées de trente mètres en trente mètres, des ampoules de cent watts marquaient à présent la piste, reliées par un fil mural au générateur extérieur. Les parois rocheuses étaient lisses, le sol encombré de caillasse, œuvre de l'équipe initiale chargée, la semaine précédente, d'éclaircir la voie.

Un jeu d'enfant, avec les marteaux-piqueurs et les pelleteuses. Et plus besoin de se tracasser au sujet d'éventuels explosifs. Des chiens renifleurs entraînés à ce travail avaient parcouru l'itinéraire, assurant ainsi la sécurité des démolisseurs. Tout le matériel nécessaire abondait. Bien sûr, s'il s'agissait vraiment de la caverne au trésor du Kaiser Friedrich Museum de Berlin, pourquoi n'avait-elle pas été minée ? Aucune trace de piège. Rien que de la roche, du gravier, du sable, et des centaines de chauves-souris. Les maudites bestioles occupaient le boyau principal, l'hiver. Réputée bénéfique et considérée comme en voie de disparition, leur espèce était protégée. Pour cette raison, le gouvernement germanique avait longuement hésité avant de lui délivrer son permis d'exploration.

Par bonheur, les bêtes quittaient la mine au mois de mai, et ne revenaient qu'à la mi-juillet. Il disposait de quarante-cinq jours de délai, le maximum que le gouvernement eût daigné lui consentir. Et le permis spécifiait que la mine devrait être vide au retour des chauves-souris.

Plus il s'enfonçait sous la montagne, plus le tunnel s'élargissait, ce qui n'était pas non plus très bon signe. Normalement, la galerie aurait dû se rétrécir, voire devenir infranchissable, au point où les mineurs d'antan avaient cessé de creuser, chaque génération s'efforçant de pousser plus loin que la précédente, dans l'espoir de détecter une veine exploitable de quelque précieux minerai passée inaperçue jusqu'à leur arrivée. Mais en dépit de sa largeur, ce tunnel persistait à lui donner des cauchemars. Large ou pas, il était encore trop étroit pour avoir laissé passer ce qu'il espérait découvrir.

Il rejoignit son équipe de trois hommes. Deux sur une échelle, occupés à percer des trous de sonde dans la paroi du boyau, suivant un angle de soixante degrés par rapport à la roche. Des câbles amenaient le courant produit par des générateurs et des compresseurs installés à cinquante mètres en retrait, dans la lueur crue de puissantes ampoules dégageant une chaleur d'enfer qui maintenait les hommes dans un bain de transpiration ruisselante.

Les foreuses s'arrêtèrent et toute l'équipe se débarrassa du casque protecteur plaqué sur leurs oreilles. McKoy ôta également le sien.

« Est-ce qu'on sait où on va ? »

Un des hommes releva ses lunettes de travail embuées, et s'épongea le front.

« On a avancé d'environ trente centimètres, pour l'instant. Pas moyen d'aller plus vite, et j'ai peur d'y coller les marteaux-piqueurs. »

Un autre s'empara d'un bidon. Lentement, il remplit les trous d'un solvant acide. McKoy s'approcha de la paroi. Le granit et la pierre calcaire absorbèrent goulûment le liquide brunâtre dont l'extrême causticité creusait des canaux dans la roche. Le troisième homme fit un pas en avant, armé d'une masse. Un seul coup, et la pierre tomba en feuilles qui achevèrent de s'émietter en touchant le sol. Ils avaient progressé de quelques centimètres de plus en profondeur.

« Ça n'avance pas vite, commenta McKoy.

– C'est la seule façon de procéder », répondit une voix, dans son dos.

Il exécuta un demi-tour pour faire face au professeur Alfred Grumer arrivé en catimini, selon son habitude. Un grand type aux longs membres filiformes, maigre jusqu'à la caricature. Une barbe grisonnante en pointe cachait presque complètement une bouche aux lèvres minces. Grumer était l'expert présent sur le site détenteur d'une autorisation de l'université de Heidelberg en matière de beaux-arts. McKoy l'avait attaché à son service après sa première incursion dans les mines du Harz. L'homme combinait la rapacité à l'érudition, deux attributs dont McKoy admirait l'efficacité, chez ses associés.

« On est pressés par le temps, crut-il bon de rappeler.

– Votre permis vous donne encore quatre semaines. On va y arriver.

– En admettant qu'il y ait quelque chose là-bas derrière.

– La chambre est bien là. Présence confirmée par le radar.

– Mais au-delà de quelle épaisseur de cette foutue roche ?

– Pas facile à déterminer. Mais il y a quelque chose, c'est une certitude.

– Et c'est arrivé comment là-dedans ? Vous avez dit que le radar signalait la présence de diverses masses métalliques volumineuses. Par où sont-elles entrées ? »

Un pâle sourire vaguement sarcastique écarta les lèvres de Grumer.

« Vous partez du principe que c'est la seule entrée.

– Et vous, vous partez du principe que je dispose de capitaux inépuisables ! »

L'équipe s'apprêtait à reprendre ses forages. McKoy repartit vers la sortie, vers la lumière du jour où il faisait moins chaud, où tout était plus calme. À Grumer qui le suivait, il jeta par-dessus son épaule :

« Si demain, on n'a pas progressé davantage, on arrête le forage ! On passe à la dynamite.

– Votre permis ne vous en donne pas l'autorisation. »

McKoy passa une main moite dans ses cheveux noirs.

« Je les emmerde, eux et leur permis ! On a besoin d'avancer, et vite ! J'ai une équipe de télé en ville qui me coûte deux mille dollars la journée ! Et ces foutus bureaucrates de Bonn assis sur leurs gros culs m'envoient demain un groupe d'investisseurs qui vont s'amener la gueule enfarinée, persuadés de voir quelque chose !

– On ne peut pas aller plus vite, réitéra Grumer. On ne sait pas ce qu'il y a derrière cette paroi.

– On suppose la présence d'un vaste local.

– On ne suppose rien. Le local est là. Et il contient quelque chose. »

McKoy se radoucit. Ce n'était pas la faute de Grumer si les travaux progressaient aussi lentement.

« Quelque chose qui a causé de multiples orgasmes au détecteur ? »

Grumer esquissa la grimace qui lui tenait lieu de sourire.

« Une façon poétique d'exprimer les choses.

– J'espère que vous avez raison de vous montrer aussi optimiste. Dans le cas contraire, on l'a dans l'os.

– En allemand, l'enfer, c'est *Hölle*, avec deux *l*. Et le mot caverne, *Höhle*, avec *h* et *l*. J'ai toujours pensé que la ressemblance était significative.

– Merci pour ce cours de langue, Grumer. Un peu déplacé, vous ne trouvez pas ? »

Grumer souriait de plus belle. Il avait un côté irritant qui donnait envie à McKoy de l'envoyer au diable. En *enfer*.

« J'étais venu vous dire que vous aviez des visiteurs.

– Encore un journaliste.

– Un avocat américain et une femme juge.

– On a déjà un procès ? »

Grumer se fendit d'un nouveau sourire de gargouille, mais McKoy n'était pas d'humeur à plaisanter. Il aurait aimé saquer cette espèce de clown, mais ses contacts avec le ministère de la Culture étaient trop précieux pour qu'il risquât de les perdre. D'ailleurs, Grumer précisait :

« Pas de procès en vue, monsieur McKoy. Ils veulent vous parler de la Chambre d'ambre. »

McKoy, lui aussi, retrouva le sourire. Grumer appuya :

« J'ai pensé que vous aimeriez les entendre. Ils disent qu'ils ont des infos.

– Des cinglés ?

– Je n'en ai pas eu l'impression.

– Ils veulent quoi, au juste ?

– Vous parler. »

L'Américain regarda la pendule et écouta pendant une seconde le gémissement des foreuses, là-bas dans le fond.

« Pourquoi pas ? On n'aura rien de neuf avant des heures. »

Paul se retourna vers la porte du petit hangar promu à la dignité de salle d'attente. L'homme qui pénétra dans la pièce aux murs blanchis à la chaux était une espèce d'ours grisonnant, avec un cou de lutteur, une taille épaisse et des cheveux noirs en désordre. Poitrine et bras musculeux gonflaient une chemise de coton marquée « Terrassements McKoy ». Le regard était intense. Celui d'un homme habitué à jauger toute situation imprévue d'un simple coup d'œil.

Entré derrière lui, Grumer fit les présentations :

« M. Cutler... Mme Cutler... Wayland McKoy.

– Je ne voudrais pas être grossier, amorça McKoy, mais le temps, c'est de l'argent, et je n'en ai pas beaucoup à vous consacrer. Soyez donc brefs. Que puis-je faire pour vous ? »

Paul entra tout de suite dans le vif du sujet :

« Nous venons de vivre quelques jours très révélateurs...

– Lequel de vous deux est le juge ?

– Moi, dit Rachel.

– Qu'est-ce qu'un juge et un avocat de Géorgie peuvent avoir à faire avec moi, au fin fond de l'Allemagne ?

– Nous recherchons la Chambre d'ambre.

– Qui ne la recherche pas ? ricana McKoy.

– Vous devez la croire très proche, insista Rachel. Peut-être même à portée des travaux que vous avez entrepris ici même.

– Je suis sûr que vos grands esprits juridiques concevront aisément que je ne puisse pas discuter de ces choses avec de parfaits inconnus. J'ai des investisseurs qui exigent la plus stricte confidentialité. »

Paul se hâta d'intervenir :

« Nous ne vous demandons pas de nous divulguer des secrets, monsieur McKoy. Mais vous trouverez peut-être intéressant ce qui nous est arrivé durant ces quelques jours. »

Avec sa précision et sa concision habituelles, il résuma toute l'histoire, depuis la mort de Karol jusqu'à l'écroulement de cette autre mine qui avait failli engloutir Rachel.

Grumer s'assit sur un tabouret.

« Nous avons entendu parler de l'explosion. On n'a pas retrouvé l'homme ?

– Non. Déjà loin, quand on l'a recherché. »

Paul expliqua ce qu'il avait découvert, en compagnie de l'inspecteur Pannek, à l'hôtel de Warthberg.

« Vous ne m'avez toujours pas dit ce que vous attendez de moi.

– Quelques renseignements, si possible. Qui est Josef Loring ?

– Un industriel tchèque. Décédé voilà une trentaine d'années. Le bruit a couru qu'il avait retrouvé la Chambre d'ambre, mais ce n'était qu'un bruit. Une rumeur parmi beaucoup d'autres. »

Grumer ajouta :

« Loring était bien connu pour ses idées fixes et les sommes considérables qu'il leur consacrait. Un collectionneur fanatique, avec les moyens de satisfaire sa passion. Son fils a pris le relais, dans une certaine mesure. Comment votre père a-t-il pu entendre parler de Loring, madame Cutler ? »

Rachel évoqua la Commission extraordinaire et le rôle de son père à l'époque. Elle rappela la mort de Yancy et Marlène Cutler, et les doutes de son père sur les vraies victimes visées par le crash aérien.

« Quel est le prénom du fils Loring ?

– Ernst, répondit Grumer. Il doit avoir près de quatre-vingts ans. Il sort très peu de la propriété familiale, dans le sud de la République tchèque. Pas tellement loin d'ici, à vol d'oiseau. »

Alfred Grumer avait un côté chafouin que Paul n'aimait guère. Était-ce en raison de son large front plissé ? De la façon qu'il avait de dire les choses en pensant à d'autres ? Pour une raison quelconque, il rappelait à Paul le peintre qui avait tenté d'extorquer 12 300 dollars à son client, pour se contenter finalement de 1 250. Un menteur pathologique et pas trop logique. Quelqu'un à qui il valait mieux ne jamais faire confiance.

« Vous avez la correspondance de votre père avec ce Chapaev ? »

Paul n'était pas chaud pour la lui montrer, mais le geste leur vaudrait peut-être la confiance de McKoy. Il sortit les lettres de sa poche. Grumer et McKoy les lurent en silence. McKoy, surtout, les dévora littéralement. Enfin, Grumer questionna :

« Ce Chapaev est mort ?

– Assassiné », dit Paul.

McKoy relança :

« Votre père, madame Cutler... À propos, vous êtes mariés, tous les deux ?

– Divorcés.

– Mais vous voyagez ensemble jusqu'en Allemagne ? »

Les traits de Rachel exprimèrent sa désapprobation.

« Quel rapport avec le sujet qui nous occupe ? »

McKoy lui jeta un coup d'œil amusé.

« Peut-être aucun, Votre Honneur. Mais c'est vous qui perturbez mon programme matinal en me posant un tas de questions. Votre père a donc travaillé pour les Soviets. Qui recherchaient, eux aussi, la Chambre d'ambre ?

– Il s'intéressait beaucoup à vos travaux dans cette région.

– Au point de vous dire ce qu'il en pensait ?

– Pas vraiment, intervint Paul. Mais il avait suivi les reportages de CNN et lu l'article paru dans *USA Today*. À la suite de cette lecture, il a déplié une carte d'Allemagne et relu d'autres vieux articles sur la Chambre d'ambre. »

McKoy se laissa choir de tout son poids sur une vieille chaise de bureau, dont les ressorts gémirent sous le choc.

« Vous pensez que nous avons des chances de taper dans le mille ?

– Karol savait quelque chose, au sujet de la Chambre d'ambre. Chapaev également. Mes parents aussi, peut-être. Il n'est pas impossible que quelqu'un ait préféré les éliminer. »

McKoy avait envie, à présent, d'aller jusqu'au fond des choses.

« Vous avez d'autres raisons de croire qu'ils étaient la cible de cet attentat ?

– Après la mort de Chapaev, je me le suis demandé. Mon père avait promis au père de Rachel de se renseigner sur la famille Loring. Karol nourrissait des remords à cause de ça. Je commence à croire que ce crash n'était pas uniquement le fruit du hasard.

– Trop de coïncidences ?

– On peut le dire comme ça.

– *Quid* de la mine que vous a indiquée Chapaev ? grogna Grumer.

– Rien de ce côté. Et Knoll attribuait l'effondrement de la galerie à une première explosion. Du moins, c'est ce qu'on nous a dit.

– Une fausse piste ?

– C'est plus que probable

– Pourquoi Chapaev vous aurait-il expédiée dans une impasse ? Apparemment doublée d'un piège ? »

Rachel dut admettre qu'elle n'en savait rien.

« Mais ce Loring ? Pourquoi préoccupait-il tellement mon père au point qu'il a demandé aux Cutler de se renseigner à son sujet ? »

Grumer s'éclaircit la gorge.

« Les bruits qui courent sur la Chambre d'ambre sont très répandus. Tellement qu'il est impossible de s'y retrouver aujourd'hui. Votre père tenait évidemment à vérifier quelque rumeur... »

Paul commençait à perdre patience.

« Vous savez quelque chose sur ce Christian Knoll ?

– Non. Première fois que j'entends ce nom. »

McKoy questionna brusquement :

« Vous êtes là pour le simple plaisir de participer à l'action ? »

Paul sourit. La question était légitime.

« Pas exactement. Nous ne sommes pas des chercheurs de trésors. Juste de simples citoyens mêlés malgré eux à des événements qui les dépassent. Où ils n'ont probablement rien à faire. Mais puisqu'on était dans le voisinage, on a décidé de venir jeter un œil.

– Voilà des années que je creuse ces putains de montagnes... »

La porte du hangar s'ouvrit d'un seul coup. Un homme en salopette de mécanicien crasseuse fit irruption dans la pièce, le visage hilare.

« Ça y est, on a percé ! »

D'un bond, McKoy se leva de sa chaise.

« Seigneur Dieu tout-puissant ! Appelez l'équipe de télé. Dites-leur de rappliquer en vitesse. Personne n'entre là-bas avant moi, compris ? »

L'ouvrier repartit en courant.

« Allons-y, Grumer. »

Rachel s'interposa devant McKoy, sur le chemin de la sortie.

« On vient aussi.

– Pourquoi, nom de Dieu ?

– Pour la mémoire de mon père. »

McKoy hésita quelques secondes. Puis il haussa les épaules.

« D'accord. Mais ne restez pas dans mes pattes ! »

36

À mesure qu'ils s'enfonçaient dans le boyau, Rachel se sentait de plus en plus mal à l'aise. Le passage était beaucoup plus étroit que celui de la veille et l'entrée déjà loin derrière eux. Vingt-quatre heures plus tôt, elle avait bien failli se faire enterrer vivante. Et maintenant, elle était de retour sous terre, dans une galerie éclairée plongeant au sein d'une autre montagne allemande. La galerie débouchait sur une caverne aux parois de pierre grise, au fond béant sur une fente noire qu'un grand costaud s'efforçait d'agrandir à coups de masse. Il lui donna, peu à peu, la largeur d'une personne de moyenne corpulence.

McKoy décrocha un des projecteurs et en fit une baladeuse qu'il braqua vers l'ouverture déchiquetée.

« Personne n'a encore regardé ?

– Non.

– Au poil. »

McKoy ramassa un poteau télescopique de métal léger. Il le planta dans le sol, y accrocha son projecteur et déplia le poteau jusqu'à pouvoir dissiper les ténèbres, de l'autre côté de la fente.

« Bon sang, c'est immense. Je vois trois camions. Oh, merde, il y a aussi des cadavres. J'en aperçois... deux pour l'instant. »

Des pas approchaient depuis l'entrée. En se retournant, Rachel vit trois personnes accourir vers eux, encombrées de caméras, de projecteurs et de batteries.

« Soyez prêts, ordonna McKoy. Enregistrez le moment de la découverte, pour le show. »

À Rachel et Paul, il expliqua :

« J'ai vendu les droits télé et vidéo. Le grand bidule. Ils veulent tout dans l'ordre chronologique. »

Grumer éleva la voix.

« Vous avez dit trois camions ?

– Des Büssing NAG, il me semble. Quatre tonnes et demie. Allemands.

– Pas bon !

– Pourquoi ça ?

– Ils n'auraient jamais disposé de trois camions, à l'époque, pour évacuer le contenu du musée de Berlin. Ils auraient dû tout transporter à la main.

– Qu'est-ce que c'est que ce bordel ?

– Comme je vous le dis, monsieur McKoy. Le contenu du musée de Berlin a été transféré par le rail, et seulement ensuite en camion, jusqu'à la mine. Jamais les Allemands n'auraient laissé les véhicules sur place. Trop utiles pour d'autres missions.

– On ignore ce qui s'est passé, Grumer. Peut-être que ces putains de Fritz ont décidé d'abandonner les camions... pour une raison ou une autre !

– Comment sont-ils entrés ? »

McKoy empoigna l'Allemand. Lui parla à dix centimètres du visage.

« Vous avez été le premier à le suggérer. Il doit y avoir une autre voie d'accès. »

Grumer se replia prudemment.

« Si vous le dites, monsieur McKoy.

– Non, c'est *vous* qui l'avez dit ! »

Le grand et gros Américain ramena son attention sur l'équipe de télé. Des projecteurs s'allumèrent. Deux caméras, portées sur l'épaule, entrèrent en action. Un micro survola le tout, au bout de sa perche, et McKoy conclut :

« J'y vais le premier. Filmez par-dessus mon épaule. »

Et l'Américain se glissa dans la fente.

Paul entra le dernier, à la suite de deux ouvriers porteurs de projecteurs.

« Il s'agit d'une caverne naturelle », affirma Grumer, d'une voix claironnante.

Le plafond formait une arche, à vingt bons mètres au-dessus des têtes. Un plafond de cathédrale, excepté que ses seuls ornements consistaient en concrétions calcaires qui reflétaient la lueur des projecteurs. Mêmes motifs sur les parois. Le sol était meuble et sablonneux. Paul respira profondément, gêné par l'odeur de renfermé qui pourrissait l'air disponible. Les projecteurs illuminaient le mur du fond, révélant une autre ouverture ou du moins ce qu'il en restait. Bien assez large pour laisser passer les véhicules réunis au centre.

« L'autre issue, on dirait ? dit McKoy

– Oui, approuva Grumer. Mais c'est bizarre. On cache avec l'intention de reprendre. Pourquoi tout boucler de cette façon ? »

Paul regarda les camions. Rangés côte à côte, à la diable, leurs dix-huit pneus à plat, déformés par le poids du chargement. Les bâches recouvrant les camions étaient toujours là, mais couvertes de moisissure. Cabines et capots paraissaient mangés par la rouille.

McKoy s'en approcha, suivi d'un cameraman.

« Ne vous cassez pas la tête pour le son. On sonorisera et on doublera plus tard. Ne pensez qu'aux images. »

Paul rejoignit Rachel.

« Bizarre, non ? Comme si on profanait une tombe.

– Exactement ce que je pensais.

– Regardez-moi ça ! »

Les lumières révélaient deux cadavres allongés dans le sable. Rien que des os, des lambeaux de vêtements et des bottes de cuir.

« Exécutés d'une balle dans la tête », constata McKoy.

Un ouvrier approcha une source lumineuse. Grumer, impérieux, se hâta d'intervenir :

« Ne touchez à rien. Jusqu'à ce qu'on ait des enregistrements photographiques. C'est ce que voudra le ministère.

– Deux macchabées de plus par ici », annonça quelqu'un.

McKoy et les autres, Rachel comprise, se dirigèrent vers l'endroit d'où provenait la voix. Paul s'attarda auprès des deux premiers cadavres. Les lambeaux de vêtements devaient provenir d'uniformes de la Wehrmacht. Les squelettes avaient noirci, chair et muscles depuis longtemps retournés à la poussière. Un trou dans chaque crâne. Ils avaient dû reposer sur le dos, membres bien attachés. L'un d'eux avait une baïonnette au côté, encore liée à son flanc par ce qui restait d'un ceinturon de cuir. L'étui du pistolet était vide.

Le regard de Paul fut attiré vers la droite par un objet rectangulaire posé sur le sol et partiellement recouvert de sable. Au mépris des recommandations de Grumer, il le ramassa.

Un portefeuille.

Il écarta délicatement les replis du cuir craquelé. L'un des compartiments recelait ce qui avait été sans doute de la monnaie de l'époque. Rien dans un autre. Mais du dernier, glissa une carte brunie et craquante, à l'encre largement effacée mais partiellement lisible. En plissant les paupières, il parvint à déchiffrer :

AUSGEGEBEN 15/3/51 – VERFÄLLT 15/3/55 – GUSTAV MÜLLER

Rien d'autre d'encore déchiffrable. Il garda le portefeuille dans sa main et se dirigea tranquillement vers le gros de la troupe. Il contournait l'un des camions lorsqu'il repéra Grumer, un peu à l'écart. Il allait lui parler du portefeuille quand l'éminent professeur se pencha vers un autre cadavre. Rachel, McKoy et les autres étaient à dix mètres de là, le dos tourné, attentifs au travail de la télévision. McKoy y allait de sa conférence. Des ouvriers avaient dressé sur un support télescopique un projecteur halogène dont la lumière éclairait suffisamment Grumer pour qu'il fût possible de voir ce qu'il faisait.

Paul se faufila entre deux des camions afin d'observer les gestes de Grumer. À l'aide d'une petite torche électrique, l'envoyé du ministère suivait les os du squelette enfoncé dans le sable. Il les suivit ainsi jusqu'à l'extrémité d'une main qui avait tracé, dans le sable, des lettres en partie effacées par le temps, illisibles, à l'exception de trois d'entre elles.

O I C

Grumer en fit trois photographies au flash.

Puis l'Allemand se pencha pour effacer rapidement ces trois dernières lettres, vestiges d'un massacre vieux de plus d'un demi-siècle.

McKoy insistait sur l'aspect spectaculaire indispensable au futur show télévisé. Trois camions militaires de la Seconde Guerre mondiale retrouvés presque intacts dans une mine d'argent désaffectée, c'était quelque chose. Les cadavres de cinq soldats allemands exécutés d'une balle dans la tête, ce n'était pas mal non plus. Bien monté, le résultat cartonnerait à l'audimat. Et les retombées seraient impressionnantes

« Vous avez assez de matériel ?

– Plus qu'assez, répondit l'un des cameramen.

– Alors, voyons un peu ce qu'il y a dans ces épaves. »

Torche électrique au poing, il s'approcha d'un des camions.

« Grumer, où êtes-vous ?

– Ici. »

Le professeur se matérialisa à son côté.

« Prêt ? »

Grumer acquiesça.

« Allons-y. »

La vision qui les attendait, sous les bâches moisies, aurait dû être celle d'une série de caisses de bois clouées à la hâte et recouvertes de vieilles tentures ou de vieux tapis protecteurs. McKoy avait lu quelque part comment les conservateurs de l'Ermitage s'étaient servis des vêtements royaux de Nicolas II et d'Alexandra pour emballer ce qu'ils désiraient soustraire à la rapacité des nazis. Des costumes et des robes d'une valeur inestimable utilisés pour protéger toiles et céramiques. Il espérait que les Allemands s'étaient montrés tout aussi vandales. S'il avait tapé dans le mille, la découverte globale représenterait la crème des collections disparues. La *Rue de Delft*, de Vermeer, ou la *Tête du Christ*, de Vinci, ou *Le Parc Monceau*, de Monet qui rapporteraient des millions, sur le marché officiel. Même si le gouvernement allemand revendiquait le tout, la récompense de celui qui avait mis ces trésors au jour se chiffrerait en millions de dollars.

Il écarta prudemment la bâche raidie et braqua sa torche à l'intérieur du camion.

Le camion était vide. Rien sur le plateau que sable et rouille.

Il fit un saut jusqu'au deuxième véhicule.

Vide.

Puis jusqu'au troisième.

Vide également.

« Bordel de merde ! jura-t-il. Arrêtez ces putains de caméras. »

Grumer l'avait escorté d'un bout à l'autre.

« C'est bien ce que je craignais. »

McKoy l'assassina du regard. Il n'était pas d'humeur à supporter ce genre de réflexion.

« Tout portait à croire que ce n'était pas la bonne caverne. »

L'Allemand semblait presque se réjouir de sa déconvenue.

« Alors, pourquoi ne m'avez-vous rien dit, en janvier ?

– Je ne savais pas, à ce moment-là. Le radar indiquait la présence de trois masses métalliques. C'est seulement à l'approche du dénouement que j'ai commencé à soupçonner que ce ne serait peut-être qu'un nouveau coup d'épée dans l'eau.

– Quel est le problème ? voulut savoir Paul.

– Le problème, monsieur l'avocat, c'est que les camions sont vides. Pas le moindre trésor dans aucun des trois. J'ai consacré un million de dollars à la récupération de trois tacots rouillés. Qu'est-ce que je vais raconter aux investisseurs qui seront là demain matin ?

– Ils connaissaient les risques de l'entreprise.

– Aucun de ces fils de pute n'en conviendra jamais.

– Vous leur aviez bien exposé les risques de l'opération ? s'informa Rachel.

– J'ai été aussi honnête qu'on peut l'être quand on sollicite des fonds. »

Il hocha violemment la tête d'un air écœuré.

« Nom de Dieu de bordel de merde ! »

37

Stod

0 h 45

Knoll balança son sac de voyage sur le lit et jeta un regard à la chambre d'hôtel. Le Christinenhof, un établissement de cinq étages, était accueillant et jouissait d'une bonne réputation. Il avait choisi, intentionnellement, une chambre au troisième, sur la rue. Inutile de faire des folies. La vue sur le jardin signifiait plus de luxe et plus d'argent, et peu importait l'ambiance. Ce qui comptait avant tout, c'était que le Christinenhof donnait directement sur l'Hôtel Weber, dont McKoy et sa bande occupaient tout le quatrième étage.

Il avait appris, par un employé du syndicat d'initiative local, les dernières nouvelles des travaux de McKoy, dans le Harz. Un groupe de ses investisseurs était attendu pour le lendemain. Toutes les chambres du Weber leur étaient réservées, deux hôtels voisins déjà pressentis pour absorber le surplus. « C'est bon pour les affaires », avait ajouté le préposé au tourisme. Bon pour lui, également. Rien de tel qu'une foule pour noyer le poisson et passer inaperçu.

Il ouvrit son sac, en sortit un rasoir. La journée précédente avait été dure pour son ego. Danzer l'avait surclassé, une fois de plus. S'était-elle empressée de raconter à Loring comment elle l'avait attiré dans cette mine ? Mais pourquoi le tuer ? Jamais encore leurs différends n'étaient allés jusque-là. Que s'était-il passé pour faire grimper les enchères ? Pourquoi était-il tellement urgent d'éliminer Chapaev, lui-même et Rachel Cutler ? À cause de la Chambre d'ambre ? Peut-être. D'autres recherches s'imposaient, auxquelles il se consacrerait après cette mission secondaire qu'il lui revenait d'exécuter auparavant.

Il avait pris tout son temps, entre Füssen et Stod. Pas de précipitation. Les journaux de Munich couvraient l'explosion de la veille, dans cette mine du Harz, ainsi que le sauvetage de Rachel Cutler. Rien sur lui-même, sinon que le compagnon de l'Américaine semblait s'être volatilisé. Elle avait pourtant dû parler de lui. Mais aucune mention de son départ de Warthberg avec son sac et celui de la jeune femme. Une manœuvre policière ? Pas impossible. Mais il ne s'en souciait guère. Il ne s'était rendu coupable d'aucun crime. Pourquoi la police aurait-elle eu besoin de lui ? Pour ce qu'ils en savaient, il mourait sans doute de trouille et ne rêvait plus que de se tenir à carreau. Frôler la mort était une expérience éprouvante. Rachel Cutler retournerait prochainement en Amérique, bien vivante, et oublierait tout de ce malencontreux épisode. Elle reprendrait ses paisibles fonctions de juge et *bye bye* l'aventure. Adieu, Chambre d'ambre. Chacun à sa place.

À la réflexion, il sortit le pistolet du fond de son sac. Une arme de polymère, légère à souhait, à peine un kilo, chargée. Cadeau d'Ernst Loring. Un des derniers CS-75B sortis de leurs usines.

« Je l'ai porté à quinze cartouches. Pas de chargeur de dix dans une telle arme. Je me suis souvenu que vous l'estimiez insuffisant. Je l'ai pourvu d'une sûreté manuelle et vous pouvez le transporter armé, sans le moindre risque. Un changement que je vais adapter à toute la gamme. »

Les fonderies tchèques de Loring étaient les plus grandes productrices d'armes de toute l'Europe de l'Est, avec des modèles de légende. Chers, mais sûrs à cent pour cent. Ils commençaient même à envahir les marchés occidentaux. Voire la Russie et les anciennes républiques soviétiques, depuis la levée du rideau de fer.

« Fellner m'a laissé les armes, quand on a conclu notre accord, et j'en suis heureux. À ce propos, j'ai aussi prévu, pour ce même modèle, un silencieux facile à poser. Suzanne a le même. Avec votre sens de l'humour, je sais que vous apprécierez l'ironie. Le nivellement des chances, en quelque sorte. »

Knoll fixa le silencieux au canon court du pistolet. Le chargea posément.

Oui, il appréciait l'ironie à sa juste valeur. Il rejeta l'arme dans son sac et s'approcha de l'unique fenêtre. Les colonnes de l'entrée du Weber, juste en face, encadraient un majestueux portail de bronze. Six étages de chambres et de suites luxueuses. Le plus bel hôtel de la ville. Et le plus cher. Wayland McKoy ne se refusait rien. Le Weber possédait aussi une grande salle de restaurant et plusieurs petits salons pour les rencontres privées. Deux commodités apparemment nécessaires aux besoins des visiteurs attendus. Le personnel du Christinenhof avait été très heureux de n'avoir pas à se plier aux caprices et à l'agitation d'un débarquement en nombre. Une pensée qui fit sourire Christian Knoll. Leur capitalisme n'était que du socialisme à l'européenne. Aux États-Unis, les hôtels se seraient battus pour accaparer et retenir ce genre de clientèle.

Il s'attarda derrière la grille de fer forgé qui barrait la fenêtre. Le ciel de l'après-midi était plutôt couvert. Un troupeau de nuages moutonneux arrivait du nord. Vers sept heures, il irait s'asseoir, pour dîner, dans la salle à manger du Weber, et prêterait l'oreille aux conversations de table.

Ses yeux se fixèrent soudain sur une femme qui louvoyait rapidement parmi les piétons de ce début de soirée. Blonde, jolie, svelte, sobrement vêtue, mais avec recherche. Un sac de cuir pendu à l'épaule droite.

Suzanne Danzer.

Sans aucun artifice. Sous sa véritable apparence.

Fascinante.

Abandonnant sur le lit son rasoir inemployé, il glissa le pistolet sous sa veste, dans son étui de cuir et sortit de sa chambre rapidement.

Une étrange sensation stoppa Suzanne sur le trottoir. Elle se retourna, scrutant la foule. Beaucoup de monde dans la rue, comme toujours à l'heure du déjeuner. Stod était une ville animée. Cinquante mille habitants hantaient son décor de maisons en brique à garnitures de bois, les unes réellement anciennes, les autres reproduites dans le même style régional, entre 1950 et 1960, à la suite des bombardements qui avaient laissé leur marque, en 1945. Les urbanistes avaient fait un bon boulot, ornant les façades de moulures, de statues dans des niches et de bas-reliefs. Le tout destiné à combler le sens artistique de touristes internationaux amateurs de souvenirs, équipés d'appareils photo plus ou moins perfectionnés.

L'abbaye des Sept Chagrins de la Vierge dominait la ville. Une structure monumentale érigée au XVe siècle pour remercier Marie d'avoir sauvé Stod des conséquences d'une bataille locale, en en retournant l'issue à l'avantage de la ville. L'édifice baroque couronnait une hauteur d'où l'on découvrait Stod ainsi que l'Eder qui l'arrosait. Clair symbole de défi et de pouvoirs seigneuriaux révolus.

Suzanne leva les yeux.

Les hauts murs de l'abbaye semblaient se pencher en avant pour mieux protéger la cité. Une galerie promenade orientée vers l'ouest reliait ses tours jumelles. Suzanne se représenta un temps où moines et prélats observaient leur domaine de cette passerelle haut perchée. « La Forteresse de Dieu », avait écrit un chroniqueur médiéval. Mûrs de pierre blanche et ambrée alternaient sur tout son pourtour, coiffés d'un toit couleur rouille. Bravo pour cette teinte minérale qui évoquait l'ambre. Peut-être était-ce un présage ? Si Suzanne avait cru en autre chose qu'elle-même, sans doute y eût-elle pensé plus longuement.

Mais tout ce qui comptait pour elle, en cet instant, était cette sensation que quelqu'un l'observait.

Wayland McKoy. Elle n'était sûrement pas la seule à s'y intéresser sans doute. Quelqu'un d'autre était à pied d'œuvre, l'œil attentif et l'oreille aux aguets. Mais où ? Trop de fenêtres alentour, trop de passants anonymes dans les rues, et même sur le belvédère de la cathédrale. D'en bas, on pouvait tout juste distinguer les petites silhouettes de quelques touristes éblouis par le splendide panorama déployé à leurs pieds.

Aucune importance.

Elle reprit sa route et pénétra dans le hall de l'Hôtel Weber.

Au réceptionniste debout derrière le comptoir, elle déclara en allemand :

« Il faut que je vous laisse un message à l'intention du professeur Grumer.

– Mais comment donc ! »

L'homme poussa un bloc-notes devant elle. Elle écrivit :

« Je serai à l'église Saint-Gerhard vers 22 heures. Soyez-y. Margarethe. »

Elle plia la feuille que l'employé promit de remettre au professeur Grumer, toutes affaires cessantes. Elle lui sourit et le gratifia de cinq euros pour sa peine.

Dans le salon du Christinenhof, Knoll écarta légèrement un rideau pour observer Suzanne Danzer, immobilisée parmi la foule grouillante qui encombrait le trottoir.

Avait-elle senti sa présence ?

Elle en était capable. Il avait toujours aimé l'aphorisme de Jung selon lequel les anciens classaient les femmes en quatre catégories : Ève, Hélène, Sophie et Marie, correspondant à impulsive, émotive, intellectuelle et morale. Danzer possédait les trois premières qualités. Mais aucune trace de la quatrième. Rien, chez elle, n'était moral. Elle avait, toutefois, une autre caractéristique. Dangereuse. Mais elle devait être actuellement désarmée par sa conviction de l'avoir enterré sous des tonnes de roches, à quarante kilomètres de là. Franz Fellner passerait à Loring la fausse info selon laquelle il n'avait aucune nouvelle de sa part. Le temps qu'il puisse organiser sa contre-attaque et rendre coup pour coup à sa séduisante rivale.

Qu'est-ce qu'elle faisait ici, à deux pas de l'hôtel Weber ? Le fait que Stod fût le quartier général de Wayland McKoy ne pouvait pas être une coïncidence. Disposait-elle d'une source intérieure ? Rien d'exceptionnel à cela. Lui-même en cultivait, des sources, dans de nombreux milieux. Qui lui permettaient de renseigner Fellner en priorité, dans bien des domaines. La plupart des enquêteurs et des acquéreurs de modèle courant étaient toujours prêts à vendre au plus offrant des infos supposées exclusives. Voire des trouvailles dont d'autres collectionneurs moins riches ou moins généreux avaient, jusque-là, financé la recherche.

Tout avait son prix, dans ce monde. Les objets et les hommes.

Un léger crachin s'était mis à tomber. Des parapluies s'ouvrirent. La foudre roulait au loin. Danzer ressortit rapidement du Weber. Knoll s'éloigna de la fenêtre. Pourvu qu'elle n'entre pas au Christinenhof. Il n'y avait aucune cachette disponible dans le hall aux dimensions modestes.

Non, elle releva le col de sa veste et s'éloigna. Il quitta son hôtel, la suivit de loin et la vit entrer au Gebler, un établissement à l'ancienne mode, dont la façade trahissait le passage du temps. Suffisamment proche pour lui faciliter les choses.

Réintégrant le Christinenhof, il reprit son poste de guet, derrière la vitre. Évitant, par une immobilité trop prolongée, d'attirer l'attention de la clientèle.

Un quart d'heure s'écoula sans que Suzanne Danzer reparût.

Christian Knoll sourit aux anges.

Pas besoin d'une confirmation supplémentaire.

Elle s'était bien installée au Gebler.

38

13 H 15

Paul fixait sur Alfred Grumer son regard d'avocat, étudiant chaque faille de l'individu, jaugeant la rapidité d'une réaction, jugeant la valeur d'une réponse. Lui-même, McKoy, le professeur et Rachel s'étaient repliés dans le petit hangar où ils avaient fait connaissance.

Près de trois heures s'étaient écoulées depuis la mauvaise surprise, et l'humeur de McKoy, tout comme celle du temps, était sombre.

« Bon Dieu, Grumer, qu'est-ce qui se passe ici ?

– Deux explications possibles, répondit l'Allemand, perché sur un tabouret. Une, les camions étaient vides à leur entrée dans la caverne. Deux, quelqu'un nous a battus d'une longueur.

– Comment quelqu'un pourrait-il nous avoir précédés ? Il a fallu quatre jours pour percer la paroi, et l'autre issue est bouchée par des tonnes de pierraille.

– Cette autre intrusion peut remonter à des années. »

McKoy prit le temps de respirer bien à fond.

« Grumer, demain, vingt-huit personnes vont débarquer de leur avion et me tomber sur le poil. Ils ont investi un paquet de fric dans cette entreprise. Qu'est-ce que je vais bien pouvoir leur raconter ? Que quelqu'un nous a battus d'une longueur ?

– Les faits sont les faits. »

McKoy jaillit de son siège, les traits convulsés par une rage meurtrière. Rachel l'intercepta carrément.

« Quel bien ça vous fera de l'étrangler ?

– Au moins, je me serai payé sur la bête !

– Asseyez-vous ! » ordonna-t-elle.

Paul lui connaissait cette voix. La voix du tribunal. Ferme. Impérieuse. Sans réplique. Une voix qu'elle avait élevée trop souvent, dans leur vie privée.

Malgré son poids et son gabarit, McKoy capitula.

« Jamais vu une nana pareille ! »

Puis il s'effondra pesamment sur la chaise qu'il venait de quitter.

« On dirait que je vais avoir besoin d'un avocat. C'est pas un juge qu'il me faut. Vous êtes disponible, Cutler ? »

Paul refusa d'un geste.

« Pas question. Je règle surtout des affaires de succession et d'exécution testamentaire. Mais il y a dans mon cabinet des tas de bons spécialistes du contentieux et de la rupture de contrat.

– Ils sont de l'autre côté de la mare et vous, vous êtes là, Cutler. Devinez qui vient d'être élu !

– Je suppose, intervint Rachel, que tous vos investisseurs ont signé des déclarations attestant leur pleine connaissance des risques courus ?

– La belle affaire ! Tous ces mecs sont bourrés d'oseille et peuvent s'offrir les meilleurs avocats. Dès la semaine prochaine, je baignerai jusqu'au cou dans un foutu merdier juridique. Personne ne voudra croire que j'ignorais qu'il y avait que dalle dans ces saloperies de camions.

– Je ne suis pas d'accord avec vous, protesta Rachel. Nul ne croira jamais que vous ayez pu creuser en sachant d'avance que les camions seraient vides. Ç'aurait été un suicide financier.

– Même avec la clause qui m'octroie une prime de cent mille dollars, qu'il y ait quelque chose ou pas ? »

Rachel se retourna vers Paul.

« Appelle tes collègues. Ce type va vraiment avoir besoin d'un avocat. »

McKoy changea son fusil d'épaule.

« Comprenons-nous bien. J'ai une entreprise à gérer aux États-Unis. C'est pas en faisant ce que je fais ici que je gagne ma vie. La dernière fois, j'ai encaissé la prime et glané un bonus substantiel. Les investisseurs ont eu des retombées. Tout s'est arrangé au poil. Sans coups de gueule et sans grincements de dents.

– Pas cette fois, le contredit Paul. À moins que ces camions ne vaillent quelque chose, ce dont je doute. Encore faudrait-il les sortir du trou.

– Impossible, coupa Grumer. Cette caverne est aussi peu accessible qu'une chambre forte. Il faudrait des millions pour la vider de son contenu.

– Allez vous faire foutre, professeur ! »

Paul ne quittait pas son client potentiel du regard. Sur les traits du grand gaillard, la résignation le disputait à l'angoisse. Beaucoup de clients passaient par ce stade, à un moment ou à un autre. Alors, Paul se rappela Grumer en train d'effacer les lettres O I C dans le sable de la caverne. Et il eut soudain envie de s'attarder dans le secteur.

« O.K., McKoy, si vous voulez de moi, je suis votre homme. Je ferai tout ce que je pourrai. »

Rachel lui jeta un regard incrédule. Hier, il voulait rentrer à tout prix. Laisser le bébé entre les mains de la police. Aujourd'hui, il se portait volontaire pour assister McKoy. Mener une barque percée parmi des forces déchaînées qu'il connaissait mal. Et qu'il n'aurait aucun moyen de maîtriser.

« Marché conclu, approuva son nouveau client. J'ai besoin de votre aide. Grumer, rendez-vous utile. Veillez à l'installation de tous ces emmerdeurs au Weber. À mes frais, comme prévu. »

Visiblement, Grumer n'était pas ravi de recevoir des ordres, mais il s'abstint de discuter.

« C'est quoi, le Weber ? releva Paul.

– L'hôtel où on crèche en ville. »

Paul désigna Grumer qui décrochait le téléphone.

« Lui aussi ?

– Où voulez-vous qu'il soit ? »

Stod fit un gros effet sur Paul Cutler. Une ville importante avec des artères vénérables jaillies tout droit du Moyen Âge, une architecture idem et des maisons pressées les unes contre les autres, comme autant de vieux bouquins dans une bibliothèque.

Et par-dessus toute chose, cette abbaye monstrueuse dominant une forêt de grands arbres en fleurs. Le petit parking réservé aux invités se trouvait à courte distance du Weber, dans la même rue, au-delà d'une zone piétonnière à mi-chemin du fleuve.

À l'hôtel, il apprit que l'équipe de McKoy logeait au quatrième étage. Les investisseurs attendus occuperaient le troisième. Grâce à un bon pourboire, McKoy obtint une chambre au deuxième. Une ou deux ? avait-il demandé aux Cutler. La réponse lui était venue de Rachel : une seule.

Dès que le couple se retrouva en tête à tête, elle explosa :

« Je peux savoir ce que tu mijotes ?

– Et toi ? Une seule chambre. Je nous croyais divorcés. Tu me le rappelles si souvent...

– Paul Cutler. Tu as quelque chose en tête et je ne veux pas te perdre de vue. Hier, tu serais rentré à la nage. Maintenant, tu acceptes de représenter ce type. Et si c'est un escroc ?

– Raison de plus pour lui assurer les services d'un bon avocat !

– Écoute, Paul... »

Il lui montra le lit à deux places.

« Nuit et jour ?

– Quoi ?

– Tu veux m'avoir à l'œil nuit et jour ?

– Ce ne serait pas une nouveauté. On a été mariés plus de sept ans. »

Il lui dédia un large sourire.

« Tu sais que je commence à aimer cette histoire ?

– Vas-tu me dire ce que tu as en tête ? »

Assis sur le bord du lit, il lui raconta ce qu'il avait observé, dans la caverne. Lui montra le portefeuille rangé jusque-là dans sa poche revolver.

« Grumer a effacé les lettres O I C imprimées dans le sable. Pour quelle raison, je l'ignore. C'est lui qui mijote quelque chose.

– Pourquoi n'en as-tu rien dit à McKoy ?

– Je n'en sais rien. J'y ai bien pensé. Mais comme tu l'as dit, c'est peut-être un escroc.

– Les lettres O I C, tu es sûr ?

– Pour autant que j'aie pu les apercevoir.

– Quel rapport avec papa et la Chambre d'ambre ?

– Aucun, sinon que Karol s'intéressait aux activités de McKoy. Et ça ne signifie peut-être rien non plus. »

Rachel s'assit auprès de lui. Il souffrit en redécouvrant d'aussi près les écorchures et les meurtrissures qui marbraient ses bras et son visage. Certaines commençaient à former des croûtes.

« Ce McKoy nous a mis le grappin dessus un peu vite, non ?

– Il se peut qu'on devienne ses seuls amis dans ce bled. Il n'aime pas beaucoup Grumer. Nous, on est au moins ses compatriotes. Sans avantages pécuniaires dans l'histoire. Pas hostiles jusqu'à preuve du contraire. »

Rachel examinait la carte aux trois quarts effacée trouvée dans le portefeuille.

« *Ausgegeben* 15/3/51. *Verfällt* 15/3/55. Tu crois qu'on devrait demander à quelqu'un de nous traduire ?

– Pas une bonne idée. Je ne veux plus me fier à personne... la personne présente exceptée ! On va plutôt se procurer un dictionnaire et traduire nous-mêmes. »

Ils trouvèrent leur dictionnaire bilingue à deux pâtés de maisons du Weber.

« *Ausgegeben* signifie délivrée et *verfällt* expiration, fin de validité. Les nombres sont des dates. À l'européenne, le jour d'abord, contrairement à nous. Délivrée en mars 1951. Valable jusqu'en mars 1955.

– Soit après la guerre. Grumer avait raison. Quelqu'un s'est emparé de ce qu'il y avait à prendre... à un moment entre mars 1951 et mars 1955.

– Emparé ? Mais de quoi ?

– Bonne question.

– Quelque chose de valeur, en tout cas. Cinq exécutions sur place.

– Et les plateaux briqués à neuf. Pas la moindre trace susceptible de nous renseigner. »

Il rejeta le petit dictionnaire sur la table de nuit.

« Grumer sait quelque chose. Pourquoi aurait-il pris la peine de photographier ces lettres avant de les effacer ? Dans quelle intention ? À qui doit-il en rendre compte ?

– On devrait peut-être en parler à McKoy ? »

Paul réfléchit une seconde.

« Je ne le pense pas. Du moins pas encore. »

39

22 HEURES

Suzanne écarta le rideau de velours qui séparait le portail d'entrée de la nef. L'église Saint-Gerhard était vide. Le panneau d'affichage extérieur précisait que la paroisse restait ouverte jusqu'à onze heures du soir. Raison essentielle du choix de Suzanne, l'autre raison étant que l'église était située assez loin du Weber, à la limite de la vieille ville, loin de la foule.

L'architecture du sanctuaire était de style roman. Brique et tours jumelles. Arcades joliment disposées. Le maître-autel, la sacristie, le chœur étaient déserts. Quelques cierges brûlaient devant un autel secondaire, leurs reflets dansant sur les hauts plafonds enluminés.

Suzanne s'arrêta juste au-dessous de la chaire. Les silhouettes murales des quatre évangélistes la cernaient de toutes parts. Elle regarda l'escalier menant à la chaire. D'autres silhouettes l'encadraient. Des allégories chrétiennes. Fidélité, Espoir, Charité, Prudence, Force d'âme, Justice, Abstinence. Elle en reconnut l'auteur : Riemenschneider. XVIe siècle. La chaire était inoccupée à cette heure, mais elle imagina brièvement le sermon de l'évêque à sa congrégation, vantant les vertus de Dieu et les avantages de croire en Lui.

Elle s'avança jusqu'au bout de la nef, l'œil et l'oreille aux aguets. Sa main droite non gantée enserrait, dans sa poche, la crosse de son pistolet, un Sauer automatique de calibre 32, présent de Loring, trois ans auparavant. Elle avait failli s'équiper de son nouveau CZ-75B, autre cadeau d'Ernst Loring. Le même qu'elle l'avait prié d'offrir à Christian. Loring avait beaucoup apprécié l'ironie de la chose. Dommage pour le pauvre Knoll qui n'aurait jamais l'occasion de se servir du sien.

Du coin de l'œil, elle distingua un léger mouvement à sa droite et pivota sur elle-même, prête à dégainer son arme. Elle ne connaissait pas encore le grand type décharné qui venait à sa rencontre.

« Margarethe ?

– Herr Grumer ? »

L'homme sentait la bière et la saucisse.

« C'est dangereux, souffla-t-il.

– Personne ne peut être au courant de cette rencontre, monsieur le professeur. Vous avez le droit d'aller à l'église et de prier Dieu.

– Puissiez-vous dire vrai. »

Sa paranoïa n'intéressait pas Suzanne.

« Vous avez appris quelque chose ? »

Grumer sortit de sa poche une série de photos. Elle les étudia successivement, à la lueur d'une ampoule nue. Trois camions. Cinq cadavres. Trois lettres imprimées dans le sable.

« Les véhicules sont vides. La seconde issue est bouchée. Les cadavres sont postérieurs à la fin de la guerre. Ce qui reste de l'équipement et des uniformes en est la preuve. »

Elle désigna la photo des lettres tracées dans le sable.

« Vous les avez effacées ?

– D'un revers de main.

– Alors, pourquoi les avoir photographiées ?

– Pour que vous me croyiez.

– Et corser la note ? »

Grumer sourit. Suzanne haïssait déjà sa rapacité ostensible.

« Autre chose ?

– Deux Américains se sont présentés sur le site. La femme porte les marques de l'explosion de la mine, près de Warthberg. Paul et Rachel Cutler. Divorcés. Ils voulaient parler à McKoy de la Chambre d'ambre. »

La survie de Rachel constituait un premier fait intéressant.

« Quelqu'un d'autre a survécu à cette explosion ?

– Un certain Christian Knoll. Il a quitté Warthberg après l'explosion, en emportant les effets personnels de Frau Cutler. »

Suzanne se raidit. Knoll toujours vivant, voilà qui changeait bien des choses. Elle ne se sentait plus aussi sûre de maîtriser la situation. Mais sa mission demeurait inchangée.

« McKoy vous écoute toujours ?

– Quand ça lui chante. Les camions vides l'ont déboussolé. Il craint la réaction de ses investisseurs. Il s'est assuré l'assistance juridique de Cutler.

– Des étrangers.

– Ses compatriotes. Je crois qu'il leur fait confiance plus qu'à moi-même. Les Cutler disposent d'une correspondance échangée entre Karol Borya, le père de Frau Cutler, et un nommé Danya Chapaev. Elle concerne la Chambre d'ambre. »

Pas très nouveau, comme information. Mais elle devait avoir l'air intéressée. Vital pour continuer de s'assurer la collaboration de Grumer.

« Vous avez lu ces lettres ?

– Je les ai lues.

– Qui les possède ?

– Les Cutler.

– Des photocopies de ces lettres pourraient vous rapporter gros.

– C'est bien ce que je pensais.

– Et quel sera le prix de votre coopération, Herr Grumer ?

– Cinq millions d'euros.

– En échange de ? »

Il désigna les photos.

« Ces clichés vous montrent ma bonne foi. Ils prouvent une intervention postérieure à la guerre. C'est bien ce que recherche votre employeur ? »

Elle éluda la question.

« Je vais transmettre votre demande.

– Au fils Loring ?

– Je ne vous ai pas dit pour qui je travaillais, et je n'ai pas l'intention de le faire. Personne ne connaît l'identité de mon employeur.

– Mais son nom a été cité par les Cutler, et le père de Frau Cutler en parlait dans ses lettres. »

Ce type commençait à devenir encombrant. Il parlait beaucoup. Trop, peut-être. Un problème qu'il faudrait régler. Au plus vite. Avec celui des Cutler. Et combien d'autres ?

« Inutile d'insister sur l'importance de ces lettres. Et des activités de McKoy. Le temps presse, et je suis disposée à payer le prix à condition que vous alliez vite.

– Demain, ça ira ? Les Cutler sont descendus au Weber.

– Il me tarde de les avoir.

– Où puis-je vous joindre ?

– Au Gebler.

– Je connais l'établissement. Vous aurez de mes nouvelles demain matin à huit heures. »

Le rideau de velours s'écarta. Un prêtre en soutane remonta l'allée centrale. Suzanne consulta sa montre. Pas loin de onze heures.

« Sortons. Il vient sûrement fermer la boutique. »

Knoll s'enfonça dans l'ombre. Danzer émergeait de Saint-Gerhard, en compagnie d'un grand type maigrichon. Ils n'étaient pas à vingt mètres de son poste de guet. La rue était sombre et déserte. Debout sur les marches, à portée de voix, le couple poursuivait un dialogue précédemment amorcé.

« J'aurai votre réponse demain. On se retrouve ici.

– Pas facile. »

L'homme désignait le panneau d'affichage des horaires de l'église.

« Premier office à neuf heures, le mardi. »

Le temps qu'elle se reportât au tableau :

« Exact, monsieur Grumer. »

L'homme leva la main vers l'abbaye resplendissante sous le ciel nocturne, dans la lueur des projecteurs.

« Elle ne ferme jamais ses portes. Peu de visiteurs le matin. Dix heures et demie ?

– Entendu.

– Avec un petit acompte. Une unité sur cinq ?

– Je vais plaider votre cause. »

Knoll ne connaissait pas l'homme, mais l'imbécile avait tort de vouloir imposer ses exigences à quelqu'un comme Danzer. On n'imposait rien à Suzanne sans courir de gros risques. Ce type était un amateur qu'elle utilisait pour savoir ce que préparait McKoy.

Mais était-ce bien tout ? Une unité sur cinq. Sous-entendu millions d'euros. C'était une somme.

Le type descendit les marches de l'église et piqua vers l'est. Danzer prit la direction opposée. Il savait où elle allait. Lui-même l'avait suivie depuis le Gebler. Sa présence compliquait les choses, mais c'était ce Grumer qui l'intéressait pour l'instant. Il le suivit jusqu'à l'entrée du Weber.

Maintenant, il savait.

Et savait aussi où serait Suzanne, le lendemain, à dix heures et demie.

Rachel éteignit la lumière de la salle de bains et s'approcha du lit. Adossé à un oreiller, Paul lisait l'*International Herald Tribune* qu'il avait acheté en même temps que le dictionnaire bilingue.

Elle pensait intensément à lui. Divorce après divorce, elle avait observé à quel point les gens s'acharnaient à se détruire les uns les autres. Tous les petits détails de leurs vies passées devenaient soudain des preuves de cruauté mentale et d'échec irréversible. Qu'est-ce qui les poussait à se comporter de cette manière absurde ? Le plaisir d'accabler l'autre ? Dieu merci, ni elle ni lui n'avaient agi aussi bêtement. Ils avaient pris les dispositions nécessaires, un triste jeudi après-midi, dans le salon. Elle avait été dure avec lui, la semaine précédente. Pourquoi fallait-il qu'elle l'accuse de manquer de caractère ? Pourquoi se comportait-elle ainsi ? Elle était tellement différente lorsqu'elle exerçait sa fonction de juge où chaque mot était pesé, chaque conclusion raisonnée.

Sauf peut-être avec Nettles.

« Tu as encore mal à la tête ? »

Elle s'assit sur le bord du lit.

« Un peu, par moments... »

L'image d'une lame dénudée lui traversa l'esprit. Knoll s'apprêtait-il vraiment à la poignarder ? Avait-elle raison de ne pas en parler à Paul ?

« Il faut qu'on rappelle Pannek. Qu'il sache ce qui se passe et où on est. Il doit se poser des questions. »

Paul leva les yeux de son journal ;

« D'accord. On le fera demain dans la journée. Quand on aura vu ce qui va se passer ici. »

Elle pensa de nouveau à Christian Knoll. Son assurance l'avait intriguée, en réveillant chez elle des sentiments depuis longtemps oubliés. Elle avait quarante ans. Elle avait adoré son père. Sa connaissance des hommes se résumait à un premier flirt à la fac, et à Paul. Elle n'était pas arrivée vierge à leur mariage, mais elle manquait d'expérience. Paul s'était toujours montré réservé, réconfortant, reposant. Tout le contraire de Knoll. Mais il était loyal, fidèle et foncièrement honnête. Comment avait-il pu lui paraître ennuyeux à une certaine époque ? Conséquence de sa propre immaturité, sans doute. Brent et Maria idolâtraient leur père. Qui le leur rendait au centuple. Difficile de reprocher à un homme l'amour qu'il voue à ses enfants, et sa fidélité envers sa femme.

Que leur était-il arrivé ? Une explication sommaire s'imposa à elle : ils avaient suivi des voies différentes. Mais était-ce le cas ? Sans doute, le stress inhérent à leurs métiers respectifs y était-il pour quelque chose. Sans oublier la lassitude professionnelle et la difficulté d'assumer des responsabilités à la fois banales, mais parfois très lourdes. *L'écueil du quotidien.* Elle avait lu cette expression quelque part et la trouvait très juste, appliquée au mariage, à la vie commune. L'usure due à la routine.

« Paul, je te suis reconnaissante d'être avec moi. Plus que tu ne peux l'imaginer.

– Je mentirais si je prétendais que tout ça m'est égal. Je vais peut-être même amener un nouveau client à la firme. McKoy a réellement besoin des conseils d'un bon avocat.

– Tu n'as pas l'impression que ça va barder pour son matricule, à l'arrivée de ses investisseurs ? »

Paul jeta le journal sur le tapis.

« Oui, ça risque d'être intéressant ! »

Il éteignit la lampe de chevet. Le portefeuille trouvé dans la caverne gisait juste à côté, sur la table de nuit. Avec les lettres de Karol Borya.

Rachel éteignit l'autre lampe.

« C'est drôle, murmura Paul, de dormir ensemble pour la première fois depuis trois ans. »

Elle se pelotonna sous la courtepointe. Elle portait une longue chemise encore imprégnée du parfum rassurant de sept ans de mariage. Il s'allongea sur le flanc, prenant soin de lui tourner le dos pour lui signifier qu'il n'empiéterait pas sur son espace. Elle décida de faire un geste en se rapprochant de lui.

« Tu es vraiment un mec bien, Paul Cutler. »

Elle l'entoura d'un bras. Ressentit sa tension. Étaient-ce les nerfs ou bien le choc ?

« Tu n'es pas mal non plus », répondit-il.

40

MARDI 20 MAI

9 H 10

Paul suivit Rachel dans le boyau humide qui conduisait à l'étrange garage souterrain. Il avait appris, en passant au hangar, que McKoy s'y trouvait depuis sept heures du matin. Grumer brillait par son absence, mais d'après l'un des ouvriers, le professeur Grumer arrivait rarement avant le milieu de la matinée.

Ils pénétrèrent dans la caverne brillamment éclairée.

Paul examina les trois camions de plus près. Phares, rétroviseurs et pare-brise étaient intacts. Les bâches également, toujours tendues sur leurs arceaux, sous la moisissure. En dehors de la rouille et des pneus à plat, ils étaient récupérables.

Deux des portières étaient ouvertes. Il se pencha à l'intérieur du plus proche véhicule. Fendu et desséché, le cuir des sièges ne valait plus rien. Les cadrans du tableau de bord disparaissaient sous une couche de poussière granuleuse, mais pas un papier ne traînait. D'où ces trois camions provenaient-ils ? Avaient-ils transporté des troupes allemandes ? Ou des juifs en route pour les camps de la mort ? Étaient-ils là lors de l'avance des armées russes, ou de la ruée simultanée des Américains, dans l'autre sens ? Vraiment très étrange, cette vision incongrue, au cœur d'une montagne allemande.

Une ombre apparut, au-delà des trois véhicules.

« McKoy ?

– Par ici. »

Paul contourna les camions, avec Rachel. Le grand gaillard leur fit face.

« Ce sont des Büssing NAG. Des diesels de quatre tonnes et demie. Six mètres de long, deux mètres vingt-cinq de large, trois mètres de hauteur. »

McKoy frappa du poing une des portières oxydées. Une neige roussâtre s'abattit dans le sable de la caverne, mais le panneau métallique avait tenu le choc.

« Fer et acier massifs. Ces engins peuvent transporter sept tonnes. Très lents, en revanche. Moins de quarante à l'heure au maximum.

– À quoi bon cette description technique, s'étonna Rachel ?

– Cette description technique, Votre Honneur, pour dire que ces camions n'ont jamais servi à transbahuter des peintures et des vases. Ils étaient trop précieux, à l'époque. Pour les grosses charges. Pas de danger que les Allemands aillent en enterrer trois dans une mine à la con !

– Alors ?

– Alors, toute cette mascarade ne tient pas debout ! »

Sortant de sa poche un papier plié, il le tendit à Paul.

« Visez-moi un peu ça. »

Paul déplia la feuille et s'approcha d'une source de lumière. Il s'agissait d'un mémorandum. Lui et Rachel le lurent en silence.

ENTREPRISE DE TERRASSEMENTS EN ALLEMAGNE
6798 boulevard Moyat
Raleigh, 27615 Caroline du Nord

À : Associés potentiels
De : Wayland McKoy, (PDG).
Objet : Découvrez un morceau d'histoire et passez des vacances gratuites en Allemagne.

L'ETA, Entreprise de Terrassements en Allemagne, a le plaisir de commanditer le programme suivant, en association avec la Chrysler Motor Company (Section Jeeps), Coleman, Eveready, Hewlett-Packard, IBM, Saturn Marine, Boston Electric Tool Company, et Olympus America.

Dans les derniers jours de la Seconde Guerre mondiale, un train a quitté Berlin, chargé de 1200 œuvres d'art. Il a atteint la cité de Magdebourg et bifurqué vers le sud, à destination des montagnes du Harz. Nul ne sait ce qu'il en est advenu. D'après la loi allemande, les propriétaires légitimes de ces trésors ont quatre-vingt-dix jours pour faire valoir leurs réclamations. Les œuvres d'art non revendiquées sont alors mises aux enchères, et le produit de leur vente réparti à concurrence de 50 % pour le gouvernement et 50 % pour les personnes ou les organismes qui les ont retrouvées. L'inventaire complet du contenu de ce train sera fourni sur simple demande. Estimation minimale de l'ensemble : 360 millions de dollars, dont une moitié réservée au gouvernement allemand. Les 180 millions restants seront partagés en fonction des objets récupérés, moins les réclamations justifiées des éventuels propriétaires légitimes et moins les frais d'enchères, les taxes, etc.

Toutes les sommes investies seront remboursées sur le produit des contrats passés avec les médias. Tous les investisseurs et leurs épouses seront invités en

Allemagne pour la durée de l'expédition. Nous avons déjà découvert le site où devront se dérouler les fouilles. Nous sommes en possession du permis officiel. Nous avons l'expérience et l'équipement nécessaires pour procéder aux travaux de terrassement. L'Entreprise de Terrassements en Allemagne a reçu un permis de 45 jours. Jusque-là, tous les bons de participation aux opérations finales (Phase III) à 25 000 dollars pièce se sont arrachés. Il nous reste quelques bons à 15 000 dollars. N'hésitez pas à me téléphoner, si ce magnifique investissement vous intéresse.

Bien à vous.

Wayland McKoy

Président de l'ETA

« C'est ce que j'ai envoyé aux investisseurs potentiels », souligna McKoy.

Paul formula sa première question précise :

« Que signifie la clause : "Toutes les sommes investies seront remboursées sur le produit des contrats passés avec les médias."

– Exactement ce qu'elle veut dire : de nombreuses entreprises multimédias ont acheté le droit d'enregistrer l'opération et de distribuer le film.

– En admettant que l'expédition soit couronnée de succès. Ils ne vous ont pas payé d'avance, je suppose ?

– Putain, non !

– L'ennui, ajouta Rachel, c'est que ce détail ne figure pas dans votre document. Les investisseurs pouvaient croire, à juste raison, que vous possédiez déjà la totalité des fonds. »

Paul se référa au deuxième paragraphe :

« "Nous avons l'expérience et le matériel nécessaire pour procéder aux travaux de terrassement." Cette phrase laisse croire que vous saviez exactement où creuser. »

McKoy soupira :

« J'en étais persuadé. Le radar de profondeur disait qu'il y avait trois masses métalliques dans la caverne. Et elles y étaient. »

Paul continua :

« C'est vrai, cette histoire de quarante-cinq bons de participation à vingt-cinq mille dollars pièce ? Soit un million cent vingt-cinq.

– Tels sont les fonds que j'ai pu réunir. Plus les bons à quinze mille dollars. En tout soixante investisseurs. »

Paul se reporta au mémorandum.

« Votre document s'adresse à des "associés" potentiels. Ce n'est pas synonyme d'investisseurs. »

McKoy ne put s'empêcher de sourire.

« Ça sonne mieux, non ?

– Les compagnies citées ont également investi des capitaux ?

– Elles ont fourni de l'équipement lourd, soit à fonds perdus, soit à des conditions très avantageuses, ce qui revient au même, dans un sens. Mais elles n'attendent rien en contrepartie.

– Vous avez agité la promesse de trois cent soixante millions de dollars sous le nez de tous ! Dont une moitié à partager après la bataille. Il n'est pas possible que ce soit vrai.

– Et comment que c'est vrai ! C'est la valeur que les chercheurs attribuent aux œuvres d'art du musée de Berlin. »

Rachel spécifia :

« À condition qu'elles soient retrouvées. Votre problème, McKoy, c'est que votre prospectus ne le dit pas. N'importe quelle cour qualifierait cette ambiguïté de déclaration mensongère, comme la publicité du même nom.

– Puisque nous en sommes là, petite madame, commencez par m'appeler Wayland. J'ai fait tout ce qu'il fallait pour lever les fonds. Je n'ai menti à personne, et je n'avais aucune intention d'escroquer qui que ce soit. Je m'engageais à creuser et c'est ce que j'ai fait. Je n'ai pas gagné un cent, à part ce qu'il était convenu de me payer directement. »

Paul s'était attendu à entendre Rachel relever plus ou moins vertement le « petite madame », mais elle n'en fit rien.

Au lieu de protester, elle se contenta de répondre sur un ton sarcastique :

« Alors là, vous avez un autre problème ! Il n'y a aucune allusion, dans votre texte, à cette fameuse prime.

– Mais ils étaient tous au courant, et pleinement d'accord. À propos, vous êtes un vrai petit rayon de soleil dans un jour d'orage ! »

Rachel ne recula pas d'un pouce.

« Vous avez besoin d'entendre la vérité.

– Écoutez... La moitié de ces cent mille dollars est allée à Grumer pour son temps et ses efforts. C'est lui qui a décroché le permis de son gouvernement, sans quoi rien n'était possible. J'ai gardé le reste, mais ce voyage me coûte la peau des fesses. Ces derniers bons à quinze mille m'ont un peu dédommagé de mon propre temps, et d'une partie des dépenses. Si je ne les avais pas eus, j'étais prêt à contracter un emprunt bancaire... tant je croyais au succès de cette entreprise !

– Quand arrivent vos... associés ? voulut savoir Paul.

– Demain. Vingt-huit, avec leurs épouses. Tous ceux qui ont accepté le voyage offert. »

Paul s'efforça de commencer à raisonner comme un avocat. Épluchant chaque mot de la rhétorique enthousiaste du mémorandum, analysant le style et la syntaxe. S'agissait-il d'une proposition frauduleuse ? Peut-être. Ambiguë ? Sûrement. Fallait-il parler à McKoy de Grumer et du portefeuille ? Des lettres effacées dans le sable ? Il ne connaissait toujours pas McKoy. Pas vraiment. Mais n'était-ce pas le cas avec tous les nouveaux clients ? Méfiants au début, débordant de confiance ensuite. Il résolut d'attendre encore un peu et de voir venir avant de prendre une décision définitive.

Suzanne entra au Weber sans rien demander à personne. Elle grimpa directement au deuxième étage. Grumer l'avait appelée, dix minutes plus tôt, pour lui confirmer que McKoy et les Cutler avaient regagné la caverne. Le cher professeur l'attendait dans le couloir du deuxième.

« Chambre vingt et une », souffla-t-il.

Elle s'arrêta devant la porte aux panneaux de chêne rayés par le temps et le vandalisme de la clientèle. La serrure était incorporée dans la poignée de cuivre et nécessitait une clef normale. Forcer les serrures n'avait jamais été son fort. Elle se servit du coupe-papier, emprunté au concierge à son insu, pour écarter le pêne de la gâche. Un jeu d'enfant.

« On ne dérange rien, recommanda-t-elle en poussant la porte. Inutile de signaler notre visite. »

Grumer s'en prit aux meubles. Elle s'occupa des bagages, qui consistaient en un unique sac de cuir. Elle fouilla les vêtements, surtout masculins. Pas de lettres.

Rien non plus dans la salle de bains. Elle explora les cachettes les plus usuelles, sous le matelas, sur l'armoire. Sans résultat.

« Les lettres ne sont pas là, conclut Grumer.

– Cherchez encore. »

Fini les précautions. Quand ils eurent terminé, la chambre portait des traces évidentes de leur perquisition clandestine. Toujours pas de lettres. Et Suzanne commençait à perdre patience.

« Rejoignez-les sur le site, monsieur le professeur. Et revenez avec les lettres, ou vous ne toucherez pas un euro. Compris ? »

Grumer comprit surtout qu'elle n'était pas d'humeur à plaisanter, et se retira sans un mot. Sur un minuscule signe de tête.

41

Burg Herz

10 h 45

Knoll enfonça profondément son membre érigé. Monika, à quatre pattes, lui tournait le dos, ses jolies fesses arquées vers le ciel, la tête enfouie dans un oreiller en fin duvet d'oie.

« Du nerf, Christian. Montre-moi ce que cette garce de Géorgie a manqué. »

Il redoubla d'ardeur, le front ruisselant de transpiration. Elle envoya une main en arrière pour lui caresser lentement les testicules. Elle savait par cœur tout ce qui lui faisait de l'effet. Une des choses qui le contrariait fort. Monika le connaissait trop bien.

Il empoigna, à deux mains, sa taille mince et la retourna sur le dos. Elle accepta le geste avec le miaulement satisfait du chat qui vient d'attraper une souris. Il ressentit l'orgasme qui la convulsa un peu plus tard, accompagné d'un râle de pure jouissance, et ne put se contenir davantage alors qu'elle poursuivait ses caresses de plus en plus appuyées. Attentive à prolonger son plaisir jusqu'à la dernière goutte.

Pas mal, songea-t-il en redescendant sur terre. Pas mal du tout.

Elle le lâcha et s'allongea sur le ventre, les reins harmonieusement cambrés. Il se détendit auprès d'elle, laissant les derniers spasmes s'apaiser en lui. Il demeura immobile et faussement relaxé pour ne pas donner à cette garce le plaisir de mesurer le pouvoir qu'elle avait sur sa sensualité débridée.

« C'était super, non ? Autre chose qu'une ancienne épouse d'avocat.

– Extra ! Même si la comparaison est incomplète.

– Et cette pute italienne que tu as coupée en morceaux ? Elle était bonne ? »

Il baisa les extrémités jointes de son pouce et de son index.

« *Buona.* Elle n'a pas volé le prix demandé.

– Et Suzanne Danzer ? »

Encore une fausse note.

« Cette jalousie est indigne de toi, Monika.

– Ne sois pas prétentieux. »

Elle se souleva sur un coude. Elle l'attendait dans sa chambre, à son arrivée. Burg Herz n'était qu'à une heure de Stod. Il avait décidé qu'une conversation face à face s'imposait davantage, à ce stade, que des instructions reçues par téléphone.

« Je ne comprends pas, Christian. Qu'est-ce que tu lui trouves, à la Danzer ? Tu vaux mieux que tomber dans les bras de cette fille recueillie par charité par Loring.

– La fille recueillie par charité, comme tu dis, a décroché ses diplômes avec mention, à l'université de Paris. Pour ce que j'en sais, elle parle une douzaine de langues, elle s'y connaît plus en art qu'un expert officiel et tire au pistolet comme une championne. Elle est aussi très jolie, et c'est un des meilleurs coups que j'aie eu l'occasion de pratiquer. Je dirais qu'elle possède pas mal d'atouts dans son jeu.

– Au point de te damer le pion, parfois ?

Il grimaça.

« J'ai beau reconnaître ses mérites, elle ne perd rien pour attendre !

– Ne pense pas à la revanche, Christian. La violence engendre la violence. Le monde n'est pas ton aire de jeu personnelle.

– Je connais mes obligations et mes limites. »

Elle lui dédia ce sourire curieusement asymétrique qu'il n'avait jamais aimé. Elle semblait résolue à lui pourrir la vie. Tout avait été plus facile, du temps de Fellner. Plaisir et boulot n'allaient pas toujours ensemble. Mais comment faire autrement ?

« Papa doit être rentré de sa réunion. Il veut qu'on le rejoigne dans son bureau. »

Knoll se leva.

« Alors, gardons-nous de le faire attendre. »

Christian Knoll suivit Monika jusqu'à l'antre personnel de son père. Assis derrière un grand bureau de châtaignier du XVIIIe siècle qu'il avait acheté à Berlin, vingt ans auparavant, le vieux Fellner fumait une pipe d'ivoire à tuyau d'ambre, un autre objet de collection qui avait appartenu à Alexandre II de Russie.

Fellner avait l'air très fatigué. Knoll souhaita que cette extrême fatigue ne le privât pas trop tôt du plaisir de parler avec lui d'art et de littérature classique, sans oublier leurs discussions politiques si passionnantes. Il avait beaucoup appris au contact de Franz Fellner, entre deux voyages à travers le monde, en quête des trésors perdus de l'art mondial. Il n'aurait jamais été ce qu'il était, s'il n'avait pas connu Burg Herz. Et tant que le vieux serait en vie, il ferait le maximum pour le satisfaire.

« Salut, Christian. Assieds-toi. Raconte-moi tout. »

À la nouvelle de la complicité entre Danzer et un type nommé Grumer, Fellner se hérissa légèrement.

« Je connais ce type. Ce *cher professeur* est une pute du monde enseignant. Il va d'université en université. Mais il est lié au gouvernement allemand et donne dans le trafic d'influence. Pas étonnant qu'un homme tel que McKoy se soit attaché ses services.

– Grumer, conclut Monika, est évidemment la source d'information de Danzer sur le site.

– Exactement. Et Grumer ne serait pas là s'il n'y avait pas de gros profits à tirer de la situation. Il se peut que ce soit plus intéressant qu'on ne le pensait. Ernst est sur le coup. Il m'a téléphoné ce matin en s'inquiétant de ta santé, Christian. Je lui ai dit qu'on était sans nouvelles de toi depuis des jours.

– Tout ça colle parfaitement avec le plan d'ensemble.

– Quel plan d'ensemble ? » jappa Monika, avec vivacité.

Fellner sourit à sa fille.

« Peut-être est-il temps, *liebling*, que tu saches tout. On le lui dit, Christian ? »

Monika était furieuse, et ça se voyait. Knoll aimait la voir dans cet état de confusion mentale. Il était bon que cette garce se rende compte qu'elle ne savait pas tout.

Fellner sortit d'un tiroir un épais dossier.

« Il y a des années qu'on suit l'affaire, Christian et moi. »

Il étala coupures de presse et pages de magazines sur le dessus de son bureau.

« Le premier meurtre avéré remonte à 1957. Un journaliste allemand d'un de mes journaux de Hambourg. Un homme remarquablement bien informé. Il était venu me voir ici pour une interview. Quelques jours plus tard, il est passé sous un autobus, à Berlin. Des témoins ont juré qu'il avait été poussé.

« La mort suivante est survenue deux ans plus tard. Un autre reporter. Italien, celui-là. Une voiture l'a balancé au bas d'une corniche alpine. Deux autres morts en 1960. Une overdose de drogue et un cambriolage qui a mal tourné. De 1960 à 1970, l'hécatombe s'est poursuivie, dans toute l'Europe. Une douzaine de morts suspectes. Des journalistes. Des experts en assurances. Voire des enquêteurs de police. Plusieurs suicides contestés, et jusqu'à trois meurtres indubitables.

« Tous ces gens-là, ma chérie, recherchaient la Chambre d'ambre. Les prédécesseurs de Christian, mes deux premiers acquéreurs, surveillaient la presse. Tout ce qui semblait offrir un rapport avec notre dossier était examiné de très près. Le dernier en date était un reporter polonais tué dans l'explosion d'une mine, il y a trois ans. »

Fellner se retourna de nouveau vers sa fille.

« Je ne suis pas sûr de l'endroit, mais c'était tout près du lieu de cette autre explosion dont Christian aurait pu être la victime.

– Je parierais que c'est la même, approuva Knoll.

– Étrange, en vérité. Christian tombe sur un nom, aux archives de Saint-Pétersbourg. Karol Borya. Bientôt, l'homme meurt, ainsi que son vieil ami Danya Chapaev. Ma chérie, Christian et moi pensons, depuis longtemps, que Loring en sait beaucoup plus qu'il ne le prétend sur la Chambre d'ambre.

– Son père aimait l'ambre, rappela Monika. Et lui l'aime aussi.

– Josef était un homme très secret. Beaucoup plus que son fils. Bien des fois, nous avons abordé ensemble le sujet de la Chambre d'ambre. Je lui ai même proposé, une fois, un programme de recherche commun, mais il a refusé. D'après lui, ce serait une perte de temps et d'argent. Il y avait quelque chose, toutefois, dans sa façon de refuser, qui m'avait beaucoup intrigué. C'est alors que j'ai commencé à constituer ce dossier. Depuis le début. Et j'ai constaté qu'il y avait eu trop de morts, trop de coïncidences pour que ce soit uniquement le fait du hasard. Et voilà que Suzanne Danzer tente d'éliminer Christian ! Et qu'elle envisage de payer cinq millions d'euros des informations sur l'emplacement d'une caverne. »

Fellner secoua sa tête blanche.

« Je dirais que cette piste qu'on estimait refroidie vient de se réchauffer considérablement. »

Monika engloba, d'un geste large, tous les articles dispersés sur le bureau de son père.

« Tu penses que tous ces gens ont été assassinés ?

– Y a-t-il une autre conclusion logique ? »

Monika se rapprocha du bureau et poussa, d'un doigt à l'ongle verni, quelques-uns des articles.

« On avait vu juste, pour Borya, non ?

– Si, dit Christian sans battre d'un cil. Mais c'est bel et bien Suzanne qui a tué Chapaev, et qui a essayé de me rayer de la liste.

– Il se peut, relança Fellner, que ce nouveau site soit important. Ce n'est plus le moment de finasser. Christian, tu as ma permission de régler cette histoire comme tu l'entendras. »

Fixé sur son père, le regard de Monika trahissait la violence de ses sentiments.

« Je croyais que c'était moi qui menais la barque ? »

Fellner lui sourit gentiment.

« Pardonne à un vieil homme son dernier caprice. Il y a des années que nous sommes sur cette affaire, Christian et moi. J'ai l'impression qu'on tient quelque chose. Ma chérie, je te demande l'autorisation de piétiner un peu tes plates-bandes. »

Monika souriait, elle aussi. Mais jaune. Que pouvait-elle dire ? Jamais elle n'avait défié ouvertement son père, bien qu'elle eût donné libre cours, maintes fois, dans le privé, à des rages disproportionnées. Fellner demeurait un produit de la vieille école. Où les hommes régnaient, où les femmes mettaient au monde les héritiers de demain. Il avait édifié un empire financier qui régentait le marché des communications européennes. Politiciens et industriels se disputaient ses faveurs. Mais sa femme et son fils étaient morts et seule, lui restait Monika. Il s'était donc vu contraint de modeler une fille à *son* image de l'homme. Par bonheur, Monika était une dure à cuire. Et supérieurement intelligente.

« Bien sûr, papa. Fais à ta guise. »

Fellner prit la main de sa fille.

« Je sais que tu ne comprends pas, chérie. Mais je t'aime pour cette marque de déférence. »

Knoll n'y résista pas.

« Une nouveauté ! »

Monika lui jeta un regard empoisonné. Franz Fellner s'esclaffa :

« Très juste, Christian, tu la connais bien. Tous les deux, vous allez faire une fine équipe ! »

Monika regagna sa place. Fellner enchaîna :

« Christian, retourne à Stod et vois de quoi il retourne. Manie Suzanne selon tes propres méthodes. Avant de mourir, je veux tout savoir sur la Chambre d'ambre. Dans un sens ou dans l'autre. Si tu as des doutes, n'oublie ni cette explosion, dans la mine, ni tes dix millions d'euros. »

Knoll se leva.

« Je n'oublierai pas, Franz. Tu peux compter sur moi. »

42

Stod

13 h 45

Le grand salon du Weber était comble. Debout auprès de Rachel, Paul regardait se développer le drame. Si l'ambiance pouvait influer sur la situation, le décor possédait de quoi seconder les efforts de Wayland McKoy. Le long des murs lambrissés de chêne, pendaient d'antiques cartes géographiques aux couleurs vives représentant l'Allemagne à diverses époques de son histoire. Le gigantesque plafonnier de cuivre et de cristal, les chaises d'un autre temps et le riche tapis oriental achevaient de créer une atmosphère douillette et détendue.

Partagées entre la surprise et l'épuisement, cinquante-six personnes occupaient les sièges. Un car les avait directement amenés de Francfort, où elles avaient atterri quatre heures plus tôt. Leur âge variait de trente ans à soixante et plus. Les origines différaient, elles aussi. Beaucoup de Blancs, deux couples noirs, parmi les plus âgés, et deux Japonais. Tous attendaient visiblement de grandes choses.

McKoy et Grumer se tenaient en face d'eux, avec cinq des ouvriers qui avaient participé aux travaux.

Sur une table, voisinaient le magnétophone et le poste de télé, pour les illustrations prévues. Les deux types assis à l'arrière-plan, expression blasée et carnet de notes sur les genoux, ne pouvaient être que des reporters. McKoy avait essayé de leur interdire l'entrée, mais ils avaient présenté des cartes de la ZDF, l'agence de presse allemande qui avait rendu compte des opérations préparatoires. Paul s'était simplement assuré qu'il ferait très attention à tout ce qu'il allait dire.

« Mes chers associés, commença McKoy, soyez les bienvenus. »

Le bourdonnement des conversations s'apaisa. McKoy ajouta, sur le même ton jovial, plein de chaleur :

« Café, amuse-gueules et jus de fruits à volonté. Je sais que vous venez de faire un long voyage et que vous devez être fatigués, avec le décalage horaire et tout le reste. Mais je sais aussi que vous êtes tous impatients de savoir comment vont nos affaires. »

McKoy avait envisagé de tergiverser, de gagner du temps. Paul s'y était formellement opposé.

« Ça ne ferait qu'échauffer les esprits. Approche directe et pas de "putain" tous les trois mots. Confiant et détendu, d'accord ?

– J'ai l'habitude de ces rencontres, Paul. Je sais comment manier ce genre d'assistance. »

Mais l'avocat s'était montré intraitable. Bien qu'à regret, McKoy plongea la tête la première :

« Je sais ce que vous vous demandez tous. Avons-nous trouvé quelque chose ? La réponse est non. Mais nous avons beaucoup progressé... Voici le professeur Grumer, spécialiste en art ancien à l'université de Mayence, notre expert local sur le site. Il va vous expliquer, dans le détail, ce qui nous est arrivé. »

Grumer s'avança, vivante image de la « grosse tête » en veste de tweed, pantalon de velours à côtes et cravate impeccablement nouée. La main droite dans la poche et la gauche ponctuant ses déclarations, le sourire désarmant, il attaqua :

« Je vais commencer par vous donner quelques éclaircissements sur l'origine de notre aventure commune... »

Il toussa dans son poing, pour s'éclaircir la gorge.

« Le pillage des trésors artistiques est une tradition multiséculaire. Grecs et Romains dépouillaient toujours leurs ennemis vaincus de tout ce qu'ils possédaient de précieux. Aux XIVe et XVe siècles, les croisés se sont appliqués à razzier l'Europe de l'Est et le Moyen-Orient. Églises européennes et cathédrales occidentales continuent à se parer des produits de leurs rapines.

« Au XVIIe siècle, s'est instaurée une autre forme plus raffinée de pillage. Après toute victoire militaire, les grandes collections royales – il n'y avait pas encore de musées, en ce temps-là – étaient achetées plutôt que saisies. Un bel exemple d'hypocrisie politique : quand les armées tsaristes ont occupé Berlin en 1757, les collections de Frédéric II furent scrupuleusement respectées. Le contraire eût été considéré comme un acte de barbarie par les Russes eux-mêmes... déjà considérés comme des barbares par la quasi-totalité de l'Europe.

« Napoléon fut peut-être le plus grand pillard de toute l'histoire de l'humanité. L'Allemagne, l'Espagne et l'Italie furent nettoyées par le vide, afin de pouvoir remplir le célèbre musée du Louvre. Après Waterloo, au Congrès de Vienne en 1815, la France fut sommée de restituer ce qu'elle détenait indûment. Ce qu'elle fit, contrainte et forcée, mais seulement en partie. Et ce qu'elle parvint à conserver peut toujours être admiré, aujourd'hui, dans la capitale française. »

Paul ne put s'empêcher de tirer son chapeau au *cher professeur*. En traitant tous ces braves gens comme un universitaire s'adressant à ses étudiants avides de savoir, il les maintenait dans une sorte d'expectative empreinte de fascination.

« Pendant la guerre de Sécession, votre président Lincoln émit un décret qui ordonnait la protection des œuvres d'art classiques du Sud, bibliothèques, collections scientifiques et autres instruments précieux. En 1874, la conférence de Bruxelles édicta des mesures encore plus ambitieuses, confirmées à

La Haye en 1907, mais qui s'avérèrent de peu d'efficacité, au cours des deux guerres mondiales.

« Hitler a tout bonnement ignoré la convention de La Haye en imitant Napoléon, son grand prédécesseur. Les nazis créèrent simplement une administration centrale qui ne faisait rien d'autre que voler. Hitler entendait fonder un supermusée – celui du Führer – abritant la plus riche collection d'art international qui soit au monde. Son intention était d'édifier ce musée à Linz, en Autriche, sa ville natale. Le *Sonderauftrag Linz* serait son nom officiel. La Mission spéciale de Linz ! Le cœur du IIIe Reich conçu par Hitler lui-même. »

Grumer marqua une pause destinée à laisser les informations pénétrer l'honorable assistance.

« Le pillage, aux yeux du Führer, visait un autre objectif. Démoraliser l'ennemi, particulièrement la Russie, où les palais impériaux furent saignés à blanc, si j'ose dire, sous les yeux des populations locales. Depuis les Goths ou les Vandales, nul n'avait jamais assisté, en Europe, à un saccage aussi dégradant de la culture humaine. Tous les musées d'Allemagne, particulièrement ceux de Berlin, se remplirent d'œuvres d'art dérobées. Cela dans les phases ultimes de la guerre, alors que Russes et Américains étaient aux portes de l'empire. C'est à ce moment précis qu'un train bourré de ces trésors partit du sud de Berlin pour les montagnes du Harz. Ici, dans cette région où nous sommes actuellement. »

Sur l'écran de la télévision, s'amorça un long panoramique survolant une chaîne de montagnes. Grumer pointa sa télécommande et stoppa le travelling sur un large plan forestier.

« Les nazis aimaient les cachettes souterraines. Ces montagnes du Harz qui nous entourent en étaient truffées, à distance raisonnable de Berlin. Tout ce qu'on y a déjà retrouvé, après la guerre, illustre ce point de vue. Le Trésor germanique national y prit place. Plus d'un million de livres et d'œuvres picturales de toutes origines. Des tonnes de sculptures. Mais la plus étrange cachette a été découverte non loin d'ici. Une équipe de soldats américains signala l'existence, à cinq cents mètres d'altitude, d'un mur de briques tout neuf, d'une épaisseur de deux mètres ou presque. Ce mur fut démoli, et de l'autre côté s'élevait une porte d'acier, hermétiquement bouclée.

Paul observait les associés, à la dérobée. Ils étaient captivés. Comme il l'était lui-même.

« Au-delà de cette porte, les Américains découvrirent quatre énormes cercueils. L'un s'ornait d'une couronne et de symboles nazis, avec le nom d'Adolf Hitler peint sur une face latérale, en toutes lettres. Les bannières de grands régiments germaniques recouvraient les trois autres. Plus un sceptre d'or et de pierreries, deux couronnes et des sabres d'apparat. Le tout bizarrement théâtral, comme un autel. Imaginez à quoi ces soldats ont pu penser ! Était-ce le mausolée d'Adolf Hitler ? Non, hélas, ce n'était pas le cas ! Les cercueils ne contenaient que les restes du *Feldmarschall* von Hindenburg, de son épouse, ainsi que de Frédéric le Grand et de Frédéric-Guillaume Ier. »

Pointant la télécommande, Grumer relança la vidéo. L'image en couleurs montra la tombe souterraine. McKoy s'était rendu la veille sur le site afin d'y réaliser cette vidéo destinée à faire patienter son public. Grumer passa adroitement de ses généralités historiques aux travaux actuels, aux trois camions et aux cinq cadavres. L'assistance ne quittait pas l'écran des yeux.

« La découverte de ces trois camions est très excitante. Il est évident que quelque chose d'une énorme valeur a été transporté dans cette caverne. Ces véhicules étaient en soi un véritable trésor de guerre. Immobiliser trois d'entre eux dans cette excavation prouvait l'immense valeur de leur contenu. Les cinq soldats exécutés sur place augmentent encore l'épaisseur du mystère. »

La première question jaillit enfin :

« Qu'y avait-il dans ces camions ? »

McKoy prit le relais de Grumer.

« Rien. Ils étaient vides.

– Vides ! braillèrent plusieurs voix.

– Exact. Il n'y avait rien sur aucun des trois plateaux soigneusement nettoyés. »

McKoy fit signe à Grumer, qui introduisit une autre cassette.

« Le fait n'a rien de surprenant. »

Une autre image se matérialisa. Une prise de vue qui ne figurait pas, à dessein, sur le premier film.

« Vous voyez ici la seconde entrée de la mine. Nous en avons conclu que cette caverne communiquait avec une autre, partiellement obstruée. C'est là que nous allons creuser maintenant.

– Vous venez bien de nous dire que les camions étaient vides ? » releva, à retardement, l'un des investisseurs.

Paul se rendit compte que le plus dur restait à faire : répondre aux questions. Rachel et lui y avaient préparé McKoy en le soumettant au feu roulant des demandes qui lui seraient adressées dans le meilleur style d'un contre-interrogatoire en présence de la cour. Bonne idée que cette hypothèse de l'existence d'une autre caverne communiquant avec la première. C'était peut-être la vérité. Qui pouvait savoir ? L'essentiel était de gagner quelques jours, jusqu'à ce que McKoy pût reprendre les terrassements et transformer la supposition en certitude. Pour le meilleur ou pour le pire.

Et McKoy s'en sortit admirablement, relevant tous les défis, répondant aux demandes les plus insistantes avec le sourire. Il n'avait pas son pareil pour manier les foules. Paul surveillait l'assistance et ne pouvait que le constater.

Jusque-là, tout allait bien.

La plupart se contenteraient de cette explication.

Pour le moment.

À l'arrière-plan de la salle, par la porte menant au grand hall du Weber, Paul nota l'entrée d'une jeune femme. Taille moyenne, blonde, discrète. Soucieuse de passer inaperçue en demeurant plongée dans l'ombre. Il y avait pourtant, chez cette femme, quelque chose de vaguement familier.

« J'ai le plaisir de vous présenter Paul Cutler, mon conseil juridique. »

Paul réagit à l'appel de son nom. Mais déjà, McKoy précisait :

« Maître Cutler est là pour nous assister, le professeur Grumer et moi-même, au cas où nous rencontrerions quelque difficulté juridique sur le site. Nous n'en attendons aucune, mais Paul Cutler, avocat à Atlanta, s'est gentiment porté volontaire. »

Paul sourit à la ronde, peu satisfait de la présentation, mais incapable d'y remédier dans l'immédiat. Il salua poliment la foule et se retourna vers le fond de la salle.

La jeune femme n'était plus là.

43

Tout aussi discrètement qu'elle y était entrée, Suzanne ressortit de l'hôtel. Elle en avait assez vu et entendu. McKoy, Grumer et les deux Cutler allaient avoir du pain sur la planche. Ainsi que les cinq travailleurs présents à la conférence. D'après les informations de Grumer, il ne devait rester que deux hommes sur le site. Juste pour monter la garde.

Elle avait intercepté le regard de Paul Cutler, mais ce n'était pas un problème. Son apparence était très différente de ce qu'elle avait été, dans son bureau d'Atlanta, la semaine précédente. Pour plus de sécurité, elle s'attarda un moment dans les locaux de l'hôtel, en marge de la foule, juste histoire de voir comment tournerait la rencontre. Elle avait pris un léger risque, en revenant au Weber, mais Grumer ne lui inspirait aucune confiance. Il était trop germanique, trop avide. Cinq millions d'euros ? Ce crétin pompeux croyait au Père Noël. Croyait-il Ernst Loring si crédule ?

Elle regagna sa Porsche qu'elle gara parmi les arbres, un peu plus tard, à proximité de l'excavation. Après une petite marche en forêt, elle parvint à un hangar rempli de matériel. Devant la cabane, les générateurs bourdonnaient en sourdine. Pas de camion ni de personnel en vue.

Elle se glissa dans le boyau ouvert et suivit les ampoules de service allumées dans la galerie. Relativement peu de lumière. Halogènes débranchés, en attente. La seule lueur un peu plus importante émanait d'une caverne située au-delà d'un trou percé dans la roche. L'oreille tendue, elle s'en approcha. Un corps gisait juste devant l'ouverture. Un jeune type en salopette de travail. Elle lui tâta le pouls. Faible, mais l'homme vivait encore.

Elle jeta un coup d'œil par l'ouverture déchiquetée. Une ombre dansait sur le mur du fond. Pliée en deux, elle se glissa dans la vaste caverne adjacente. Pas de lumière à l'entrée qui pût projeter son ombre, et le sable meuble étouffait ses pas. Elle décida de ne pas dégainer son arme avant d'avoir identifié l'autre visiteur.

Elle atteignit le plus proche camion et s'accroupit avec précaution pour jeter un coup d'œil à ras de terre, par-dessous le châssis. Une paire de bottes se déplaçait vers la droite, au-delà des trois camions. Posément, sans la moindre hâte. L'homme, quel qu'il fût, n'avait pas perçu sa présence. Elle ne bougea plus. Autant rester dans l'ombre.

Les bottes se figèrent près de l'arrière du camion le plus éloigné. Une bâche craqua. S'aidant d'une torche électrique, l'homme examinait le plateau du véhicule. Toujours sur la pointe des pieds, elle avança jusqu'à la calandre du camion suivant et se pencha juste assez pour découvrir à qui appartenaient ces bottes. Moins de dix mètres les séparaient.

Christian Knoll.

Un frisson la parcourut tout entière.

Knoll examina le plateau du troisième camion comme il avait inspecté les deux autres. Rien. Pas une trace susceptible de révéler ce qu'ils avaient pu transporter. Idem pour les cabines. Qui avait joué les femmes de ménage ? McKoy ? Peu probable.

Aucune rumeur non plus, en ville, qui permît de soupçonner une trouvaille importante. Qui plus est, il y aurait eu des traces : échardes de bois en provenance d'emballages évacués, matériau de rembourrage, etc. Mais non, rien. McKoy aurait-il d'ailleurs laissé le site sous la garde d'un type si facile à éliminer s'il avait trouvé quelque chose ? La seule explication logique, c'était que les camions avaient été vidés avant que McKoy et ses hommes aient envahi la caverne.

Mais comment ?

Et les cadavres ? Rien de bien exceptionnel. La plupart des cachettes avaient été pillées par Américains et Russes lors de l'invasion, et ensuite par des charognards et des chasseurs de trésors, avant que le gouvernement ait pu y mettre le holà. Il se pencha sur un des squelettes noircis. Cette affaire était quand même étrange. Pourquoi Danzer s'intéressait-elle, d'aussi près, à quelque chose qui débouchait sur le néant ? Assez pour promettre un acompte d'un million d'euros sur de futures informations.

Quelle sorte d'informations ?

Une sensation l'envahit, qu'il avait appris à respecter, au cours des années. Celle-là même qui l'avait prévenu, à Atlanta, que Danzer était sur sa piste. Et qui lui disait, à présent, que quelqu'un d'autre l'avait rejoint dans cette caverne.

Il se garda de brusquer les choses. Tout mouvement inconsidéré alerterait l'intrus. Lentement, il contourna les véhicules de manière à s'interposer entre la personne en question et la sortie. Pas maladroit, du reste, le visiteur, pour avoir évité de projeter son ombre en passant devant une des sources lumineuses.

Il s'arrêta et s'accroupit, sûr de repérer une paire de jambes, par-dessous les châssis.

Personne.

Suzanne se tenait juste derrière une des roues à plat. Elle avait suivi les déplacements de Knoll et prêté l'oreille au bruit de ses pas. Légers, mais Christian ne faisait aucun effort pour les étouffer. Avait-il décelé sa présence ? Comme à Atlanta ?

Peut-être louchait-il, lui aussi, par-dessous les camions ? Il ne verrait rien, mais n'hésiterait pas longtemps. Elle le connaissait. Aucun de ses adversaires ne possédait les qualités de Christian Knoll. Et s'il la découvrait, il y aurait du grabuge. À présent, il devait avoir compris ce qui s'était passé chez Danya Chapaev. Il n'ignorait plus rien au sujet de la caverne piégée.

Sa façon de se déplacer, de s'interposer entre elle et la sortie ne laissait aucun doute.

Il savait. Il l'attendait au tournant.

Elle dégaina son Sauer et passa l'index sous le pontet. En contact avec la détente.

Knoll imprima une secousse à son bras droit et assura sa prise sur le manche de son stylet. Il jeta un coup d'œil sous les camions. Rien. À cause de ces maudits pneus crevés. Il décida de passer à l'action et, d'un élan soudain, roula par-dessus un capot rouillé et atterrit de l'autre côté.

C'était bien Suzanne dont le visage trahit, instantanément, le choc que venait de lui infliger cette soudaine initiative. Vivement, elle releva son pistolet. Knoll se replia, d'un bond, derrière le plus proche véhicule. Deux détonations assourdies l'escortèrent. Deux balles ricochèrent sur la paroi rocheuse.

Il se redressa et lança son stylet.

Suzanne se jeta à plat ventre. Elle avait prévu ce genre d'attaque. Elle connaissait l'arme favorite de Knoll, et l'avait vue scintiller, une seconde auparavant, dans la lumière chiche. Elle savait que son propre tir ne le distrairait qu'une fraction de seconde, et quand il se redressa d'un bond, l'arme haute, elle était prête. Le stylet s'enfonça jusqu'à la garde dans une bâche moisie. Knoll allait charger à nouveau. Elle tira une autre balle. Sans toucher autre chose que la roche.

« Pas pour ce coup-ci, Suzanne ! Tu es à moi.

– Tu es désarmé.

– En es-tu sûre ? »

Elle baissa les yeux vers son pistolet, se demandant combien il lui restait de balles. Quatre ? Elle jeta un regard autour d'elle. Knoll lui barrait le chemin de la sortie. Il fallait le stopper assez longtemps pour pouvoir émerger de ce trou à rats. Son regard balaya les parois rocheuses, les camions, les lumières.

Les lumières.

L'obscurité serait son alliée.

Elle tira le chargeur et le remplaça par celui de rechange qu'elle avait en poche. De nouveau, elle disposait de sept coups. L'une après l'autre, les ampoules explosèrent dans de menues gerbes d'étincelles. Elle courut vers la sortie, en tirant sur la dernière source lumineuse. Qui explosa à son tour, plongeant la caverne dans les ténèbres. Suzanne avait réglé sa trajectoire en fonction de cette dernière ampoule fracassée. Elle espérait courir droit.

Sinon, elle ne rencontrerait, devant elle, que la paroi rocheuse.

Dès l'explosion de la première ampoule, Knoll se précipita vers son stylet. Il ne s'écoulerait que quelques secondes avant l'explosion de la dernière, et Danzer avait raison. Sans son poignard, il serait désarmé. Pourquoi diable avait-il laissé son CZ-75B dans sa chambre d'hôtel ? Il s'était imaginé n'avoir rien à craindre, au cours de cette brève intrusion. Il préférait la discrétion de sa lame à n'importe quelle arme à feu, mais il regrettait son excès d'optimisme.

La dernière ampoule éclata.

Une obscurité d'encre s'abattit sur la caverne.

Suzanne franchit l'ouverture sans encombre et fila vers la sortie fracassant au passage, sans ralentir sa course, les lumières de service largement espacées.

L'explosion de la dernière ampoule avait totalement aveuglé Christian. Il se contraignit à l'immobilité, le temps de recouvrer son calme. Se remémorant la réflexion de Monika, au sujet de Suzanne.

Une fille recueillie par charité ?

Foutaise ! Suzanne Danzer était un danger public.

Un danger mortel.

L'odeur âcre de la fumée dégagée par les explosions successives lui emplissait les narines. La suppression accessoire de ces sources de chaleur commençait à rafraîchir légèrement l'intérieur de la caverne.

Il rouvrit les yeux. D'autres petites explosions signalaient la destruction d'autres ampoules, au-delà de l'ouverture. Il se hâta de récupérer son stylet et de sortir à son tour, dans la lueur intermittente des explosions extérieures.

Heureusement qu'il avait de bons yeux, capables de s'accommoder, très vite, aux changements d'éclairage.

Suzanne rejaillit au grand jour. Un bruit de course retentissait derrière elle. Knoll n'était jamais long à réagir. Elle fonça entre les arbres. Cinq cents mètres environ. Une minute ou deux, à cette allure, jusqu'à sa Porsche. Avec assez d'avance sur Knoll pour pouvoir démarrer. Il ne saurait peut-être pas quelle direction elle avait prise.

Elle trébucha parmi les pins, hors d'haleine, en ordonnant à ses jambes de continuer à courir.

Knoll plongea hors du tunnel. Il scruta la forêt environnante. À sa droite, une tache de couleur louvoyait entre les arbres. Pas plus de cent mètres d'avance. Il identifia la silhouette.

Une femme.

Danzer.

Stylet au poing, il se jeta à sa poursuite.

Suzanne atteignit la Porsche et s'y engouffra. Elle lança le moteur, passa la première, écrasa la pédale de l'accélérateur. Les pneus patinèrent, puis mordirent le sol. La voiture fit un bond en avant.

Dans son rétroviseur, elle vit Knoll émerger de la futaie, stylet en main.

Elle stoppa sur la route et sortit la tête par la vitre baissée, le saluant du bras levé avant de redémarrer.

Le geste de Suzanne arracha un sourire à son poursuivant. La monnaie de sa pièce, pour s'être moqué d'elle sur l'aéroport d'Atlanta. Elle devait être très fière de lui avoir échappé.

Il consulta sa montre. Quatre heures trente de l'après-midi.

Aucune importance.

Il savait exactement où elle serait dans six heures.

44

16 H 45

Paul attendit patiemment que le dernier associé quittât le salon. McKoy, souriant, avait serré toutes les mains, jurant à la ronde que les bonnes surprises ne faisaient que commencer. Le grand gaillard semblait très content de lui-même. La rencontre s'était passée au mieux. Pendant près de deux heures, ils avaient éludé les questions, mêlant à leurs réponses des images alléchantes de trésors enfouis et de nazis rapaces, utilisant certains épisodes historiques pour mieux endormir ses interlocuteurs.

Enfin, McKoy put rejoindre Paul.

« Ce putain de Grumer a été au poil, non ? »

Paul, McKoy et Rachel étaient seuls, de nouveau. Les investisseurs se reposaient dans leurs chambres. Et Grumer avait tiré sa révérence quelques minutes plus tôt.

« Il s'est bien comporté, reconnut Paul. Mais c'est reculer pour mieux sauter.

– Qui recule ? Je vais reprendre les travaux. Cette deuxième issue doit mener quelque part. »

Rachel fronçait les sourcils.

« Un autre diagnostic de votre radar ?

– Je n'en sais foutre rien, Votre Honneur. »

Rachel se contenta de sourire. Avec sa grande gueule et sa langue agile, il n'était pas tellement différent d'elle.

« Demain, on va emmener tout le monde en car sur le site et leur montrer du pays. Ça devrait nous valoir quelques jours de plus. Et peut-être qu'il y a vraiment quelque chose, au-delà de cette seconde issue. »

Paul Cutler s'étrangla, stupéfié par tant d'optimisme.

« Et peut-être qu'un jour, les poules auront des dents ! Vous avez un problème, McKoy. Il faut qu'on étudie où vous vous situez sur un plan juridique. Vous voulez que j'appelle ma boîte et qu'on leur faxe une demande d'assistance ? Notre département contentieux va vous décortiquer tout ça en un rien de temps. »

McKoy soupira :

« Qu'est-ce que ça va me coûter ?

– Mille dollars en dépôt de garantie. Et deux cent cinquante de l'heure. Payable au mois. Dépenses à votre charge. »

McKoy aspira bruyamment un air raréfié.

« Adieu, mes cinquante mille ! Heureusement que je ne les ai pas dépensés. »

Paul se demanda, une fois de plus, si le moment était venu de lui montrer le portefeuille. Et d'évoquer les lettres marquées dans le sable que Grumer avait effacées. Celui-ci savait-il que la caverne serait vide ? Avait-il gardé l'info pour son seul usage ? N'avait-il pas laissé entendre, la veille, qu'il s'était douté du fiasco, longtemps à l'avance ? Alors ? Lui attribuer tout le mal et lui faire porter le blâme ? Grumer était allemand. Il avait pu jouer sur deux tableaux.

S'il n'avait pas été là, McKoy n'aurait pas obtenu son permis. Les associés pourraient alors se retourner contre Grumer devant les cours allemandes. Mais les frais monteraient en flèche, transformant le contentieux en un cauchemar économique. Juste un aspect à soulever pour renvoyer les chiens à la niche ? Il déclara :

« J'ai besoin encore d'autre chose, McKoy...

– Wayland ! »

Avant que Paul pût rectifier le tir, Grumer réapparut, dans tous ses états.

« Il y a eu du vilain sur le site. »

Rachel examinait le crâne du travailleur. Une bosse grosse comme un œuf de poule pointait sous ses cheveux bruns.

« J'étais de faction, là-bas... »

Il montrait l'excavation.

« ... et puis tout d'un coup, plus rien. Le noir.

– Tu n'as rien vu ni entendu ? demanda McKoy.

– Rien. »

Une équipe s'affairait à remplacer les ampoules éclatées. Rachel examina la situation. Ampoules fracassées, un ouvrier au tapis, une bâche crevée...

« Il m'a eu par-derrière, gémit encore le blessé en tâtant sa bosse.

– Je l'ai vu, affirma un autre ouvrier. J'étais dans le hangar à visionner le peu qu'on a comme documents sur les galeries souterraines, quand j'ai vu une femme sortir de là-bas, flingue au poing, un type à ses trousses. Lui, il avait une espèce de couteau. Ils ont disparu tous les deux dans la forêt.

– Tu ne les as pas poursuivis ?

– Merde, non !

– Pourquoi ?

– Vous me payez pour creuser la terre, m'sieur McKoy. Pas pour jouer les héros. Je suis venu voir où était mon copain. Il faisait noir là-dedans, comme dans un four. Je suis retourné chercher une torche. C'est comme ça que j'ai trouvé Danny sur le carreau.

– À quoi ressemblait la femme ? questionna Paul.

– Blonde, je crois. Pas très grande. Mais rapide comme un lièvre. »

Paul hocha la tête.

« Je l'ai vue à l'hôtel, plus tôt dans la journée. »

McKoy s'étrangla.

« Quand ?

– Pendant que vous et Grumer racontiez votre histoire. Elle est juste entrée un instant. Elle a très vite filé. »

McKoy fit claquer ses doigts.

« Assez longtemps pour voir qu'on était tous là ?

– C'est ce qu'on dirait. Je crois que c'est la même femme que j'ai reçue dans mon cabinet, à Atlanta. Un look différent, mais je lui ai trouvé quelque chose de vaguement familier.

– L'intuition de l'avocat !

– Quelque chose dans ce goût-là.

– Et l'homme ? demanda Rachel au copain du malheureux Danny.

– Un grand type. Les cheveux châtains. Avec un couteau.

– Knoll », conclut-elle.

Elle revoyait la lame scintillante aperçue brièvement dans la première mine.

« Ils sont là, Paul. Ils sont là tous les deux. »

Rachel était très mal à l'aise lorsqu'ils regagnèrent leur chambre d'hôtel. Sa montre affichait neuf heures dix. Paul avait appelé Pannek, sans obtenir d'autre réponse que celle d'une boîte vocale. Il avait laissé un message concernant Knoll et la femme, et suggéré à l'inspecteur de le rappeler. Mais aucun message ne les attendait encore à la réception.

McKoy avait demandé aux Cutler de dîner avec les investisseurs. Cela convenait à Rachel : plus ils étaient de fous, plus ils avaient des chances de rire. Avec Grumer et McKoy, ils s'étaient efforcés de participer aux conversations, mais l'esprit de Rachel demeurait fixé sur Knoll et sur cette femme.

« Pas drôle, Paul. J'ai surveillé tout ce que je disais, de crainte qu'on me reproche ensuite d'avoir raconté des histoires. Ce dîner n'était pas une bonne idée.

– Fini la soif d'aventures ?

– Tu es un avocat respecté. Je suis juge. McKoy s'attache à nous comme une sangsue. S'il a berné tous ces gens, on pourra être déclarés complices. Ton père disait toujours : "Si tu ne peux pas courir avec la meute, reste dans ta niche." Je me demande si on court assez vite. »

Il sortit la clef de sa poche.

« Je ne pense pas que McKoy ait berné qui que ce soit. Pas intentionnellement. Plus je relis sa prose, plus je la trouve ambiguë, mais pas mensongère. Je pense également qu'il a été aussi surpris que les autres par les camions vides. Grumer, c'est une autre paire de manches. Je ne lui confierais pas ma chemise. »

Il poussa la porte. Leur chambre était en désordre, les tiroirs ouverts, l'armoire entrebâillée, le matelas de travers, une partie de leurs vêtements jetés en vrac sur les sièges.

« Le ménage laisse à désirer dans cet hôtel », constata froidement Paul.

Rachel ne partageait pas son sens de l'humour.

« Ça ne te fait rien ? Quelqu'un a fouillé nos affaires. Oh, merde. Les lettres de papa. Et ce portefeuille que tu as trouvé. »

Paul ferma la porte, ôta sa veste et sortit le pan de sa chemise de sous son pantalon. Une ceinture porte-documents lui ceignait la taille.

Il en tira le portefeuille.

« Personne ne viendra le chercher ici. Pas plus que les lettres.

– Bravo, Paul. Je ne me moquerai jamais plus de ta prévoyance. »

Il remit sa chemise en place.

« J'ai aussi des copies des lettres de ton père au bureau, dans mon coffre, à Atlanta.

– Tu t'attendais à ça ?

– Je ne sais pas à quoi je m'attendais. J'essaie de tout prévoir. Avec Knoll et cette nana dans le casting, tout est possible.

– Peut-être qu'on devrait rentrer. Cette fameuse campagne électorale ne me paraît plus si terrible. Marcus Nettles est un gentleman, en comparaison. »

Paul n'était pas de cet avis.

« Je crois qu'il y a mieux à faire. »

Elle le comprit au quart de tour.

« Bingo ! On va de ce pas voir McKoy. »

Paul regarda McKoy s'attaquer à la porte. Rachel l'observait en silence. Les effets de trois chopes de bière transparaissaient dans son comportement.

« Grumer ! Ouvrez cette putain de porte ! »

La porte s'ouvrit.

Grumer portait toujours ses vêtements du dîner.

« Qu'est-ce qui se passe, monsieur McKoy ? On a encore agressé un de vos employés ? »

McKoy pénétra dans la pièce et écarta Grumer de son passage. Paul et Rachel le suivirent. Deux lampes de chevet éclairaient la chambre. Visiblement, ils avaient dérangé Grumer en pleine lecture. Un exemplaire ouvert en langue anglaise de *L'Influence hollandaise sur la peinture germanique de la Renaissance*, de Polk, gisait sur son lit. McKoy empoigna Grumer par le plastron de sa chemise et le poussa contre le mur, si fort que les cadres vibrèrent de chaque côté de sa tête.

« Je suis un cul-terreux de Caroline du Nord, vieille fripouille, et qui plus est, un cul-terreux à moitié bourré. Tu sais peut-être pas ce que parler veut dire, Grumer, mais je suis pas d'humeur à parlementer ! Cutler me dit que tu as effacé des lettres, dans le sable de la caverne. Où sont les photos ?

– Je ne sais pas ce que M. Cutler... »

McKoy le lâcha, et son poing fermé, d'une taille respectable, plia l'homme en deux, au niveau de l'estomac. Il le redressa par son col de chemise.

« Deuxième sommation. Où sont les photos que tu as prises ? »

Incapable de parler, Grumer pointa un pouce vers son lit. Rachel feuilleta le bouquin et en retira plusieurs photos en couleurs d'un squelette et des lettres disparues.

Lâché sur place, Grumer s'effondra en un petit tas pantelant.

« Je veux savoir pourquoi, Grumer. Et je te fiche mon billet que tu vas parler. »

Paul se demanda s'il ne devait pas mettre le grand McKoy en garde contre l'usage excessif de la violence. Puis il se dit que Grumer ne l'avait pas volé, et que McKoy ne l'écouterait pas, de toute manière.

L'Allemand haleta enfin :

« Le fric, monsieur McKoy.

– Les cinquante mille dollars que je t'ai refilés, c'était de la merde ? »

Grumer ne répondit pas. McKoy appuya lourdement :

« Si tu ne veux pas cracher du sang, t'as intérêt à te mettre à table ! »

Grumer dut sentir passer le vent, car il expliqua :

« Il y a un mois, quelqu'un est venu me voir.

– Son nom !

– Il ne me l'a pas donné. »

McKoy ramena son poing en arrière.

« Non, non, c'est la vérité. Il savait que je travaillais avec vous, et il m'a offert vingt mille euros pour lui fournir des renseignements. Je n'ai pas pensé à mal. Il m'a dit qu'une certaine Margarethe allait me contacter.

– Et puis ?

– Je l'ai rencontrée hier soir. »

Rachel interjeta :

« C'est elle ou vous qui avez fouillé notre chambre ?

– Tous les deux. Elle voulait les lettres de votre père.

– Elle a dit pourquoi ? demanda McKoy.

– Non. Mais je crois que je le sais. »

Grumer recommençait à respirer normalement, le bras droit pressant son ventre. Il se releva en s'appuyant contre le mur.

« Avez-vous entendu parler des *Retter der Verlorenen Antiquitäten* ?

– Non.

– C'est un groupe de neuf personnes dont on ne connaît pas l'identité. Mais ce sont des gens très riches et amateurs d'art.

Ils emploient des chercheurs privés qui sont aussi des acquéreurs. Le but de leur association est tout entier dans son titre. *Sauveteurs des antiquités perdues*. Ils ne volent que ce qui a déjà été volé. Chaque acquéreur espère décrocher la grosse récompense. C'est un jeu dangereux et sophistiqué, mais un jeu tout de même.

– Tu vas accoucher, nom de Dieu ?

– Cette Margarethe fait sûrement partie des acquéreurs. Elle ne me l'a pas dit, mais je suis sûr que j'ai deviné juste.

– Et Christian Knoll.

– La même chose. Ils ont les mêmes objectifs.

– Je vais tanner le cuir de cet avorton s'il ne nous dit pas tout ce qu'il sait, menaça McKoy. Elle travaille pour qui, ta Margarethe ?

– Encore une supposition, mais je dirais Ernst Loring. »

Paul et Rachel échangèrent un regard. Où avaient-ils déjà entendu ce nom ?

« D'après ce qu'on m'a dit, les membres du club ont un esprit très compétitif. Il y a des milliers d'objets qui traînent. La plupart depuis la dernière guerre. Mais certains aussi ont été volés, plus récemment, dans des musées ou des collections privées. Logique, au fond. Voler les voleurs, qui pourrait s'en plaindre ? »

McKoy releva son énorme poing.

« Tu me fatigues. Cesse de tourner autour du pot.

– La Chambre d'ambre ! » éructa précipitamment Grumer.

Rachel saisit McKoy par le bras qui allait s'abattre.

« Laissez-le parler, Wayland !

– Ce n'est encore qu'une supposition de ma part. Mais la Chambre d'ambre a quitté Königsberg entre janvier et avril 1945. Personne ne sait exactement quand. Les registres ne sont pas clairs. Erich Koch, le *gauleiter* de Prusse qui a évacué les panneaux sur l'ordre direct d'Adolf Hitler, était un protégé de Hermann Goering. Plus loyal envers celui-ci qu'envers son Führer.

« La rivalité de Hitler et de Goering en matière d'art est archiconnue. Goering justifiait ses embargos en alléguant le Museum d'art national qu'il allait créer à Karinhall, son fief. Hitler était censé passer le premier, mais Goering l'a souvent frustré des plus belles pièces. Plus la guerre avançait, plus Hitler se consacrait personnellement aux opérations militaires, en négligeant un peu tout le reste. Goering, lui, gardait les mains libres pour accumuler ses trésors, avec une férocité accrue.

– Et qu'est-ce que tout ça vient foutre là-dedans ? gronda McKoy.

– Goering voulait la Chambre d'ambre pour son musée de Karinhall. Certains affirment que c'est lui, pas Hitler, qui a ordonné son évacuation. Il désirait que Koch mette les panneaux à l'abri des Américains, des Russes... et du Führer. Mais Hitler aurait eu vent de son programme et les aurait confisqués avant que Goering ait pu mettre la main dessus.

– Papa avait donc raison », souligna Rachel.

Paul eut un léger sursaut.

« Qu'est-ce que tu veux dire ?

– Il a interviewé Goering après la guerre, dans sa cellule, au moment du procès de Nuremberg. Goering lui a dit qu'Hitler l'avait grillé au poteau. »

Elle leur raconta l'histoire des prisonniers de Mauthausen et des quatre Allemands torturés à mort pour leur fidélité au Führer. Paul se retourna vers Grumer.

« Où avez-vous glané toutes ces informations ? Mon beau-père collectionnait les articles sur la Chambre d'ambre, mais aucun ne faisait état de tout ce que vous venez de raconter. »

Il avait, à dessein, omis la notion d'ex-beau-père. Contrairement à son habitude, Rachel s'abstint de le corriger.

« Rien d'étonnant, riposta Grumer. Les médias occidentaux parlent rarement de la Chambre d'ambre. Peu de gens savent de quoi il s'agit. Mais les érudits allemands et russes ont toujours potassé le sujet. J'ai souvent entendu ces infos sur Goering, quoique jamais d'une source directe, comme Mme Cutler. »

McKoy revint, une fois de plus, au seul sujet qui l'intéressait :

« Quel rapport avec notre caverne ?

– Les panneaux auraient été chargés sur trois camions, à l'ouest de Königsberg, *après* la reprise en main par le Führer. Ces camions seraient partis vers l'ouest et personne ne les aurait jamais revus. De très gros camions.

– Comme des Büssing NAG ! »

Grumer acquiesça d'un signe.

McKoy s'écroula sur le bord du lit.

« Les trois qu'on a trouvés ? »

Sa voix s'était radoucie.

« Tu dirais que c'est trop pour une simple coïncidence ?

– Mais les camions étaient vides, rappela Paul.

– Exactement, dit Grumer. Peut-être les Sauveteurs d'antiquités perdues connaissent-ils la fin de l'histoire ? Voilà qui expliquerait l'intérêt des deux acquéreurs que nous avons vus à l'œuvre.

– Mais vous ne savez même pas si Knoll et cette femme ont un rapport quelconque avec le fameux groupe, objecta Rachel, dubitative.

– Non, madame Cutler. Mais Margarethe ne me fait pas l'impression d'être elle-même collectionneuse. Vous avez un peu côtoyé Knoll. Exprimeriez-vous la même opinion à son sujet ?

– Il a toujours refusé de me dire pour qui il travaillait.

– Ce qui, trancha McKoy, le rend encore plus suspect ! »

Paul sortit de la poche de son veston le portefeuille qu'il avait ramassé dans la caverne et le tendit à Grumer.

– Que dites-vous de ça ? »

Il expliqua où il l'avait trouvé.

« Vous avez découvert ce que je cherchais, constata Grumer. Ce que voulait savoir Margarethe, c'était si cette caverne avait été ou non visitée après 1945. J'ai fouillé les cinq cadavres et n'ai rien trouvé. Cette carte prouve que le site a été redécouvert après la guerre.

– Il y a une carte aux trois quarts illisible, à l'intérieur. Qu'est-ce que c'est ? »

Grumer examina le rectangle de carton aux bords arrondis par le temps.

« Un permis quelconque. Délivré le 15 mars 1951. Valable jusqu'au 15 mars 1955. La preuve irréfutable que désirait Margarethe.

– Pour quelle raison y tenait-elle ?

– Je l'ignore. Mais elle était prête à me payer grassement pour le savoir. »

McKoy se passa la main dans les cheveux. Il était visiblement épuisé. Grumer saisit l'occasion de reprendre un peu l'avantage :

« Monsieur McKoy, je ne me doutais pas que le site serait vide. J'étais aussi excité que vous quand on a réussi la percée. Bien que les signaux soient très clairs : pas d'explosifs, un passage impraticable, aucun blindage. Et ces trois camions lourds de l'armée bloqués à l'intérieur... Aussi peu crédible que possible !

– À moins que cette putain de Chambre d'ambre n'ait été vraiment là !

– Exact.

– Dites-nous-en un peu plus sur ce qui a pu se passer, suggéra Paul à Grumer.

– Il n'y a pas grand-chose de plus. Les trois camions chargés de la Chambre d'ambre étaient censés rouler vers le sud, vers Berchtesgaden, afin qu'ils soient en sécurité dans les Alpes. Mais Russes et Américains occupaient déjà la plus grande partie de l'Allemagne. On suppose que les camions furent cachés quelque part. Peut-être même dans les mines du Harz ?

– Tu penses, renchérit McKoy, que si les lettres de Borya intéressaient tellement cette Margarethe, c'est parce que tout ça est en rapport direct avec la Chambre d'ambre ?

– Ça paraît logique, en effet. »

Paul revint un peu en arrière :

« Pourquoi pensez-vous que le nommé Loring puisse être son employeur ?

– Rien d'autre que l'intérêt passionné voué par la famille Loring à la Chambre d'ambre. »

Rachel avait encore une question :

« Pourquoi avez-vous effacé ces lettres ? Margarethe vous payait aussi pour ça ?

– Pas vraiment. Elle voulait seulement que rien ne subsiste, dans cette caverne, qui soit postérieur à 1945.

– Pour quelle raison ?

– Je n'en ai pas la moindre idée. »

Paul se souvint d'une autre question qu'il avait déjà posée :

« À quoi ressemble-t-elle ?

– C'est la femme qui était là-haut cet après-midi.

– Vous vous rendez compte qu'elle a tué Chapaev et peut-être aussi le père de Rachel ?

– Et que tu ne m'en as pas dit un mot, éclata McKoy, en proie à une nouvelle crise de rage. Je ne sais vraiment pas ce qui me retient de t'aplatir comme une crêpe. Je patauge dans une merde noire, je ne vois aucun moyen de m'en sortir. »

Il se frotta sauvagement les yeux, en s'efforçant de maîtriser sa fureur meurtrière.

« Tu dois la revoir quand, ta Margarethe ?

– Elle a promis de me rappeler.

– Tu me tiens au courant à la seconde, ou gare à tes os ! J'ai assez rigolé. D'accord ?

– D'accord. »

McKoy se hissa laborieusement jusqu'à la posture verticale et se dirigea vers la porte.

« À la seconde, j'ai dit, Grumer. Et je ne le répéterai pas.

– Entendu, Herr McKoy. Vous avez ma parole. »

Le téléphone sonnait, dans leur chambre, lorsque Paul en poussa la porte. Il le décrocha. C'était Pannek. La nouvelle que la suspecte du meurtre de Chapaev était dans le secteur, ainsi que le nommé Knoll, fit réagir l'inspecteur :

« Je vous envoie quelqu'un de la police locale demain à la première heure. Vous et votre épouse lui ferez une déposition détaillée.

– Vous croyez qu'ils sont toujours là ?

– Si ce que dit Alfred Grumer est vrai, c'est plus que probable. Dormez bien, monsieur Cutler. J'arriverai un peu plus tard. »

Paul raccrocha et rejoignit Rachel qui s'était assise, entre-temps, sur le bord du lit.

« Qu'est-ce que tu penses de tout ça ?

– C'est toi, la juge. Grumer t'a paru crédible ?

– Non. Mais McKoy avait l'air de tout gober.

– C'est ce que je me demande. Est-ce qu'il nous dit tout, de son côté. Je ne peux pas mettre le doigt dessus, mais j'ai l'impression qu'il nous cache encore quelque chose. Peut-être au sujet de la Chambre d'ambre. Mais on s'en souciera plus tard. C'est Knoll et cette femme qui m'inquiètent. Ils doivent rôder quelque part dans le coin, et je n'aime pas ça du tout. »

Paul baissa les yeux vers les seins de Rachel, moulés de très près par un sweater à col roulé. La Reine des glaces ? Pas pour lui. Toute la nuit dernière, il avait senti la proximité de son corps, inhalé son parfum quand, dans son sommeil, elle se rapprochait de lui, comme naguère. Comment ne pas penser, dans ces conditions, à ce qu'ils avaient été l'un pour l'autre, trois ans auparavant, et ne pas désirer que ce temps-là revienne ? Comment ne pas la désirer ? Mais ce qu'ils vivaient était irréel. Trésors perdus, tueurs en vadrouille, son ex-femme endormie à son côté, dans les mêmes draps...

« J'aurais dû t'écouter, concéda-t-elle. On est dedans jusqu'au cou, et on devrait laisser tout ça derrière nous. Penser à Brent et à Maria... »

Elle lui prit la main.

« ... et surtout penser à nous.

– C'est-à-dire ? »

Elle l'embrassa légèrement sur les lèvres. Il ne broncha pas. Alors, elle jeta les deux bras autour de son cou et le gratifia d'un baiser véritable. Un baiser comme avant.

« Tu es sûre de ce que tu fais, Rachel ?

– Je ne sais pas pourquoi j'ai été si dure, quelquefois, Paul. Tu es un type tellement bien. Tu ne mérites pas le mal que je t'ai fait.

– Tu n'étais pas la seule responsable.

– Voilà que tu recommences. Toujours à t'attribuer le blâme. Tu ne peux pas me le laisser un peu, de temps en temps ?

– Mais comment donc ! Vas-y. C'est ma tournée.

– Je le veux. Et il y a autre chose que je veux. »

Il lut l'expression de son regard. Elle était éloquente. Il se leva pesamment, les jambes coupées.

« C'est dingue. Voilà trois ans qu'on vit séparés. J'ai bien dû m'y faire. J'ai cru que c'était fini entre nous, dans tous les domaines.

– Paul... Pour une fois, suis ton instinct. Pourquoi faudrait-il tout planifier ? murmura-t-elle, les yeux dans les yeux. Tu as quelque chose contre la luxure ? »

Il soutenait fermement son regard.

« Je veux retrouver bien davantage, Rachel.

– Moi aussi. »

Il se rapprocha de la fenêtre, afin d'interposer entre elle et lui une certaine distance. Puis il écarta les rideaux. N'importe quoi pour gagner un peu de temps. Il était trop tôt, tout allait trop vite. Il baissa les yeux vers la rue, songeant à toutes les fois où il avait rêvé d'entendre ces mots. Il s'était dispensé d'assister à l'audience de divorce. Des heures plus tard, le jugement final était sorti du fax, et sa secrétaire l'avait placé sur son bureau, sans dire un mot. Il s'était refusé à le lire, le poussant peu à peu, sans le regarder, vers le bord de sa table d'où le document avait fini par tomber dans sa corbeille. Comment un juge avait-il pu détruire ainsi tout ce qu'il portait dans son cœur ?

Il se retourna. Elle était vraiment adorable, même avec les bleus et les écorchures du dimanche précédent. Ils avaient toujours formé un drôle de couple, dès les premiers jours. Mais ils s'aimaient. Ensemble, ils avaient fait deux enfants merveilleux. Qu'ils adoraient. Leur restait-il une dernière chance ?

Il regarda la rue de nouveau, espérant trouver une réponse au fond de la nuit. Il brûlait de quitter cette fenêtre, de capituler sans conditions, quand une silhouette apparut sur le trottoir.

Alfred Grumer.

Surgi du rez-de-chaussée de l'hôtel, deux étages au-dessous d'eux, le professeur s'éloignait d'un pas ferme.

« Grumer s'en va faire un tour. »

Rachel le rejoignit en trois enjambées.

« Il n'avait pas dit qu'il allait ressortir. »

Paul courut vers la porte, récupérant sa veste au passage.

« Ou bien il a reçu le coup de fil de Margarethe, ou bien il mentait, une fois de plus.

– Qu'est-ce que tu vas faire ?

– Devine ! »

45

Tous deux jaillirent dans la rue et prirent la même direction que Grumer. L'Allemand avait moins de cent mètres d'avance, et passait rapidement devant les cafés éclairés, les vitrines éteintes. À intervalles réguliers, un lampadaire étalait, sur les pavés de la chaussée, une flaque de lumière couleur moutarde.

« On fait quoi ? haleta Rachel, essoufflée.

– On veut savoir ce qu'il mijote.

– Tu crois que c'est une bonne idée ?

– Peut-être pas, mais on le fait quand même. »

Il s'abstint d'ajouter que cette filature au pied levé lui avait épargné d'avoir à prendre une décision difficile. En profitant, lâchement, d'une défaillance de Rachel, due à la solitude et à l'incertitude. Il n'avait pas digéré qu'elle eût pris, à Warthberg, la défense de ce salaud qui l'avait laissée sur place après l'explosion de la mine.

« Paul, il y a une chose que tu dois savoir. »

Grumer avançait rapidement. Paul ne ralentit pas l'allure.

« Quoi donc ?

– Juste avant l'explosion, je me suis retournée, et Knoll avait un couteau à la main. »

Il stoppa net au milieu du trottoir. Rachel répéta :

« Il avait un couteau à la main. Et puis tout s'est écroulé.

– Et c'est maintenant que tu me le dis !

– Je sais. J'aurais dû. Mais j'avais peur que tu ne veuilles pas rester. Ou que tu en parles à Pannek et que la police s'en mêle.

– Rachel, tu es cinglée. On est dans un drôle de merdier. Tu as raison, je n'aurais pas dû rester. Ni surtout te laisser ici ! Et ne me dis pas que tu es toujours prête à faire n'importe quoi. »

Il reporta toute son attention sur Grumer, qui disparaissait au coin d'une rue.

« Bon sang ! Allons-y. »

Il reprit sa marche, veston flottant au vent, Rachel à sa suite. La rue commençait à grimper. Ils atteignirent le coin où Grumer avait disparu et marquèrent une nouvelle pause. Bouclée pour la nuit, une *Konditorei* occupait ce coin, avec un auvent qui empiétait sur le trottoir. Paul risqua un œil circonspect. Grumer avançait toujours du même pas alerte. Sans se retourner. Il traversait une placette carrée, ornée en son centre d'une fontaine encadrée de géraniums. Tout, rue, boutiques et plantes, reflétait la méticulosité germanique.

« Il ne faut pas le serrer de trop près. Mais c'est moins éclairé par ici. Ça va nous faciliter les choses.

– Où va-t-on ?

– Je crois qu'on est bons pour monter à l'abbaye. »

Paul consulta sa montre. Dix heures vingt-cinq. Grumer n'était plus en vue, escamoté par une série de haies vives, épaisses et noires. Ils découvrirent, en pressant le pas, une allée cimentée qui escaladait la falaise, dans une obscurité croissante. Un poteau indicateur précisait :

ABBAYE DES SEPT CHAGRINS DE LA VIERGE

La flèche pointait vers le haut.

« Tu as raison. Il monte à l'abbaye. »

Ils parvinrent au sentier empierré, assez large pour quatre personnes marchant de front. Une côte un peu raide à flanc de falaise. À mi-chemin, ils croisèrent un couple qui redescendait, la main dans la main. Après un virage en épingle à cheveux, ils aperçurent Grumer, impavide, poursuivant son ascension, courbé en avant par la pente abrupte de l'ultime raidillon.

« Une minute d'arrêt. »

Paul entoura d'un bras la taille de Rachel. L'attira contre lui.

« S'il regarde derrière lui, il ne verra que deux amoureux transis ! Trop noir pour qu'il reconnaisse nos visages.

– Tu ne t'en tireras pas comme ça, murmura Rachel.

– Je te demande pardon ?

– Tu peux. Tu savais très bien comment ça finirait, dans la chambre.

– Je n'ai pas l'intention de me défiler.

– Tu voulais réfléchir. Cette balade t'en a donné l'occasion. »

Il ne discuta pas. Elle avait raison. Il avait besoin de réfléchir, mais pas maintenant. Grumer d'abord.

La pente s'accentuait. Il sentait ses cuisses durcir et ses chevilles le faisaient souffrir. Il s'était cru en pleine forme, mais ses cinq kilomètres à l'aube, sur les petites routes d'Atlanta, s'effectuaient en terrain plat. Rien de commun avec cette déclivité meurtrière.

Grumer avait atteint le sommet. Il sortait de leur champ visuel.

L'abbaye était toute proche. Juchée sur une assise à voûtes juxtaposées, sa façade faisait, en largeur, la longueur de deux terrains de football. Plantés dans les feuillages, de puissants projecteurs à vapeur de sodium l'illuminaient sous tous les angles. Des rangées de fenêtres à meneaux s'alignaient sur une hauteur de trois étages.

Un portail s'ouvrait droit devant eux, entre deux alignements de bâtiments divers. Deux bastions flanquaient ce portail au-delà duquel s'étendait une courette obscure. Grumer s'y engagea. Des pigeons roucoulaient dans la lumière chiche. Personne en vue, à l'exception des apôtres Pierre et Paul statufiés sur deux piédestaux de pierre noire. Anges et saints, poissons et sirènes illustraient les murs. Un blason trônait au centre du portail. Deux clefs d'or sur fond de bleu royal. Une énorme croix dominait l'ensemble, porteuse d'une inscription bien lisible dans le faisceau d'un projecteur.

ABSIT GLORIARI NISI IN CRUCE

« *Pas de gloire sinon sur la croix.*

– Qu'est-ce que tu dis ? »

Il pointa l'index.

« L'inscription en latin. *Pas de gloire sinon sur la croix.* Ou quelque chose dans ce goût-là. Épître aux Galates, chapitre VI, verset 14. »

Ils franchirent le portail. Un écriteau mobile désignait cet espace comme la cour du gardien, par bonheur mal éclairée. À son autre extrémité, Grumer montait des marches et pénétrait, sans ralentir, dans ce qui ressemblait à une église. Rachel souffla :

« On ne peut pas entrer derrière lui. Il ne doit y avoir personne, à cette heure.

– Très juste. Voyons s'il y a une autre entrée. »

Des maisons de trois étages s'élevaient alentour, façades baroques ornées d'arches romanes, de corniches tarabiscotées et de statues d'inspiration religieuse. Peu de fenêtres éclairées. Derrière celles qui l'étaient, passaient des ombres.

Avec ses tours jumelles coiffées d'un dôme octogonal illuminé par les projecteurs, l'église où Grumer s'était engouffré empiétait largement sur le décor au bout de la petite cour, et formait une annexe à l'abbaye proprement dite dont la façade surplombait Stod et le fleuve Eder du haut de la falaise. Un double battant de chêne s'ouvrait un peu plus loin, par-delà l'entrée principale.

« On essaie ça ? »

Ils traversèrent l'étendue grossièrement pavée, ponctuée de bouquets d'arbustes et de maigres buissons. La lourde porte latérale n'était pas verrouillée. Paul la poussa, centimètre par centimètre, afin de prévenir tout grincement des énormes gonds. Un couloir s'allongeait devant eux, éclairé, à son extrémité, par quatre veilleuses électriques. Ils se glissèrent dans la place. À mi-chemin, s'amorçait un petit escalier à rampe de bois, encadré de portraits d'empereurs et de monarques du temps passé. Au-delà de l'escalier, à l'extrémité du corridor qui sentait le renfermé, les attendait une autre porte.

« Elle doit donner dans l'église. »

La fermeture à loquet céda au premier essai. Un souffle chaud envahit le couloir glacé. Ils entrèrent. À droite comme à gauche, pendait un lourd rideau de velours. À son autre extrémité, brillaient des lumières. Paul fit signe à Rachel d'y aller doucement et l'entraîna à l'intérieur de l'église.

À travers l'un des rideaux, il repéra les lumières éparses dans la vaste nef. L'architecture exubérante, les fresques des murs et du plafond composaient une symphonie visuelle imposante, dans sa forme comme dans sa richesse picturale. Avec une nette prédominance des rouges, des ors et des marrons. D'audacieux piliers de marbre ceinturés d'élégants chapiteaux soutenaient la voûte du plafond central.

Paul se tourna vers la droite.

Une couronne d'or coiffait le centre du maître-autel géant, portant sur un médaillon doré l'inscription :

NON CORONABITUR, NISI LEGITIME CERTAVERIT

« *Sans juste combat, il n'est pas de victoire,* traduisit Paul à voix basse. Timothée, chapitre II, verset 5. »

Grumer avait rejoint la blonde du matin. Par-dessus son épaule, Paul chuchota, à l'adresse de Rachel :

« Margarethe. Ils avaient rendez-vous.

– Tu peux entendre ce qu'ils disent ? »

Il secoua la tête. Pointa l'index vers un étroit passage qui, logiquement, devait leur permettre de s'approcher, sous le couvert des rideaux, de l'endroit où discutaient les deux interlocuteurs. Un petit escalier menait à ce qui, logiquement, ne pouvait être que le chœur, avec les stalles réservées aux prêtres chargés de servir la messe. Ils progressèrent lentement, très lentement, sur la pointe des pieds. Puis une autre fente, entre deux rideaux, permit à Paul d'observer le couple figé sur place, à la jointure de deux autres rideaux.

Grumer et la femme s'entretenaient à voix basse, auprès d'un de ces autels secondaires créés, au Moyen Âge, dans de nombreuses églises catholiques dont les paroissiens acceptaient mal de ne pouvoir s'approcher davantage, lors des offices, de la présence effective de Dieu. On avait donc érigé des autels annexes qui leur accordaient ce privilège. Ces chapelles étaient des églises à l'intérieur de l'église, avec leurs boiseries assorties à l'essence et au style des bancs de la nef.

Paul n'était plus qu'à vingt mètres de Grumer et de la femme. Ils n'entendaient pas tout ce qu'ils se disaient, mais l'acoustique particulière de l'endroit, le ton véhément du dialogue leur en apportaient, fréquemment, de larges bribes qui leur permettaient d'en comprendre, à peu de chose près, le sens général.

Suzanne assassinait du regard un Grumer plutôt insolent, tout à coup, dans son attitude envers elle :

« Qu'est-ce que vous êtes venue foutre aujourd'hui sur le site ?

– J'y suis tombée sur un de mes confrères un peu trop zélé.

– Bon moyen d'attirer l'attention, vous ne croyez pas ? »

Il s'enhardissait de seconde en seconde. Elle jappa :

« Je ne suis pas allée le chercher. J'ai fait face, point final.

– Vous avez mon argent ?

– Vous avez mes informations ?

– Cutler a trouvé un portefeuille auprès d'un des squelettes. Avec une vieille carte datant de 1951. La caverne a donc été visitée après la fin de la guerre. C'est bien ce que vous vouliez savoir ?

– Où est ce portefeuille ?

– Je n'allais pas le reprendre de force à Cutler !

– Et les lettres de Borya ?

– Même chose. Après votre petit duo, entre vous et ce fameux "confrère", tout le monde était sur le qui-vive !

– Deux échecs ! Et vous osez réclamer cinq millions d'euros.

– Vous désiriez des tuyaux sur le site et sur les dates. Je vous les ai fournis. J'ai également effacé les lettres tracées dans le sable.

– Ça, c'est vous qui le dites. Une autre façon de vous faire valoir qu'il m'est impossible de vérifier.

– Abordons franchement le sujet essentiel, Margarethe. À savoir la Chambre d'ambre. »

Elle ne répondit pas.

« Trois véhicules allemands de transport lourd. Vides. Cinq exécutions sommaires. Une datation précise de 1951 à 1955. C'est là que le Führer avait fait entreposer les panneaux, et quelqu'un s'en est emparé. Je pense que ce quelqu'un n'est autre que votre employeur. Autrement, pourquoi tout ce remue-ménage ?

– Vous avez de l'imagination, monsieur le professeur !

– Et vous, vous n'avez pas bronché, quand je vous ai demandé cinq millions d'euros. »

Grumer s'exprimait avec une liberté de ton qui heurtait de plus en plus Suzanne Danzer.

« C'est tout ?

– Si ma mémoire est fidèle, une rumeur circulait, en 1960, qui faisait de Josef Loring un collabo des nazis. Après la guerre, toutefois, il a noué des relations avec les communistes tchécoslovaques. Une mesure fort habile. Des amitiés indéfectibles fondées sur ses usines et sur ses fonderies. La rumeur voulait que Loring ait découvert la cachette d'Adolf Hitler, et qu'il se soit approprié la Chambre d'ambre. Des témoins locaux affirment qu'ils ont vu Loring par ici, à plusieurs reprises. Avec des équipes qui fouillaient les mines du secteur, avant que le gouvernement en assume le contrôle. On peut supposer qu'il a exhumé panneaux et mosaïques florentines. En sait-il très long sur notre Chambre d'ambre, Margarethe ?

– Je ne confirmerai ni n'infirmerai vos suppositions... bien qu'elles soient, en fait, absolument fascinantes. Et Wayland McKoy, dans tout ça ? A-t-il définitivement renoncé à ses fouilles ?

– Il entend bien dégager l'autre issue, mais il ne trouvera rien. Quelque chose que vous savez déjà, n'est-ce pas ? Vous avez apporté l'acompte prévu ? »

Elle en avait assez de Grumer. Loring avait raison, c'était une ordure. Mais une ordure intelligente, donc dangereuse. Dont l'utilité touchait à sa fin. Et qui devait être traitée en conséquence.

« J'ai votre argent, cher professeur. »

Elle plongea la main dans la poche de sa veste. La ferma sur la crosse du Sauer déjà équipé de son silencieux. Soudain, un objet la frôla et alla percuter Grumer de plein fouet. L'Allemand poussa un grognement sonore et, sous la violence du choc, partit à la renverse. Dans la lumière diffuse du maître-autel, Suzanne vit briller la poignée de jade d'un stylet enfoncé dans la poitrine de Grumer. Un stylet qu'elle connaissait bien.

Pistolet au poing, Christian Knoll bondit du chœur dans la nef. Suzanne plongea derrière le podium, souhaitant ardemment que son bois fût suffisamment épais.

Elle risqua un rapide coup d'œil.

Knoll pressa la détente de son arme munie, elle aussi, de son silencieux. La balle ricocha tout près de sa cible qui se rejeta de côté, à couvert.

« Tu t'es montrée à la hauteur dans cette mine, hein, Danzer ? »

Le cœur de Suzanne battait à tout rompre.

« Je faisais mon boulot, Christian.

– Était-il indispensable de tuer Chapaev ?

– Désolée. Ce n'est ni le lieu ni le moment d'en parler.

– Je voulais simplement connaître tes motivations, avant de te tuer.

– Je ne suis pas encore morte. »

Knoll s'esclaffa. Un éclat de rire sec qui se répercuta dans le silence.

« Cette fois-ci, je suis armé, Suzanne. Un cadeau de Loring, soit dit en passant. Une arme très précise. »

Le CZ-75B. Quinze coups. Et Knoll n'avait tiré qu'une seule balle. Quatorze chances de se faire descendre. Beaucoup trop.

« Trop d'ampoules à éteindre, Suzanne. Aucune chance de repli stratégique. »

Paniquée, elle comprit qu'il avait raison.

Paul avait clairement perçu le sens de la conversation. Plus de doute sur la duplicité de Grumer qui s'était cru assez astucieux pour manger à tous les râteliers et qui venait d'apprendre, à ses dépens, que ces magouilles n'avaient qu'un temps.

En compagnie d'une Rachel très secouée, il avait assisté, horrifié, à l'exécution de Grumer, puis à l'amorce de la fusillade entre les deux adversaires. Le plus urgent était de fuir cette église. Sans provoquer un seul son perceptible. Contrairement aux deux autres, ils n'étaient pas armés.

« C'est lui, c'est Christian Knoll », souffla Rachel à l'oreille de Paul.

Il l'avait déjà compris. Et cette femme, c'était la Myers dont il avait reçu la visite à son bureau d'Atlanta. Ou Suzanne, ou Danzer, comme Knoll l'appelait. Il avait tout de suite reconnu sa voix. C'était bien elle qui avait assassiné Chapaev, elle n'avait pas pris la peine de le nier lorsque Knoll l'en avait accusée. Pressé contre son flanc, Rachel tremblait. Il l'entoura d'un bras, la serra contre lui pour tenter de la rassurer.

Mais sa propre main tremblait sur la hanche de son ex-épouse.

Accroupi derrière la première rangée de bancs, Knoll appréciait la situation du regard. Elle était loin de lui déplaire. Bien qu'il ne connût pas exactement la topographie intérieure de l'église, il était clair que Danzer, cette fois, ne s'en sortirait pas.

« Dis-moi, Suzanne, la mine piégée... on n'avait jamais franchi cette limite, jusque-là.

– Tu m'en veux d'avoir gâché ton coup, avec la Cutler ? Tu comptais la baiser d'abord, et la tuer ensuite, c'est bien ça ?

– J'avais les deux choses en tête. J'allais passer à la première quand tu m'as grossièrement interrompu.

– Désolé, Christian. Elle devrait me remercier. J'ai vu qu'elle avait survécu à l'explosion. Baisée avec le couteau sur la gorge, pour commencer, quel calvaire ç'aurait été pour cette petite gourde ! Et pourquoi Grumer, ce soir, alors que j'allais lui régler son compte ?

- Comme tu l'as dit, Suzanne, j'aime bien faire mon boulot moi-même.

– Et tu aimes tellement te servir de ta lame. Écoute, Christian, on n'a pas besoin d'en arriver là. On peut rentrer à ton hôtel et prendre du bon temps, tu ne crois pas ? »

La perspective était tentante. Mais trop dangereuse avec quelqu'un comme Suzanne, qui essayait simplement de gagner du temps.

« Allons, Christian, je te garantis que je vais te faire oublier cette prétentieuse de Monika. Tu ne t'es jamais plaint, que je sache.

– Avant que je te réponde, j'ai une ou deux questions à te poser.

– Va toujours.

– Qu'est-ce qu'il y a d'aussi important, dans cette mine ?

– Supertabou, Christian. L'éthique professionnelle, tu vois ?

– Trois camions vides, et rien d'autre. Où est l'intérêt ?

– Même réponse.

– L'employé des archives de Saint-Pétersbourg figure également sur vos fiches de paie, je suppose ?

– Naturellement.

– Tu as su tout de suite que j'irais en Géorgie ?

– Et je t'y ai suivi. Tu n'as senti ma présence que bien à retardement.

– Tu étais chez Borya ?

– Bien sûr.

– Si je n'avais pas tordu le cou du vieux, tu l'aurais fait toi-même ?

– On se connaît tellement bien, tous les deux. »

Paul était collé au rideau quand le nommé Knoll admit qu'il avait tué Karol Borya. Rachel émit une sorte de hoquet. Elle chancela, poussant Paul contre le rideau. Il se rendit compte que ce hoquet, ce mouvement étaient plus qu'il n'en fallait pour alerter les deux autres. Il se jeta à terre en entraînant Rachel dans sa trajectoire. Leurs deux poids conjugués lui meurtrirent douloureusement l'épaule.

Knoll vit bouger le rideau, entendit le hoquet, et lâcha trois balles dans l'épaisse tenture de velours, à hauteur de poitrine.

Suzanne avait vu bouger le rideau elle aussi, mais sa priorité, pour l'instant, était d'évacuer cette église. Elle tira dans la direction de Knoll. La balle écorcha l'un des bancs. Elle vit Christian rouler sur lui-même, tandis qu'elle-même plongeait vers l'arrière du maître-autel, dont l'ombre se referma sur elle.

« Filons ! »

Paul empoigna Rachel et la traîna vers la sortie de l'église. Leur meilleure chance était que ces deux-là s'entretuent avant de se préoccuper d'autre chose. À moins qu'ils ne fissent équipe contre un ennemi commun brusquement révélé.

Ils atteignirent la porte. L'épaule de Paul lui causait un mal de chien, mais l'adrénaline qui courait dans ses veines agissait comme un anesthésique. Une fois dans le corridor, il haleta :

« Pas par la cour. Ils nous tireraient comme des lapins. »

Un petit escalier s'offrait, sur la gauche.

« Par ici, vite ! »

Knoll vit Suzanne se réfugier derrière l'autel, mais les piliers, la disposition des lieux la couvraient pour l'instant.

Il avait bien envie, d'autre part, de savoir qui avait fait bouger ce rideau. Il le releva, sans s'exposer, prêt à faire feu.

Personne.

Il entendit une porte s'ouvrir et se refermer. Il enjamba le corps de Grumer et récupéra son stylet, au passage. Il en essuya soigneusement la lame avant de la restituer à son fourreau de cuir. Puis il se dirigea vers la sortie.

Ils grimpèrent le petit escalier sans accorder un regard aux portraits des rois et des empereurs accrochés de part et d'autre. Rachel gémissait :

« Ce salaud a tué papa.

– Je sais. Mais pour l'instant, ce sont nos vies qui sont en jeu. »

Il parcourut le palier, escalada les dernières marches d'un seul bond. Un autre corridor s'étendait devant eux. Une porte s'ouvrait, au niveau inférieur. Il s'immobilisa, couvrant d'une main la bouche de Rachel. Des pas à leur suite. Lents, réguliers, implacables. Il fit signe à Rachel de se taire, et tous deux repartirent vers cette autre porte fermée, à l'extrémité du couloir.

Il en manœuvra le loquet.

Ouverte.

Il tira le battant à lui, et tous deux sortirent en vitesse.

Suzanne se blottit dans l'ombre du maître-autel, entre deux vases de métal d'où montait l'odeur douceâtre de l'encens refroidi. Des vêtements sacerdotaux aux couleurs vives pendaient à une longue barre métallique. Il fallait absolument qu'elle finisse ce que Knoll avait commencé. Cette ordure avait encore marqué un point. Comment avait-il pu savoir qu'il la trouverait ici, à cette heure ? En quittant le Gebler, elle s'était assurée qu'elle n'était pas suivie. Non, Knoll était venu directement, sans la suivre. Mais comment ? Grumer ? Possible. La trahison était son violon d'Ingres. Et Knoll n'avait pas tenté de la pourchasser, en voiture, après leur première escarmouche, dans la mine. Mais le plaisir de l'avoir laissé sur place n'était rien, au regard de la situation présente.

Elle scruta les profondeurs de la nef. Il était toujours là, quelque part, et plus question de le laisser repartir. Loring n'aimerait pas ça. Plus de fausses manœuvres. Des mesures définitives.

Penchée hors de sa cachette, elle vit Knoll écarter un rideau. Puis une porte s'ouvrit, se referma. Elle perçut un bruit de pas, dans un escalier. Sauer en main, elle se dirigea vers la source du bruit.

Knoll avait entendu les pas feutrés, au-dessus de sa tête.

Il s'avança, l'arme braquée.

Paul et Rachel s'étaient fourvoyés dans un local clos auquel un écriteau attribuait le nom de MARMOREN KAMMER, la Chambre de marbre. Des piliers régulièrement espacés s'élevaient à plus de dix mètres de hauteur, ornés de feuilles d'or sur fond couleur pêche. Fresque magnifique, au plafond, représentant des chariots, des lions, et les travaux d'Hercule. Des peintures murales en trompe-l'œil procuraient, alentour, une impression de profondeur en trois dimensions. De pures merveilles, sauf aux yeux de deux personnes traquées par un tueur armé jusqu'aux dents.

Ils franchirent rapidement le dallage en damier blanc et noir percé d'une grille de cuivre à travers laquelle pénétrait un souffle d'air agréablement chaud. Une autre porte de marqueterie se dressait devant eux que Paul ouvrit, alors que dans leur dos, grinçait doucement la porte par laquelle ils étaient entrés.

Ils sortirent sur une terrasse circulaire. Au-delà d'une rambarde de fer forgé, s'étendaient les lumières de la ville. Le ciel noir, au-dessus d'eux, fourmillait d'étoiles. Toute proche, la façade ambre et blanc de l'abbaye tranchait sur le fond de la nuit extérieure. Lions et dragons de pierre montaient, en pleine lumière, une garde vigilante. Une brise glacée sifflait sur les reliefs. La terrasse se prolongeait, en fer à cheval, jusqu'à une autre porte, première d'une longue série. Ils y coururent. Verrouillée.

Derrière eux, la dernière porte franchie se rouvrait en grinçant. Paul s'assura, d'un coup d'œil, qu'il n'existait pas d'autre issue. De l'autre côté de la rambarde, il n'y avait rien. À part un à-pic de plusieurs centaines de mètres, jusqu'au niveau du fleuve.

Rachel avait compris leur dilemme, et levait vers lui des yeux emplis de larmes. Le cœur étreint par une même pensée.

Toute autre voie de retraite coupée, ils allaient se faire tirer comme des lapins.

46

En ouvrant la porte, Knoll constata qu'elle donnait sur une terrasse. Il marqua un temps d'arrêt. Danzer rôdait toujours dans son sillage. Ou bien avait-elle déjà fui l'abbaye ? Aucune importance. Dès qu'il aurait établi l'identité de ces autres visiteurs et réglé le problème, il foncerait jusqu'à l'hôtel de Suzanne. S'il ne l'y trouvait pas, il la rattraperait quelque part ailleurs. Elle ne lui échapperait pas, cette fois-ci.

Debout dans l'encadrement de la massive porte de chêne, il scruta les ténèbres de la terrasse. Personne. Il referma la porte derrière lui et s'engagea sur la terrasse. Un rapide coup d'œil sur la gauche, par-dessus la rambarde. Les lumières de Stod brillaient tout en bas, très loin, divisées en deux parties inégales par le ruban scintillant du fleuve. Il marcha jusqu'à l'autre porte. Elle était bouclée.

Brusquement, la porte de communication avec la Chambre de marbre se rouvrit. Danzer bondit à l'extérieur. Knoll s'abrita derrière un des pilastres de la rambarde formant une courbe alors que deux détonations assourdies propulsaient vers lui deux projectiles qui le manquèrent.

Il riposta. Elle en fit autant, invisible dans une poche de ténèbres. Il connaissait la précision de son tir. La balle arracha à la pierre une poussière minérale qui l'aveugla temporairement. Rampant jusqu'à la porte, il en examina, sans se redresser, le loquet mangé par la rouille. Il tira deux balles dans la ferraille oxydée, en se protégeant des ricochets possibles. Le loquet se détacha.

Il ouvrit la porte et d'une roulade se jeta de l'autre côté.

Suzanne vit s'entrebâiller la porte, à l'autre bout du fer à cheval. Personne ne la franchit. Knoll avait dû ramper. Cet homme était beaucoup trop dangereux pour qu'elle poursuive cette lutte dans de telles conditions. Elle aviserait plus tard. Dans la mesure où Christian allait réintégrer l'intérieur de l'église, la meilleure chose à faire pour elle était d'évacuer le champ de tir et de battre en retraite pendant que c'était encore possible. Elle avait hâte de regagner le château de Loukov afin d'y conférer en toute sécurité avec Ernst Loring. Grumer était mort, et comme pour Karol Borya, Knoll lui avait épargné la corvée de l'éliminer. Rien d'autre à faire, pour l'instant, autour des mines du Harz. Autant prendre le temps d'étudier, bien au chaud, toute autre mesure nécessaire.

Tournant les talons, elle repartit en courant à travers la Chambre de marbre.

Rachel et Paul pendaient au-dessus du vide, cramponnés côte à côte à la base de deux pilastres voisins. C'était elle qui avait eu cette idée, alors que la porte du fond commençait à s'ouvrir. Un vent violent leur glaçait les mains. Elle sentait qu'elle allait flancher d'un instant à l'autre.

Ils avaient perçu, avec horreur, les détonations étouffées par quelque dispositif silencieux. En priant Dieu que personne ne regardât par-dessus la rambarde. Paul avait pu jeter un coup d'œil alors que quelqu'un faisait sauter le loquet et s'échappait de la terrasse en roulant sur lui-même.

« Knoll », chuchota-t-il.

Et puis plus rien. Pas un bruit.

« Je ne pourrai pas tenir plus longtemps », ahana Rachel.

Paul risqua un nouveau coup d'œil.

« Plus personne. On remonte. »

S'aidant d'un point d'appui dans la pierre extérieure, il réussit à basculer, malgré son épaule malade, par-dessus la rambarde de la terrasse. Puis il saisit Rachel par un bras et la hissa auprès de lui. Et tous deux purent contempler, enfin, le panorama de la ville.

« Je n'aurais jamais cru qu'on pourrait faire une chose pareille, chuchota Rachel, pantelante.

– Je n'aurais jamais cru qu'on aurait à le faire. Mais quand la vie est en jeu...

– Si je me rappelle bien, c'est toi qui nous as entraînés dans cette filature.

– Je ne l'ai pas oublié ! »

Il ouvrit la porte déverrouillée par Knoll. Elle communiquait avec une élégante bibliothèque, meublée, du sol au plafond, de massifs rayonnages en châtaignier, ornés de dorures, dans le style baroque. Venait ensuite une vaste pièce au parquet de bois clair, décorée de deux énormes mappemondes et entourée d'autres étagères. L'air tiède charriait une légère odeur de cuir moisi. Droit devant eux, un rectangle de lumière indiquait l'amorce d'un autre escalier.

« Par ici, décida Paul.

– Je te rappelle que Knoll est passé par là.

– Je sais. Mais il n'est sûrement plus là, après cette fusillade. »

Ils descendirent l'escalier. Un nouveau corridor piquait vers la droite. Qui les ramènerait, peut-être, à la cour d'accès. Cette église était un labyrinthe. Au bas des marches, Rachel vit Paul se retourner vers elle. Puis une ombre jaillit de l'ombre et il y eut un choc sourd. Le corps de Paul s'affaissa sur le sol.

Deux mains gantées l'empoignèrent. Sa vision se brouilla. S'éclaircit de nouveau. Pour découvrir le masque figé de Christian Knoll, dont le stylet menaçait sa gorge.

« C'est votre ex-mari ? Accouru à votre rescousse ? »

Elle baissa les yeux vers Paul toujours inanimé. Elle regarda Knoll à nouveau.

« Que vous le croyiez ou non, madame Cutler, je n'ai rien contre vous, dit-il. Peut-être devrais-je vous tuer, mais je n'y prendrais aucun plaisir. D'abord votre père. Et puis vous-même. À si peu d'intervalle. Non. Bien que je sois tenté d'éliminer les obstacles qui se dressent sur mon chemin, je ne peux pas me résigner à vous tuer. Alors, je vous en prie, rentrez chez vous.

– Vous avez... tué mon père !

– Votre père avait conscience des risques dont il avait émaillé sa vie. Vous auriez dû l'écouter. Je connais bien la légende de Phaéton. Une vraie mise en garde contre les décisions trop impulsives. Mais d'une génération à l'autre, personne n'écoute jamais personne. Rappelez-vous les paroles du dieu du Soleil à Phaéton. "Lis sur mon visage et si tu le peux, lis dans mon cœur. Vois si tu peux y déchiffrer l'angoisse paternelle que m'inspire ta folle impatience." Ne négligez pas cet avertissement, madame Cutler. Voulez-vous que vos précieux enfants pleurent des larmes d'ambre, après qu'un éclair vous aura foudroyée ? »

Elle revoyait son propre père après sa mise en bière. Elle l'avait enterré dans sa veste de tweed, celle qu'il avait portée le jour où il avait récupéré sa véritable identité. Elle n'avait jamais cru vraiment à la nature accidentelle de sa chute. Et le tueur était là, contre elle, qui la menaçait d'un poignard. Folle de rage, elle tenta de le frapper du genou, au niveau de l'entrejambe, mais la main gantée se resserra autour de son cou, et la pointe du stylet lui perça la peau.

Elle se raidit, le souffle coupé.

Knoll lui lâcha la gorge. Sans rompre le contact de son arme avec la chair tendre de Rachel. Il la caressa doucement jusqu'à s'arrêter sur son sexe, puis il remonta jusqu'à ses seins fermement dessinés sous son sweater moulant.

« J'ai senti, plus d'une fois, que je vous intriguais. Dommage, dans un sens, que je n'aie pas plus de temps devant moi. »

La pression de sa main, autour du sein droit de Rachel, se fit plus insistante, arrachant à la jeune femme un petit cri de douleur.

« Suivez mon conseil, madame Cutler. Rentrez chez vous. Jouissez d'une vie heureuse. Prenez soin de vos enfants. »

Il désigna, du menton, le corps inerte de Paul.

« Faites plaisir à votre ex-mari. Oubliez tout cela, ce n'est pas votre affaire. »

Elle trouva la force de répéter :

« Vous avez tué... mon père. »

La main quitta sa poitrine et se referma sur son cou.

« Si je vous retrouve sur mon chemin, je vous coupe la gorge. Vous m'avez bien compris ? »

Elle ne dit rien. Le stylet s'enfonça un peu plus. Elle aurait voulu hurler, mais elle en était incapable.

« Vous m'avez bien compris ? répéta Knoll.

– Oui.

– À la bonne heure ! »

Il rengaina sa lame. Elle sentait le sang couler par la petite blessure qu'il lui avait infligée, et se tenait toute raide contre le mur. L'immobilité de Paul la torturait. Elle ne l'entendait même pas respirer.

« Faites ce que je vous ai dit, Frau Cutler. »

Il pivota sur lui-même pour partir.

Elle l'agrippa des deux mains.

Celle de Knoll décrivit un arc de cercle, et le manche du stylet la frappa avec précision au-dessous de la tempe droite. Ses yeux virèrent au blanc. Un flot de bile envahit sa gorge. Puis elle vit Maria et Brent courir vers elle, les bras tendus. Ils lui criaient quelque chose, mais les mots étaient indistincts et, sur cette dernière image, Rachel perdit connaissance.

QUATRIÈME PARTIE

47

23 H 50

Suzanne dégringola comme une folle la descente vers Stod. En chemin, elle croisa trois noctambules qui la regardèrent passer, surpris, mais ne tentèrent pas de la retenir. Tout ce qu'elle voulait, à ce stade, c'était rentrer au Gebler, y cueillir ses effets personnels et déguerpir. Elle n'aspirait qu'à retrouver, derrière la frontière tchèque, la sécurité du château de Loukov. Jusqu'à ce que Loring et Fellner se fussent mis d'accord sur la suite à donner au conflit, si conflit il y avait.

La réapparition soudaine de Knoll l'avait totalement prise au dépourvu. Ce salaud avait de la suite dans les idées, c'était une justice à lui rendre. Elle résolut de ne pas le sous-estimer une troisième fois. Puisqu'il était à Stod, c'était à elle de quitter le pays.

En atteignant la rue, elle ralentit sa course, mais n'en rallia pas moins son hôtel en un temps record.

Une municipalité économe avait déjà réduit l'éclairage public, mais la réception du Gebler était toujours brillamment éclairée. Le gardien de nuit, derrière le comptoir, pianotait sur son clavier et ne lui prêta qu'une attention distraite.

Dieu merci, elle avait déjà préparé ses bagages. Prête à partir, comme elle en avait eu l'intention, sitôt réglé le cas Grumer. Elle accrocha son sac à son épaule droite et jeta quelques billets sur le lit. Plus qu'il n'en fallait pour couvrir sa note. Pas le temps d'entrer dans les détails. Seule comptait la vitesse d'exécution.

Elle réfléchit une seconde. Peut-être Knoll ignorait-il où elle était descendue. Stod était une grande ville, avec des tas d'hôtels. Mais s'il le savait, il n'allait sans doute pas tarder à réapparaître. Après avoir résolu le problème de ces présences imprévues, à l'abbaye. Présences qui la concernaient, elle aussi. Mais après tout, ce n'était pas elle qui avait poignardé Grumer. Quiconque avait pu en être le témoin représentait donc un plus gros problème pour Knoll que pour elle-même.

Avant de redescendre, elle rechargea son Sauer et l'empocha. En bas, elle passa, très vite, devant le comptoir de la réception, et déboucha sur le trottoir. Un coup d'œil à droite, un coup d'œil à gauche.

À moins de cent mètres de là, Knoll l'aperçut et se mit à courir. Elle s'engouffra dans une petite rue de traverse. Tourna deux fois. Trois fois. Sans doute pourrait-elle le semer dans ces ruelles qui se ressemblaient toutes.

Elle s'arrêta, le souffle court.

Des pas résonnaient derrière elle.

Des pas qui se rapprochaient.

La respiration de Knoll se condensait, dans l'air sec, en petits nuages de vapeur qui accompagnaient sa course. Son timing avait été presque parfait. À quelques minutes près, il surprenait la salope dans son lit.

Il tourna dans une nouvelle petite rue et prêta l'oreille.

Silence.

Intéressant.

La main sur son CZ, il avança prudemment. La veille, il avait étudié la topographie de la vieille ville, sur un plan fourni par le syndicat d'initiative. Le quartier regorgeait de ruelles et d'allées se terminant parfois en impasse. Toits pentus, fenêtres étroites et arcades ornées de créatures mythologiques uniformisaient le secteur et ne facilitaient pas l'orientation. Mais il savait exactement où était garée la Porsche gris ardoise de Danzer. Il l'avait repérée également la veille, lors d'une petite tournée d'inspection. Suzanne n'était pas femme à rester éloignée d'un moyen de transport immédiatement disponible.

Il partit dans cette direction. Celle, précisément, qu'elle avait prise.

Il s'arrêta pile.

Aucun bruit de pas, non plus, sur le chemin de la Porsche.

Il prit un nouveau tournant. Rue étroite, rectiligne, premier lampadaire à bonne distance. Croisement vers le milieu. Le tronçon de droite se terminait en cul-de-sac, avec un triporteur à l'ancienne et une BMW rangée le long du trottoir. Il vérifia les portières de la voiture. Bouclées. Il souleva le couvercle du triporteur. Vide en dehors d'un tas de vieux journaux et de sacs en plastique qui dégageaient une odeur de vieux poisson. Il alla même jusqu'à essayer les poignées des maisons voisines.

Bouclées.

Il recula vers la longue rue rectiligne, pistolet dégainé, et tourna à droite.

Danzer attendit cinq bonnes minutes avant de sortir de sous la BMW. Grâce à son petit gabarit, elle n'avait eu aucun mal à s'y glisser. Son 9 mm au poing, par prudence. Mais Knoll n'avait pas regardé *sous* la voiture. Juste vérifié les portières avant de se retirer, apparemment satisfait.

Elle reprit son sac de voyage dans le triporteur où elle l'avait recouvert de vieux journaux et de sacs en plastique. Il y avait acquis un léger relent de poisson. Ensuite, elle remit le Sauer dans sa poche et décida d'utiliser un autre itinéraire pour rallier la Porsche. S'il le fallait, elle l'abandonnerait sur place et louerait un autre véhicule le lendemain. En se réservant de venir reprendre sa voiture quand ce micmac serait terminé. Le boulot d'un « acquéreur » était d'exaucer les désirs du patron. Même si

Loring lui avait laissé toute latitude pour résoudre le problème à sa guise, le risque d'attirer l'attention, par ses démêlés avec Knoll, n'était pas négligeable. Il s'accroissait, au contraire. Et l'éliminer s'était révélé plus ardu qu'elle ne l'avait imaginé.

Elle s'arrêta dans l'impasse, juste avant le carrefour, l'oreille aux aguets.

Rien. Aucun bruit de pas.

Au lieu de tourner à droite, comme Knoll un instant plus tôt, elle s'engagea dans la direction opposée.

D'un porche obscur, jaillit un poing qui la frappa en plein front. Le coup la paralysa juste assez longtemps pour qu'une autre main la saisît à la gorge. Knoll la souleva de terre et la plaqua contre un mur de pierre humide. Un sourire cruel tordait son visage.

« Tu m'as cru vraiment si stupide ?

– Allons, Christian, faisons la paix. Je pensais ce que je disais, à l'abbaye. Montons à ta chambre. Tu te souviens de la France ? C'était formidable, non ?

– Qu'est-ce qu'il y a de si important pour que tu aies tenté de me piéger ?

– Si je te le dis, on passe à mon programme ?

– Je ne suis pas d'humeur, Suzanne. On m'a donné carte blanche pour agir à ma façon. Et tu sais ce que je préfère. »

Gagner du temps, songeait-elle.

« Qui d'autre était dans l'église ?

– Les Cutler. Leur insistance me stupéfie. Tu sais ce qui les motive ?

– Pas plus que toi.

– Je crois que tu en sais beaucoup plus que tu ne veux bien le dire. »

Suzanne commençait à suffoquer sous la pression de la main de Knoll.

« Ça va, ça va, Christian. C'est la Chambre d'ambre.

– Mais encore ?

– Ce site était la cachette choisie par Hitler en personne. C'est pour m'en assurer que j'étais ici.

– T'assurer de quoi ?

– Tu connais la passion de Loring. Il cherche les panneaux, comme Fellner. Mais il a le privilège d'accéder à des infos que tu n'as pas.

– Telles que ?

– Pas si vite, Christian. Pas avant que tu ne m'aies donné ton accord.

– Pour m'entuber une fois de plus ? Qu'est-ce qui se passe, Suzanne ? Il ne s'agit pas d'une mission ordinaire.

– Je te refais ma proposition. On monte chez toi. Et on parlera après. Promis.

– Je ne suis toujours pas d'humeur. »

Mais les allusions successives avaient produit leur effet. La main relâcha suffisamment son étreinte pour permettre à Suzanne de prendre appui sur le mur et de frapper son adversaire du genou, entre les jambes. La douleur plia Knoll en deux. Elle le frappa une seconde fois du pied. Malgré les deux mains qu'il tentait de placer en protection devant ses testicules.

Knoll, achevé, s'effondra sur le trottoir humide.

Il entendit à peine décroître le bruit de sa course.

Une souffrance atroce torturait Knoll des pieds à la tête. Pas seulement physique. La garce l'avait possédé, une fois de plus. Rapide comme un chat. Il ne s'était déconcentré qu'une fraction de seconde, mais elle avait un instinct très sûr pour ce genre de chose.

La salope.

En écarquillant les yeux, il la vit détaler au loin, tout au bout de la rue rectiligne. Vers sa Porsche. La douleur qui montait de son bas-ventre était à la limite du supportable. Il pouvait à peine respirer. Il envisagea, vaguement, de la descendre à distance et saisit dans sa poche la crosse de son pistolet.

Il la manquerait sûrement. Ses balles ne seraient peut-être pas perdues pour tout le monde et cela ne servirait à rien.

Il s'occuperait d'elle avant peu.

48

Mercredi 21 mai

1 h 30

Rachel ouvrit les yeux. Sa tête éclatait. Son estomac chavirait. Pire qu'un mal de mer. L'odeur de vomi provenait de son sweater. Elle avait mal sous le menton. Elle y porta la main, puis revécut la piqûre du stylet pressé contre sa gorge.

Un homme l'observait, drapé dans une robe de bure. Un moine. Il était vieux et flétri, et la regardait avec un air de commisération profonde, les yeux mouillés par une pitié sincère. Elle était assise, le dos au mur, dans le corridor où Knoll l'avait attaquée.

« Qu'est-ce que... qu'est-ce qui s'est passé ?

– À vous de nous le dire, riposta Wayland McKoy en s'approchant d'elle.

– Où est Paul ?

– Là-bas devant. Toujours dans le cirage. Il a un œuf de pigeon sur le crâne. Vous vous sentez mieux ?

– Façon de parler. J'ai une affreuse migraine.

– Pas étonnant. Les moines ont entendu de drôles de trucs, dans leur église. Ils ont trouvé Grumer. Et puis vous deux. Votre clef de chambre les a conduits au Weber, et me voilà.

– Il nous faut un médecin.

– Ce moine est médecin. Il dit que vous n'avez pas de fracture. Et Paul non plus.

– Grumer ?

– En conférence avec le diable, je suppose.

– C'étaient Knoll et la femme. Grumer avait rendez-vous ici avec elle, et c'est Knoll qui a tué Grumer.

– Je n'irai pas jusqu'à plaindre ce salopard. Pour quelle raison ne m'avez-vous pas invité à votre safari, tous les deux ? »

Elle se massa doucement la tempe.

« Vous ne savez pas à quoi vous avez échappé. »

À quelques mètres de là, Paul émit un grognement. Elle se traîna sur le sol de pierre. Son estomac commençait à se calmer.

« « Paul. Ça va mieux ? »

Il palpait prudemment sa bosse.

« Qu... Qu'est-ce qui s'est passé ?

– Knoll nous attendait. »

Rachel s'assit auprès de lui et examina sa bosse. McKoy lui demanda ce qui était arrivé à son menton. Elle éluda :

« Sans importance.

– Écoutez, Votre Honneur, j'ai un macchabée allemand sur les bras, en plus de la police locale. On vous trouve sur le carreau, tous les deux, et c'est sans importance ? Qu'est-ce qui s'est passé, nom de Dieu ?

– Ne jurez pas dans une église !

– Il faut qu'on appelle Pannek, intervint Paul.

– Entièrement d'accord.

– Hé, je suis là, vous vous souvenez de moi ? » leur rappela McKoy.

Le moine revenait avec un chiffon mouillé. Rachel le passa doucement sur la tête de Paul. Elle le retira au bout de quelques instants taché de sang.

« Je crois que tu as une plaie ouverte. »

Paul lui releva le menton.

« Et ça, comment c'est arrivé ? »

Elle décida de lui en dire un peu plus :

« La pointe du couteau. Une mise en garde piquante... contre trop de curiosité.

– Curiosité à quel sujet ? questionna McKoy.

– Va savoir ! Tout ce qu'on sait, c'est que la femme a tué Chapaev, et que Knoll a tué mon père.

– Comment vous le savez ? »

Elle le lui raconta.

« On n'entendait pas tout ce qu'ils se disaient, dans l'église, précisa Paul. Seulement des bribes. Mais l'un des deux hommes, je crois que c'est Grumer, a parlé le premier de la Chambre d'ambre. »

McKoy secouait désespérément la tête.

« Je ne pensais pas que les choses en viendraient là. Bon Dieu de bon Dieu, qu'est-ce que j'ai fait ? »

Paul releva vivement :

« Qu'est-ce que vous entendez par là ? Qu'est-ce que vous pouvez bien avoir *fait ?* »

McKoy se taisait, accablé. Rachel s'emporta :

« Répondez-lui, bon sang ! »

Mais McKoy continuait à se taire.

Debout dans la caverne souterraine, l'esprit ailleurs, McKoy revivait toutes ses angoisses passées et ne quittait pas des yeux les trois camions rouillés. Puis il se retourna vers la paroi rocheuse, comme s'il espérait y lire un message. *Si les murs pouvaient parler...* Issu de la nuit des temps, le vieux cliché tournoyait dans sa tête. Si les choses pouvaient témoigner du passé, que lui diraient-elles ? Pourquoi les Allemands de l'époque avaient-ils jugé bon d'abandonner sous la montagne des véhicules indispensables pour la conduite de la guerre, et dynamité la seule voie d'accès ? Mais étaient-ce bien les Allemands qui avaient pris cette initiative ? Ou, quelques années plus tard, un Tchèque bien renseigné, après avoir nettoyé par le vide les trois camions voués à l'oubli ? Les murs, hélas, se taisaient. Aussi muets que les voix qui avaient tenté, en vain, d'indiquer une piste menant au succès d'une folle entreprise, au lieu de mener à la mort.

Derrière lui, des pas approchaient de l'ouverture percée la veille. L'autre issue était obstruée par une telle masse de terre et de pierre qu'il paraissait inutile d'entreprendre d'autres terrassements. Pourtant, ses équipes s'y colleraient, dès le lendemain. Sa montre l'informa qu'il était près de onze heures. Il se retourna pour voir Paul et Rachel émerger à leur tour des ténèbres voisines.

« Je ne vous attendais pas si tôt. Comment va la tête ?

– Mieux que la vôtre, McKoy, ironisa Paul Cutler. Plus d'atermoiements. Aujourd'hui, on attend des réponses. Que vous le vouliez ou pas, on est dans ce pétrin avec vous. La nuit dernière, vous vous demandiez ce que vous aviez fait. Ce matin, c'est à vous de nous le dire.

– Vous n'avez pas l'intention de suivre le conseil de Knoll et de rentrer chez vous ?

– On devrait ?

– Là, c'est à vous de me le dire, Votre Honneur. »

Paul s'emporta légèrement :

« Arrêtez de tourner autour du pot, voulez-vous ? Qu'est-ce qui se passe ?

– Venez voir. »

McKoy leur montra un des squelettes incrustés dans le sable.

« Il ne reste plus grand-chose des fringues qu'ils portaient. Juste assez de débris pour reconnaître des uniformes remontant à la dernière guerre. À savoir des tenues de marines U.S. »

Il pointa son index sur un fourreau de baïonnette.

« Il s'agit d'une M4 américaine. Quant au pistolet qui était dans cet étui, je crois pouvoir dire qu'il s'agissait d'une arme française. Les Allemands ne portaient pas de pièces d'équipement américaines ou françaises. Après la guerre toutefois, des tas de groupes européens, militaires ou paramilitaires, se sont servis de surplus américains. La Légion étrangère française, l'armée nationale grecque, l'infanterie des Pays-Bas. »

Il désigna le squelette voisin.

« Un des cinq types portait des bottes et un pantalon sans poches. Les communistes hongrois ont continué à en faire usage, bien *après* la guerre. Ces fringues, les camions vides et le portefeuille que vous avez trouvé, rien ne manque.

– Pour prouver quoi ?

– Que d'autres sont passés avant nous.

– Vous êtes sûr d'avoir identifié les vêtements que portaient ces types ? insista Rachel.

– Contrairement à ce que vous pouvez penser, je ne suis pas qu'un minable cul-terreux de Caroline du Nord. L'histoire militaire est ma passion. Elle fait également partie des recherches entreprises lors de la préparation de cette opération. Dès le lundi, j'ai senti passer le vent. Cette cachette a été vidée bien après la guerre. Aucun doute là-dessus. Ces pauvres mecs étaient soit d'anciens militaires, soit des militaires de carrière ou de vulgaires travailleurs affublés de surplus.

– Alors, tout ce que vous faisiez avec Grumer était bidon ?

– Bien sûr que non ! J'aurais voulu trouver une cache pleine de trésors, mais au premier coup d'œil, j'ai pigé qu'on arrivait trop tard. À quel point, je ne m'en doutais pas encore. »

Paul se pencha vers les ossements épars.

« C'est le cadavre au portefeuille et aux lettres effacées par Grumer. »

Du bout d'un doigt, il retraça les lettres O I C telles qu'il les avait aperçues, en respectant les intervalles au mieux de ses souvenirs.

« Elles étaient disposées comme ça. »

McKoy tira de sa poche une des photos de Grumer alors que Paul ajoutait, dans les espaces, trois autres lettres, L R N. Puis modifiait légèrement le C final pour en faire un G. Le tout, à présent, se lisait L O R I N G.

« Putain, s'étouffa McKoy en comparant le résultat obtenu à la photo de Grumer. Je crois que vous avez tapé dans le mille, Cutler.

– Qu'est-ce qui t'y a fait penser ? demanda Rachel.

– Je n'étais pas sûr d'avoir très bien vu. J'ai pensé que le C pouvait être un G. Le nom de Loring revenait sans cesse. Ton père en parlait dans ses lettres. »

Il les sortit de sa poche.

« Je les ai relues ce matin. »

McKoy déchiffra le texte manuscrit. Vers le milieu de la page, le nom de Loring retint son attention.

> *Yancy m'a téléphoné la veille du crash. Il avait retrouvé le vieil homme dont le frère travaillait, d'après toi, sur la propriété de Loring. Tu avais raison, je n'aurais jamais dû demander à Yancy d'enquêter discrètement de son côté pendant son séjour en Italie.*

McKoy, atterré, cherchait le regard de son avocat.

« Vous croyez que vos parents étaient la vraie cible de la bombe ?

– Je ne sais plus que croire. Cette nuit, Grumer a parlé de Loring. Karol le citait dans ses lettres. Mon père connaissait son existence. Ces pauvres mecs aussi, apparemment. Et n'oubliez pas que la femme a tué Chapaev. Et Knoll, le père de Rachel.

– Il faut que je vous montre autre chose. »

McKoy sortit de sa poche une carte qu'il déplia dans la lumière d'une grosse ampoule nue.

« J'ai fait quelques relevés, ce matin. La deuxième issue rendue impraticable pointe vers le nord-est. »

Son gros doigt se déplaça lentement sur la carte.

« Cette carte remonte à 1943. Il y avait, dans le temps, une route pavée qui suivait la base des collines, au nord-est. »

Ils s'assirent tous les trois dans le sable, afin de mieux étudier la carte.

« Je parierais que les camions sont venus jusqu'ici par cette route et par cette issue. Il leur fallait une chaussée solide. Ils sont trop lourds pour le sable et la boue.

– Vous faites confiance à la parole de Grumer ? demanda Rachel.

– Lorsqu'il dit que la Chambre d'ambre a été planquée dans cette caverne ? Je n'en doute pas un instant.

– D'où vous vient cette certitude ? demanda Paul à son tour.

– Je dirai que cette planque n'a pas été murée par les nazis, mais par ceux qui ont pillé la cachette, après la guerre. Les Allemands avaient l'intention de récupérer les panneaux, tôt ou tard. Pourquoi auraient-ils condamné leur issue ? Ça ne tient pas debout. Mais le salaud qui s'y est introduit dans les années cinquante ne voulait pas que quelqu'un d'autre puisse déduire qu'il avait touché le gros lot. Il a donc buté ses complices et refermé le couvercle. Seul, le radar nous a mis sur la bonne voie. Un coup de pot. On a pu faire la percée. Un autre coup de pot. »

Rachel n'était pas entièrement d'accord.

« Je me le demande...

– Aussi bien les Allemands que les pillards des années cinquante ne savaient sans doute pas qu'on pouvait entrer par l'autre côté. Double coup de pot, je persiste et signe. On cherchait un train alors que le trésor était venu par la route.

– Il y avait également un train, jusque dans ces montagnes ?

– Et comment ! Qui leur servait à apporter et à reprendre leurs putains de munitions, à mesure des besoins.

– Alors, c'est peut-être cette mine que Chapaev et papa comptaient venir voir, conclut Rachel qui s'était relevée.

– Y a des chances.

– Retour à la case départ, McKoy. Vous vouliez dire quoi, avec votre "Qu'est-ce que j'ai fait ?"

– Je vous connais mal, tous les deux, confessa McKoy en se décollant lourdement du sol. Mais pour une raison ou pour une autre, je vous fais confiance. Retournons au hangar, et je vous raconterai tout. »

Le soleil du matin illuminait l'intérieur poussiéreux du hangar au matériel. McKoy s'éclaircit la gorge.

« Qu'est-ce que vous savez, au juste, sur Hermann Goering ? »

Paul eut un sourire dubitatif.

« Juste ce que la Chaîne Histoire en a raconté.

– C'était le numéro deux nazi. Mais Hitler a finalement ordonné son arrestation, en 1945. Grâce à Martin Bormann qui était parvenu à convaincre le Führer que Goering préparait un putsch afin d'accéder au pouvoir suprême. Bormann et Goering ne s'étaient jamais entendus. Hitler accusa le *Feldmarschall* de haute trahison, le dépouilla de tous ses titres et le fit coffrer. Les Américains le découvrirent à la fin de la guerre, quand ils achevèrent de contrôler l'Allemagne du Sud.

« Alors qu'il était en taule, dans l'attente de son jugement pour crimes de guerre, Goering eut à subir de lourds interrogatoires. Qui figurent dans des dossiers appelés *Consolidated Interrogation Reports.* Étiquetés "top secret" pendant des années.

– Pour quelle raison ? objecta Rachel. Ils étaient plus historiques que confidentiels, non ? La guerre était bien finie. »

McKoy expliqua qu'il n'y avait pas une, mais deux raisons à cela. La première reposait dans l'avalanche de revendications qui avait suivi la capitulation de l'Allemagne. Beaucoup étaient ridiculement abusives. Aucun gouvernement n'avait le temps et les fonds nécessaires pour entreprendre des centaines de milliers d'enquêtes et statuer sur la justesse d'autant de réclamations. Les *Consolidated Interrogation Reports* n'auraient fait qu'amplifier encore la confusion ambiante.

La seconde raison était plus pragmatique. La version officielle admettait pieusement que tout le monde, à l'exception d'une poignée d'hommes politiques et de militaires corrompus, s'était vaillamment opposé à la terreur nazie. Mais les C.I.R. révélaient combien de marchands d'art français, belges et hollandais avaient profité de l'invasion pour collaborer au projet du *Sonderauftrag* de Linz ou futur Musée des beaux-arts d'Adolf Hitler. La mise sous cloche de ces rapports avait rendu l'air plus respirable pour un assez grand nombre de personnalités connues.

« Goering s'efforçait de prélever sa part sur le butin que les émissaires du Führer s'empressaient de rafler dans tous les pays conquis. Hitler, lui, voulait purger le monde de ce qu'il considérait comme un art décadent, Picasso, Van Gogh, Matisse, Nolde, Gauguin, Grosz, et bien d'autres encore. Alors que Goering reconnaissait la valeur artistique de tous ces chefs-d'œuvre.

– Quel rapport entre cette rivalité et la Chambre d'ambre ?

– J'y venais, mon cher Paul. Goering avait épousé, en premières noces, une comtesse suédoise, Karin von Kantzow. Elle avait visité le palais de Catherine, à Leningrad, juste avant la guerre, et elle était tombée follement amoureuse de la Chambre d'ambre. À sa mort, en 1931, Goering l'enterra en Suède, mais les communistes profanèrent sa tombe. Il fit donc construire une propriété appelée Karinhall, au nord de Berlin, et transféra le corps dans un immense mausolée. Tout le domaine était aussi clinquant que vulgaire. Quarante mille hectares s'étendant vers le nord jusqu'à la mer Baltique, vers l'est jusqu'en Pologne. Goering voulait aussi, en souvenir d'elle, reconstituer la Chambre d'ambre, et il avait fait préparer un local de dix mètres sur dix prêt à recevoir les panneaux.

– Comment pouvez-vous savoir tout ça ? s'étonna Rachel.

– Les C.I.R. déclassifiés contiennent des interviews d'Alfred Rosenberg, patron de l'E.R.R., un organisme créé par Hitler pour superviser le pillage de l'Europe. Rosenberg a souvent rappelé l'obsession de Goering, concernant la Chambre d'ambre. »

McKoy décrivit la sauvage concurrence qui existait entre Hitler et Goering, dans le domaine de l'art. Les goûts du Führer reflétaient la philosophie nazie. Plus l'origine d'une toile remontait vers l'est, moins elle avait de valeur.

« L'art russe n'avait aucun intérêt, aux yeux d'Adolf Hitler. Il considérait tout le pays comme une nation inférieure au reste de l'humanité. Mais pour lui, la Chambre d'ambre n'avait rien de russe. C'était Frédéric-Guillaume Ier, roi de Prusse, qui en avait offert la matière première, l'ambre brut, à Pierre le Grand. L'œuvre réalisée était donc allemande, et son retour en Allemagne, culturellement essentiel.

« Hitler en personne ordonna l'évacuation des panneaux en 1945. Mais Erich Koch, le gouverneur de la Prusse, marchait avec Goering. Et voilà le hic. Josef Loring et Koch se connaissaient bien. Koch avait désespérément besoin de matériaux et d'usines actives pour arriver aux quotas imposés par Berlin à tous les gouverneurs de province. Loring travaillait pour les nazis, mettant les mines familiales, ses fonderies et ses usines au service de l'effort de guerre allemand. Jouant sur les deux tableaux, cependant, Loring était en cheville avec les services secrets russes. C'est ce qui explique sa prospérité en Tchécoslovaquie, sous la férule soviétique, après la guerre.

– Toujours la même question, intervint Paul, comment savez-vous tout ça ? »

McKoy s'empara d'une serviette de cuir posée de guingois sur une table à dessin. Il en sortit une liasse de feuillets agrafés ensemble et la tendit à Paul en spécifiant :

« Passez tout de suite à la page quatre. J'ai marqué les paragraphes. »

Penchés côte à côte, les Cutler parcoururent le texte souligné :

> Les interviews de quelques contemporains d'Erich Koch et de Josef Loring confirment les rencontres fréquentes de ces deux personnages. Loring soutenait Koch financièrement et lui assurait un mode de vie plus que confortable. Leurs relations menèrent-elles à l'acquisition de renseignements précis sur la Chambre d'ambre, voire à son acquisition tout court ? Difficile à dire. Si Loring disposait soit de ces renseignements, soit de la chose elle-même, les Soviets semblent l'avoir ignoré.
>
> Très tôt après la guerre, en mai 1945, le gouvernement soviétique se mit en quête des panneaux d'ambre. Alfred Rohde, administrateur des collections de Königsberg pour le compte du Führer, devint la première source d'informations des Soviets. Rohde lui-même était passionnément amoureux de l'ambre. Il révéla aux enquêteurs soviétiques que les panneaux

étaient toujours à Königsberg, quand il quitta le palais le 5 avril 1945. Il montra à ces mêmes enquêteurs le local détruit par les bombardements où les caisses avaient été entreposées. Des débris de bois doré et de gonds en cuivre provenant, semblait-il, des portes de la Chambre d'ambre jonchaient encore le parquet carbonisé. La conclusion coulait de source. Les précieux panneaux étaient partis en fumée au cours du sinistre. Le dossier était clos. Et puis, en 1946, Anatole Kuchumov, conservateur des palais de Pouchkine, visita Königsberg. Là, dans les mêmes ruines, il releva des débris de mosaïques florentines provenant de la Chambre d'ambre. Kuchumov était persuadé que, même si le local de stockage avait brûlé de fond en comble, l'ambre avait échappé au désastre, et il ordonna la reprise immédiate des recherches.

Entre-temps, Rohde et sa femme étaient morts, le jour même où ils devaient comparaître, pour un nouvel interrogatoire, devant une commission soviétique. Détail notable, le médecin chargé de délivrer leurs permis d'inhumer disparut le même jour. À ce stade, le ministre soviétique de la Sécurité de l'État reprit l'enquête à son compte, conjointement avec la Commission extraordinaire qui poursuivit les recherches jusqu'au début de l'année 1960.

Rares sont les personnes qui ont voulu admettre que la Chambre d'ambre avait brûlé à Königsberg. De nombreux experts mettent également en doute la destruction des mosaïques florentines. Les Allemands se montraient fort habiles quand il le fallait et, compte tenu de la valeur et des personnalités impliquées, tout est possible. Qui plus est, eu égard aux activités de Josef Loring dans la région du Harz, à sa passion pour l'ambre et à l'étendue pratiquement illimitée de ses moyens, financiers et autres, on peut se demander si ses efforts n'ont pas été finalement couronnés de

> succès. Les interviews d'héritiers de résidents locaux confirment les nombreuses visites de Loring dans la région du Harz, ainsi que ses tentatives de fouille, le tout avec l'approbation et même la bénédiction du gouvernement soviétique. Un témoin a déclaré que la quête de Loring se fondait sur l'hypothèse d'un transport par camions, au départ de Königsberg, dont le convoi aurait été dérouté par l'avance fulgurante des armées russe et américaine. Le nombre de trois camions revient constamment, quoique sans aucune confirmation avérée. Josef Loring est mort en 1967. Son fils Ernst a hérité d'un énorme patrimoine. Ni le père ni le fils n'ont jamais abordé en public le sujet de la Chambre d'ambre.

« Vous saviez, déduisit Paul. Vous n'avez jamais cessé de jouer la comédie. La Chambre d'ambre a toujours été votre seul objectif.

– Pourquoi pensez-vous que je vous aie demandé de rester ? Deux parfaits inconnus jaillis de nulle part. Vous croyez que j'aurais perdu une seule minute à vous écouter si vos premiers mots n'avaient été "On cherche la Chambre d'ambre" et "Qui est Loring ?"

– Allez vous faire foutre, McKoy ! »

Paul pinça les lèvres. Sa propre grossièreté l'avait surpris lui-même. Il ne se souvenait pas d'avoir été aussi mal embouché, une seule fois dans sa vie, depuis la cour de récré. Ce cul-terreux de Caroline du Nord commençait à déteindre sur son langage.

« Qui a écrit ça ? voulut savoir Rachel.

– Rafal Dolinski, un journaliste polonais. Il a beaucoup travaillé sur la Chambre d'ambre. Obsédé lui aussi, selon moi. À mon premier voyage, voilà trois ans, il est venu me voir. C'est lui qui m'a refilé son obsession pour l'ambre. Il écrivait alors un article pour un magazine. Il espérait qu'une interview de Loring lui vaudrait l'attention d'un éditeur. Il avait envoyé son texte au vieux, avec une demande de rendez-vous. Le Tchèque ne lui a jamais répondu, mais un mois plus tard, Dolinski était mort. »

Le regard de McKoy prenait Rachel à témoin.

« Sauté sur une mine, près de Warthberg. »

Paul jura doucement :

« Bon Dieu, McKoy, vous saviez tout ça, et vous ne le disiez pas. Maintenant, Grumer est mort, lui aussi.

– Rien à foutre de Grumer. C'était un petit salaud de menteur et de rapace. Une race qui généralement ne fait pas de vieux os. Je ne lui avais rien raconté, par principe. Les infos, c'est de lui que je les attendais. Mais depuis les sondages réalisés grâce à notre radar, quelque chose me disait que c'était la bonne planque. Quand j'ai aperçu ces trois camions, lundi dernier, j'ai bien cru que j'avais touché le jackpot.

– Vous avez donc trahi vos investisseurs pour prouver que vous aviez raison !

– J'étais sûr que, d'une façon ou d'une autre, ils y gagneraient. Peintures disparues ou panneaux d'ambre, qu'est-ce qu'ils en avaient à foutre ?

– Vous êtes un sacré comédien, Wayland, opina Rachel. Vous m'avez roulée dans la farine.

– Ma réaction, quand j'ai découvert ces trois gros-culs, n'était pas de la comédie. Je savais que mes associés se foutraient du changement de butin. Et puis j'ai vu que ces putains de camions étaient vides, j'ai aperçu l'autre issue bouchée... et pigé que j'étais dans une merde noire.

– Dont vous n'êtes pas encore sorti, Wayland.

– Réfléchissez, les enfants. Il se passe quelque chose, ici. C'est pas seulement une planque vide. Cette caverne n'aurait jamais dû être découverte. Elle l'a été, comme je l'ai dit, grâce à un ou deux coups de pot, et à la technologie moderne. Maintenant, quelqu'un s'intéresse à nos faits et gestes et à ce que savaient Borya et Chapaev. Assez pour les éliminer et les empêcher de parler. Peut-être même assez pour avoir également tué vos parents, Cutler. »

Paul accusa le coup, alors que McKoy enchaînait :

« Dolinski m'en a dit beaucoup sur tous ces gens morts alors qu'ils recherchaient l'ambre. Depuis la fin de la guerre et jusqu'à nos jours. Un vrai jeu de massacre. Lui compris, sans doute. »

Paul ne discuta pas. McKoy avait raison. Il se passait quelque chose, et ce quelque chose partait de la Chambre d'ambre. Quelle autre explication ? Il y avait beaucoup trop de coïncidences.

Toujours pratique, sinon résignée, Rachel demanda :

« En admettant que vous ayez raison... qu'est-ce qu'on fait ? »

McKoy n'hésita pas une seconde.

« Je vais me rendre en République tchèque et tâcher de rencontrer Ernst Loring. Il serait temps que ce monsieur s'explique.

– On vous accompagne, décida Paul.

– Tu es sûr ? s'étrangla Rachel.

– Plutôt deux fois qu'une. Pour ton père et pour mes parents qui en sont peut-être morts, eux aussi. Je ne vais pas abandonner maintenant. J'irai jusqu'au bout. »

Rachel l'observa, d'un air ambigu. Voyait-elle en lui un nouveau personnage ? Une facette qu'elle n'avait jamais remarquée auparavant ? Une résolution cachée, derrière son calme apparent, parfois exaspérant, toujours maîtrisé.

Peut-être. Lui-même, en tout cas, était en train de faire une découverte analogue. Leur aventure de la nuit précédente l'avait durement ébranlé. Cette fuite devant Knoll. L'horreur, la terreur de rester suspendu aux pilastres d'un balcon, à des centaines de mètres au-dessus d'un fleuve allemand noir de boue. Ils avaient eu de la chance d'en réchapper avec une ou deux bosses. À présent, il voulait en savoir plus sur la mort de Karol, de Chapaev et de ses propres parents.

« Paul... Je ne veux pas que ça se renouvelle. C'est stupide. On a deux enfants. Rappelle-toi comme tu as essayé de me convaincre, la semaine dernière, à Warthberg. Aujourd'hui, c'est moi qui te le demande. Rentrons chez nous. »

Il rectifia, sans l'avoir prémédité :

« Rentre chez toi si tu veux. Moi, je reste. »

Sa sécheresse de ton, la rapidité de sa réponse, les heurtèrent l'un et l'autre. Elles évoquaient d'autres paroles prononcées trois ans auparavant, quand elle lui avait annoncé son intention de demander le divorce. Bravade aujourd'hui de la part de Paul ? Preuve qu'il était capable de maîtriser la situation, en plus de se maîtriser lui-même ? Il irait en République tchèque, qu'elle le veuille ou non. Qu'elle le suive ou non. À elle d'en décider.

« Vous n'avez jamais pensé à quelque chose, Votre Honneur ? »

Rachel fit face à McKoy, prête à la riposte.

« Votre père avait gardé les lettres de Chapaev et pris copie de ses propres réponses. Pourquoi ? Et pourquoi vous les laisser ? S'il ne voulait vraiment pas que vous vous en mêliez, il aurait brûlé le tout et emporté son secret dans sa tombe. Je ne le connaissais pas, mais je peux me mettre à sa place. Il avait été chasseur de trésor. Il avait envie que la Chambre d'ambre soit retrouvée, si c'était encore possible. Et vous étiez la seule à qui il pouvait confier ce qu'il savait. D'accord, il ne l'aurait pas dit comme ça, mais le message est clair : "Trouve à ma place, Rachel !" »

Il avait raison, admit Paul. C'était exactement ce que Karol avait fait. En feignant de faire le contraire.

Rachel souriait.

« Je crois que mon père vous aurait trouvé sympa, Wayland. Quand est-ce qu'on part ?

– Demain. Avant ça, il faut que j'amadoue mes associés. Que je les persuade de patienter encore quelques jours. »

49

Nebra, Allemagne

14 h 10

Assis dans une chambre d'hôtel, Knoll pensait aux *Retter der Verlorenen Antiquitäten.* Les Sauveteurs des antiquités perdues. Neuf des hommes les plus riches d'Europe. La plupart industriels, mais il y avait également, parmi eux, deux financiers, un grand propriétaire terrien et même un médecin. Un ancien chirurgien esthétique qui avait fait sa fortune en remodelant le nez, les seins ou les bajoues de célébrités vieillissantes. Des hommes qui n'avaient plus grand-chose à faire et que plus grand-chose n'intéressait, sinon parcourir le monde en quête de trésors disparus. Tous étaient des collectionneurs passionnés, quoique pas toujours par les mêmes choses. Des toiles de vieux maîtres aux contemporains, en passant par les impressionnistes, le style victorien, l'art naïf, le surréalisme. Voire les vestiges du néolithique.

C'était cette diversité qui faisait l'intérêt du club et déterminait les domaines dans lesquels sévissaient les acquéreurs de ces messieurs. Ce qui leur évitait le plus souvent de se livrer à une concurrence sauvage. Parfois, cependant, ils entraient en rivalité. Une rivalité de bon aloi. La curiosité de voir qui arriverait le premier dans une course au même objet réputé perdu pour tout le monde. Autrement dit, le club était un exutoire. Une façon, pour ces multimilliardaires, de satisfaire un esprit de compétition absent de la conduite des affaires courantes.

Knoll n'y voyait pas d'inconvénient, au contraire. N'avait-il pas un peu le même tempérament, dans un certain sens ? Il se remémora la dernière réunion du club, le mois passé. Ces réunions avaient lieu par roulement, chez les uns et chez les autres. De Copenhague au sud de Naples. La tradition voulait que chacune de ces réunions fût pimentée par quelque grosse surprise, en général la présentation, par la grâce d'un des acquéreurs, d'un objet que tous croyaient définitivement introuvable car probablement détruit. Knoll connaissait leur point faible. Il savait combien chacun désirait surprendre ses collègues, quand venait son tour de les recevoir. Fellner encore plus que les autres. Autant, sinon davantage que Loring.

De grands enfants.

Le mois dernier ils s'étaient tous réunis chez Fellner, à Burg Herz. Avec la participation de six acquéreurs seulement. Rien d'anormal, car la recherche des œuvres passait avant le reste. Mais la jalousie, le dépit d'assister à quelque triomphe particulièrement somptueux, pouvaient également expliquer certaines absences, sans doute celle de Suzanne, la dernière fois. Le mois prochain, ça se passerait chez Loring, et Knoll avait décidé de snober la réunion. À regret, parce qu'il s'entendait bien avec Ernst Loring.

Ernst Loring qui l'avait remercié, plus d'une fois, par de très jolis cadeaux, pour des babioles qui avaient fini par trouver le chemin des collections du Tchèque. Tous autant qu'ils étaient, du reste, s'entendaient bien avec les acquéreurs des autres membres, et les caressaient dans le sens du poil. Une façon élégante de multiplier par neuf les yeux braqués à la ronde. Il arrivait même que certaines trouvailles fissent l'objet d'une enchère privée. Un moyen supplémentaire d'animer, quelquefois, des réunions déjà passionnantes.

Tout s'y passait d'une manière tellement élégante, tellement civilisée. Alors, pourquoi Suzanne Danzer s'appliquait-elle à changer les règles ? Pourquoi avait-elle tenté de le tuer ?

On frappa à la porte. Il attendait depuis près de deux heures dans ce petit hôtel du hameau de Nebra, sis au sud de Stod, à mi-chemin de Burg Herz. Il alla ouvrir. Monika entra, introduisant, avec elle, ce doux parfum citronné qu'il aimait.

Plantée devant lui, elle le toisa des pieds à la tête.

« Nuit agitée, Christian ?

– Moins fort. Je ne suis pas d'humeur. »

Elle se percha sur le bord du lit, dans une de ses habituelles postures suggestives.

« Pour ça non plus », annonça-t-il.

Son entrejambe se souvenait de la double attaque de Suzanne Danzer, mais il n'avait pas l'intention de se confier.

« Pourquoi m'as-tu demandé de te rejoindre ici ? Et pourquoi sans papa ? »

Il lui raconta ce qui s'était passé à l'abbaye, ainsi que la filature à travers Stod. Sans en préciser le dernier épisode.

« Danzer a filé sans demander son reste, mais elle a parlé de la Chambre d'ambre. Elle affirme que cette caverne du Harz est l'endroit où Hitler a fait cacher les panneaux, en 1945.

– Et tu la crois ?

– Franchement, oui.

– Tu ne l'as pas poursuivie. Pourquoi ?

– Inutile. Elle rentre au château.

– Comment le sais-tu ?

– Des années de pratique.

– Ce qui explique sa présence ostensible à Stod. »

Elle ne le quittait pas des yeux.

« Qu'est-ce que tu comptes faire ?

– Je veux l'autorisation de m'introduire chez Loring.

– Tu sais ce que mon père va te répondre. »

Il le savait, en effet. Les règles du club interdisaient à ses membres toute incursion sur le territoire des autres membres. Même après une « révélation », si réussie fût-elle, il eût été de mauvais goût de chercher à faire parler l'acquéreur responsable de l'exploit. Ce qui cimentait leur association, c'était justement ce respect des méthodes et des sources de tous les autres membres. Une assurance de sécurité mutuelle, non seulement pour les collectionneurs en personne, mais pour leurs acquéreurs spécialisés.

Cette vie privée, le jardin secret de chacun étaient la clef même d'une telle entente entre individus partageant les mêmes intérêts et capables d'en tirer les mêmes jouissances esthétiques. Leur intégrité territoriale constituait, en fait, le seul principe non écrit dont le viol pût amener l'exclusion instantanée du ou des coupables.

« Qu'est-ce qui se passe ? gronda Knoll. Rien dans le ventre ? Je croyais que tu tenais la barre, à présent.

– J'écoute tes raisons, Christian.

– Ça va beaucoup plus loin qu'une simple acquisition. Loring a déjà enfreint une règle du club en autorisant Danzer à me tuer. Ou à essayer. Plus d'une fois. Je veux savoir pourquoi, et j'estime que la réponse se trouve à Volary. »

Il souhaitait l'avoir bien jugée. Monika était fière et arrogante. La dernière intervention de son propre père lui avait déplu souverainement. Logiquement, la colère devrait lui brouiller l'esprit, et quand elle parla, Knoll sut tout de suite qu'il ne s'était pas trompé.

« Nom d'un chien, moi aussi, je veux savoir ce que fabriquent cette pute et l'autre vieux con. Papa pense que c'est un simple malentendu. Il voulait parler à Loring, lui dire toute la vérité, mais je l'en ai dissuadé. Je suis d'accord. Vas-y. »

Les yeux de Monika avaient leur expression gloutonne. La compétition agissait sur elle comme un aphrodisiaque.

« J'y vais dès ce soir. Plus de contact entre nous avant que j'en aie terminé. Je prendrai tout sur moi, si je me fais coincer. J'aurai agi sur ma seule initiative, et tu n'étais au courant de rien. »

Monika souriait.

« Quelle noblesse, mon beau chevalier. Maintenant, approche un peu et fais-moi comprendre à quel point je t'ai manqué. »

Fritz Pannek entra dans la salle à manger du Weber et fonça tout droit vers la table où Paul et Rachel avaient pris place.

« On a contacté les hôtels et pu établir qu'un individu répondant au signalement de Knoll était descendu au Christinenhof. La femme répondant au signalement de cette Suzanne était au Gebler, à deux pas d'ici.

– Vous en savez un peu plus long, au sujet de Knoll ? attaqua Paul Cutler.

– Malheureusement, ce type est une énigme. Pas de dossier à Interpol et pas d'empreintes digitales, aucun moyen de l'identifier pour l'instant. On n'a rien sur ses antécédents, ni même sur son lieu de résidence. La mention qu'il a faite à Mme Cutler d'un appartement à Vienne était certainement bidon. On est en train de vérifier, mais rien ne nous permet de croire que Knoll ait jamais vécu en Autriche.

– Il doit avoir un passeport.

– Sans doute plusieurs, et sous des noms d'emprunt. Ce genre de type ne doit figurer officiellement dans aucun état civil.

– Et la femme ?

– On en sait encore moins sur elle. Rien chez Chapaev. Deux balles de neuf millimètres à bout portant, ce qui sous-entend une certaine insensibilité chez cette fille. »

Paul parla à Pannek des Sauveteurs d'antiquités perdues et de la théorie de Grumer sur Knoll et sur la femme. L'inspecteur secouait la tête.

« Jamais eu vent d'une telle organisation, mais je vais lancer une enquête. Le nom de Loring, en revanche, m'est familier. Ses usines produisent les meilleures armes de poing de toute l'Europe. C'est aussi un magnat des aciéries. Un des premiers industriels de toute l'Europe de l'Est.

– On sera chez lui dans la journée », dit Rachel.

Pannek leva un sourcil.

« Motif de votre visite ? »

Elle lui résuma ce que McKoy avait dit au sujet de Rafal Dolinski et de la Chambre d'ambre.

« Wayland pense qu'il doit savoir quelque chose sur les panneaux, peut-être sur la mort de mon père, et...

– ... sur celle de vos parents, monsieur Cutler ?

– Peut-être, acquiesça Paul, la voix sourde.

– Pardonnez-moi, mais ne pensez-vous pas que toute cette affaire devrait être du seul ressort des autorités compétentes ? Il me semble que les risques s'accroissent.

– La vie est pleine de risques, grogna Paul.

– Certains valent la peine d'être courus. D'autres sont franchement stupides.

– On croit que ceux-ci valent la peine d'être pris, dit Rachel.

– La police tchèque n'est pas des plus coopératives. Loring possède suffisamment de relations en haut lieu pour rendre tout contact avec leur ministère de la Justice nul et non avenu. Bien que la République tchèque ait renoncé au communisme, tout reste entouré, là-bas, du secret politique. Leurs réponses à nos demandes d'informations traînent à un point que nous jugeons totalement déraisonnable.

– Vous voulez qu'on soit vos yeux et vos oreilles, proposa Rachel ?

– L'idée m'est venue, je l'avoue. Vous êtes de simples citoyens qui vaquent à des affaires strictement personnelles. Si vous tombez sur quelque chose qui puisse me permettre d'entreprendre une démarche officielle, alors tant mieux ! »

Instinctivement, Paul protesta :

« Je croyais que nous prenions trop de risques ?

– Beaucoup trop, monsieur Cutler », confirma froidement l'inspecteur Pannek.

Du haut du balcon de sa chambre, Suzanne Danzer admirait le paysage. Un soleil tardif ensanglantait l'horizon et lui réchauffait l'âme. Elle se sentait toujours pleine de vie, en totale sécurité au château de Loukov. Jadis domaine des princes de Bohême, la propriété s'étendait alors sur des kilomètres de forêts giboyeuses peuplées d'ours et de cerfs réservés aux classes seigneuriales. Dans les hameaux qui trouaient ces forêts, de place en place, vivaient les tailleurs de pierre, les charpentiers, les maçons et les forgerons qui construisaient le château, jour après jour. Il avait fallu deux cents ans pour en dresser les murs, et moins d'une heure aux bombardiers alliés pour les réduire en ruines. Mais la famille Loring les avait rebâtis, à l'image de leur magnificence originale.

Elle adorait dominer ainsi, de son perchoir, le feuillage bruissant des grands arbres, et savourer la fraîcheur bienfaisante de la brise du sud-est. Les hameaux laissaient place à des cottages isolés et des maisons individuelles où des générations d'employés des Loring avaient vécu et vivaient encore. Les Loring s'étaient toujours entourés d'un personnel nombreux, serviteurs, jardiniers, servantes, cuisiniers et chauffeurs. Une cinquantaine en tout, logés, avec leurs familles, sur le territoire du château, fils et filles reprenant naturellement les fonctions d'une mère ou d'un père. Les Loring étaient généreux et traitaient bien leurs gens qui savaient à quel point était ingrate la vie à l'extérieur du domaine. Nul besoin d'aller chercher ailleurs la raison de leur fidélité aux maîtres des lieux.

Son père avait été l'un de ces hommes, un historien de l'art contemporain aussi savant, dans sa branche, que loyal envers son patron. Promu à la dignité de deuxième acquéreur d'Ernst Loring, un peu avant l'arrivée de Suzanne dont la mère était morte subitement, trois ans après sa naissance. Loring et son père parlaient souvent d'elle, en termes glorieux. À les entendre, elle avait été follement séduisante.

Tandis que son père voyageait à travers le monde, en quête d'acquisitions extraordinaires, sa mère présidait à l'éducation des deux fils d'Ernst Loring. Ils étaient beaucoup plus âgés que Suzanne et déjà en fac alors qu'elle n'était encore qu'une adolescente timide et réservée. Aucun des deux n'avait souhaité revenir au château. Aucun des deux ne connaissait l'existence du club des sauveteurs et ce que faisait leur père restait un secret que celui-ci partageait volontiers avec Suzanne.

L'amour qu'elle éprouvait pour l'art avait toujours enchanté Loring. À la mort de son père si souvent absent, Ernst s'était carrément offert à le remplacer. La proposition l'avait déconcertée, presque choquée. Mais il était sincère et croyait en elle. À son intelligence. À sa détermination. Et cette confiance avait insufflé à la jeune femme une farouche volonté de réussite.

Ce soir, pourtant, seule dans le crépuscule naissant, elle se rendait compte à quel point cette formation particulière la poussait, depuis quelque temps, à prendre des initiatives de plus en plus risquées. Comme si rien, jamais, ne pouvait l'atteindre. Christian Knoll n'était pas un homme à traiter d'une façon aussi désinvolte. Et par deux fois, elle l'avait ridiculisé. La première en le piégeant dans la mine, comme un débutant. La deuxième en l'abandonnant sur un trottoir, plié en deux par une attaque aussi classique que parfaitement humiliante pour un professionnel de son envergure.

Jamais auparavant leur rivalité n'était allée jusque-là. Une escalade vertigineuse à laquelle il convenait de mettre fin. Il faudrait que Loring parlât à Fellner et que tous deux convinssent d'un armistice.

Quelqu'un frappa doucement à la porte de sa chambre. Quittant ce balcon qu'elle aimait tant, elle alla ouvrir.

C'était un des serviteurs polonais, avec un message du patron :

« M. Loring vous attend dans son bureau. »

Parfait. Elle avait envie et besoin de lui parler. D'urgence.

Le bureau d'Ernst Loring était au rez-de-chaussée, dans l'aile nord-est du château. L'antre d'un chasseur avec des trophées aux murs, entre les animaux héraldiques des princes de Bohême. Une vaste peinture à l'huile du XVIIe siècle couvrait une des parois. Elle représentait des mousquets, des carniers, des lances de chasse et des cornes à poudre d'un réalisme saisissant.

Confortablement installé sur le grand canapé, Loring l'invita, en tchèque, à venir s'asseoir auprès de lui.

Elle obéit.

« J'ai beaucoup réfléchi sur ton dernier rapport, mon enfant. Et tu as raison. Il faut prendre des mesures. La caverne de Stod est assurément le bon endroit. Je pensais qu'ils ne le trouveraient jamais, mais je me trompais.

– Comment pouvez-vous en être certain ?

– Je ne le suis pas, mais d'après ce que mon père m'a dit avant de mourir, tout concorde. Les camions, les corps, l'issue obstruée…

– La piste est pourtant froide.

– Crois-tu ? »

Suzanne fit une brève synthèse de la situation :

« Grumer, Borya et Chapaev sont morts. Les Cutler sont des amateurs. Même si Rachel Cutler a survécu à l'explosion de la mine, peu importe. Elle ne peut s'appuyer que sur les lettres de son père, et ce n'est pas grand-chose. De vagues allusions qui ne vont pas bien loin.

– Tu m'as dit que son mari était à l'hôtel, avec le groupe de McKoy.

– Mais ce qu'ils savent s'arrête là. Trop peu pour des amateurs.

– Fellner, Monika et Christian, eux, ne sont pas des amateurs. Je crains que nous n'ayons un peu trop stimulé leur curiosité. »

Suzanne était au courant des récentes conversations de Loring avec un Fellner évasif qui prétendait n'avoir aucune nouvelle de Knoll depuis des jours.

« Je suis d'accord. Ces trois-là préparent quelque chose. Mais vous pouvez régler la question en tête à tête, avec Fellner. »

Loring se leva. Non sans peine.

« Pas si facile. Et je me sens vieux, *drahá*. Il me reste si peu de temps.

– Je ne veux pas vous entendre parler comme ça. Vous êtes solide comme un chêne. Avec de longues années productives devant vous.

– J'ai soixante-dix-sept ans. Il faut être réaliste. »

La pensée qu'il pût mourir effrayait Suzanne. Sa propre mère était morte alors qu'elle était trop jeune pour en ressentir la perte en profondeur. Celle de son père était toujours vivace. Et la perspective de perdre également son père de substitution, son bienfaiteur, l'épouvantait.

« Mes deux fils, lui rappela-t-il, sont de bons garçons. Ils gèrent, de l'extérieur, les affaires de la famille avec talent et probité, mais ils sont loin. À ma mort, tout, ici, leur appartiendra. Cela leur appartient de droit.

« L'argent est si transparent. Passionnant à gagner, mais une fois qu'il est là, ce n'est plus qu'une question d'investissement et de gestion intelligente. Il suffit d'un talent limité pour amasser des millions en espèces sonnantes. L'histoire de la famille en est le témoignage. Le noyau de notre fortune s'est constitué voilà deux cents ans, et s'est tout naturellement transmis de père en fils.

– Je crois que vous sous-estimez vos qualités de pilote et celles de votre père, au cours des deux dernières guerres.

– L'habileté politique peut aider beaucoup, mais il y aura toujours des refuges pour l'argent comptant. Le nôtre a été l'Amérique. »

Il revint se percher sur le bord du sofa. Ses vêtements, comme la pièce, sentaient le tabac turc.

« L'art, mon enfant, est beaucoup plus fluide. Il change comme nous changeons. Il s'adapte comme nous le faisons nous-mêmes. Un tableau considéré comme un chef-d'œuvre il y a cinq cents ans peut laisser indifférent aujourd'hui. Mais il existe également des formes qui défient les millénaires. Et ça, ma chérie, c'est la seule chose qui m'intéresse. Tu comprends cette passion, tu l'apprécies. C'est pourquoi tu m'as fait connaître les plus grandes joies de ma vie. Bien que mon sang ne coule pas dans tes veines, mon esprit est en toi. Tu es et resteras à jamais ma fille spirituelle. »

Elle l'avait toujours su. Il y avait vingt ans que l'épouse de Loring était morte. Rien de brutal ou d'inattendu. Une longue lutte contre le cancer. Les fils n'étaient jamais revenus après leurs études. Depuis longtemps, Loring n'avait plus d'autre plaisir dans la vie que sa passion pour l'art, son jardin, et le travail du bois. Mais ses articulations rouillées, ses muscles atrophiés limitaient ses activités. Bien qu'il fût milliardaire, propriétaire d'un château et célèbre à travers toute l'Europe, Suzanne était, d'une certaine façon, la seule fortune qui lui restât.

« Je me suis toujours sentie votre propre fille.

– À mon départ, tu hériteras de ce château. »

Elle ne trouva pas la force d'émettre le moindre commentaire.

« Je te lègue en outre cent cinquante millions d'euros qui te permettront d'entretenir la propriété... en plus de mes collections, tant publiques que privées. Tu me remplaceras également au club. Les successions s'y opèrent par cooptation, et c'est toi que j'ai désignée. »

Trop, c'était trop. Elle pouvait à peine parler.

« Vos fils sont vos vrais héritiers.

– Ils recevront le plus gros de ma fortune. Cette propriété, mon patrimoine artistique et l'argent qui s'y rapporte ne représentent qu'une fraction d'un tout inépuisable. J'en ai discuté avec eux. Ils ne m'ont pas opposé la moindre objection.

– Je ne sais que vous dire.

– Dis simplement que tu me rendras encore plus fier de toi, en assurant la continuité de mon œuvre. »

Il lui prit la main, souriant.

« Tu as toujours fait ma fierté. Ma seule véritable fille de cœur et d'esprit. »

Après une courte pause :

« À présent, toutefois, nous devons prendre une ultime mesure de sécurité, afin de protéger ce que nous avons eu tant de mal à réunir. »

Elle le comprit à demi-mot. Elle avait compris avant qu'il n'ouvrît la bouche. Il n'y avait qu'une seule manière de résoudre leur problème.

Loring se releva, marcha jusqu'à sa table de travail et décrocha le téléphone. Puis il composa calmement un numéro. Dès qu'il obtint la communication avec Burg Herz, il s'informa :

« Comment allez-vous, ce soir, Franz ? »

Silence alors que Fellner, à l'autre bout du fil, parlait à son tour. Le visage d'Ernst Loring s'était curieusement crispé. Suzanne n'ignorait pas l'enjeu d'une telle conversation. Fellner n'était pas seulement un rival, mais un ami de longue date. Pourtant, il fallait en passer par là.

« Il faut que je vous parle, Franz. C'est vital… Non, je préférerais vous envoyer mon avion pour que nous puissions parler, dès cette nuit. Malheureusement, il m'est totalement impossible de quitter la République tchèque. Mon jet peut venir vous prendre et vous ramener auprès de moi pour minuit au plus tard… Oui, amenez Monika, cette entrevue la concerne au premier chef… et Christian, aussi… Oh, vous êtes toujours sans nouvelles… Dommage… Mon appareil sera là dans moins de deux heures… À très bientôt. »

Loring raccrocha en soupirant.

« Quelle pitié… Jusqu'au bout, Franz aura entretenu la mascarade. »

50

Prague, République tchèque
18 h 50

Le jet privé or et gris roula sur le tarmac et s'arrêta en douceur. Le grondement des moteurs s'apaisa. Debout dans la lumière déclinante, Suzanne et Loring regardèrent les employés fixer la passerelle au flanc de l'appareil. Franz descendit le premier, en costume et cravate. Monika le suivait, svelte silhouette en col roulé blanc, blazer bleu marine et jean moulant. *Caractéristique,* songea Suzanne. Un mélange vulgaire d'éducation et de sensualité. Et bien qu'elle débarquât d'un jet à plusieurs millions de dollars, sur un des premiers aéroports d'Europe, son visage exprimait le mépris de quelqu'un de la haute société venu s'encanailler.

Monika n'avait que deux ans de plus que Suzanne, mais c'était également depuis deux ans qu'elle assistait aux réunions du club et ne cachait pas sa volonté de succéder un jour à son père. Tout lui était tombé rôti dans le bec. Bien que Suzanne eût grandi chez les Loring et qu'elle eût bénéficié de leur protection, elle avait dû, toute sa vie, travailler dur et étudier d'arrache-pied. Tout ce qu'elle avait acquis, elle le devait à son travail. Plus d'une fois, elle s'était demandé si Christian Knoll pouvait être un sujet de guerre ouverte entre elle et Monika. Plus d'une fois, Monika avait clairement proclamé qu'elle considérait Christian comme un bien personnel. Jusqu'au moment précis où Loring lui avait dit qu'elle hériterait du château de Loukov, jamais Suzanne n'avait envisagé, pour elle-même, une vie comparable à celle de Monika Fellner. Mais à présent, c'était une réalité. Quelle tête ferait Monika lorsqu'elle saurait qu'elle et Suzanne pourraient bientôt parler d'égale à égale ?

Loring s'avança pour serrer la main de Franz Fellner. Puis il embrassa Monika sur la joue tandis que Fellner dédiait à Suzanne le salut d'un membre du club à un simple acquéreur, quel que soit son sexe.

Le trajet de Prague au château de Loukov, dans la Mercedes de Loring, fut fort agréable, quoique plutôt silencieux. Entrecoupé de considérations anodines sur la politique et l'économie mondiale. Le dîner les attendait dans la grande salle à manger.

« Ernst ? demanda Fellner à l'arrivée des hors-d'œuvre, pourquoi était-il aussi urgent que nous nous rencontrions ce soir ? »

Jusque-là, Loring avait conservé l'attitude amicale d'un hôte de classe soucieux de mettre à l'aise des invités de marque.

« À cause du conflit entre Christian et Suzanne », déclara-t-il, sans chercher à réprimer un soupir.

Monika gratifia Suzanne d'un de ces regards chargés de mépris et de haine qu'elle savait si bien distiller à la ronde.

« Je sais, poursuivit Loring, que Christian n'a pas été blessé lors de l'explosion de la mine. Comme vous le savez, c'est Suzanne qui avait organisé ce piège. »

Fellner reposa doucement ses couverts sur la table, de chaque côté de son assiette.

« Nous le savons, en effet.

– Pourtant, pendant ces deux derniers jours, vous prétendiez que vous ignoriez où se trouvait Christian.

– Franchement, Ernst, je ne vois pas en quoi cela vous regarde. Et je ne peux m'empêcher de m'interroger sur la raison de cet intérêt soudain. »

Le ton de Fellner s'était durci. Inutile de poursuivre cette mascarade, selon le mot de Loring.

« Je sais que Christian est retourné aux archives de Saint-Pétersbourg voilà une petite quinzaine. Et tout est parti de là.

– On savait que l'employé était à votre solde, trancha Monika, plus sèchement que son père.

– Enfin, Ernst, insista Fellner, pourquoi diable cette invitation impromptue ? »

Loring articula, lentement :

« La Chambre d'ambre.

– Quoi, la Chambre d'ambre ?

– Dînons d'abord. On parlera ensuite.

– Franchement, je n'ai pas faim. Vous m'obligez à parcourir trois cents kilomètres en urgence afin de parler... Parlons ! »

Loring replia sa serviette.

« Fort bien, Franz. Vous et Monika, veuillez m'accompagner, je vous prie. »

Suzanne les suivit tandis qu'ils quittaient la salle à manger, puis dans le labyrinthe du rez-de-chaussée. Les larges couloirs longeaient des pièces riches d'œuvres d'art et d'antiquités sans prix. C'était la collection publique de Loring, fruit de six décennies de recherches personnelles et d'une dizaine d'autres dirigées par son père, son grand-père et son arrière-grand-père. Quelques-uns des objets les plus précieux qui fussent au monde reposaient dans ces pièces, à l'abri de vitrines somptueuses, et rares étaient ceux qui soupçonnaient l'importance réelle d'un véritable musée protégé par d'épais murs de pierre et par l'anonymat d'une propriété rurale perdue au cœur d'un ancien pays communiste.

Bientôt, songeait Suzanne, *toutes ces merveilles seront miennes*.

« Je suis sur le point d'enfreindre une de nos règles sacrées, annonça Loring. Pour preuve de ma bonne foi, j'ai l'intention de vous montrer ma collection privée.

– Est-ce bien nécessaire ? murmura Fellner.

– Je crois que oui. »

Ils passèrent devant le bureau de Loring et parcoururent un long corridor jusqu'à une pièce isolée, tout au fond. Un rectangle massif, voûté au plafond, les murs ornés de fresques consacrées aux signes du zodiaque, les portraits des apôtres. Un énorme poêle en carreaux de Delft occupait le coin le plus reculé. Des vitrines en châtaignier s'alignaient le long des murs, leur bois du XVIIIe siècle incrusté d'ivoire africain. Les étagères de verre supportaient de précieuses porcelaines des XVIe et XVIIe siècles. Fellner et Monika prirent le temps d'admirer certaines pièces rarissimes.

« Vous êtes dans la salle de l'art de la Renaissance et de la période classique, souligna Loring. Je ne pense pas que vous la connaissiez.

– Non, reconnut Fellner.

– Moi non plus, ajouta sa fille.

– Elle contient mes plus beaux cristaux et mes plus belles porcelaines. »

Il désigna le poêle ornemental.

« Il n'est là que pour le décor. L'air vient d'une climatisation spéciale. Semblable à celle que vous utilisez vous-même, j'en suis sûr. »

Fellner acquiesça.

« Suzanne », dit Loring.

Elle s'arrêta devant une des vitrines, la quatrième d'une rangée de six et articula distinctement, à mi-voix :

« *Une expérience commune menant à une confusion commune.* »

La vitrine pivota lentement sur un axe central, entraînant le pan de mur auquel elle s'adossait. Une ouverture apparut.

« Commande activée par ma voix et celle de Suzanne. Quelques-uns de mes employés connaissent cette autre pièce. Il faut bien qu'elle soit nettoyée de temps à autre. Mais tout comme les vôtres, Franz, mes gens sont absolument loyaux et n'en ont jamais parlé au-dehors. Pour plus de sécurité, on change le mot de passe toutes les semaines.

– Celui de cette semaine est intéressant, commenta Fellner. Kafka, si je ne m'abuse. La première phrase d'*Une confusion commune*. Tout à fait en situation. »

Loring eut un sourire.

« Nous devons être fidèles à nos auteurs bohémiens. »

Suzanne s'effaça pour les laisser entrer. Monika lui jeta, au passage, un de ses regards empoisonnés. Puis elle suivit Loring à l'intérieur de la salle secrète meublée, comme l'autre, de vitrines somptueuses. Ornée, comme l'autre, de tableaux et de tapisseries.

« Je suis sûr, énonça Loring, que vous disposez d'une salle similaire. Celle-ci abrite plus de deux siècles de trouvailles. Les quarante dernières années avec le club. »

Fellner fit un large geste englobant l'ensemble de la pièce.

« Merveilleux. Très impressionnant. Je reconnais des objets présentés lors de nos réunions. Vous êtes un sacré cachottier, Ernst. »

Il désignait un crâne noirci enchâssé dans du verre.

« L'homme de Pékin !

– Il est dans la famille depuis la dernière guerre.

– Perdu en Chine durant son transport aux États-Unis, c'est bien ça ?

– Exactement. Mon père l'a acheté au voleur qui l'a dérobé aux marines chargés de le convoyer.

– Stupéfiant. Ce crâne fait remonter notre race à un demi-million d'années ! Chinois et Américains tueraient pour le retrouver. Et le voilà, caché dans un château au centre de la Bohême. Nous vivons vraiment une drôle d'époque.

– Tout à fait vrai, cher ami, tout à fait vrai. »

Loring désignait la double porte, à l'extrémité du local.

« Par ici, Franz. »

Suivi de Monika, Fellner s'arrêta devant deux battants de bois émaillé, veinés de moulures dorées sur fond blanc.

« Allez-y, ouvrez ! » les encouragea Loring.

Suzanne remarqua que, pour une fois, Monika ne disait mot. Saisissant les poignées de cuivre, Fellner les manœuvra et poussa les portes devant lui.

« Sainte Mère de Dieu ! » s'étrangla-t-il en pénétrant dans la salle.

Un carré parfait, brillamment illuminé ; un plafond haut et voûté, paré de fresques aux couleurs éclatantes. Des mosaïques d'ambre multicolore divisaient trois des murs en panneaux clairement délimités par des cadres de miroir. Des moulures d'ambre créaient un effet de relief entre les étroits panneaux supérieurs et les panneaux inférieurs rectangulaires. Tulipes, roses, visages, figurines, coquillages, monogrammes, rocaille, spirales et guirlandes florales, le tout ciselé dans l'ambre, assaillaient le regard de tous côtés.

L'aigle à deux têtes des Romanov, les derniers tzars de Russie, figurait sur la plupart des panneaux inférieurs. D'autres moulures parcouraient les rangées supérieures au-dessus de trois doubles portes peintes en blanc. Des chérubins et des bustes de femme meublaient l'espace autour des portes et des fenêtres. De nombreuses appliques murales aux ampoules en forme de bougies distribuaient l'éclairage nécessaire. Un parquet précieux réfléchissait toutes ces lumières éparses.

« Exactement comme au palais de Catherine, déclara Loring. Dix mètres carrés, avec le plafond à sept mètres cinquante. »

Monika avait accusé le choc moins violemment que son père.

« C'est la raison de toute cette bagarre avec Christian Knoll ?

– Vous vous approchiez de trop près. Je vous révèle un secret de plus de cinquante ans. Je ne pouvais pas risquer l'escalade susceptible d'alerter les Russes et les Américains. Inutile de vous préciser quelle serait leur réaction immédiate. »

Fellner traversa la pièce pour s'extasier devant la magnifique table d'ambre placée à la jonction de deux panneaux. Puis il s'absorba dans la contemplation d'une des mosaïques florentines encadrées de bronze.

« Je n'avais jamais cru à toutes ces histoires. L'une jurait que les Soviets avaient sauvé les mosaïques avant l'arrivée des nazis au palais de Catherine. Une autre affirmait qu'on avait ramassé des débris de mosaïque dans les ruines de Königsberg, après le bombardement de 45.

– La première histoire était fausse. Les Soviets avaient bien essayé de démonter un des panneaux supérieurs, mais l'ambre s'était brisé en morceaux. Ils avaient donc tout laissé sur place, y compris les mosaïques. En revanche, l'autre histoire était vraie. Un tour de passe-passe organisé par Hitler.

– Qu'est-ce que vous voulez dire ?

– Le Führer savait que Goering voulait les panneaux d'ambre et connaissait la loyauté d'Erich Koch envers le *Feldmarschall*. C'est pour cette raison qu'il avait confié à un détachement de SS le soin d'assurer le transfert, au cas où Goering ferait des siennes. Étrange relation entre ces deux hommes. Méfiance absolue de part et d'autre, mais totale interdépendance. C'est seulement vers la fin que le Führer a ouvertement désavoué Goering. »

Monika s'approcha des fenêtres qui consistaient en trois séries de battants vitrés au côté supérieur en forme de demi-lune. Les battants inférieurs étaient en réalité des doubles portes camouflées en fenêtres au-delà desquelles s'étendait, apparemment, un paysage champêtre.

Loring nota la stupéfaction de ses visiteurs.

« Ne soyez pas étonnés. Cette pièce est entièrement entourée d'épais murs de pierre, et ne peut pas être décelée de l'extérieur. J'ai financé l'exécution d'une peinture murale et de l'éclairage en trompe-l'œil indispensables à l'illusion du jour. La chambre originale s'ouvrait sur la cour principale du palais de Catherine. J'ai donc choisi une scène du XIXe siècle, après l'agrandissement de la cour et la construction de l'enceinte. »

Loring se retourna vers Monika.

« La reproduction des motifs en fer forgé du portail que vous voyez là-bas est exacte. L'herbe, les arbustes et les fleurs ont été plantés conformément aux dessins de l'époque relevés sur place. Un travail remarquable. On a l'illusion de découvrir ce décor du deuxième étage du palais. Vous pouvez imaginer la parade militaire qui avait lieu plusieurs fois par jour, ainsi que la promenade vespérale des nobles, sous les yeux de leur impératrice, au son feutré d'une fanfare lointaine.

– Très ingénieux », reconnut Monika.

Puis elle explora, du regard, l'ensemble de la Chambre d'ambre.

« Comment avez-vous pu reproduire les panneaux avec une telle exactitude ? J'ai visité Saint-Pétersbourg, l'an dernier, y compris le palais de Catherine, et la reconstitution de la Chambre d'ambre était presque terminée. Les moulures, les fenêtres, et de nombreux panneaux étaient déjà en place. Du très beau travail... mais rien à voir avec celui-ci ! »

Loring se planta au centre de l'espace disponible.

« C'est très simple, ma chère. La plus grande partie de ce que vous voyez ne consiste pas en reproductions. Ce sont les pièces originales. Vous connaissez bien l'histoire de la chambre ?

– En partie seulement.

– Vous devez savoir au moins que lors de la razzia des nazis, en 1941, les panneaux étaient dans un triste état. Les artisans prussiens de l'époque avaient fixé l'ambre aux panneaux de chêne à l'aide d'un mastic grossier fait de cire d'abeille et de résine. Garder l'ambre intact, dans ces conditions, équivaut à conserver un verre plein d'eau pendant deux siècles. Si adroit que l'on puisse être, l'eau finira toujours par se renverser, ou s'évaporera purement et simplement. »

Il ponctua son discours d'un geste circulaire :

« Même chose ici. En plus de deux cents ans, le chêne avait travaillé en tous sens. Il avait même pourri par endroits. Chauffage au bois, mauvaise aération et climat humide, autour de Tsarskoïe Selo, avaient aggravé les choses. Près de trente panneaux étaient hors d'usage à l'arrivée des nazis. Plus dix pour cent de perte au cours du transport. Quand papa a retrouvé les panneaux, ils ne payaient guère de mine.

– J'ai toujours été persuadé, commenta Fellner, que Josef en savait plus qu'il ne voulait en dire.

– Vous concevez la déception de mon père, quand il les a vus. Sept ans qu'il les cherchait, qu'il imaginait leur magnificence et qu'il se souvenait de leur majesté, lorsqu'il les avait admirés à Saint-Pétersbourg, avant la révolution russe.

– Ils étaient bien dans la caverne de Stod ?

– Naturellement. Ces trois camions avaient servi à les transporter. Papa les a découverts pendant l'été 42.

– Mais comment ? demanda Fellner. Et les Russes ? Et les collectionneurs privés qui rivalisaient d'ardeur ? Tout le monde voulait la Chambre d'ambre, et personne ne croyait à sa destruction. Josef était sous le joug des communistes. Comment a-t-il pu réaliser un tel exploit ? Et plus important encore, comment a-t-il fait pour le conserver ?

– Mon père était très proche d'Erich Koch. Le *gauleiter* prussien travaillait pour Goering, mais il n'était pas fou. Quand Hitler l'a chargé d'évacuer les panneaux, il ne s'en est pas vanté auprès de Goering. Ils furent bel et bien transportés là-bas, mais Koch lui-même ignorait l'endroit exact. Goering a retrouvé quatre des soldats membres de l'expédition et, d'après la rumeur, les aurait torturés à mort, sans réussir à les faire parler. »

Loring eut un geste fataliste.

« Koch craignait la colère de Goering. C'est l'origine des débris semés à Königsberg, et de la légende de la destruction des panneaux. Mais ces mosaïques étaient des reproductions sur lesquelles les Allemands travaillaient depuis 1941.

– Les panneaux, réitéra Fellner, ne pouvaient pas avoir brûlé dans le bombardement. Toute la ville aurait empesté l'encens. »

Loring s'esclaffa.

« Très juste. Je n'ai jamais compris que personne n'y ait pensé plus tôt. Jamais aucun rapport n'a fait allusion à une quelconque odeur d'encens après le sinistre. Vingt tonnes d'ambre qui se seraient consumées tout doucement. Le parfum se serait répandu à des kilomètres à la ronde, et il aurait persisté pendant des jours et des jours. »

Rêveuse, Monika caressait la surface lisse d'un panneau.

« Rien à voir avec la froideur de la pierre. Au toucher, on dirait presque qu'il est chaud. Mais beaucoup plus foncé que je ne l'imaginais. Certainement plus foncé que les panneaux restaurés du palais de Catherine.

– L'ambre devient plus sombre avec le temps, précisa son père. Bien que taillé en morceaux, poli et réuni en panneaux, il poursuit son vieillissement. La Chambre d'ambre devait être beaucoup plus éclatante au XVIIIe siècle qu'elle ne l'est aujourd'hui. »

Loring renchérit :

« Et bien que la matière de ces panneaux ait des millions d'années, elle est aussi fragile que le cristal, et aussi difficile à travailler. C'est ce qui rend ce trésor encore plus précieux.

– Il étincelle de partout, constata Fellner. C'est un peu comme si on s'exposait au soleil. Mais sans en ressentir la chaleur.

– Comme à l'origine, l'ambre est doublé d'une feuille d'argent. Toute la lumière irradie vers nous.

– Comme à l'origine. Qu'entendez-vous par là ?

– Je vous ai dit que mon père avait été déçu, en ouvrant la mine. Presque tous les panneaux avaient semé leur ambre. Il a soigneusement tout récupéré, tout reconstitué en se fondant sur des photos prises par les Soviets avant la guerre. Comme les restaurateurs actuels, à Tsarskoïe Selo, papa s'est servi de ces clichés pour reconstruire les panneaux. La seule différence, c'est qu'il était en possession des éléments originaux. »

Monika voulut en savoir plus.

« Mais où est-il allé pêcher les artisans capables de faire le boulot ? Il me semble me rappeler que la taille de l'ambre était un art perdu, comme beaucoup d'autres, pendant la guerre. La plupart des anciens spécialistes avaient été tués au combat.

– Pas tous. Grâce à Koch. Goering, qui tenait à une reconstitution fidèle, l'avait chargé de garder ces artisans... ces artistes... en prison pour être sûr de les avoir sous la main. Père en avait localisé plusieurs, avant la fin de la guerre. Il leur a offert une belle vie, ainsi qu'à ce qui restait de leur famille, en contrepartie de ce qu'il attendait d'eux. La plupart se sont installés ici, en secret. Ils ont ressuscité le chef-d'œuvre. Lentement, morceau par morceau. Certains de leurs descendants sont toujours là et participent à l'entretien du travail de leur père.

– Ce n'est pas risqué ? s'inquiéta Fellner.

– Pas du tout. Ces hommes et leurs familles sont loyaux. La vie dans la vieille Tchécoslovaquie était dure, incertaine. Jusqu'au dernier, ils appréciaient la générosité dont les Loring faisaient preuve à leur égard. Tout ce qui leur était demandé, c'était d'exercer leur art et de n'en parler à personne. Il a fallu près de dix ans pour réaliser ce que vous voyez là. Dieu merci, les Soviets ont préféré former de nouveaux spécialistes respectant les règles du « réalisme soviétique ». Alors que les nôtres étaient les seuls réellement compétents.

– Toute l'entreprise a dû coûter une fortune.

– Exact. Papa devait acheter les pièces de remplacement sur un marché officiel hors de prix, même dans les années cinquante. Il a également employé des techniques plus modernes. Le soutien n'est plus assuré par des panneaux de chêne massif, mais par des assemblages d'autres essences bouvetées ensemble, qui autorisent une certaine expansion. On ajouta également une protection contre l'humidité, entre l'ambre et le bois. Non seulement la Chambre d'ambre est ici fidèlement reconstituée, mais elle durera indéfiniment. »

Debout près de la porte de communication, Suzanne observait Fellner. Le vieil Allemand était médusé. Et pourtant, il devait en falloir beaucoup pour étonner un homme de sa trempe, lui-même propriétaire de collections dignes de figurer dans les plus grands musées du monde. Mais elle se souvenait trop bien de sa propre émotion, quand Loring lui avait montré cette merveille, pour ne pas comprendre la réaction de Fellner.

« Où conduisent les deux autres portes ? voulut-il savoir.

– En réalité, cette pièce marque le centre de ma galerie privée. On a fait de nombreuses transformations, en respectant l'architecture originale. Au lieu de mener à d'autres chambres, comme au palais de Catherine, ces portes mènent à d'autres salles d'exposition privées. »

Fellner n'en revenait toujours pas.

« Il y a longtemps que la Chambre d'ambre a été reconstituée ici ?

– Cinquante ans.

– C'est un miracle que vous ayez pu garder le secret si longtemps, ajouta Monika. Les Russes ne sont pas si faciles à duper.

– Pendant la guerre, papa s'était débrouillé pour nouer des relations avec les Soviets comme avec les Allemands. La Tchécoslovaquie fournissait aux nazis d'excellentes filières pour transporter en Suisse de l'or et des espèces. Notre famille a rendu possibles pas mal de ces transferts. Les Soviets, après la guerre, nous ont utilisés de la même manière. En échange de quoi les Loring ont toujours pu faire à peu près ce qu'ils voulaient. »

Fellner se retrouvait en terrain connu, et souriait de bon cœur.

« Les Soviets pouvaient difficilement vous pousser, par leur maladresse ou leur intransigeance, à informer Britanniques ou Américains de leurs trafics officieux.

– Il y a un vieux proverbe russe qui dit : "Supprimez ce qui est mauvais, vous n'obtiendrez rien de bon." Il fait allusion, je crois, à la tendance des artistes russes à s'épanouir dans le tumulte. Mais il explique également pourquoi tout est possible. »

Suzanne regarda Fellner et Monika s'attarder devant les vitrines rangées le long d'un des murs. L'une recelait un échiquier du XVIIe siècle, une autre un samovar du XVIIIe, une trousse de toilette féminine, un sablier, des cuillers, des médaillons et des petits coffrets. Le tout en ambre, exécutés, précisa Loring, par des artisans de Gdansk ou de Königsberg.

« Toutes ces pièces sont magnifiques, s'émerveilla Monika.

– C'est l'équivalent de la *Kunstkammer* de Pierre le Grand. Je garde tous mes objets en ambre dans ma salle des curiosités. La plupart ont été collectés par Suzanne, et par son père avant elle. Butin de guerre. Pas pour les yeux du public. »

Ernst Loring sourit à Suzanne, puis il se tourna vers ses deux visiteurs.

« Retournons dans mon bureau, nous pourrons y poursuivre notre conversation. »

51

Suzanne s'assit hors du champ visuel de Fellner, de Monika et de Loring. Elle préférait rester en retrait. Donner à son patron le temps de savourer son heure de gloire. Un serviteur venait de se retirer discrètement, après avoir servi le café, le cognac et les petits gâteaux.

Ce fut Fellner qui, tout en dégustant son café, relança la conversation.

« Je me suis toujours interrogé sur la loyauté de Josef. Il s'est remarquablement sorti de l'imbroglio de la guerre.

– Père détestait les nazis. Ses usines et ses fonderies étaient à leur disposition, mais il lui était facile de produire du métal de basse qualité, des balles qui rouillaient ou des fusils qui résistaient mal aux intempéries. C'était un jeu dangereux. Les nazis étaient pointilleux sur la qualité, mais sa relation avec Koch lui facilitait les choses. Il a rarement été inquiété. Il savait que les Allemands allaient perdre la guerre, et il avait prévu l'embargo des Russes sur toute l'Europe de l'Est. En conséquence, il a travaillé en sous-main avec l'espionnage soviétique, jusqu'au retour de la paix. »

Fellner hochait pensivement la tête.

« Pas facile de jouer sur les deux tableaux. »

Loring approuva d'un signe.

« C'était un patriote de Bohême. Il avait ses propres façons d'agir. Après la guerre, les Soviets lui ont exprimé leur gratitude. Eux aussi avaient besoin de lui. On l'a donc laissé tranquille. J'ai pu conserver les relations qu'il avait nouées. Cette famille a collaboré avec tous les régimes qui se sont succédé à la tête de ce pays, depuis 1945. Papa ne s'était pas trompé, au sujet des Soviets. Hitler non plus, d'ailleurs.

– Comment ça ? » s'exclama Monika.

Loring posa sur ses genoux ses deux mains jointes.

« Il s'était toujours imaginé que les Américains et les Anglais le rejoindraient dans sa croisade contre Staline. Le véritable ennemi de l'Allemagne, c'étaient les Soviets. Et, dans son idée, Churchill et Roosevelt partageaient ses sentiments intimes. C'est pourquoi il avait mis de côté tant d'œuvres d'art et tant d'argent. Son intention était de les récupérer lorsque les Alliés se coaliseraient à ses côtés contre l'URSS. Une utopie, sans doute, mais l'histoire a prouvé que les intuitions d'Adolf Hitler n'étaient pas si folles. Quand les Soviets ont bloqué Berlin, en 1948, l'Angleterre, l'Amérique et l'Allemagne se sont immédiatement dressées contre les Russes.

– Staline faisait peur à tout le monde, appuya Fellner. Beaucoup plus que le Führer lui-même. Il a assassiné soixante millions de gens, Hitler, une dizaine. Quand il est mort en 1953, le monde a poussé un ouf de soulagement. »

Après un court silence, Loring changea de sujet :

« Je présume que Christian vous a parlé des cinq squelettes retrouvés dans la caverne de Stod ? »

Sur un signe affirmatif de Fellner, il poursuivit :

« Ils travaillaient sur le site. Des ouvriers venus d'Égypte. Seule l'entrée de devant avait été grossièrement obstruée. Mon père a trouvé la seconde issue, en réalité la seule vraie.

Il a évacué les panneaux endommagés. Et l'a rebouchée, avec camions et cadavres à l'intérieur.

– C'est Josef qui les a exécutés ?

– Lui-même. Pendant leur sommeil.

– Et depuis, vous n'avez jamais cessé de tuer », accusa Monika.

Loring lui fit face.

« Nos acquéreurs respectifs se sont assurés que le secret ne serait pas éventé. Je dois dire que la férocité et l'acharnement avec lesquels certains se sont mis en chasse m'ont stupéfié. Une véritable obsession générale, avec fausses pistes et fausses manœuvres habilement inspirées par de fausses infos. Vous vous souvenez peut-être d'un article paru dans la *Rabotchaya Tribuna,* voilà quelques années. Il prétendait que les services secrets russes avaient localisé les panneaux dans une ancienne base de chars d'assaut, en Allemagne de l'Est, à deux cent cinquante kilomètres au sud-est de Berlin.

– Effectivement, j'ai lu cet article, intervint Fellner.

– Rien de vrai dans tout ça, bien sûr. Suzanne avait arrangé une fuite là où il fallait. Notre espoir était que la plupart des chercheurs se décourageraient et renonceraient à poursuivre leur projet.

– Trop tentant, répliqua Fellner. L'objectif de mettre la main sur cet ambre engendrait une sorte d'ivresse.

– C'est vrai. Parfois, je m'assois simplement dans la chambre et je regarde. L'ambre possède aussi des vertus thérapeutiques… ou presque.

– Et surtout une valeur inestimable.

– Vrai, chère Monika ! J'ai lu quelque chose sur les butins de guerre, au sujet des objets composés de pierres et de métaux précieux. L'auteur disait que pas un de ces objets ne serait arrivé intact à la fin de la guerre. Pas sans avoir été désossé pour récupérer ses composants encore plus précieux séparés que rassemblés. Un autre commentateur a écrit, dans le *London Times,* si je ne me trompe, que la Chambre d'ambre avait pu subir le même sort. Seuls, auraient survécu les objets en ambre, à l'instar des pierres desserties et vendues séparément.

– Encore une de vos suggestions ? »

Loring reposa doucement sa tasse de café.

« Les idées de l'auteur étaient bien les siennes, mais on a pris soin de donner à cet article une diffusion maximale. »

Monika éleva la voix.

« Avec de telles méthodes d'intox, comment se fait-il que vous ayez dû tout de même supprimer autant de monde ?

– Au début, nous n'avons pas eu le choix. Alfred Rohde surveillait le chargement des caisses et connaissait leur destination ultime. L'imbécile en avait parlé à son épouse. Père a donc dû les supprimer tous les deux avant qu'ils transmettent leurs infos aux Soviets. Entre-temps, Staline avait créé une commission d'enquête que les ruses germaniques à Königsberg n'avaient pas réussi à tromper, et qui poursuivait les recherches avec l'énergie du désespoir.

– Mais Koch a traversé la guerre et pu communiquer avec les Soviets ?

– Exact, chère Monika. Mais nous avons assuré sa défense devant les tribunaux jusqu'à sa mort. Inculpé par les Polonais de crimes de guerre, il s'en est sorti grâce au veto des Soviets persuadés qu'il savait où était la Chambre d'ambre. En réalité, Koch savait seulement que les camions avaient quitté Königsberg et qu'ils avaient pris la direction de l'ouest, puis celle du sud. Il ignorait totalement ce qui s'était passé ensuite. C'est également à notre instigation qu'il a laissé croire aux Russes qu'ils pourraient retrouver les panneaux. Cela lui a permis de survivre jusqu'en 1960. Tout est très différent, aujourd'hui. Rien à voir avec ce qui se passait en temps de guerre.

– En assurant sa défense, vous achetiez sa loyauté. Il avait besoin de vous, financièrement parlant, et savait que les Soviets ne tiendraient jamais leur parole de le laisser en vie s'il disait ce qu'il savait.

– Et les autres ? demanda Monika.

– Quelques amateurs trop futés pour rester en vie. Une nécessité regrettable. Certains ne savent pas s'arrêter avant de devenir dangereux pour autrui, et plus encore pour eux-mêmes. Papa avait pourtant soufflé à un journaliste cette "malédiction de la Chambre d'ambre", qui a tout de suite fait tilt. L'expression était heureuse et a alimenté les gros titres des journaux.

– *Quid* de Karol Borya et de Danya Chapaev ? demanda Monika.

– Ces deux-là ont été les plus gênants de tous, bien que je ne m'en sois pas avisé tout de suite. Il semble qu'ils aient glané les mêmes informations sur lesquelles nous étions tombés après la guerre. Et qu'ils les aient gardées toujours secrètes, on ne sait trop pour quelle raison. Probablement par haine pure et simple du régime soviétique.

« On connaissait l'existence de Borya à cause de son appartenance passée à la Commission extraordinaire créée par Staline. Il avait émigré aux États-Unis, et disparu de la circulation. Chapaev s'était intégré quelque part en Europe. Puis-je vous faire remarquer que c'est Christian qui a fini par lever ce lièvre ?

– De toute façon, ils sont morts tous les deux, éluda Monika.

– Je suis sûr que votre cœur saigne à cette idée, mon ange ! »

Suzanne vit Monika se hérisser sous la rebuffade. Mais il avait raison. Si Monika n'avait jamais tué, c'était uniquement parce que son propre père payait quelqu'un comme Christian pour s'acquitter de cette tâche.

Loring, en veine de confidences, reprit posément :

« Nous avons retrouvé Borya de façon tout à fait accidentelle. Sa fille était mariée avec un nommé Paul Cutler, dont le père était un amateur d'art enthousiaste. Voilà quelques années, ce Yancy Cutler s'est mis à poser des questions, durant ses voyages, au sujet de la Chambre d'ambre. D'une façon ou d'une autre, il était remonté jusqu'à quelqu'un qui travaillait ici. Nous savons maintenant que c'est Chapaev qui avait fourni le nom à Borya, et que Borya avait demandé à Yancy Cutler de se renseigner sur son compte. Les questions du père de

Paul Cutler ont atteint un point critique, alors, son avion a explosé au-dessus de la mer. La police italienne, qui manque de pugnacité, a attribué l'attentat aux terroristes.

– Alors que c'était le travail de Suzanne ?

– Si on vous le demande, chère enfant...

– L'employé des archives de Saint-Pétersbourg est à votre solde, bien sûr ? supputa Fellner entre deux gorgées de cognac.

– Bien sûr. Les Soviets avaient la manie des rapports, sur tout et n'importe quoi. Des millions de pages sans doute pleines d'infos, mais presque impossibles à consulter. La seule façon de s'y prendre est de corrompre un préposé et de compter sur la chance. »

Loring s'empara de son propre verre à liqueur et le leva à la santé de son vis-à-vis.

« Frank, je vous ai fait ces confidences à seule fin de vous démontrer ma bonne foi. Malheureusement, il arrive que les choses nous échappent. C'est le cas des démêlés survenus entre Suzanne, ici présente, et Christian l'insaisissable. Ce genre d'escarmouche risquerait d'attirer l'attention sur nous, sans parler du club. J'ai pensé que si vous saviez la vérité, l'escalade s'interromprait. Il n'y a plus rien à découvrir sur la Chambre d'ambre. Transmettez nos excuses à Christian. Je sais que Suzanne n'avait aucune envie d'agir ainsi, mais elle agissait sur mes ordres.

– Ernst, moi aussi, je regrette ce qui s'est passé, déclara Fellner à son tour. Je ne dirais pas que je suis heureux d'avoir vu les panneaux en votre possession. Je les voulais. Mais quelque chose, en moi, apprécie le fait qu'ils soient intacts et désormais en sécurité. J'avais toujours craint que les Soviets ne les aient récupérés. Ils sont pires que des gitans quand il s'agit de conserver des trésors.

– Mon père et moi partagions ce sentiment, Franz. Les Soviets avaient tellement laissé se détériorer les panneaux qu'on était presque heureux qu'ils aient échoué entre des mains allemandes. Qui sait ce qui serait arrivé si le sort de la Chambre d'ambre avait été confié à Staline ou même à Khrouchtchev ?

Les communistes préféraient fabriquer des bombes plutôt que préserver leur héritage culturel. »

Monika manifesta son dépit :

« Vous proposez donc une sorte de trêve ? »

Sa véhémence arracha un sourire à Suzanne. Pauvre chatte ! Elle n'était pas près de revoir la Chambre d'ambre.

« C'est exactement ce que je désire, admit Loring. Suzanne, s'il te plaît. »

Elle se leva et alla ramasser les deux coffrets de bois blanc posés dans un coin de la pièce. Elle les apporta, par leur poignée de corde, à Franz Fellner subitement attentif.

« Les deux bronzes que vous avez tant admirés toutes ces années », expliqua Loring.

Suzanne souleva le couvercle d'un des coffrets. Fellner en sortit le vase qui reposait sur un lit de copeaux de cèdre et l'éleva jusqu'à son regard. Suzanne connaissait bien l'objet d'art en question. Il datait du xe siècle. Repris par ses soins, avec son jumeau, au minable cambrioleur de New Delhi qui les avait volés dans un village d'Inde méridionale. Ils figuraient sur la liste des œuvres d'art les plus recherchées, et trônaient depuis cinq ans sur une étagère du château de Loukov.

« Suzanne et Christian se sont battus pour ces objets. Un combat mémorable. »

La réponse de Fellner trahit une certaine amertume :

« Un combat que nous avons perdu.

– Ils sont à vous, Franz. En faible compensation pour ce qui s'est passé. »

Devançant les paroles de son père, Monika se hâta de formuler une nouvelle demande :

« Je vous prie de m'excuser, monsieur Loring, mais c'est moi, désormais, qui prends les décisions se rapportant au club. Ces bronzes anciens sont fort beaux, mais ne m'intéressent pas spécialement. La Chambre d'ambre, en revanche, a longtemps suscité toutes les convoitises. Les membres du club seront-ils informés de ce que nous venons d'apprendre ? »

Loring fronça les sourcils.

« Je préférerais que ça reste entre nous. Secret égale sécurité. Moins les gens seront au courant, moins se multiplieront les risques inutiles. Eu égard aux circonstances, toutefois, je m'en remets à votre décision. Je suis sûr que nos autres membres estimeront l'info confidentielle, comme toutes les révélations qui animent nos réunions. »

Monika se pressa contre le dossier de sa chaise et sourit, apparemment satisfaite de la concession. Souriant de même, Loring continua :

« Il y a une autre chose que je dois vous dire. Comme dans vos rapports entre vous et votre père, ma chère enfant, les choses évoluent. À mon décès, ma propriété, mes collections et mon statut de membre du club seront transmis, par testament, à ma chère Suzanne. Je lui lègue en outre suffisamment d'argent pour qu'elle puisse tenir le rang qui sera le sien. »

Suzanne ne manqua pas de se réjouir devant le visage défait de Monika.

« Elle sera la première acquéreuse élevée au rang de membre du club. Elle le mérite. Vous êtes bien tous les deux d'accord ? »

Ni le père ni la fille ne réagirent tout de suite. Fellner semblait plongé dans la contemplation des vases de bronze, et Monika ne bronchait pas. Enfin, Fellner replaça le cadeau de Loring, à regret, dans le coffret de bois, sur les copeaux de cèdre.

« Ernst, je considère ce problème comme entièrement réglé. Il est regrettable que les choses se soient détériorées, durant quelque temps. Mais je comprends, à présent. Je crois que j'aurais fait comme vous, dans les mêmes circonstances. Et pour vous, Suzanne... toutes mes félicitations.

– Merci.

– Monsieur Loring, ajouta Monika, je déciderai si nous devons ou non révéler l'existence de la Chambre d'ambre aux autres membres du club. Je vous ferai part de ma décision avant la prochaine réunion, au mois de juin. Ainsi que de la meilleure manière de le leur dire.

– C'est tout ce qu'un vieil homme peut souhaiter, ma chère. J'attendrai votre réponse avec intérêt. Désirez-vous que je vous fasse préparer deux chambres ? »

Fellner refusa d'un geste.

« Merci, Ernst, mais il faut que je rentre à Burg Herz dès ce soir. J'ai à faire demain matin. Mais je peux vous assurer que je n'oublierai pas cette visite. Avant de partir, pourrais-je revoir la Chambre d'ambre ?

– Mais certainement, mon cher ami. »

Le retour à l'aéroport de Prague fut presque silencieux. Fellner et Monika siégeaient sur la banquette arrière. Loring occupait la place du passager. Tout en maniant son volant avec sa dextérité habituelle, Suzanne jetait de temps à autre, dans son rétroviseur, un coup d'œil au visage crispé de Monika. Elle n'avait pas apprécié que les deux vieux se soient partagé la vedette lors de la conversation qui avait précédé. Mais Fellner n'était pas homme à lâcher le morceau aussi vite. Et sa fille n'avait décidément aucune disposition pour le partage.

À mi-chemin de l'aéroport, la jeune femme lança tout à coup :

« Encore une fois, je vous prie de bien vouloir m'excuser, monsieur Loring. »

Il se retourna sur son siège afin de lui faire face.

« Vous excuser de quoi, mon enfant ?

– De ma nervosité.

– Aucune raison. Je me souviens du jour où mon père m'a transmis sa carte du club, si j'ose dire. J'étais beaucoup plus âgé que vous, mais tout aussi impatient. Lui, comme votre père, éprouvait quelque difficulté à passer le relais. Mais si ça peut vous mettre du baume au cœur, sachez que les choses ont fini par se faire. »

À l'arrière de la Mercedes, Fellner émit un bref éclat de rire.

« Ma fille est très impatiente. Tout le portrait de sa mère.

– Tout *votre* portrait, Franz !

– Peut-être.

– Vous allez raconter tout ça à Christian ?

– Le plus tôt sera le mieux.

– Où est-il ?

– Je n'en sais vraiment rien. »

Fellner se tourna vers Monika.

« Et toi, *liebling* ?

– Moi non plus, papa. Je suis sans nouvelles. »

Ils arrivèrent à l'aéroport un peu avant minuit. Le jet de Loring les attendait sur le tarmac, prêt au décollage. Suzanne se gara tout près de la passerelle déjà en place. Tous mirent pied à terre, et Suzanne ouvrit le coffre de la Mercedes alors que les marches métalliques résonnaient sous les pieds du pilote. Suzanne lui désigna les deux coffrets de bois blanc, qu'il s'empressa de transférer dans la soute du jet. Loring cria, élevant la voix pour couvrir le gémissement des moteurs :

« J'ai fait emballer les bronzes avec le plus grand soin. En rajoutant du copeau de cèdre. Ils ne souffriront pas de leur balade. »

Suzanne remit à Fellner une grosse enveloppe.

« Les documents de propriété et les certificats contresignés par les services officiels de Prague. Ils vous seront utiles, si jamais la douane vous cherche des histoires. »

Fellner empocha l'enveloppe.

« La douane de chez moi ne me cherche jamais d'histoires.

– C'est bien ce que je pensais, approuva Loring, hilare. »

Il embrassa tendrement Monika.

« Ravi de vous avoir revue, chère enfant. Je me réjouis d'avance à l'idée de nos bagarres futures. Et je suis certain que Suzanne partage mon sentiment. »

Monika improvisa un sourire. Claqua un baiser sur la joue de Loring. Suzanne ne dit rien. Elle connaissait bien son rôle. Celui de l'acquéreur, sans distinction de sexe, était d'agir, pas de parler. Bientôt, elle serait membre du club et souhaiterait que son propre acquéreur se conduisît pareillement avec elle. Plutôt déconcertée, Monika lui jeta un rapide coup d'œil avant d'escalader les marches sans se retourner. Fellner et Loring échangèrent une longue poignée de main. Puis Fellner disparut, lui aussi, à l'intérieur du jet. Avant de grimper, le pilote boucla les portes de la soute. Puis il gagna lestement sa place, claquant derrière lui la porte de l'avion.

Debout côte à côte dans l'air chaud issu des moteurs, Suzanne et Loring regardèrent l'appareil rouler vers la piste d'envol. Ensuite, ils regagnèrent la Mercedes et démarrèrent. Au sortir de l'aéroport, Suzanne stoppa sur le bord de la route.

L'élégant appareil prit sa vitesse au sol. S'éleva lentement dans la nuit étoilée. Le bruit des moteurs décrut rapidement. Trois autres jets roulaient sur les pistes. Un décollage et deux atterrissages. Dans la voiture, ils se désarticulaient littéralement le cou pour voir s'éloigner l'avion de Loring.

« Quel dommage, *drahá.*

– Au moins, leur soirée aura été agréable. Herr Fellner ne voulait plus quitter la Chambre d'ambre.

– Je suis si heureux qu'il ait pu la voir... »

Le jet avait disparu vers l'ouest. Ses feux de position s'estompaient dans la nuit. Loring bâilla dans son poing :

« Les bronzes ont déjà retrouvé leur vitrine ?

– Bien sûr.

– Les coffrets étaient bien fermés ?

– Hermétiquement. Pas faciles à ouvrir.

– Comment fonctionne le détonateur ?

– Un commutateur à pression, sensible à l'altitude.

– Et le reste ?

– Très puissant.

– Combien de temps ? »

Elle consulta sa montre. Se livra à un rapide calcul mental. Compte tenu de la vitesse ascensionnelle de l'appareil, cinq mille pieds représentaient...

Au loin, un éclair jaune emplit le ciel, semblable à l'expansion d'une nova, lorsque les explosifs empaquetés dans les coffrets de bois incendièrent le carburant du jet. Annihilant, d'un coup, l'avion de Loring, Fellner, Monika et les deux pilotes.

Déjà, la lueur jaune commençait à se dissiper dans les profondeurs du ciel noir.

Loring ne quittait pas de l'œil la zone céleste où l'explosion venait de se produire.

Puis il répéta d'un ton pénétré :

« Une telle honte ! Un jet de six millions de dollars parti en fumée. »

Il se retourna vers Suzanne.

« Mais c'est le prix qu'il fallait payer pour assurer ton avenir. »

52

JEUDI 22 MAI
8 H 50

Knoll se gara dans les bois, à cinq cents mètres de la route. Il avait loué la Peugeot noire à Nuremberg, la veille, et passé la nuit dans un pittoresque hameau tchèque, soucieux de s'assurer une bonne nuit de sommeil, en prévision d'une journée et d'une autre nuit qui risquaient d'être moins faciles. Son petit déjeuner, dans un café, avait été très rapide. Et très discret. Loring avait probablement des yeux et des oreilles dans ce secteur de la Bohême.

Il connaissait bien la géographie locale. Techniquement, il était déjà sur les terres de Loring, dont le domaine s'étendait sur des kilomètres, dans toutes les directions. Le château se dressait au nord-ouest, entouré d'épaisses forêts de bouleaux, de hêtres et de peupliers. Cette région de Sumava, au sud-ouest de la Tchécoslovaquie, constituait une importante réserve de bois de charpente que Loring n'avait jamais éprouvé le besoin d'exploiter.

Il reprit son sac à dos dans le coffre arrière, et partit à travers les arbres. Vingt minutes plus tard, le château de Loukov apparut droit devant lui, érigé sur sa plate-forme rocheuse. À l'ouest, la rivière Orlik roulait ses eaux boueuses en direction du sud. De son poste d'observation, Christian découvrait l'entrée carrossable de la vaste enceinte, ainsi que l'accès réservé, plus à l'ouest, au personnel et aux véhicules de livraison.

La masse du château était impressionnante. Un assortiment varié de tours et de bâtiments annexes se déployait derrière des murailles rectangulaires. Il en connaissait le plan par cœur. Les pièces du rez-de-chaussée, artistement décorées, étaient autant de locaux ouverts au public. Exclusivement réservés aux visites. Aux étages supérieurs, voisinaient salons et chambres à coucher. Quelque part dans cette forteresse, nichaient des salles d'exposition analogues à celles de Fellner et des sept autres membres du club. Le plus dur serait de les repérer et surtout de s'y introduire. Au cours d'une des dernières réunions consacrées à l'architecture, il avait pu s'en faire une idée assez précise, mais il pouvait se tromper. Alors, il devrait chercher. Et vite. Avant le lendemain matin.

La décision prise par Monika, cette autorisation maintes fois sollicitée de pénétrer dans la place, ne l'avait pas étonné le moins du monde. Elle était prête à faire n'importe quoi pour assurer enfin sa suprématie. Fellner avait été bon pour lui, mais Monika serait meilleure. Le vieux ne vivrait pas éternellement, et même s'il devait lui manquer, les possibilités ouvertes par Monika étaient exaltantes. Elle était dure, mais vulnérable. Il saurait la mater, il en avait les moyens. Les moyens physiques. Et alors, il pourrait disposer à sa guise de la fortune familiale. Un jeu dangereux, mais qui en valait la chandelle. Monika était incapable d'aimer autrement qu'à l'horizontale. Lui aussi. Luxure débridée, pouvoirs illimités. La parfaite alliance.

Il se délesta de son sac et sortit ses jumelles. Bien à l'abri des regards, sous la futaie, il parcourut toute la longueur du château inscrite dans le bleu du ciel. Deux voitures se dirigeaient vers le grand portail.

Deux voitures de police.

Intéressant.

Suzanne déposa sur son assiette une brioche à la cannelle fraîchement sortie des mains de la cuisinière, y ajouta un peu de confiture de framboise et s'assit en face de Loring. Malgré ses dimensions, cette salle à manger réservée à la famille était l'une des plus petites du château. Des armoires bourrées de timbales Renaissance s'alignaient le long d'un des murs d'albâtre. Sur un autre, s'incrustaient des pierres de Bohême semi-précieuses qui encadraient des icônes de saints locaux. Ils déjeunaient en tête à tête, comme toujours lorsque Suzanne était là.

Loring replia posément son journal et le posa sur la table.

« L'explosion de cette nuit tient la une, avec des manchettes grosses comme ça. Le reporter n'émet aucune théorie. Il constate, simplement, que l'appareil s'est pulvérisé peu de temps après le décollage. Aucun survivant. Ils donnent les noms de Fellner, de Monika, et des deux pilotes. »

Elle but une gorgée de café.

« Je regrette M. Fellner. C'était un homme respectable. Pour ce qui est de Monika... bon débarras ! Elle aurait été une plaie pour tout le monde, à commencer par nous. Sa soif de puissance nous aurait créé de gros problèmes.

– Je suis de ton avis, *drahá.* »

Elle dégusta une bouchée de la brioche encore chaude.

« J'espère qu'on va pouvoir cesser tous ces assassinats, maintenant, murmura Loring.

– De toutes les mesures que nous sommes amenés à prendre, c'est ce qui me déplaît le plus.

– Je ne l'ignore pas.

– Mon père s'en accommodait-il ? »

Il eut un léger sursaut.

« En voilà, une question !

– Je pensais à lui, hier soir. Il était si gentil avec moi. Je n'ai jamais su exactement de quoi il était capable.

– Ma chérie, ton père faisait ce qu'il fallait, quand il le fallait. Tout comme toi. Tu lui ressembles tellement. Il serait fier de sa fille. »

Pour le moment, elle n'était pas spécialement fière d'elle-même. Les derniers meurtres pesaient sur sa conscience. Y compris celui de Chapaev. Resteraient-ils éternellement présents dans son esprit ? Elle en avait bien peur. Au point de renoncer à la maternité ? Non, le projet subsistait. Mais depuis la nuit dernière, il avait besoin de certains ajustements. Les possibilités nouvelles étaient à la fois immenses et excitantes. Qu'elles impliquent des morts violentes était regrettable, mais à quoi bon s'attarder sur cette pensée ? Il fallait aller de l'avant, et au diable la conscience !

Un serviteur vint les informer que la police était là, qui souhaitait parler à M. Loring. Suzanne regarda son employeur, le sourire aux lèvres.

« Je vous dois cent couronnes. »

Loring avait parié, au retour de Prague, que la police débarquerait avant dix heures. Il était neuf heures quarante.

« Faites-les entrer », ordonna-t-il.

Un instant plus tard, quatre policiers en uniforme pénétrèrent dans la pièce, du même pas martial.

« Monsieur Loring, expliqua le chef du détachement, nous avons été tellement heureux et soulagés d'apprendre que vous n'étiez pas dans cet avion. C'est une épouvantable tragédie. »

Loring se leva pour aller à la rencontre des quatre policiers.

« Nous sommes tous sous le choc. Nous avions M. Fellner et sa fille à dîner hier soir. Les deux pilotes étaient à mon service depuis des années. Leurs familles vivent auprès de nous. J'allais me rendre auprès des deux veuves. Une horrible catastrophe, en vérité.

– Pardonnez cette intrusion. Mais certaines questions s'imposent. Entre autres, la raison de cette tragédie. »

Loring haussa les épaules.

« Que vous répondre ? Mes bureaux de Prague ont reçu des menaces de mort par téléphone, au cours de ces dernières semaines, mais ce n'est pas nouveau. Simplement plus fréquentes que d'habitude. Une de mes industries s'apprête à s'étendre au Moyen-Orient. Nous sommes en pleines négociations. Un projet qui, semble-t-il, heurte certains intérêts, là-bas. Nous avons signalé ces menaces aux Saoudiens, mais j'ignore s'il existe ou non un lien entre les deux choses. Je n'aurais jamais cru posséder un ennemi aussi… radical dans ses méthodes.

– Certains de vos employés peuvent-ils témoigner de ces menaces téléphoniques ?

– Mon secrétaire particulier. Il est à Prague et je lui ai demandé de se mettre à votre disposition dès aujourd'hui. »

Le chef du détachement hochait énergiquement la tête.

« Ma hiérarchie me charge de vous assurer que nous ferons tout pour remonter à l'origine de cette ignominie. Entre-temps, pensez-vous qu'il soit très prudent de votre part de résider ici sans protection ?

– Ces murs assurent ma protection, et tout mon personnel est en alerte. Ici, je ne risque rien.

– Bien, monsieur Loring. N'oubliez pas que nous sommes là, si vous avez besoin de nous. »

Les policiers se retirèrent. Loring regagna sa place.

« Ton impression ?

– Aucune raison qu'ils n'acceptent pas cette version des événements. Vos relations au ministère de la Justice devraient faire le reste.

– Je vais les appeler ce matin. Les remercier pour leur offre de protection. Et les assurer de ma collaboration pleine et entière.

– Vous devriez également appeler les membres du club. Leur exprimer votre profond chagrin.

– Très juste. Je vais m'en occuper tout de suite. »

Paul tenait le volant de la Land Rover. Rachel était assise à son côté, McKoy sur la banquette arrière. Le grand gaillard avait peu parlé, depuis Stod. Ils avaient pris l'autoroute jusqu'à Nuremberg, puis une série de routes à deux voies les avait menés dans le sud-ouest de la République tchèque après qu'ils eurent traversé la frontière allemande.

Sur le terrain vallonné alternaient forêts, champs de céréales et petits lacs de montagne. Plus tôt, en examinant la carte pour tenter de déterminer la meilleure route vers l'est, Paul avait repéré la ville de Ceské Budejovice, la plus importante agglomération du secteur. Il s'était souvenu d'un reportage sur la bière Budvar, plus connue sous son nom allemand de *Budweiser*. Bien que la brasserie américaine du même nom eût essayé, en vain, d'acheter la marque, les gens du coin avaient fermement refusé les millions offerts, répondant avec orgueil qu'ils produisaient déjà de la bière bien des siècles avant la naissance officielle des États-Unis d'Amérique.

L'itinéraire choisi traversait des contrées pittoresques, d'étranges villes médiévales agrémentées de quelque manoir haut juché, ou d'épais remparts de pierre. Un boutiquier amical les remit sur le bon chemin et, vers deux heures de l'après-midi, Rachel put pointer l'index vers le château de Loukov se détachant dans le lointain sur un ciel azuré sans nuages.

La forteresse aristocratique trônait sur une hauteur déchiquetée, au-dessus d'une forêt touffue. Deux tours polygonales et trois autres parfaitement circulaires dominaient une masse de pierre hérissée de cheminées, constellée de fenêtres à meneaux, par-delà une enceinte percée d'étroites meurtrières. Des bastions en demi-lune cernaient sa silhouette gris pêche. Un drapeau rouge, blanc, bleu flottait dans la brise légère de ce paisible début d'après-midi. Paul identifia l'emblème national de la République tchèque.

Rachel résuma l'impression que lui produisait ce décor.

« On s'attendrait à voir surgir des chevaliers bardés de fer, montés sur des destriers caparaçonnés.

– Putain ! s'exclama McKoy, plus prosaïque, voilà un mec qui sait vivre ! Ce Loring, moi, je l'aime déjà. »

Paul lança la Rover à l'assaut de la dernière pente, vers ce qui devait être l'entrée principale. Les deux gigantesques battants de chêne renforcés de barres d'acier étaient ouverts, exposant une cour pavée. Des massifs de roses et de fleurs printanières précédaient l'immense bâtisse. Paul franchit le portail et stoppa tout près de la façade, derrière une Mercedes crème et une Porsche d'un beau gris métallisé.

« Chouettes bagnoles aussi », constata McKoy alors que Paul cherchait la porte d'entrée.

Six portes s'offraient, en fait, sur toute la largeur de la façade. Paul, perplexe, recula d'un pas pour étudier les œils-de-bœuf, les pignons et les boiseries ornementales de l'édifice. Une extraordinaire combinaison de baroque et de gothique, conséquence probable d'une construction étalée sur de nombreuses années, peut-être même sur des siècles, et de multiples influences architecturales.

McKoy montra l'une des portes.

« Je dirais que c'est celle-là. »

Deux piliers encadraient un lourd battant de chêne orné d'un blason sculpté dans son panneau supérieur. Sans hésiter, McKoy utilisa le heurtoir de cuivre verni. Un serviteur vint ouvrir, et McKoy lui exposa avec courtoisie la raison de leur visite. Cinq minutes plus tard, le même serviteur les introduisit dans un vaste hall d'entrée.

Têtes d'ours et bois de cerfs hérissaient les murs. Des abat-jour de verre teinté assuraient un éclairage agréablement tamisé. Un feu crépitait dans un âtre monumental, et de lourdes toiles encadrées partageaient l'espace mural avec les trophées de chasse. Paul les lorgna du coin de l'œil. Sauf erreur, deux Rubens, un Dürer et un Van Dyck. Incroyable. Tous les administrateurs du musée d'Atlanta se prostitueraient pour pouvoir en accrocher un ou deux à leurs cimaises.

L'homme qui entra silencieusement, par une des portes de communication, devait approcher des quatre-vingts ans. Il était grand, le cheveu gris, la barbe poivre et sel clairsemée sur un menton rétracté par l'âge. Plutôt beau, l'attitude remarquablement modeste et réservée pour quelqu'un qui, selon toutes les apparences, ne devait pas avoir d'ennuis avec ses fins de mois. *Le masque d'un homme habitué à refréner et cacher ses émotions*, songea Paul.

« Bonjour. Je suis Ernst Loring. En principe, je n'accepte aucune visite impromptue, surtout de parfaits inconnus qui entrent directement en voiture. Mais mon majordome m'a rapporté vos explications, et je dois dire que vous m'intriguez. »

L'anglais de Loring frôlait la perfection. McKoy se présenta, puis s'avança, la main tendue.

« Heureux de faire votre connaissance, dit-il. Je lis tant de choses à votre sujet, depuis des années. »

Ils se serrèrent la main. Loring souriait.

« N'en croyez pas un mot. La presse s'acharne à vouloir me faire passer pour plus intéressant que je ne le suis en réalité. »

À leur tour, Paul et Rachel se présentèrent.

« Ravi de faire votre connaissance, déclara leur hôte. Si nous nous asseyions ? Les rafraîchissements ne vont pas tarder. »

Ils prirent place sur les sièges et le canapé néogothiques proches de la cheminée. Loring s'adressa d'abord à McKoy.

« Mon majordome m'a parlé de fouilles en Allemagne. Un journal local en a parlé, voilà peu. Une entreprise qui doit réclamer toute votre attention. Que faites-vous ici et non là-bas ?

– Il n'y a plus rien à déterrer, là-bas ! »

Les traits de Loring exprimaient une curiosité polie, rien de plus. McKoy lui raconta le percement, les trois camions, les cinq cadavres et les lettres tracées dans le sable. Il exhiba, à l'appui, les photos de Grumer. Et celles que Paul avait prises la veille, après avoir reconstitué le nom de Loring. McKoy ajouta :

« Vous savez pourquoi ce type avait griffonné votre nom dans le sable ?

– Simple supposition de votre part... »

Tout en ne quittant pas de l'œil le visage de leur hôte, Paul se taisait. Il appréciait que McKoy mène le débat. Rachel observait Loring également. On aurait cru qu'elle se trouvait face à un jury.

« ... mais je conçois, poursuivit Loring, oui, je conçois que vous ayez pu parvenir à cette conclusion. Les trois lettres encore lisibles sont effectivement troublantes. »

McKoy renchérit :

« Monsieur Loring, la Chambre d'ambre a séjourné dans cette caverne, et je crois que vous ou votre père y avez accédé. J'ignore si vous êtes toujours en possession des panneaux, mais je crois que vous les avez eus.

– Même si je possédais ou si j'avais possédé un tel trésor, pourquoi l'admettrais-je ?

– Vous ne l'admettriez jamais, et je fais comme vous, je parle au conditionnel, mais je n'en crois pas un mot. Parlons peu, parlons bien. Aimeriez-vous que je communique à la presse tout ce que je sais ou crois savoir ? J'ai signé plusieurs contrats avec des médias internationaux. La fouille a échoué, mais ces informations seraient suffisantes pour glaner de quoi rembourser mes investisseurs, et au-delà. Les Russes seraient également intéressés. D'après ce que j'ai entendu dire, ils n'ont toujours pas renoncé à récupérer leur trésor perdu.

– Et vous pensez que je pourrais acheter votre silence ? »

Paul n'en croyait pas ses oreilles. Un chantage ? Il n'avait pas soupçonné un instant que McKoy pût les accompagner en Tchécoslovaquie avec l'intention secrète d'extorquer de l'argent à Loring. Et Rachel partageait sa stupéfaction :

« Un instant, McKoy ! Il n'a jamais été question de faire chanter qui que ce soit.

– Nous n'avons rien à voir avec ça ! » renchérit Paul.

McKoy laissa passer l'orage.

« À ce stade, vous n'avez pas le choix. J'y ai bien réfléchi au cours du voyage. Ce monsieur ne nous montrera jamais la Chambre d'ambre, même s'il l'a sous le coude. Mais Grumer est mort. Cinq pauvres types ont été froidement exécutés. Vos parents à tous les deux, plus Danya Chapaev, sont morts. Des cadavres à la pelle… »

Il laissa sa phrase en suspens, puis, toisant Loring de haut en bas, il poursuivit :

« … je crois que cette ordure détient toutes les réponses qu'on n'a pas pu trouver ailleurs ! »

Une grosse veine bleue battait sur la tempe de Loring.

« Quelle grossièreté impardonnable, monsieur McKoy, de la part de quelqu'un que je reçois sous mon toit. Vous vous introduisez chez moi sous de mauvais prétextes, et vous m'accusez de vol et de meurtre !

– Je ne vous ai pas accusé. Mais vous en savez plus que vous ne voulez en dire. Voilà des années qu'on associe votre nom à la Chambre d'ambre.

– De simples rumeurs.

– Et Rafal Dolinski ? » lâcha McKoy.

Loring ne répondit pas.

« C'est le nom d'un reporter polonais qui s'est adressé à vous, il y a trois ans. Au sujet d'un article qu'il préparait. Un chic type. Vraiment sympa. Mais très déterminé. Il a trouvé la mort dans une mine, quelques semaines plus tard. Vous vous souvenez de lui ?

– Pas du tout.

– Une explosion semblable à celle qui pouvait tuer Mme la Juge Cutler. Peut-être dans la *même* mine !

– J'ai lu ça dans la presse. Je n'avais pas fait le rapprochement.

– On s'en doute ! Je crois que la presse va beaucoup l'apprécier, ce rapprochement tardif. Pensez-y, Loring. Il y a là tous les ingrédients d'un énorme scoop. Finance internationale, trésors perdus, nazis, assassinats en série. Sans parler des Allemands. Si vous avez trouvé l'ambre sur leur territoire, ils vont le revendiquer, eux aussi. Quelle superbe monnaie d'échange pour négocier avec ces barbares de Russkofs ! »

Paul se résolut à intervenir.

« Monsieur Loring, Rachel et moi désavouons formellement ces propos comminatoires. Nous n'en savions rien, quand nous avons décidé de venir vous voir. Notre objectif est seulement d'élucider, au moins en partie, le mystère de la Chambre d'ambre. Auquel nous ont mêlés, malgré nous, des antécédents familiaux. Je suis avocat. Rachel est juge. Jamais nous ne nous associerions à un chantage caractérisé.

– Inutile de vous défendre, j'ai compris. »

Loring revint à McKoy.

« Vous avez peut-être raison. Nous vivons dans un monde où les réalités comptent infiniment moins que la manière de les percevoir. C'est pour cette raison que j'attribuerai votre attitude à un excès de zèle plus qu'à un chantage. »

Un pâle sourire errait sur les lèvres du vieil homme.

« Gardez vos beaux discours, répliqua McKoy. Moi, tout ce que je veux, c'est être payé. J'ai un sérieux problème financier, et des tas de choses à dire qui intéresseront des tas de gens. Le prix du silence, comme on dit, augmente de minute en minute. »

Le visage de Rachel se crispa. Elle semblait sur le point de sauter à la gorge de leur compatriote. Jamais elle n'avait éprouvé de sympathie à son égard, même s'il l'avait fait rire à une ou deux reprises. Elle s'était toujours défiée de son arrogance, au contraire. Et elle n'avait pas souhaité le suivre à l'aveuglette. Paul pouvait entendre ses reproches sans qu'elle ouvrît la bouche. C'était la faute de McKoy s'ils en étaient là. C'était son problème et c'était à lui de s'en dépêtrer.

« Puis-je faire une suggestion ? proposa Loring.

– Je vous en prie, approuva Paul, en quête d'un peu de saine raison dans toute cette malheureuse histoire.

– J'aimerais réfléchir à la situation. Vous n'avez sûrement pas l'intention de rentrer tout de suite à Stod. Permettez-moi de vous offrir l'hospitalité pour la nuit. Nous en reparlerons au dîner. »

Bon premier, McKoy accepta la proposition.

« Merveilleux ! Ça nous épargnera d'avoir à chercher un hôtel dans ce bled.

– Parfait, conclut Loring. Je vais faire monter vos bagages dans vos chambres. »

53

Suzanne ouvrit la porte de la chambre. Un serviteur lui déclara, en tchèque :

« M. Loring vous attend, dans la salle des Ancêtres. Il recommande que vous empruntiez les couloirs privés. Sans passer par le grand hall.

– Il vous a dit pourquoi ?

– Nous avons des invités pour la nuit. Sans doute est-ce à cause d'eux. »

Elle referma sa porte. *Les couloirs privés.* Bizarre. Le château était truffé de passages secrets utilisés jadis par l'aristocratie pour mener ses intrigues personnelles, et qui ne servaient plus qu'à la maintenance des structures intérieures du château. Sa propre chambre était à l'arrière de l'aile principale, à mi-chemin des cuisines et des aires de travail, au-delà de l'endroit où s'amorçaient les couloirs privés.

Elle descendit au rez-de-chaussée. L'accès le plus proche aux couloirs se trouvait dans un petit salon où elle n'entrait jamais. Elle fila directement jusqu au fond de la pièce. Là, comme à peu près partout dans le château, saillaient des moulures dont la fonction n'était pas évidente. Près de la cheminée gothique, elle poussa un bouton caché. Un petit pan de mur pivota, dont les moulures superflues avaient dissimulé le contour. Elle se glissa dans l'étroit passage et referma la porte derrière elle.

Le labyrinthe lui était familier. De place en place, apparaissaient des portes indécelables sur leur autre face, dans diverses pièces. Elle avait joué dans ces couloirs, étant gosse, en s'imaginant sous les traits d'une princesse de Bohême fuyant des envahisseurs attachés à sa perte. Ces voies secrètes n'avaient aucun secret pour elle.

La salle des Ancêtres communiquait avec le labyrinthe par ce que Loring appelait la chambre Bleue, à cause des tentures de cuir brodées d'or qui couvraient les murs. S'assurant qu'elle y était bien seule, elle la traversa, colla son oreille à la porte, pour le cas où Loring aurait changé d'avis et, n'entendant rien d'anormal, pénétra dans la salle des Ancêtres.

Loring se tenait devant une fenêtre semi-circulaire garnie de vitraux. Sur le mur, au-dessus d'un couple de lions ciselé dans la pierre, figuraient les armoiries de la famille. Des portraits de Josef Loring et des autres ancêtres décoraient les parois de la pièce.

« Il semble que la providence ait décidé de nous faire un cadeau », déclara Ernst Loring avant de lui rapporter, rapidement, sa récente discussion avec Wayland McKoy et les Cutler.

Le premier commentaire de Suzanne fut simplement :

« Ce McKoy ne manque pas de culot.

– Plus que tu ne le crois. Il n'envisage pas vraiment de me faire chanter. Il a voulu tester mes réactions. En se faisant passer pour plus bassement mercenaire qu'il ne l'est réellement. Il ne veut pas d'argent. Il veut la Chambre d'ambre, et c'est pour ça qu'il a accepté avec tant d'empressement mon invitation à dormir au château.

– Pourquoi l'avez-vous invité ? »

Loring joignit les mains derrière son dos. Josef Loring, son père, le contemplait du haut de son portrait, sa chevelure blanche tombant sur son front plissé par la réflexion. L'image d'un homme qui avait dominé son univers et comptait sur son fils pour agir de même.

« Mon frère et mes sœurs n'ont pas survécu à la guerre. J'ai toujours pensé que c'était un signe. Je n'étais pas l'aîné. Rien de tout ceci ne devait m'appartenir. »

Suzanne le savait et se demandait si Loring ne s'adressait pas à son père plutôt qu'à elle. Ne poursuivait-il pas une conversation jamais interrompue entre les deux derniers mâles de la lignée ? Ernst lui avait souvent parlé de Josef. Un homme exigeant, sans nuances, souvent difficile à vivre. Qui avait beaucoup attendu de son seul fils rescapé.

« C'est mon frère qui aurait dû hériter. Au lieu de ça, toute la responsabilité est retombée sur mes épaules. Ces trente dernières années ont été dures. Terriblement dures.

– Mais vous avez survécu. Prospéré, en fait. »

Il se retourna vers Suzanne.

« Sans doute un autre signe de la providence. Père m'a laissé en proie à un gros dilemme. D'un côté, il m'a laissé un trésor d'une splendeur inconcevable, la Chambre d'ambre. De l'autre, je me vois contraint de faire face à des inconnus armés de solides arguments. Les choses étaient si différentes à son époque. Vivre derrière le rideau de fer avait l'avantage de permettre toutes les initiatives. Y compris le meurtre. »

Il marqua une pause.

« Le seul vœu de mon père, c'était que tout ce qu'il avait acquis demeurât propriété de la famille. Il insistait particulièrement sur ce point. Tu es ma famille, *drahá.* Ma fille autant et peut-être plus que si tu étais de mon propre sang. Ma fille spirituelle. »

Il la contempla un instant, puis leva la main pour lui caresser la joue.

« Retourne dans ta chambre et reste à l'écart. Plus tard dans la nuit, nous accomplirons notre devoir. »

Knoll avançait lentement à travers la forêt dense, progressant à pas réguliers sous la voûte des grands arbres. Bientôt, il lui faudrait poursuivre sa route en terrain découvert.

La nuit s'annonçait sèche et froide. Voire glaciale. Les rayons du soleil couchant rampaient encore sous la futaie. Des hirondelles piaillaient au-dessus de sa tête. Il se revit en Italie, deux semaines auparavant, traversant une autre forêt à destination d'un autre château, pour une autre quête. Ce voyage avait entraîné deux morts violentes. Combien d'autres meurtres cette nuit qui commençait exigerait-elle ?

Il escaladait à présent un raidillon qui le conduisait au pied des murs du château. Il s'était montré patient, tout l'après-midi. Il avait attendu l'arrivée du crépuscule, caché dans un bosquet de hêtres, à moins d'un kilomètre au sud. Longtemps après avoir assisté, de loin, à l'arrivée des voitures de police et à leur départ. Quelle autre complication avait pu amener les policiers au château ?

Et puis, au début de l'après-midi, il y avait eu cette Land Rover, qui n'était pas repartie. Des invités ? Qui peut-être occuperaient suffisamment Loring et Suzanne pour que sa propre incursion passât inaperçue ? Il ne souhaitait pas le renouvellement d'une présence fortuite, comme chez Pietro Caproni qui avait eu la mauvaise idée d'inviter une prostituée. Quant à Suzanne, comment savoir si elle était présente au château ? Même si sa Porsche était bien en vue. Flanquée de cette mystérieuse Land Rover.

Mais si Danzer n'était pas au château, où était-elle ?

Il interrompit son avance à trente mètres du portail ouest. Une porte marquait la base d'une des tours jumelles, qui s'élevait à partir de là, sur plus de vingt mètres, sans une fenêtre digne de ce nom. Rien que d'étroites meurtrières réservées aux archers de jadis. Des renforts obliques de pierre taillée en étayaient la base, une innovation médiévale destinée à consolider la tour, mais aussi et surtout à permettre aux projectiles lâchés de là-haut de rebondir sur les assiégeants. Un dispositif astucieux, qui ne servait plus à rien aujourd'hui.

Il examina les murs de bas en haut. Des fenêtres rectangulaires, pourvues de grilles en fer forgé, trouaient les étages supérieurs. Au Moyen Âge, la fonction de ces tours avait été essentiellement défensive. Mais esthétique, aussi. Un moyen de couper la monotonie des ailes adjacentes. Les rencontres du club l'avaient familiarisé avec la topographie générale. Ces portes d'accès aux tours étaient principalement utilisées par le personnel. Une des voies au-delà desquelles tout risque de rencontrer quelqu'un à cette heure était mince.

Il étudia le lourd battant de bois renforcé de barres de fer noirci. Certainement bouclé à double tour, mais sans doute pas protégé par un quelconque système d'alarme. Il savait que Loring, comme Fellner, n'était pas très à cheval sur la sécurité. Les dimensions du château, outre sa position géographique, constituaient des mesures plus efficaces que les dispositifs d'alerte les plus sophistiqués. Et personne, en dehors des membres du club et des acquéreurs, n'avait la moindre idée des richesses accumulées entre ces murs.

Il repéra une longue fente noire, à la lisière du battant. Il alla y voir de plus près. La porte était légèrement entrebâillée. Il se glissa à l'intérieur d'un large passage voûté. Trois cents ans plus tôt, cette porte, ce passage avaient dû permettre de haler à l'intérieur de la tour de lourdes pièces d'artillerie. Aujourd'hui, des traces de pneus marquaient le sol. Suivant le tracé du couloir, Knoll tourna à gauche, puis à droite. Une autre façon de ralentir les envahisseurs. Deux issues latérales, l'une à mi-chemin de la montée, l'autre au bout de ce premier tronçon de couloir, donnaient sur des culs-de-sac apparemment destinés à piéger les intrus.

À chaque réunion mensuelle des membres du club, celui qui recevait, outre ses nombreuses obligations, avait celle d'assurer, sur demande, le logement de tous ses invités, commanditaires aussi bien qu'acquéreurs. Le domaine de Loring disposait d'assez de chambres pour satisfaire tout le monde. Son ambiance historique était peut-être la raison pour laquelle presque tous acceptaient son hospitalité. Knoll y avait séjourné plus d'une fois et se souvenait des récits de Loring sur l'histoire du château. Comment, depuis près de cinq cents ans, ses ancêtres avaient défendu ces murs. Au prix de nombreuses batailles sans merci, livrées dans de tels corridors.

Knoll se souvenait aussi des explications du maître de maison sur les passages secrets réaménagés, après le bombardement, pour faciliter la répartition, dans les pièces habitées, de l'eau courante, du chauffage et de l'électricité. Il n'avait pas oublié, entre autres, la porte dérobée qui s'ouvrait sur le bureau personnel de Loring. Le vieux en avait démontré le fonctionnement lors d'une des réunions. Tout le château regorgeait de ces secrets de Polichinelle. Le Burg Herz de Fellner comportait également un de ces labyrinthes rendus possibles par l'architecture interne des forteresses des XVe et XVIe siècles.

Il s'arrêta, en haut d'une pente raide, à la lisière d'une cour obscure. Des murs disparates l'entouraient. Juste en face, s'ouvrait un local habité. Apparemment une cuisine, d'après les bruits d'ustensiles entrechoqués et les senteurs de viande grillée qui en émanaient. Mêlées à des relents provenant d'une grosse poubelle. Plusieurs cageots de légumes et de fruits s'empilaient contre un mur. La cour était propre, mais les activités ménagères qui l'entouraient en rendaient l'entretien difficile. Il se tenait dans le ventre du château, où des subalternes appointés travaillaient dur au confort des patrons et à la propreté de l'endroit.

Christian Knoll s'enfonça dans l'ombre.

Trop d'ouvertures alentour d'où quelqu'un pourrait l'apercevoir et donner l'alarme. Il lui fallait entrer à couvert sans éveiller les soupçons de quiconque. Le stylet dormait dans son fourreau, contre son avant-bras droit. Le CZ-75B était bien au chaud dans l'étui sanglé sous son aisselle gauche, avec deux chargeurs de rechange dans sa poche. Quarante-cinq balles en tout. Mais il ne souhaitait pas devoir se livrer à ce genre de bagarre.

Il parcourut les derniers mètres, plié en deux, et parvint enfin à un étroit chemin de ronde. Il fila, sur une dizaine de mètres, jusqu'à une porte dont il manipula la poignée. Ouverte. Il en franchit le seuil et fut accueilli, de l'autre côté, par un air froid et humide chargé d'odeurs de légumes et de fruits.

Un support de chêne octogonal soutenait une sorte de plafond en forme de parapluie. Des voix discutaient, à proximité. Un âtre noirci occupait l'un des murs. Ce réduit était apparemment un ancien office converti en lieu de stockage. Deux autres portes l'attendaient. L'une droit devant, l'autre sur la gauche. D'après les sons et les odeurs dominantes, il conclut que la porte de gauche menait aux cuisines. Aussi choisit-il la porte de devant et déboucha-t-il dans un nouvel espace ouvert au bout duquel régnait une certaine animation.

Il réintégra vivement le lieu de stockage et se réfugia derrière une haute pile de cageots. La seule lumière consistait en une ampoule nue suspendue au-dessus de l'abri en forme de parapluie. Il souhaita que les propriétaires des voix ne s'approchent pas davantage. Il n'avait aucune envie de tuer un de ces domestiques. Ce qu'il avait à faire était déjà regrettable, il ne voulait rien faire qui puisse placer Fellner dans une position délicate par un acte de violence inutile.

Il ne s'y résignerait que si les circonstances l'exigeaient.

Plaqué contre sa pile de cageots, avec le mur à sa droite, il risqua un œil dans la direction probable des cuisines.

La porte s'ouvrit. Une voix débita, en langue tchèque :

« On a besoin de concombres et de persil. Vois également s'il reste des pêches en conserve. »

Par bonheur, le soleil crépusculaire qui filtrait jusqu'à cet espace confiné éclairait l'endroit si bien qu'aucun des deux hommes n'alluma l'ampoule suspendue.

« Là ! » triompha l'autre voix.

Ils posèrent un carton sur le sol, ouvrirent une boîte de conserve.

« Est-ce que M. Loring est toujours en pétard ? »

Knoll jeta un nouveau coup d'œil. L'un des deux hommes portait la tenue des serviteurs de Loring, pantalon marron, chemise blanche, mince cravate noire. L'autre arborait la veste d'un maître d'hôtel. Deux manières d'uniformes que Loring se vantait volontiers d'avoir dessinés lui-même.

« Le patron et m'dame Danzer sont restés tranquilles toute la journée. La police est venue ce matin, à cause de ce pauvre Fellner et de sa fille. Tu l'as vue, hier soir ? Une vraie beauté.

– J'ai servi le café et les petits gâteaux dans le bureau, après le dîner. Elle était très aimable. Surtout pour une fille aussi riche. Quel gâchis. La police n'a aucune idée de ce qui s'est passé ?

– Non. L'avion a explosé en plein vol. Pas de survivants. »

Les mots frappèrent Knoll de plein fouet. Avait-il bien entendu ? Monika et son père, morts tous les deux ?

Une rage sans nom l'aveuglait. Explosion d'un avion en plein vol, avec Monika et Fellner à bord. Il n'y avait qu'une seule explication possible. Ernst Loring avait ordonné leur mort et chargé Suzanne de son exécution. Loring et Danzer avaient tenté de l'éliminer. Sans succès. Ils s'étaient retournés contre les deux Fellner, père et fille. Mais pourquoi ? Qu'est-ce que tout ça voulait dire ? Il avait une envie furieuse d'écarter les cageots, de dégainer son stylet et de tailler ces deux abrutis en pièces. De laver, dans leur sang, le sang de ses anciens employeurs. Ça ne les ferait pas revenir, hélas. S'exhortant au calme, il s'obligea à respirer lentement. Il lui fallait des réponses. Il avait besoin de comprendre. Il était heureux, maintenant, d'être venu. La source de tout ce qui était arrivé, de tout ce qui arriverait encore, était quelque part entre ces vieux murs qui l'entouraient.

« Apporte le carton et allons-y », disait l'un des deux types.

Ils se retirèrent, et le silence retomba dans le réduit. Knoll sortit de sa cachette. Ses oreilles bourdonnaient. Ses jambes tremblaient. Était-ce l'émotion ? Le chagrin ? Il ne s'en croyait pas capable. Ou bien était-ce le regret de cette dernière occasion manquée, avec Monika ? Ou le fait qu'il se retrouvât seul, sans objectif précis, dans un monde qui n'existait plus ? Il chassa de son esprit cette pensée inopportune et ressortit du local de stockage.

Il tourna à gauche puis à droite et finit par trouver un escalier en colimaçon. Sa connaissance approximative de la topographie interne du château lui disait qu'il devait monter deux étages avant d'atteindre ce qui était considéré comme le niveau principal.

En haut de l'escalier, il s'arrêta. Une rangée de fenêtres à vitraux donnait sur une autre cour plus vaste. Dans une pièce située juste en face, à travers d'autres fenêtres ouvertes sur l'extérieur, une femme dansait, seule dans sa chambre. Elle se déplaçait lentement, gracieusement. À l'écart. En toute sécurité. Brusquement, elle se matérialisa dans l'encadrement de la fenêtre, les bras étendus pour ramener vers elle les deux battants ouverts.

Il connaissait ce visage. Ce regard acéré.

Suzanne Danzer.

Parfait !

54

Knoll put accéder aux passages privés plus facilement qu'il ne l'avait espéré. En observant, par l'entrebâillement d'une porte, comment une servante manœuvrait un panneau mobile, dans une pièce du rez-de-chaussée. Il établit clairement qu'il était dans l'aile sud du bâtiment de l'ouest. Il devait donc progresser vers le nord, où il saurait se diriger dans les salles dites « publiques ».

Il s'introduisit dans le labyrinthe et prit soin de marcher sur la pointe des pieds, espérant éliminer toute chance de rencontre avec le personnel. L'heure tardive diminuait probablement les risques de telles rencontres. Les seules personnes encore en activité seraient probablement les domestiques affectés au service des invités. Au plafond du couloir humide couraient des tuyaux d'aération, des conduites d'eau courante et des câbles électriques. De rares ampoules nues dispensaient un éclairage restreint, mais suffisant.

Il grimpa successivement trois escaliers en colimaçon et parvint à ce qu'il croyait être l'aile nord. De minuscules judas trouaient les murs, placés dans des niches peu profondes et protégés par des couvercles de métal rouillé. Dans sa foulée, il en ouvrit quelques-uns, au vol, afin de jeter un coup d'œil dans diverses pièces. Ces œilletons étaient également des témoignages du passé, un anachronisme remontant à l'époque où les yeux et les oreilles constituaient les seuls moyens disponibles de glaner des infos. Ils n'étaient plus, aujourd'hui, que de simples points de repère. Ou l'occasion rêvée, pour des voyeurs impénitents, de satisfaire leur idée fixe.

Relevant le couvercle d'un autre mini-hublot, il reconnut, au lit imposant, à l'écritoire en bois de rose, la Chambre de Carlotta, ainsi nommée par Loring en hommage à la maîtresse du roi Louis Ier de Bavière, une fort belle créature dont le portrait ornait une des parois. Il se demanda, brièvement, quel objet décoratif pouvait dissimuler le judas, à l'intérieur de la chambre.

Probablement quelque moulure comme il y en avait tant, sans utilité précise, d'un bout à l'autre du château.

Il poursuivit son chemin.

Tout à coup, il perçut le murmure de deux voix, à travers la pierre. Il chercha un autre minuscule hublot. Le trouva. Il souleva son couvercle et colla son œil à l'ouverture. Il découvrit Rachel Cutler, dans une chambre brillamment illuminée. Deux serviettes couvraient partiellement ses cheveux humides et sa gracieuse nudité.

Fasciné, Knoll marqua un temps d'arrêt.

« Je savais que McKoy préparait un sale coup. »

Paul était assis sur le bord du lit. Il partageait avec Rachel cette chambre du quatrième étage. Le serviteur qui avait monté leur sac avait pris le temps de leur expliquer que cette pièce portait le nom de Chambre nuptiale, à cause d'une toile du XVIIe siècle représentant un couple en costume mythologique disposée au-dessus du lit bateau.

La chambre était équipée d'une salle de bains où Rachel s'était longuement détendue, dans une eau chaude et mousseuse, en attendant le dîner prévu par Loring à sept heures.

« Toute cette histoire me cause un profond malaise, Paul. Loring n'est pas quelqu'un à qui l'on peut parler sur ce ton. Et jamais je n'approuverai un chantage. »

Elle dénoua la serviette qui l'entourait et faillit perdre l'autre en regagnant la salle de bains adjacente. Une minute plus tard, se fit entendre le ronronnement d'un sèche-cheveux électrique.

À regret, Paul s'absorba dans la contemplation d'un petit portrait de saint Pierre en robe de pénitent. Un da Cortona ou peut-être un Reni, en tout cas un Italien du XVIIe siècle, si sa mémoire ne lui faisait pas défaut. Un original, selon toutes les apparences. Hors de prix. En admettant qu'il fût possible de le trouver ailleurs que dans un musée. Quant aux figurines de porcelaine disposées de part et d'autre du pénitent, il s'agissait là d'œuvres décorées par Riemenschneider. Art germanique du XVe siècle. D'une valeur inestimable.

Sur le chemin de la chambre, ils avaient aperçu d'autres tableaux, d'autres tapisseries, d'autres sculptures. Paul n'avait identifié qu'une petite fraction de ces richesses artistiques. Pour laquelle les gens du musée d'Atlanta n'auraient pas simplement envisagé de se prostituer. Ils auraient carrément vendu leur âme au diable.

Le sèche-cheveux cessa de ronronner. Rachel réintégra la chambre, dans sa serviette de bain partiellement rajustée, en rectifiant à deux mains l'ordonnance de sa coiffure.

« Quel luxe, Paul ! Savon parfumé, gel moussant, shampooing, sèche-cheveux...

– La différence, c'est qu'on va dormir cette nuit entre des œuvres qui valent des millions.

– Ce ne sont pas des copies ?

– Pour autant que je puisse en juger, rien que des originaux.

– Paul, il faut qu'on fasse quelque chose au sujet de McKoy. Tout ça va beaucoup trop loin.

– Je suis bien d'accord avec toi. Mais Loring m'inquiète aussi. Il ne correspond pas du tout à ce que j'attendais.

– Tu as vu trop de films de James Bond. Loring n'est rien de plus qu'un vieillard plein aux as, amoureux de l'art sous toutes ses formes.

– Il prend trop calmement les menaces de McKoy.

– Tu crois qu'on devrait appeler Pannek et lui dire où on est ?

– Pas encore. Jouons le jeu jusqu'au dîner de ce soir. Mais je suis d'avis de foutre le camp d'ici dès demain matin. »

Rachel rejeta la serviette pour enfiler un slip. Il l'observait de loin, en s'efforçant de garder son sang-froid.

« Ce n'est pas loyal !

– Quoi donc ?

– De te promener toute nue sous mes yeux. »

Elle boucla méthodiquement son soutien-gorge et vint s'asseoir sur les genoux de Paul.

« Je pensais ce que je disais, mardi soir. Je veux nous donner une seconde chance. »

Il contemplait la Reine des glaces amoureusement blottie dans ses bras. Elle murmura alors qu'il la couchait en travers de ses genoux :

« Je n'ai jamais cessé de t'aimer, Paul. Je ne sais pas ce qui m'a pris. Orgueil et colère, je pense. Une mauvaise façon de réagir. Ça n'a jamais été ta faute. Uniquement la mienne. Après ma nomination, il s'est passé je ne sais quoi. Je ne peux toujours pas me l'expliquer. »

Elle avait raison. Leurs difficultés s'étaient aggravées quand elle avait prêté serment et endossé sa fonction de juge. Peut-être parce qu'à force d'entendre « Oui, madame » et « Votre Honneur » toute la journée, elle avait un peu oublié qui elle était et s'était révélée pratiquement incapable de laisser tout ce décorum au bureau, en rentrant le soir.

À ses yeux, elle était restée Rachel Bates, la femme qu'il aimait. Pas une représentante salariée de la sagesse de Salomon. Ils s'étaient souvent affrontés, au point de se blesser mutuellement. Il avait tenté de lui expliquer ce qui clochait. Et perdu pied lorsqu'elle avait refusé de l'entendre. Jusqu'à ce que cette dualité devienne tellement insupportable qu'elle avait fini par rejeter, de guerre lasse, l'un des éléments du conflit.

« La mort de papa m'a ouvert les yeux. Ainsi que ton ardeur à me rejoindre en Allemagne. On a perdu nos parents, tous les deux. Moi, je n'ai plus que Maria et Brent… et toi ! »

Il la regardait fixement, sans y croire.

« Ce que je veux dire, c'est que tu es ma seule famille, Paul. J'ai commis une grave erreur, il y a trois ans. J'avais tort sur toute la ligne. »

Il savait à quel point ce devait être dur pour elle de faire cette confession. Mais il tenait à l'entendre jusqu'au bout.

« Que t'arrive-t-il ?

– Jeudi dernier, quand il a fallu qu'on se cramponne à cette maudite rambarde, au-dessus du vide… j'ai eu peur de mourir sans avoir réparé mon erreur. Et puis, tu avais sauté dans un avion parce que tu avais peur pour moi. Tu avais pris de gros risques. Tu ne méritais pas ce que je t'avais fait. Tout ce que tu réclamais, c'était un peu de paix et de stabilité. Tout ce que je réussissais, c'était rendre les choses chaque jour plus difficiles… »

Paul la contemplait avec ravissement, mais pensait à Knoll. Bien qu'elle ne l'eût jamais admis ni ne l'admettrait jamais, elle avait ressenti une certaine attirance envers ce personnage tellement différent. Tellement étranger à ce qu'elle connaissait. Mais Knoll l'avait laissée en danger de mort. Peut-être cette seule circonstance lui avait-elle rappelé que ni les êtres ni les choses n'étaient jamais conformes aux apparences. Y compris son ex-mari. Alors, au diable les susceptibilités offensées. Il l'aimait. Il voulait la récupérer. C'était le moment ou jamais de se montrer intelligent. Et de se taire.

Il l'embrassa.

Knoll les regarda s'embrasser, surexcité par la vision de Rachel Cutler presque nue. Il avait conclu, dans le bus qui le conduisait de Munich à Kehlheim, qu'elle était toujours amoureuse de son ex-époux. Raison pour laquelle elle avait repoussé ses avances à Warthberg. Elle était très séduisante. Seins de rêve, taille pincée, toison pubienne assortie à sa chevelure auburn. Infiniment sexy et désirable. Il avait eu furieusement envie d'elle, et s'apprêtait à la culbuter, de gré ou de force, quand cette salope de Danzer avait déclenché sa bombe. Pourquoi ne pas rectifier le tir, cette nuit ? Quelle importance, à présent ? Fellner et Monika étaient morts. Il avait perdu son travail. Et personne, parmi les autres membres du club, ne l'engagerait après ce qu'il s'apprêtait à faire.

On frappa à la porte des Cutler.

Knoll redoubla d'attention, à son poste de voyeur.

« Qui est-ce ?

– McKoy. »

Rachel ramassa ses vêtements et s'engouffra dans la salle de bains. Paul alla ouvrir la porte. McKoy entra comme chez lui, en pantalon de velours à côtes et chemise rustique à rayures verticales multicolores.

« Très décontracté, remarqua Paul.

– Mon smoking est chez le teinturier. »

Paul claqua la porte.

« Qu'est-ce que vous avez essayé de faire au juste, avec Loring ? »

McKoy se planta droit devant lui.

« Relaxez-vous, mon cher maître. Je n'ai jamais vraiment voulu faire chanter le vieux.

– Alors, qu'est-ce que vous foutiez ?

– Oui, Wayland, qu'est-ce que vous aviez dans le crâne ? »

Rachel revenait de la salle de bains, en sweater moulant et jean ajusté. McKoy la détailla des pieds à la tête.

« Vachement décontractée, vous aussi, Votre Honneur !

– Venons-en au fait, trancha-t-elle.

– Le juge qui ressort ! Je voulais juste pousser ce vieux con à craquer, et c'est ce qu'il a fait. Je voulais voir combien de temps il tiendrait le coup. S'il n'était pas personnellement impliqué, il m'aurait dit "bye-bye, foutez le camp d'ici". Mais il n'a pensé qu'à nous retenir.

– C'était du bidon, votre numéro ? repartit l'avocat, incrédule.

– Cutler, je sais que vous et votre femme me prenez pour de la merde, mais j'ai une moralité. Relâchée, soit, mais elle existe tout de même. Ou ce Loring sait quelque chose, ou il veut savoir quelque chose. En tout cas, il est suffisamment intéressé pour nous loger cette nuit.

– Vous croyez qu'il fait partie du club dont Grumer a parlé ? » poursuivit Paul.

Rachel haussa rageusement les épaules.

« J'espère que non. Ça voudrait dire que Knoll et cette garce ne sont pas loin.

– C'est un risque à courir, répliqua McKoy, sans se laisser troubler. Quelque chose me dit que mon intuition est la bonne. Et comme j'ai une trentaine d'investisseurs qui m'attendent en Allemagne, j'ai besoin de réponses précises. Je sais que ce vieux singe, en bas, les connaît toutes.

– Combien de temps espérez-vous faire patienter vos associés ?

– Deux ou trois jours, maxi. Ils vont recommencer à creuser, aujourd'hui. Je leur ai dit de ne pas se précipiter. Personnellement, je sais que c'est une perte de temps. Et de fric.

– On se comporte comment, au dîner ? voulut savoir Rachel.

– Mollo. On mange, on boit, et on branche l'aspirateur à infos. On se débrouille pour recevoir plus qu'on ne donne, compris ? »

La jeune femme ne put s'empêcher de sourire.

« Oui, je comprends. »

Le dîner se passa dans une atmosphère de convivialité, de cordialité ou presque. La conversation roula sur l'art et la politique. L'érudition du vieil homme, en matière d'art, fascinait Paul. Quant à l'attitude de McKoy, elle était tout simplement exemplaire. Il appréciait l'hospitalité de Loring et lui en faisait compliment à tout instant. Paul se montrait attentif à tout et remarquait que Rachel ne quittait pas McKoy du regard, craignant le moment où il risquait de ruer dans les brancards malgré son calme apparent.

Après le dessert, Loring leur fit faire le tour de ses salles d'exposition du rez-de-chaussée. Une suite de meubles hollandais, de pendules françaises et de lustres russes. Paul nota une nette tendance au classicisme et au choix de modèles réalistes trahissant la patte d'artisans hors ligne.

Chacune de ces salles portait un nom. La salle Walderdorff. La salle Molsberg. La salle Verte. La salle des Sorcières. Toutes pleines de meubles anciens, uniquement des originaux, d'après Loring, et d'œuvres d'art tellement nombreuses que Paul ne savait plus où regarder. Il regrettait que l'un des conservateurs du musée d'Atlanta ne soit pas présent pour l'éclairer de ses commentaires. Dans ce que Loring appelait la salle des Ancêtres, le vieillard s'arrêta devant un grand portrait à l'huile de son père.

« Il descendait d'une longue lignée. Assez bizarrement, tous du côté paternel. C'est comme ça qu'il y a toujours eu des Loring mâles pour hériter du nom et des biens. Une des raisons qui nous ont permis de régner sur ce site depuis près de cinq cents ans.

– Même au temps des communistes ? s'étonna Rachel.

– Même alors, ma chère. La famille s'est adaptée. Pas le choix, de toute façon. C'était changer ou périr.

– Ce qui signifie, en substance, que vous avez beaucoup travaillé pour les communistes ? intervint McKoy.

– Qu'y avait-il d'autre à faire, monsieur McKoy ? »

L'interpellé ne répondit pas. Il se contenta de ramener toute son attention sur le portrait de Josef Loring.

« Votre père s'intéressait à la Chambre d'ambre ?

– Passionnément.

– Il avait vu l'original à Leningrad, avant la guerre ?

– Et même avant la révolution russe. C'était un grand amateur d'ambre... comme vous le savez déjà sans doute.

– Et si on cessait de raconter des conneries, Loring ? »

Paul fit un bond sur place en encaissant comme une gifle le brusque changement de ton de leur compagnon. Était-il sincère ou avait-il simulé ?

« J'ai un chantier, à cent cinquante kilomètres d'ici, qui m'a coûté un million de dollars. Tout ce que j'ai récolté, en échange, c'est trois camions de l'armée, et cinq squelettes. Je vais vous dire ce que j'en pense. »

Loring se laissa choir dans le fauteuil le plus proche.

« Je vous en prie. »

McKoy cueillit un verre de bordeaux sur le plateau que lui présentait le maître d'hôtel.

« C'est Dolinski qui m'a raconté cette histoire, au sujet d'un train sorti de Russie occupée, le 1er mai 1945. Les caisses contenant la Chambre d'ambre étaient censées voyager dans ce train. Des témoins racontent que les caisses auraient été déchargées en Tchécoslovaquie, près de Týnec-nad-Sázavou. Puis transportées par camions vers le sud. Une autre version affirme qu'elles furent stockées dans un bunker souterrain utilisé comme Q.G. par le *Feldmarschall* von Schörner, commandant suprême de l'armée allemande. Une troisième version les voit cingler vers l'ouest de l'Allemagne, une quatrième parle de la Pologne. Laquelle de ces versions est la bonne ? »

Loring se redressa dans son fauteuil.

« Moi aussi, j'ai entendu toutes ces histoires. Si je me rappelle bien, le bunker fut fouillé à fond et rasé par les Soviets. Première hypothèse éliminée. Quant à la version polonaise, je n'y crois pas une seconde. »

McKoy éprouva, lui aussi, le besoin de s'asseoir.

« Pourquoi ça ? »

Paul resta debout, avec Rachel à son côté. Le bras de fer opposant les deux hommes ne manquait pas d'intérêt. McKoy avait manipulé ses associés de main de maître et ne se débrouillait pas si mal en cette circonstance. Assez intuitif, jusqu'à preuve du contraire, pour savoir quand attaquer et quand battre en retraite.

« Les Polonais, énonça Loring avec une conviction communicative, ne disposent ni des cerveaux ni des ressources pour gérer une telle merveille. Voilà beau temps qu'elle aurait été découverte. »

McKoy contra :

« Simple préjugé racial !

– Pas du tout : simple fait avéré. Tout au long de leur histoire, jamais les Polacks n'ont su construire un État cohérent et durable. Toujours menés, jamais meneurs.

– Donc vous dites que ces caisses ont mis le cap vers l'ouest de l'Allemagne.

– Je ne dis rien, monsieur McKoy. Seulement que de tous les choix offerts, c'est de loin le plus probable. »

Rachel s'assit à son tour.

« Monsieur Loring...

– Je vous en prie, mon enfant, appelez-moi Ernst.

– D'accord... Ernst. Grumer était convaincu que Knoll et la femme qui a tué Chapaev travaillaient pour les membres d'un club. Il l'appelait les Sauveteurs des antiquités perdues, et Knoll et cette fille étaient des acquéreurs professionnels, pour le compte de ces gens-là. Ils volent des œuvres d'art à des gens qui les ont déjà volées, et comparent leurs prouesses au cours de réunions périodiques.

– C'est amusant, mais je ne suis membre d'aucune organisation de cette sorte. Comme vous avez pu le constater de visu, ma maison est pleine d'œuvres d'art. Je suis un collectionneur connu qui expose ouvertement ses trouvailles.

– À l'exception de l'ambre. Je n'en ai guère vu la trace, lança McKoy.

– Je possède quelques belles pièces. Vous aimeriez les voir ?

– Et comment ! »

Loring prit la tête du cortège qui sortit de la salle des Ancêtres et longea un corridor sinueux avant de s'enfoncer dans les profondeurs du château. La salle carrée dans laquelle ils entrèrent était un local sans fenêtre. Loring pressa un commutateur qui éclaira simultanément toutes les vitrines alignées le long des murs. Paul identifia, au premier coup d'œil, des cristaux de Bohême, des porcelaines de Jan Vermeyen et des pièces d'orfèvrerie de Martin Mair. Chaque objet, parfaitement entretenu, avait pour le moins trois cents ans et s'offrait aux regards dans tout l'éclat de sa splendeur.

Deux vitrines recelaient de l'ambre. Dont un échiquier, avec toutes ses pièces, un coffret à deux tiroirs, une tabatière, une boîte à savon, un blaireau et un plat à barbe.

« XVIIIe siècle, pour la plupart. Le tout provenant des ateliers de Tsarskoïe Selo. Les maîtres qui ont engendré ces beautés ont également travaillé sur les panneaux de la Chambre d'ambre.

– Les plus merveilleux spécimens que j'aie jamais vus, déclara Paul Cutler, privé de souffle.

– Je suis très fier de cette collection, souligna Loring. Chacun de ces objets m'a coûté une fortune. Hélas, je ne dispose pas de cette fameuse Chambre d'ambre qui leur fournirait un écrin digne de leur magnificence. »

McKoy s'obstina :

« Vous pouvez me dire pourquoi je ne vous crois pas ?

– Sincèrement, monsieur McKoy, que vous me croyiez ou non n'a aucune importance. La seule question cruciale, c'est comment vous proposeriez-vous de démontrer le contraire ? Vous venez chez moi, vous m'accusez de tous les crimes de la terre, vous menacez de me dénoncer aux médias, mais vous n'avez rien qui puisse étayer vos allégations... sinon quelques lettres tracées dans le sable et les divagations d'un académicien taré.

– Je ne vous ai jamais dit que Grumer était académicien.

– Non, mais je connais la réputation dont jouissait le professeur Grumer. Elle n'était pas particulièrement flatteuse. »

Paul nota le changement de ton d'Ernst Loring. Plus de conciliation ni de convivialité. Une lenteur délibérée dont la signification était claire. Le maître de céans commençait à perdre patience.

McKoy, toutefois, s'en souciait peu.

« J'aurais cru, monsieur Loring, qu'un homme de votre classe et de votre standing aurait plus rapidement envoyé au diable le grossier trublion dont vous venez de faire le portrait. »

Loring avait recouvré son sourire.

« Je trouve votre franchise brutale très... rafraîchissante. Il est rare qu'on ose me parler comme vous le faites.

– Vous n'avez pas réfléchi à ma proposition de cet après-midi ?

– Si. Est-ce qu'un million de dollars résoudrait le problème que vous posent vos investisseurs ?

– Trois seraient plus proches de la solution idéale.

– Alors, j'imagine que deux mettront fin à tout marchandage ?

– J'apprécie votre imagination, monsieur Loring. »

Pour la première fois de la journée, le vieil homme éclata de rire.

« Monsieur McKoy, savez-vous que vous commencez à me plaire ? »

55

Vendredi 23 mai

2 h 15

Paul se réveilla en sursaut. Il avait eu beaucoup de mal à s'endormir, après qu'ils se furent couchés, tous les deux, vers minuit. Rachel dormait profondément, dans le lit bateau. Elle ne ronflait pas, mais respirait lentement, selon son habitude. Il se remémora les derniers événements. McKoy avait empoché son chèque de deux millions de dollars, et sans doute le gaillard avait-il raison. Loring cachait quelque chose qui valait ces deux millions de dollars et bien au-delà. Mais que cachait-il ? La Chambre d'ambre ? C'était tout de même un peu tiré par les cheveux.

Paul se représenta les nazis acharnés à dépouiller le palais de Catherine de son plus grand trésor et à charrier les panneaux à travers l'Union soviétique. Pour les transporter de nouveau, quatre ans plus tard, en Allemagne. Dans quel état se seraient trouvés les panneaux, à l'issue de ces traitements barbares ? Auraient-ils encore valu davantage que la matière première représentée, réutilisable sous d'autres formes ? Quelles données fournissaient les articles recueillis par Karol Borya ?

En tout plus de cent mille pièces, dans l'ensemble des panneaux. Une certaine valeur au marché légal. C'était ça, peut-être ? Loring avait trouvé l'ambre et l'avait revendu, pour beaucoup plus de deux millions de dollars. Par ailleurs, ses moyens lui permettaient de telles extravagances. Et McKoy, muselé, ne lui chercherait plus des poux dans la tête.

Sortant du lit, il cueillit sa chemise et son pantalon soigneusement pliés, comme toujours, sur le dossier d'une chaise. Pas maniaque, non, mais ordonné. Inutile de reprendre ses chaussures pour le moment, il ferait moins de bruit s'il marchait nu-pieds. Impossible de se rendormir et il avait envie de retourner rôder autour des salles du rez-de-chaussée. L'étalage de toutes ces richesses lui en avait mis plein la vue, et Loring n'y verrait sans doute pas d'inconvénient. Une telle admiration ne se commande pas, elle lui ferait pardonner son indiscrétion s'il tombait nez à nez avec quelqu'un d'autre.

Il jeta un regard à Rachel. Elle dormait en chien de fusil, toujours nue, couverte uniquement de la courtepointe. Deux heures plus tôt, pour la première fois depuis quatre ans, elle lui avait fait l'amour. Il ressentait encore cette intensité qui les avait projetés l'un vers l'autre. L'un dans l'autre. Un paroxysme émotionnel, une passion dont il ne les croyait plus capables, ni elle ni lui. Était-ce vraiment un nouveau départ ? Dieu sait qu'il en avait rêvé. Ces deux dernières semaines avaient été curieusement douces-amères. Le père de Rachel était mort, mais la famille Cutler demeurait une réalité patente. Il espérait que ce ne serait pas seulement un moyen de combler les vides. Les mots que Rachel avait dits, sur le sens de la famille, résonnaient encore dans sa tête. Pourquoi ces doutes, alors ? Peut-être était-ce le contrecoup du choc qu'il avait encaissé, trois ans plus tôt ? Un réflexe de protection contre d'autres mauvaises surprises ?

Il ouvrit doucement la porte. Se glissa dans le corridor doucement éclairé, pour la nuit, par des appliques de puissance réduite. Pas un bruit nulle part. Il traversa le palier, se pencha par-dessus la rambarde et observa le hall du rez-de-chaussée, quatre étages plus bas, dont d'autres veilleuses révélaient le sol de marbre. Un lustre massif de cristal, actuellement éteint, pendait jusqu'au niveau du troisième étage.

Il suivit jusqu'à l'escalier le chemin central recouvert d'une épaisse moquette et entama la descente. Ses pieds nus n'éveillèrent aucun son dans le grand silence nocturne. Il atteignit le rez-de-chaussée, se dirigea vers les salles d'exposition dont les portes avaient été laissées grandes ouvertes.

Il entra dans la salle des Sorcières, ainsi nommée, leur avait expliqué Loring, parce qu'on y jugeait, au Moyen Âge, les femmes soupçonnées de s'adonner à la magie. Il s'approcha d'une rangée de vitrines en ébène et alluma de petites lampes halogènes directionnelles.

Des objets de l'époque romaine occupaient de nombreuses étagères. Statuettes, oriflammes, assiettes, récipients, lampes, clochettes, et même quelques déesses finement ciselées. Il reconnut Victoria, déesse romaine de la Victoire, couronne et feuilles de palme en main, symbolisant le choix qu'il lui incombait de faire.

Un léger bruit l'alarma, en provenance du hall central. À peine audible. Juste le crissement d'un tapis sous des semelles.

Il pivota vers l'origine de ce froissement de laine, au-delà de la porte ouverte, et se pétrifia sur place, la respiration suspendue. Était-ce le son étouffé d'un pas ou le bois des vieux meubles qui craquait ? D'instinct, il éteignit les petites lampes qu'il avait allumées. L'obscurité retomba. Il s'accroupit derrière un sofa et tendit l'oreille.

Le son se renouvela. C'était bien un pas. Furtif. Il y avait quelqu'un d'autre dans le hall. Il se rencogna davantage contre le sofa et retint son souffle. Peut-être n'était-ce qu'un domestique vaquant à quelque tâche nécessaire ?

Une ombre passa devant la porte ouverte. Paul risqua un œil par-dessus le canapé.

Wayland McKoy.

Il aurait dû s'en douter.

Quand il s'arrêta, sur le seuil de la salle, McKoy avait pris deux ou trois mètres d'avance, dans la direction d'une autre salle située tout au fond, loin de Paul. Plus tôt, Loring s'était borné à citer son nom, en passant. La salle Renaissance. Sans les y introduire ni préciser la nature de son contenu.

« Vous ne pouviez pas dormir ? » murmura Paul.

McKoy n'en sursauta pas moins violemment. Il pivota sur lui-même, les traits convulsés.

« Nom de Dieu, Cutler ! J'ai bien failli chier dans mon froc ! »

Il portait un jean et un chandail de couleur foncée. Paul désigna les pieds nus du robuste entrepreneur.

« On commence à penser pareil. Ça, c'est effrayant !

– Même un cul-terreux de Caroline du Nord ne s'attaquerait pas à vous, mon cher maître !

– Curieux, vous aussi ?

– Et comment ! Deux millions crachés sans battre d'un cil. Loring a sauté là-dessus comme une grosse mouche sur une merde !

– Et vous aussi, vous vous demandez ce qu'il peut savoir. Et qu'il désire tellement cacher.

– J'en sais rien. Mais il y a forcément quelque chose. L'emmerdant, c'est que ce putain de château est aussi grand que le Louvre et c'est un tel foutoir qu'on ne trouvera jamais ce qu'il cache.

– Oui, on pourrait se perdre dans cette immense baraque. »

Soudain, quelque chose résonna dans le hall. Un objet métallique tombant sur le sol de marbre. Paul et McKoy se retournèrent. Un pâle trapèze de lumière sortait de la salle Renaissance, tout au fond.

« D'accord pour aller voir ? suggéra McKoy.

– Puisqu'on est venus jusque-là... »

McKoy partit le premier. Devant la porte béante de la salle Renaissance, ils s'arrêtèrent, stupéfiés.

« Oh, merde ! » s'étrangla Paul.

Knoll avait assisté au départ de Paul Cutler. Rachel dormait toujours sans se douter de quoi que ce soit. Il avait attendu pendant des heures le moment où tout le monde se serait retiré dans les chambres. Il avait eu l'intention de commencer par les Cutler, puis de s'occuper de McKoy et de finir par Loring et cette garce de Suzanne. Le meilleur pour la fin. Pour le plaisir supplémentaire, outre celui qu'il appréciait le plus au monde, de venger Fellner et Monika. Mais maintenant, la sortie inattendue de Paul Cutler posait un problème. Selon Rachel elle-même, son ex-mari n'avait rien de l'aventurier pur et dur. Pourtant, c'était lui qui se risquait pieds nus, en pleine nuit, dans le labyrinthe du château. Certainement pas pour descendre à la cuisine afin de calmer sa faim. Un surcroît de curiosité ? Il réglerait son cas un peu plus tard.

Rachel d'abord.

Il parcourut le couloir dérobé jusqu'au bout, sans s'arrêter à chaque œilleton, comme il l'avait fait auparavant. Il actionna le ressort caché. Un pan de mur pivota en grinçant à peine. Il traversa une chambre vide, revint sur ses pas et se glissa dans celle où Rachel dormait toujours après avoir verrouillé la porte derrière lui. Près de la cheminée Renaissance, il trouva le contact déguisé en moulure. Il n'était pas entré par là, de crainte d'éveiller trop tôt les Cutler, mais il était fort possible qu'il eût besoin d'une voie de retraite ultrarapide. Il pressa le bouton et laissa la porte secrète à moitié ouverte.

Puis il s'approcha du lit.

Rachel dormait toujours à poings fermés.

Il infligea une secousse à son poignet droit. Le stylet glissa, docilement, jusque dans sa paume.

« Putain, une porte secrète ! » constata McKoy.

C'était la première que Paul eût jamais vue. Vieux films et vieux romans proclamaient souvent leur existence, mais là, devant ses yeux, à moins de dix mètres, un pan de mur avait pivoté sur un axe central, dévoilant une ouverture noire. Fermement fixée au pan de mur, une vitrine avait pivoté en même temps que le mur.

McKoy fit un pas en avant.

Paul le rattrapa au vol.

« Hé, vous n'êtes pas cinglé ?

– Réfléchissez un peu, Cutler. C'est pour qu'on y aille.

– Comment ça ?

– Le vieux n'a pas laissé ce machin ouvert pour des prunes. Pas question de le décevoir. »

Paul était sûr que pousser plus avant était une folie. Lui-même avait donné le mauvais exemple en descendant le premier, mais à quoi bon tenter le diable en allant plus loin ? Peut-être ferait-il mieux de remonter tout de suite auprès de Rachel. Mais sa curiosité fut la plus forte. Il suivit McKoy.

La salle révélée par l'ouverture de cette porte ressemblait à toutes les autres. Par sa disposition générale, sinon par son contenu. Paul y entra lentement, subjugué. Statues et bustes anciens. Sculptures d'Égypte et du Moyen-Orient. Bijoux antiques. Deux tableaux attirèrent son attention. Un Rembrandt dont le vol, dans un musée allemand, avait défrayé la chronique, il y avait de ça une trentaine d'années. Un Bellini dérobé en Italie à la même époque. Tous deux faisaient partie des trésors les plus recherchés du monde. Paul se souvenait d'une conférence organisée au musée d'Atlanta, sur ce sujet précis.

« McKoy, tout ce qui est ici n'a pas été acheté, mais volé.

– Comment le savez-vous ? »

Paul s'arrêta devant un crâne noirci enchâssé dans du verre.

« C'est l'homme de Pékin. Personne ne l'a revu depuis la Seconde Guerre mondiale. Et ces deux tableaux, là, sont dans le même cas. Merde, alors. Grumer disait vrai. Loring appartient à ce fameux club.

– Doucement, Cutler. On n'en sait foutre rien. Ce type a le droit de posséder une salle privée qu'il ne montre pas au public. Ne fonçons pas à l'aveuglette. Tout ça ne prouve rien. »

Ils tombèrent en arrêt devant une double porte émaillée. Entrouverte, elle aussi. On apercevait, au-delà, une mosaïque de teintes dégradées rappelant la couleur du whisky. Paul s'avança, suivi de McKoy. Sur le seuil de cette autre pièce, ils stoppèrent net.

« Putain de merde ! » jura McKoy, en sourdine.

Ils avaient devant eux la Chambre d'ambre.

« Vous avez le génie du mot juste », ironisa Paul Cutler.

L'entrée de deux personnes, par une autre double porte latérale, mit fin au spectacle. L'une était Loring. L'autre, la blonde de Stod. Armés, tous les deux.

« Je vois que vous avez accepté mon invitation, commenta Loring.

– Pas question de vous décevoir », siffla McKoy.

Le pistolet de Loring esquissa un geste circulaire.

« Qu'est-ce que vous pensez du reste de ma collection ? »

McKoy pénétra dans la Chambre d'ambre. L'arme de la femme blonde lui percuta les côtes.

« Pas d'affolement, ma petite dame. Je veux juste admirer le travail. »

Paul se tourna vers la femme.

« C'est moi qui en parlant beaucoup trop, vous ai conduite à Chapaev ?

– Oui, monsieur Cutler. Vos informations m'ont beaucoup aidée.

– Vous l'avez tué à cause de moi.

– Non, monsieur Cutler, précisa Loring. Suzanne l'a tué à cause de moi. Sur mon ordre. »

Loring et Suzanne se tenaient adossés à l'une des parois. Une autre double porte marquait le centre du quatrième côté, mais Paul comprit qu'elle était factice. Les ouvertures de cette pièce étaient truquées. L'endroit ne pouvait donner, en aucune manière, sur le monde extérieur.

McKoy admirait les panneaux d'ambre. Caressait la matière douce et lisse. S'ils n'avaient pas été dans ce pétrin, il eût probablement fait de même. Mais il avait pleinement conscience d'être le premier avocat des États-Unis tenu, dans un château tchèque, sous la menace de deux pistolets. Jamais, à la fac de droit, ne s'était présentée, dans les travaux pratiques, quelque situation délictueuse rappelant de près ou de loin celle-ci.

« Va », dit Loring à Suzanne.

Elle se retira sans discuter. À cet instant précis, Loring n'avait pas du tout l'air d'un vieillard. La main qui braquait le pistolet était ferme. McKoy se rapprocha de Paul. Mais déjà, Loring enchaînait :

« Messieurs, nous allons attendre paisiblement que Suzanne nous ramène Mme Cutler.

– Qu'est-ce qu'on fait ? chuchota Paul à McKoy.

– Pas la moindre idée ! »

Knoll releva lentement la courtepointe et s'allongea auprès de Rachel. Il se pressa tout contre elle et par l'ouverture de son décolleté, caressa doucement un sein nu, puis l'autre. Elle réagit à ses attouchements, aux trois quarts endormie. Il laissa sa main dériver sur son corps jusqu'à s'insinuer entre ses jambes. Elle émit, en roulant vers lui, un grognement de plaisir et d'attente.

« Paul », soupira-t-elle.

Il la prit à la gorge, la poussa sur le dos et se coucha sur elle. Totalement réveillée, elle leva vers lui des yeux exorbités. Il posa la pointe du stylet sur sa gorge, arrachant la petite croûte laissée par la première blessure.

« Vous auriez dû suivre mes conseils.

– Où est... Paul ?

– Il s'est rendormi. Avec mon aide. »

Elle se débattit sous son poids. Il posa la lame du stylet à plat en travers de sa gorge.

« Du calme, madame Cutler, ou vous allez saigner davantage. »

Elle cessa de se débattre.

Il désigna, de la tête, le pan de mur pivotant, et relâcha un peu son étreinte pour lui permettre d'y jeter un coup d'œil.

« Paul est là. »

Il accentua la pression de sa main sur sa gorge et fit descendre la lame tout au long de sa chemise, tranchant chaque bouton d'un petit coup sec. Puis il l'ouvrit largement. Dénudés, les seins de Rachel se soulevaient au rythme de sa respiration. Il taquina une pointe érigée, du bout de sa lame.

« Je vous ai observés, à travers le mur, toi et ton mari. Tu t'y connais en matière de baise. »

Elle lui cracha au visage.

Il la gifla d'un revers de main.

« Espèce de garce. Ton père a fait la même chose, et regarde un peu ce qui lui est arrivé. »

Il la frappa du poing, au creux de l'estomac. Elle eut un haut-le-cœur. Il la frappa de même au visage. Puis sa main lui écrasa de nouveau la gorge. Les yeux de Rachel roulaient dans leurs orbites. Il lui pinça les joues en secouant la tête, avec une expression de reproche.

« Tu l'aimes toujours, pas vrai ? Comme c'est touchant. Alors, pourquoi mettre sa vie en danger ? Fais mine d'être une pute. Le prix de mon plaisir ? La vie de ton cher et tendre. Ce n'est qu'un moment à passer. Tu ne seras pas déçue.

– Où... est... Paul ?

– Encore ! Il va bien... jusque-là. Mets toute ta passion dans ce que je te demande, et il reverra la lumière du jour. »

Elle sentait, contre ses cuisses, son odieuse réalité de violeur. Et la pointe du couteau lui perçait la peau.

« D'accord », capitula-t-elle enfin.

Il hésita.

« J'éloigne le couteau. Mais le moindre mouvement dans le mauvais sens, et je te tue. Toi d'abord. Lui ensuite. »

Il écarta le stylet de la gorge de sa victime. Il déboucla sa ceinture et se préparait à concrétiser son assaut quand Rachel poussa un premier hurlement.

« Comment vous êtes-vous procuré les panneaux, Loring ? demanda McKoy.

– Un cadeau du ciel. »

McKoy s'esclaffa. Son sang-froid impressionnait Paul. Comment pouvait-il rester aussi cool ? Lui-même mourait de peur.

« Je suppose que vous avez l'intention de presser la détente, tôt ou tard ? Alors, ne refusez pas cette satisfaction à un condamné.

– Vous aviez raison, admit Loring. Des camions ont quitté Königsberg en 45. Chargés des panneaux. Ils ont été transférés dans un train qui s'est arrêté en Tchécoslovaquie. Mon père a tenté de les obtenir. Sans succès. Le *Feldmarschall* von Schörner était fidèle à Hitler. Incorruptible. Les caisses sont remontées vers l'ouest, en Allemagne. Elles devaient aller en Bavière, mais se sont arrêtées à Stod.

– Dans ma caverne ?

– Exact. Mon père a trouvé les panneaux sept ans après la guerre.

– Et fait exécuter les participants ?

– Une décision regrettable, mais nécessaire.

– Rafal Dolinski, même topo ?

– Votre ami reporter m'a consulté et m'a fait lire une copie de son article. Trop bien informé pour sa santé.

– Et Karol Borya ? Chapaev ?

– Ils ont eu tort de s'en mêler, comme beaucoup d'autres.

– Y compris mes parents ? s'écria Paul, révolté.

– Votre père posait trop de questions. Et ses contacts répétés avec ce ministre italien devenaient dangereux. Suzanne a dû éliminer les trois. Une autre décision regrettable, mais indispensable. »

Paul se lança en avant. Loring prouva sa vigilance en relevant son arme, prêt à tirer. McKoy retint son avocat par l'épaule.

« Doucement, mec. Se faire buter aussi bêtement n'arrangera rien.

– Lui tordre le cou, si ! »

Jamais Paul ne s'était cru capable d'une telle rage. Il aurait voulu tuer Loring, l'exécuter lentement, au mépris des conséquences, en savourant chaque seconde de son geste. McKoy le força à se maîtriser. Loring regagna sa place, adossé au panneau d'ambre.

McKoy, lui, tournait le dos à Loring lorsqu'il chuchota, au seul profit de Paul Cutler :

« Cool, bonhomme. Prenez exemple sur moi. »

Suzanne alluma l'énorme lustre dont la lumière inonda tout le centre du château, du rez-de-chaussée aux paliers du troisième étage. Le personnel ne se mêlerait de rien. Tous avaient l'ordre impératif de rester dans leurs quartiers à partir de minuit, et ne risquaient pas de l'enfreindre. Suzanne savait déjà où ils enterreraient les corps, avant le lever du jour.

Elle parvint au palier du quatrième étage, pistolet au poing, alors qu'un hurlement fracassait le silence. Il provenait de la chambre nuptiale. Surprise, elle courut vers la porte de chêne et en essaya la poignée. Fermée à clef.

Un nouveau cri se fit entendre dans le silence.

Elle tira deux balles dans le vieux système de fermeture. Le bois se fendit. Elle décocha un violent coup de pied, à hauteur de serrure, dans la porte endommagée. Une fois. Deux fois. Elle tira une autre balle. À la troisième ruade, le battant céda. Dans le clair-obscur de la chambre, elle aperçut Christian Knoll sur le lit. Il s'efforçait de maîtriser Rachel Cutler qui se débattait avec l'énergie du désespoir.

Knoll vit Suzanne. Il assomma Rachel d'un coup de poing à la tempe, et chercha quelque chose, de l'autre main, dans les plis du drap. Suzanne reconnut le stylet et tira, sans viser, une balle qui manqua sa cible. Christian s'était immédiatement jeté sur la moquette et roulait à couvert, de l'autre côté du lit. Elle remarqua la porte secrète grande ouverte. *Ce salopard utilise les couloirs privés,* songea-t-elle. Elle plongea à l'abri d'une lourde chaise de chêne, sachant, d'avance, ce qui allait arriver.

Le stylet s'enfonça dans le rembourrage du siège, à quelques centimètres de Suzanne. Elle lâcha deux autres balles, au jugé. Quatre détonations assourdies lui répondirent. Knoll, cette fois, n'avait pas oublié son pistolet. Trop dangereux d'échanger des balles dans une pièce fermée. Elle tira une dernière fois. Puis rampa en direction de la porte ouverte, roula sur le palier alors que deux autres balles ricochaient au-dessus d'elle.

Elle se redressa d'un bond et prit la fuite.

« Il faut que je remonte auprès de Rachel, gémissait Paul. »

Tournant toujours le dos à Loring, McKoy chuchota :

« Vous sortirez quand je bougerai.

– Mais il a un pistolet.

– Je parie qu'il ne tirera pas... il ne voudra pas risquer de faire des trous dans l'ambre.

– Ne comptez pas trop là-dessus. »

Avant que Paul pût émettre une autre objection, McKoy se retourna vers Loring.

« Je peux m'asseoir sur mes deux millions, c'est ça ?

– Hélas ! Mais c'était bien tenté.

– Ça me vient de ma mère. Elle travaillait dans les champs de concombres, en Caroline du Nord. Mais elle n'a jamais laissé personne lui dicter sa conduite.

– Comme c'est touchant. »

McKoy amorça sa progression vers l'homme armé.

« Qu'est-ce qui vous fait penser que personne ne sait où nous sommes ? »

Loring haussa les épaules.

« Un risque à prendre.

– Mes équipes savent où je suis.

– J'en doute, McKoy.

– Si on faisait un marché ?

– Proposition sans intérêt. »

McKoy plongea vers le vieil homme, aussi vite que le lui permettaient son grand corps épais et les trois mètres qui les séparaient encore. Loring tira. McKoy accusa l'impact en criant :

« Filez, Cutler ! »

Paul fonça vers la sortie de la Chambre d'ambre. Il jaillit dans la salle Renaissance, roula sur le plancher, sentit sous ses pieds nus le carrelage du grand hall. Il s'attendait à ce que

Loring le poursuivît, et lui tirât dessus, mais apparemment, le vieillard ne pouvait plus se déplacer aussi vite.

McKoy s'était fait tirer dessus, peut-être tuer, pour lui permettre de déguerpir et de passer à la contre-attaque. Encore une chose qu'il n'avait jamais crue possible. Voir un homme jouer les héros. Pourtant, en fuyant, il emportait la dernière image qu'il avait vue de McKoy : un corps gisant sur le sol.

Il se concentra sur Rachel et se précipita vers l'escalier conduisant à la chambre nuptiale.

Knoll écoutait les pas pressés de Danzer décroître à l'extérieur de la chambre. Il traversa la pièce, récupéra son stylet et sortit en vitesse. Danzer filait vers l'escalier, à vingt mètres de là. Il se campa sur ses pieds écartés, lança son arme favorite qui atteignit la fille à la cuisse, pénétrant dans sa chair jusqu'au manche.

Elle cria en exécutant, dans son élan, une sorte de plongeon volant qui la propulsa brutalement sur la moquette.

« Chacun son tour, Suzanne », ricana Christian Knoll.

Il s'approcha d'elle, sans se presser. Elle se tenait la cuisse, et du sang coulait de sa blessure. Elle tenta de se retourner en braquant son pistolet, mais il la désarma d'un coup de pied, et le CZ-75B alla rebondir contre le mur du couloir.

Il posa une semelle sur sa gorge, la clouant au sol.

« Assez rigolé ! »

Elle tentait toujours d'arracher le stylet, mais il la frappa du pied, en plein visage.

Puis il lui tira deux balles dans la tête. Suzanne s'immobilisa pour de bon.

« De la part de Monika. »

Il reprit son stylet, essuya la lame sur ses vêtements et le remit en place. Il ramassa le pistolet de Danzer avant de regagner la chambre nuptiale, bien décidé à finir ce qu'il avait commencé.

56

McKoy aurait voulu se relever, mais n'en avait plus la force. La Chambre d'ambre tournait autour de lui. Ses jambes étaient molles, sa tête lourde. Le sang coulait d'une blessure proche de son épaule. Grave ou non ? Il se sentait à deux doigts de la syncope. Jamais il n'aurait imaginé pouvoir mourir entouré d'un pactole d'une telle valeur. C'était trop idiot.

Il s'était trompé, au sujet de Loring. Le vieux n'avait pas eu peur de trouer un panneau. Il savait qu'il tirait juste. Paul avait-il pu s'échapper ? Une fois de plus, McKoy tenta de se relever et n'y parvint pas. Des pas approchaient. Paul ou bien cette fille ? Il réussit à ouvrir un œil. Il vit une image brouillée de Loring réintégrer la Chambre d'ambre, le pistolet toujours braqué. Il s'obligea à ne plus bouger. À économiser ce qui lui restait d'énergie.

Le vieux, du bout d'un pied, poussa la jambe gauche de sa victime, curieux de savoir sans doute s'il était mort ou non. Retenant son souffle, McKoy s'efforçait de rester lucide. Trop de sang perdu et pas assez d'oxygène. Il n'allait quand même pas tourner de l'œil ? Si seulement ce salaud pouvait s'approcher davantage...

Loring fit deux pas en avant.

McKoy lui faucha les jambes, d'un arc de cercle de ses deux bras. Une douleur affreuse lui laboura la poitrine. Du sang coulait. Tiendrait-il assez longtemps pour accomplir sa tâche ?

Loring atterrit brutalement sur le sol et lâcha son arme sous le choc. La grosse patte de McKoy s'abattit sur la gorge du vieux dont le visage ulcéré apparaissait et disparaissait du champ visuel de son agresseur. Il fallait aller vite, maintenant.

« Bonjour au diable de ma part ! » souffla McKoy.

Puis, rassemblant ses dernières forces, il étrangla Ernst Loring.

Avant de sombrer dans une eau noire sans fond.

Paul courait vers l'escalier menant à la chambre nuptiale. Alors qu'il allait atteindre les premières marches, il perçut deux de ces étranges détonations qui ne font pas plus de bruit que des bouchons qui sautent.

Il s'arrêta net.

C'était de la démence. Cette femme était armée. Lui pas. Mais sur qui tirait-elle ? Rachel ? McKoy avait reçu une balle pour lui permettre de filer. Maintenant, c'était à son tour d'agir.

Il se rua dans l'escalier dont il gravit les marches deux par deux.

Knoll laissa tomber son pantalon sur ses chevilles et l'enjamba. Exécuter Danzer avait été le meilleur préliminaire qu'il pût imaginer. Rachel gisait sur le lit, encore groggy du coup à la tempe qu'il lui avait asséné. Il jeta le pistolet sur le sol et ressortit son stylet. Puis il s'approcha du lit écarta les jambes de la jeune femme et lui lécha la cuisse, en remontant vers le sexe. Elle ne résista pas. Voilà qui promettait. Toujours à moitié inconsciente, elle répondait à ses caresses. Il remit le stylet dans son fourreau, sous sa manche droite. Elle n'était pas vraiment là, et réagissait docilement. Avec un intérêt croissant.

Pas besoin de couteau, cette fois. Il empoigna ses fesses nues à deux mains alors qu'elle marmonnait :

« Oh, Paul...

– Je t'avais bien dit que ce ne serait pas désagréable. »

Il interrompit son cunnilingus et se prépara, posément, à la posséder.

Paul gagna le dernier palier au pas de course. Il haletait. Il avait sans doute mal calculé son élan et ses jambes étaient douloureuses. Sans parler de cette épaule meurtrie, l'autre jour, à l'église. Quel piètre héros il faisait ! Il n'en pouvait plus.

Mais Rachel avait besoin de lui. Il ne lui ferait pas faux bond.

À l'entrée du long palier, il découvrit le corps de Suzanne, avec deux impacts de balle en plein front. La vision était effroyable, mais il se souvint de Chapaev et de ses propres parents, et son sentiment d'horreur s'estompa.

Qui avait tué Suzanne de deux balles dans la tête ?

Rachel ?

Un gémissement lui parvint de la chambre nuptiale dont la porte était ouverte.

Puis son nom. *Oh, Paul.* Comme si...

Il repartit vers la chambre. Non seulement la porte était ouverte, mais elle avait été forcée d'une drôle de manière. Il plissa les paupières pour tenter de distinguer ce qui se passait dans la chambre. Il y avait un homme sur le lit. Et Rachel au-dessous de lui. Nue.

Christian Knoll.

Soudain fou à lier, Paul traversa la chambre en trois bonds, se catapulta dans la poitrine de cette ordure. Le choc les précipita tous les deux à bas du lit. Paul atterrit sur son épaule droite, celle qui lui faisait mal. Il frappa Knoll au visage, de toutes ses forces. L'autre était plus costaud, avec une expérience probablement très longue en matière de combat rapproché, mais Paul était fou. Fou furieux. Et il disposait, provisoirement, de la force d'un homme rendu fou par la colère et le désespoir. Il cogna une seconde fois. Le nez de l'immonde salaud craqua sous son poing.

Knoll en hurla de rage, mais d'un puissant ciseau de ses jambes musclées, projeta son adversaire beaucoup plus léger par-dessus sa tête. Paul atterrit brutalement au milieu de la pièce. Une fraction de seconde plus tard, Knoll était déjà sur lui et lui enfonçait son poing en pleine poitrine. Paul retomba, sans force, totalement privé de souffle.

L'autre le releva d'un effort brusque, et lui décocha un uppercut à la mâchoire qui le renvoya au tapis. Paul chancelait sur place, ahanait et tentait vainement de repérer Knoll, dans ce décor absurde qui tournait autour d'eux. Quarante et un ans et sa première bagarre ! Insupportable, cette impression d'impuissance absolue. Puis l'image du postérieur de Knoll dressé au-dessus de Rachel lui revint, dans une sorte de flash, et il fonça, tête la première.

Pour recevoir un nouvel uppercut à la mâchoire. Dieu du ciel ! Il lâchait prise de minute en minute.

Knoll l'avait attrapé par les cheveux et rugissait :

« Tu m'as frustré de mon plaisir et j'ai horreur de ça. Tu as vu Suzanne Danzer sur le palier ? Elle aussi s'est mise en travers de mon chemin ! Tu as vu ce que j'en ai fait ?

– Va te faire foutre, ordure !

– Si fier ! Si brave ! Et si faible ! »

Knoll le lâcha d'une main. Cogna de l'autre. Et le nez de Paul craqua douloureusement, la violence du coup l'expédiant, à reculons, jusque sur le palier, par la porte béante. Il ne voyait plus rien de l'œil droit. Il n'en supporterait pas beaucoup plus.

Rachel sentait, vaguement, que quelque chose de grave était en train de se passer auprès d'elle. Mais tout était tellement incompréhensible. À un moment donné, Paul la comblait de caresses, et l'instant d'après, des gens se battaient, des voix prononçaient des mots sans suite.

Elle se redressa et aperçut Paul qui, catapulté en arrière, disparaissait sur le palier. Son esprit enregistra l'image d'un Knoll nu au-dessous de la ceinture. Était-il possible que... ?

Elle tenta de se lever. Rien à faire. Elle s'écroula sur le tapis et se traîna vers la porte, bien décidée à voir ce qui se passait sur le palier. Des tas d'objets disparates jonchaient le parquet. Un pantalon roulé en boule. Des chaussures. Et quelque chose de dur.

Elle le prit en main. Il y en avait même deux. Deux pistolets. Elle les rejeta. Près de la porte, accrochée au battant à demi dégondé, elle parvint à se redresser laborieusement.

Knoll s'avançait vers Paul, les traits déformés par le sang et le rictus de mort qui lui convulsait le visage. En fermant et rouvrant alternativement ses énormes poings.

Paul savait que tout était fini. Les coups de boutoir qu'il avait reçus dans la poitrine le privaient de souffle, il devait avoir une ou plusieurs côtes cassées, son visage n'était pas moins douloureux et sa vue complètement brouillée. Knoll jouait avec lui. Il n'avait pas pesé bien lourd dans les mains de ce professionnel expérimenté.

Cramponné à la rampe de pierre, il tenait encore debout, mais tout juste. Au prix d'un effort titanesque dont il concevait clairement la futilité. Cette rampe lui rappelait la rambarde de l'abbaye, à laquelle il avait dû s'accrocher, déjà, avec Rachel, pour échapper à ce monstre. Il chercha du regard le lointain rez-de-chaussée. Il avait envie de vomir et l'énorme lustre de cristal, même éteint, lui brûlait les yeux de son éclat statique. Puis, émergeant du brouillard, le masque hilare de Christian Knoll se recomposa devant lui.

« Prêt pour le coup de grâce, Cutler ? »

Il n'avait plus la force de lui répondre. Seulement celle de lui cracher au visage. L'Allemand fit un bond et enfonça son poing dans l'estomac de Paul. Un mélange de salive et de sang lui emplit la gorge. Il se plia en deux. Ses jambes ne le portaient plus. Un coup du tranchant de la main s'abattit sur sa nuque. Il retomba en avant. C'était la fin.

Knoll recula d'un pas, imprima une secousse à son poignet droit.

Le manche du stylet vint se loger dans sa paume.

De son poste d'observation, Rachel avait assisté au massacre de Paul. Elle aurait voulu voler à son secours, mais tenait à peine debout. La meurtrissure de sa tempe déformait sa vision des choses. Sa tête éclatait de seconde en seconde, au rythme de son cœur affolé. Son estomac tanguait comme un bateau sur une mer déchaînée.

Elle vit clairement apparaître le couteau, dans la main de Knoll et se souvint de la première fois où elle l'avait vu briller, sous les lumières de la mine. Et brusquement, ce couteau fut la seule réalité tangible, dans le déroulement absurde de ce cauchemar.

Ce couteau était prêt à frapper d'un instant à l'autre, même si Knoll prenait son temps et semblait jouir d'avance à l'idée qu'il allait supprimer une vie. Une fois de plus.

Rachel eut à peine conscience d'avoir reculé jusqu'à l'intérieur de la chambre et ramassé l'un des pistolets abandonnés sur le parquet. Plongée dans une sorte de brume irréelle, elle regagna l'endroit qu'elle venait de quitter, tandis que le stylet se levait, lentement, pour frapper Paul inerte et sans défense.

Rachel braqua le pistolet, à deux mains, et pour la première fois de sa vie, pressa la détente d'une arme à feu. Le coup partit, sans détonation réelle. Plutôt comme un ballon d'enfant, crevé par maladresse à une fête d'anniversaire.

Knoll eut un sursaut, pivota sur lui-même et fit un pas vers la jeune femme, le couteau prêt à frapper.

Rachel tira une deuxième fois. Le pistolet tressauta dans sa main, mais elle ne le lâcha pas.

Elle tira une troisième balle.

Puis une autre.

Puis une autre.

À contretemps, Rachel se souvint de ce qui avait failli se passer sur le lit de cette chambre maudite. Baissant le canon du pistolet, elle tira encore et encore dans les organes génitaux de Knoll.

L'homme hurla. Il était encore debout. Il inclina la tête vers le sang qui coulait de ses blessures. Puis il chancela vers la rampe de pierre. Rachel allait tirer de nouveau quand Paul, qui s'était relevé, se projeta en avant et aida la carcasse obscène de l'Allemand à basculer par-dessus la rampe. À deux doigts de reperdre connaissance, Rachel trébucha jusqu'à la rambarde et regarda, sans y croire, le corps disparaître dans la masse de cristal que son poids arracha du plafond, dans un jaillissement de verre pulvérisé et de courts-circuits explosifs.

Cadavre et cristallerie précieuse s'écrasèrent au rez-de-chaussée, dans un ultime paroxysme de vacarme et de mort, beau comme les applaudissements d'un public extasié, après l'accord final d'une symphonie.

Puis le silence. Un silence absolu. Plus un bruit nulle part.

En bas, Knoll ne bougeait plus.

Rachel s'approcha de Paul.

« Ça va ? »

Il ne répondit pas, mais enlaça, des deux bras, la taille de son ex-épouse, de son *épouse*, nue, pistolet au poing.

Elle leva la main jusqu'à son visage.

« Est-ce que c'est aussi douloureux que ça le paraît ?

– Pire.

– Où est McKoy ? »

Paul respira un bon coup.

« Il a pris une balle... pour que je puisse te rejoindre. La dernière fois que je l'ai vu, il répandait son sang sur le carrelage de la Chambre d'ambre.

– Comment ça, de la Chambre d'ambre ?

– Je t'expliquerai. Pas maintenant.

– Il va falloir que je rengaine toutes les vacheries que j'ai pu dire sur ce grand imbécile.

– Et comment ! » lança une voix, du rez-de-chaussée.

Rachel se pencha par-dessus la rampe. Au-dessous d'eux, dans le cristal épars, McKoy avançait en titubant tout en pressant, d'une main, son épaule ensanglantée.

« C'est qui ? demanda-t-il en désignant le corps de Christian Knoll.

– Le salaud qui a tué mon père.

– Une affaire réglée. Où est la nana ?

– Morte, riposta Paul.

– Putain de bon débarras !

– Et Loring ?

– J'ai étranglé ce putain d'enculé ! »

Paul réprima une grimace de souffrance.

« Bon débarras, comme vous dites. Votre blessure ?

– Rien qu'un bon chirurgien ne puisse rafistoler… j'espère. »

Paul réussit à improviser ce qui rappelait vaguement un sourire.

« Tu sais, dit-il à Rachel, je crois que je commence à l'aimer vachement, ce mec ! »

Elle lui rendit son sourire. Le premier depuis bien des heures.

« Moi aussi, Paul ! »

Épilogue

Saint-Pétersbourg, Russie
2 septembre

Paul et Rachel étaient assis côte à côte, dans une petite chapelle. Du marbre italien les entourait, d'une jolie teinte jaune terre de Sienne, avec des garnitures de malachite russe. Les rayons obliques d'un soleil matinal rendu multicolore par les vitraux qu'il traversait saupoudraient le prêtre d'une poussière d'or.

Brent se tenait à la gauche de son père, Maria tout contre sa mère. Le patriarche énonça les vœux nuptiaux d'une belle voix grave, sur fond de chœurs discrètement répartis. La cathédrale Saint-Isaac était vide, à l'exception de leur petit groupe et Wayland McKoy. Les yeux de Paul se fixèrent sur un vitrail entouré d'icônes. Le Christ debout, après la Résurrection. Un nouveau début, un nouveau départ. Une image de circonstance.

Le prêtre acheva ses recommandations rituelles et courba la tête, marquant ainsi la fin de l'office.

Paul embrassa Rachel et chuchota :

« Je t'aime.

– Je t'aime aussi, répondit-elle.

– Allez, Paul, roule-lui une pelle. Une vraie », suggéra McKoy.

Paul sourit. Et s'exécuta. Sans protestation de la part de Rachel.

« Papa, intervint Maria.

– Fous-leur la paix », ajouta Brent.

McKoy avait le sourire.

« Il est bien, ce gosse. De qui tient-il ? »

Paul sourit. Le grand gaillard paraissait déguisé, en costume cravate. Sa blessure n'était plus qu'un souvenir. Qui se rappelait à lui, tout de même, de temps à autre. Comme celles de Rachel et de Paul.

Les trois derniers mois avaient été un kaléidoscope d'événements trop nombreux et trop rapprochés. Moins d'une heure après la mort de Knoll, Rachel avait appelé Fritz Pannek. C'était l'inspecteur allemand qui avait alerté la police tchèque, et Pannek en personne les avait rejoints, à l'aube, avec Europol. Prévenu dès le milieu de la matinée, l'ambassadeur de Russie à Prague avait débarqué sur l'aéroport vers le milieu de l'après-midi, précédant d'une journée les représentants officiels du palais de Catherine et de l'Ermitage. Puis, ç'avait été, le lendemain, une équipe de Tsarskoïe Selo, chargée de démonter les panneaux et de les rapatrier à Saint-Pétersbourg. Aucune objection du gouvernement tchèque, après audition des activités criminelles d'Ernst Loring.

Les fonctionnaires d'Europol établirent rapidement un lien avec la mort de Franz Fellner et de sa fille. De la documentation privée découverte à Burg Herz comme au château de Loukov, ressortait clairement la participation des deux milliardaires aux activités d'un certain club des Sauveteurs d'antiquités perdues. Aucun descendant de Franz Fellner n'étant là pour hériter de ses biens, le gouvernement allemand revendiquait la totalité de ses collections illicites, et les enquêteurs d'Europol n'avaient guère tardé à identifier les autres membres du club. Le service européen des œuvres d'art détournées ne les lâcherait pas de sitôt, sous le couvert d'une discrétion médiatique plus théorique que réelle.

Le butin global était gigantesque.

Sculptures, gravures, orfèvrerie, dessins et toiles, particulièrement de vieux maîtres, qu'on estimait définitivement disparues. Des milliards de dollars en trésors cachés, récupérés pratiquement du jour au lendemain. Mais comme les acquéreurs ne s'intéressaient, en principe, qu'à des œuvres déjà volées, d'innombrables revendications se révélèrent nébuleuses. Néanmoins, les tribunaux européens furent saisis de milliers de réclamations officielles et privées. Tant et si bien que la Communauté européenne trancha la difficulté, pour raisons politiques, en décidant de les soumettre à l'arbitrage de la Cour internationale de justice. Un des journalistes qui assuraient le compte rendu des auditions écrivit qu'il se passerait des décennies avant que tous les cas litigieux pussent être réglés. Et il concluait : « *Les seuls vrais bénéficiaires, en dernière analyse, seront les avocats.* »

Fait intéressant, la reconstitution de la Chambre d'ambre par la famille Loring était si précise, si réaliste, que les panneaux retrouvés s'encastrèrent, au millimètre près, dans les emplacements originaux du palais de Catherine. Il avait été question, tout d'abord, de laisser les choses en l'état et d'exposer ailleurs les parties originales récupérées. Mais les puristes russes alléguèrent que l'intégralité de la merveille devait être rendue à son véritable instigateur, Pierre le Grand. Bien que Pierre le Grand, en fait, se fût assez peu soucié de la Chambre d'ambre. Dont sa fille, l'impératrice Elizabeth, avait été l'unique inspiratrice. Quatre-vingt-dix jours après sa découverte, la Chambre d'ambre, version originale, occupa, de nouveau, sa place de choix au cœur du palais de Catherine.

Le gouvernement russe vouait à Rachel et à Paul une telle gratitude qu'il les invita, à ses frais, à l'inauguration. Ils en profitèrent pour se remarier, selon les rites de l'Église orthodoxe. Leur divorce avait suscité quelque résistance, mais compte tenu des circonstances, l'Église capitula de bonne grâce et la cérémonie se passa au mieux. Une très jolie cérémonie qu'ils n'étaient pas près d'oublier.

Paul remercia le prêtre et s'éloigna de l'autel.

« Une sacrée chouette mascarade, commenta McKoy, la larme à l'œil. La meilleure façon de clôturer ce merd... je veux dire cette aventure.

– Ce sont les enfants qui gâchent ton style ? demanda Rachel en souriant.

– Je fais gaffe à mon vocabulaire. »

Ils se dirigèrent vers la sortie de la cathédrale.

« La famille Cutler va toujours à Minsk ?

– Un dernier truc à faire. Avant de rentrer. »

Il savait que McKoy était surtout venu pour la publicité donnée à l'affaire. Il bénéficiait du retentissement engendré par la reconnaissance ostensible du gouvernement actuel. Le grand gaillard avait vaillamment supporté les beuveries et les claques dans le dos de l'inauguration, sans se priver de claquer lui-même des tas de dos officiels. Une sacrée promotion pour l'aider à se sortir du pétrin, avec ses associés. Il était même passé au show de Larry King, la veille, télévisé par satellite à l'échelle mondiale. Le *National Geographic* l'avait également pressenti pour un numéro spécial sur la Chambre d'ambre. Les sommes rapportées seraient plus que suffisantes pour satisfaire ses investisseurs et couvrir tous les problèmes annexes, à Stod et ailleurs.

Ils s'arrêtèrent en haut des marches de l'église.

« Prenez bien soin de vous deux. »

Non sans une bourrade amicale à Brent malade de fierté.

« Et de vos foutus prolongements. »

Rachel l'embrassa sur la joue.

« Est-ce que je t'ai remercié pour ce que tu as fait ?

– Tu en aurais fait autant pour moi.

– Ça, j'en doute. »

McKoy lui sourit. « Moi pas, Votre Honneur. »

Paul lui serra la main. « On reste en contact, d'accord ?

– Oui, j'aurai probablement besoin de tes services avant longtemps.

– Encore des fouilles ? »

McKoy haussa les épaules.

« Qui sait. Il y a encore des tas de mer... des tas d'œuvres d'art à récupérer sur cette planète ! »

Le train quitta Saint-Pétersbourg deux heures plus tard, à destination de la Russie. Cinq heures de trajet au sein de forêts touffues et de champs vallonnés de chanvre bleu. L'automne était là. Les feuillages reniaient leur vert chlorophylle au profit des jaunes, des oranges et des rouges de saison.

Les autorités officielles russes étaient intervenues auprès des municipalités de Biélorussie pour accélérer les formalités nécessaires. Les cercueils de Karol et de Maya Borya étaient arrivés la veille, par avion spécial. Rachel savait que son père souhaitait reposer dans sa terre natale, mais elle n'avait pas voulu qu'il fût séparé de son épouse. Maintenant, ce serait chose faite. Ils dormiraient l'un près de l'autre, en terre russe, pour l'éternité.

Les cercueils attendaient à la gare de Minsk. Un camion les transporta au joli cimetière champêtre où leurs places étaient réservées, à quarante kilomètres de la capitale, aussi près que possible de l'endroit où Karol et Maya avaient vu le jour. La famille Cutler suivit le camion dans une voiture de louage, en compagnie d'un fonctionnaire américain qui veillerait au bon déroulement des funérailles.

Le patriarche de Biélorussie en personne présidait à cette inhumation, et prononça les phrases solennelles que Paul et Rachel attendaient. Une légère brise accompagna la descente des cercueils dans la tombe fraîchement creusée.

« Dites au revoir à votre grand-père et à votre grand-mère », souffla Rachel aux enfants.

Elle remit à chacun un petit rameau de chanvre bleu. Les deux enfants s'avancèrent et jetèrent les fleurs sur les couvercles des deux cercueils. Paul soutenait Rachel très émue. Elle avait les yeux rouges. Paul aussi était au bord des larmes. Ils n'avaient jamais reparlé de ce qui s'était passé, au cours de cette affreuse nuit, au château de Loukov. Dieu merci, Knoll n'avait pas eu le temps de finir ce qu'il avait commencé. Ni peut-être même de le commencer vraiment. Paul avait risqué sa vie pour l'en empêcher. Rachel aimait son mari. Le prêtre leur avait rappelé que le mariage, c'était pour la vie. Un engagement sérieux, surtout s'il y avait des enfants. Il avait raison. Elle en avait désormais la certitude.

Elle avait déjà dit au revoir à sa mère, vingt ans auparavant.

Elle murmura :

« Au revoir, papa. »

Paul, tout près d'elle, ajouta :

« Au revoir, Karol. Repose en paix. »

Ils se recueillirent encore un instant, puis remercièrent le patriarche et marchèrent vers la sortie. Autour d'eux, la brise d'automne parvenait enfin à neutraliser la chaleur du soleil. Les enfants trottaient devant eux, impatients de remonter en voiture.

« Il va falloir retourner au boulot, non ? déclara Rachel.

– Il va falloir se réhabituer à la vie normale », rectifia Paul.

Bien qu'elle eût renoncé à toute campagne pendant la période de convalescence qui avait suivi la récupération de la Chambre d'ambre, Rachel avait été réélue en juillet. L'irascible Marcus Nettles avait accusé le coup, mais elle était allée le voir pour conclure un armistice, en gage de sa bonne volonté.

« Tu crois que je dois m'accrocher à ce poste ? demanda-t-elle un jour à Paul.

– C'est à toi de voir, répondit celui-ci, en lui pressant la main.

– Je pensais que ce n'était peut-être pas une si bonne idée. Ce métier accapare un peu trop mon attention.

– Il faut que tu fasses ce qui te rend heureuse.

– J'ai longtemps cru que cette fonction de juge me rendait heureuse. Je n'en suis plus aussi sûre.

– Je connais une firme qui serait ravie d'accueillir dans son service contentieux une ancienne magistrate de cour supérieure.

– Ce ne serait pas Pridgen et Woodworth, par hasard ?

– Pourquoi pas ? Je ne suis pas sans influence, dans cette boîte. »

Elle passa son bras autour de la taille de Paul, et ils poursuivirent leur chemin vers la voiture. Ils se sentaient si bien, quand ils étaient ensemble. Ils marchèrent un instant en silence, dans la certitude de leur bonheur recouvré. Rachel pensait à l'avenir, aux enfants, et à Paul. Qu'elle se remît à pratiquer le droit, au lieu de simplement l'appliquer, serait sans doute la meilleure solution, pour eux tous. Dans une firme comme Pridgen et Woodworth, pas loin de Paul, ce serait la cerise sur le gâteau. Elle releva les yeux vers lui, en se répétant, mentalement, la proposition qu'il venait de lui faire.

« Je ne suis pas sans influence, dans cette boîte. »

Paul ne parlait jamais à tort et à travers.

Elle se pressa contre son flanc et, pour une fois, s'abstint de discuter.

Note de l'auteur

Au cours de mes recherches de documentation, j'ai pas mal voyagé à travers l'Allemagne et l'Autriche, et poussé une pointe jusqu'à l'ancien camp de concentration de Mauthausen. Je suis allé, enfin, à Saint-Pétersbourg où j'ai consacré plusieurs jours à la visite du palais de Catherine, à Tsarskoïe Selo. Naturellement, le premier objectif d'un roman est de distraire son lecteur, mais je voulais aussi l'informer avec exactitude. Le sujet de la Chambre d'ambre est rarement abordé, dans notre pays, bien que l'Internet se soit appliqué, récemment, à combler ce vide. En Europe, cette œuvre d'art suscite une fascination qui ne se dément pas. Comme je ne lis ni le russe ni l'allemand, je ne pouvais que m'en remettre aux versions anglaises de ce qui avait pu se passer. Malheureusement, ces versions étaient plutôt contradictoires. Les faits avérés figurent dans mon récit, en bonne place. Les faits litigieux et sans grande importance ont été écartés. Ou modifiés pour s'intégrer au développement de mon histoire.

Quelques points indubitablement établis :

Des prisonniers ont été torturés, à Mauthausen, exactement de la façon que j'ai décrite. Hermann Goering n'y est jamais apparu, mais sa rivalité avec Adolf Hitler, dans le domaine des arts, est un fait historique, amplement confirmé par des documents d'époque Ainsi que l'obsession du *Feldmarschall* à l'endroit de la Chambre d'ambre, bien qu'il ne soit pas prouvé que Goering ait réellement tenté de s'en emparer. La commission soviétique qui aurait employé Karol Borya et Danya Chapaev a vraiment existé. Sa mission était de rechercher et de récupérer les trésors russes volés par les nazis, avec la Chambre d'ambre toujours en tête de liste. Certains ont accrédité la légende d'une « malédiction de la Chambre d'ambre ». De nombreuses morts ont marqué sa recherche (voir chapitre 41), mais qu'elles aient été l'œuvre d'une conspiration ou de coïncidences répétées demeure strictement conjectural.

La chaîne du Harz fut largement utilisée par les nazis pour cacher les fruits de leurs rapines, et l'information incorporée au chapitre 42 est exacte, tombes comprises. La ville de Stod est fictive, mais son emplacement, ainsi que l'abbaye qui la domine, correspond à Melk, en Autriche. Toutes les œuvres d'art citées çà et là sont authentiques... et manquent toujours à l'appel. Enfin, les hypothèses, les anecdotes et les contradictions qui marquent l'histoire de la Chambre d'ambre, telles que rappelées dans les chapitres 13, 14, 28, 41, 44 et 48, y compris une possible connexion tchèque, sont fondées sur des rapports authentiques. Seule, la résolution finale du mystère m'est entièrement due.

La disparition de la Chambre d'ambre, en 1945, avait constitué une perte énorme. Elle est restaurée, aujourd'hui, par des artisans modernes chargés de recréer, panneau par panneau, ces murs magnifiques entièrement revêtus d'ambre. J'ai eu la chance de passer quelques heures avec le restaurateur en chef qui m'a montré les difficultés de l'entreprise. Heureusement, les Soviets avaient photographié le local, en 1930, préalablement à une restauration prévue en 1940, qui n'a pas eu lieu en raison de la guerre.

Ce restaurateur m'a également exposé sa propre hypothèse sur ce qu'il est advenu des panneaux d'origine. Il croyait, comme beaucoup d'autres, (voir chapitre 31), que l'ambre en question avait été totalement détruit au cours de la guerre, comme tant de joyaux et de métaux précieux, et la matière première revendue, pièce par pièce, au prix du marché. Pour un total très supérieur à la valeur supposée de l'ensemble. Comme l'or, l'ambre peut être refaçonné, sans garder la moindre trace de sa première utilisation, et de nombreux bijoux ou objets d'art sont vendus aujourd'hui dans le monde, qui peuvent receler de l'ambre provenant de la fameuse « chambre ».

Mais qui sait ?

Selon la citation de Robert Browning rappelée dans mon récit : *« Soudain, comme tout ce qui est rare, elle avait disparu. »*

C'est vrai.

Et c'est infiniment triste.

Remerciements

Quelqu'un m'a dit un jour qu'écrire était un travail solitaire. Et c'est tout à fait exact. Toutefois, on ne vient pas à bout d'un manuscrit, surtout un manuscrit qui a la chance d'être publié, en restant en vase clos. Dans le cas présent, nombreux sont ceux qui m'ont apporté leur aide et m'ont accompagné.

Tout d'abord, Pam Ahearn, un formidable agent, capable d'apaiser les tempêtes les plus violentes. Ensuite, Mark Tavani, un remarquable éditeur qui m'a donné ma chance. Et encore Fran Downing, Nancy Pridgen et Daiva Woodworth, trois femmes ravissantes qui ont fait de chacun de nos mercredis soir un moment exceptionnel. C'est un honneur pour moi de faire désormais « partie des filles ». N'oublions pas les romanciers David Poyer et Lenore Hart : non contents de me faire faire des exercices pratiques, ils m'ont également présenté Frank Green qui a pris le temps de m'enseigner ce que je devais savoir. Je citerai également Arnold et Janelle, mon beau-frère et ma belle-sœur, qui n'ont jamais émis la moindre critique à mon égard. Il y a aussi tous ceux qui m'ont entendu radoter, qui m'ont servi de cobayes, ou qui m'ont fait part de leurs commentaires. Impossible pour moi d'en établir la liste de peur d'oublier quelqu'un.

Sachez tous que vous comptez beaucoup pour moi et que votre sollicitude à mon égard m'a, sans aucun doute possible, aidé à aller de l'avant.

Édition exclusivement réservée aux adhérents du Club.

Mis en pages par DV Arts Graphiques à La Rochelle.
Imprimé en France par CPI Bussière
à Saint-Amand-Montrond (Cher)
en août 2010.
N° d'impression : 102178/1.
Dépôt légal : août 2010.
ISBN 978-2-286-06901-8